Elsa Wild
Herzstein II
Stern der Brücken
2. Band

Verlag INNSALZ, Munderfing
www.innsalz.eu
Grafik:
Aumayer Druck + Verlag Ges.m.b.H. & Co KG, Munderfing
Druck:
Print Alliance HAV Produktions GmbH, Bad Vöslau

ISBN 978-3-903321-89-2
1. Auflage, Oktober 2022

Elsa Wild

HERZSTEIN II

STERN DER BRÜCKEN

Fantasy Roman

INNSALZ

Eine Wahrheit
kann erst wirken,
wenn der Empfänger für sie reif ist.
Nicht an der Wahrheit
liegt es daher,
wenn die Menschen
noch so voller Unweisheit sind.

Christian Morgenstern

*Für einen
ganz besonderen Schutzengel*

PROLOG

Es war stets der gleiche Traum. Er begann damit, dass sie gleichermaßen schwerelos durch den Raum schwebte. So lange sie die Augen geschlossen hielt, vermeinte sie, nur Dunkelheit zu verspüren. Soweit man Dunkelheit fühlen konnte. Doch während man schlief, war ja bekanntermaßen alles möglich. Sie stellte also ihr Empfinden nicht in Abrede. Auch nicht, wenn sie später, im wachen Zustand, über jenen wiederkehrenden Traum und dessen rätselhaften Inhalt brütete. Nach einer Weile senkte sich ihr Körper und sie spürte festen Boden unter den Füßen. Das war jeweils der Moment, in dem sie ihre Augen öffnete und feststellte, dass die Finsternis, die sie tatsächlich umgab, gerade eben von mattem Lichtschein durchbrochen wurde. Ein paar Schritte darauf zu, und vorab geheimnisvolle Umrisse erhielten Form und Gestalt. Sanduhren, unzähligen Sanduhren, tauchten vor ihr auf. Gruppiert auf Tischen, rund, eckig, klein, groß, in Regalen, oft bis an die Decke reichend, auf Kommoden, von kniehoch bis zur Nasenspitze, ja sogar am Boden selbst standen die altertümlichen Zeitmesser kreuz und quer. Nimmermüde rieselten funkelnde, blitzende Körnchen von oben durch den schmalen Durchlass nach unten. Daher wohl auch das Leuchten. Sobald der gesamte schimmernde Sand im unteren Behältnis gelandet war, kippte die Konstruktion wie durch Zauberhand und alles begann von vorne. Vorsichtig berührte sie eine dieser wundersamen Uhren, doch die ließen sich weder heben, noch auch nur um einen Zentimeter verrücken.

Ihre Augen hatten sich indessen an die Düsternis soweit gewöhnt, dass sie noch weitere, andersartige Chronometer erkannte. Diese umgaben sie in Form von Zifferblättern im steten Lauf, schwebten scheinbar in der Luft. Hier gab es gleichfalls unterschiedliche Exemplare. Überdimensionierte Scheiben mit extragroßen Zeigern bis hin zu kaum erkennbaren Formaten glitten langsam und bedächtig an ihr vorbei.

Stopp! Das stimmte nicht ganz. Denn jetzt, bei genauerer Betrachtung, fiel ihr auf, dass manche der Uhren sie extrem langsam umkreisten, während andere, schneller und schneller werdend, an ihr vorbeiwirbelten.

Mit einem Male durchflutete eine Woge des Lichts dieses sonderbare Spektakel und genau vor ihr tauchte ein Spiegel auf. Sie sah sich selbst darin, in einem bodenlangen Kleid, übersät mit Myriaden von Sternen. Ihr Haar trug sie länger als in Wirklichkeit, es reichte nun fast bis zum Boden. Barfuß stand sie inmitten einer Wiese bunter Blümchen und lächelte.

Jäh raffte das Spiegelbild seinen Rock, machte einen Schritt nach vorne, aus dem goldenen Rahmen heraus, und eilte zu den Stundengläsern. Jene, durch die die letzten Körner nach unten rieselten, stellte es energisch kopfüber und die Zeitrechnung begann von Neuem.

Auch wenn ihr das blonde Mädchen verblüffend ähnlich sah, die Träumende fühlte, dass nicht sie es sein konnte, die da aus dem Spiegel getreten war. Und tatsächlich war es kein Spiegel, sondern ein Gemälde, in das ihr Ebenbild soeben zurück stieg.

Bevor dies jedoch geschah, wandte die junge Frau sich nochmals um, stand ihr von Angesicht zu Angesicht gegenüber. Kobaltblaue Augen blickten sie beschwörend an. Nebel wallte auf, hüllte all die pendelnden Uhren in sein filigranes Kleid.

Die einen rotierten noch schneller, die anderen wurden langsamer. Doch eines war allen gleich. Ihre Zeiger verloren die Konturen, lösten sich auf, die Ziffernblätter verschwammen.

Leergefegte, winzig kleine bis riesig weiße Scheiben stierten ihr blank entgegen.

Das war genau der Augenblick, in dem Stella jedes Mal schweißgebadet erwachte. Zumindest glaubte sie das.

EWERTHON & MIRA I

MORGENGRAUEN

Miras Hals schmerzte. Sie fühlte sich wie gerädert. Was war geschehen? Das Letzte, an das sie sich erinnern konnte, war ihr *Lied der 1000 Fragen*. Das magische Lied, gesungen mit den Töchtern Poseidons für Ewerthon. Dann waren da noch die Worte der weisen Kröte, die von Verlust und Zugewinn sprachen, von Freiheit, Geduld, Vertrauen und Stärke. Doch bei Letzteren war sich Mira schon nicht mehr sicher. Sie musste wohl eingeschlafen sein. Eingeschlafen an der Schulter des Tigers, gebettet auf weichem Pelz. Wo war Ewerthon? Das Tigerfell unter ihrer Wange war verschwunden! Ihre Augenlider flatterten. Etwas, jemand, drückte sie fest zu Boden. Panisch tastete sie um sich, griff in feuchtes Moos und krümelige Erde. Harzige Waldluft füllte ihre Lungen beim nächsten tiefen Atemzug. Es fiel ihr unsagbar schwer, die Augen zu öffnen. Und doch machte es keinen Unterschied, denn als es ihr endlich gelang, umgab sie dämmrige Finsternis. Sie sah nicht viel mehr als vorher.

Schemenhaft erkannte sie die Konturen eines menschlichen Wesens, dessen Arm sich, wie sie jetzt feststellte, tatsächlich um ihre Hüfte schlang, sie umklammerte. Nun kam Leben in ihr Gegenüber. Ächzend rollte sich dieses seitwärts, weg von ihr, um dann mit einem gekonnten Sprung, wesentlich schneller als sie, auf die Beine zu kommen. Benommen versuchte sie, sich hochzurappeln. Eine Hand wurde ihr gereicht, stützte sie, zog sie hoch. Ihre Gedanken überschlugen sich. Sollte ihr Wunsch wirklich in Erfüllung gegangen sein? Hatte Ewerthon seine menschliche Gestalt wieder? Das hieße, ihre Unsterblichkeit wäre dahin, für immer! Gut! Sie würden gemeinsam altern. Eine tröstliche Vorstellung. Ihm dämmerte die Erkenntnis, nicht mehr in seinem magischen Tierkörper gefangen zu sein. Das hieße, sie hätte ihre Unsterblichkeit aufgegeben, wäre verletzbar, konnte getötet werden, so wie jeder andere Mensch auch. Eine erschreckende, grausame Vorstellung!

Da standen sie nun, erahnten den anderen mehr als sie ihn sahen, umarmten sich, klammerten sich aneinander, wortlos. Ihn streifte der Duft von Kirschen und sie erfreute sich an seinem Herzschlag, den sie, geschmiegt an seine Brust, vernahm.

Schweigen dehnte sich aus, umfing sie, genauso wie die wabernde Düsternis, die sie umschloss und die ferne Silhouette des Waldes an den Rand eines geheimnisvollen Bildnisses verbannte, in dem sie beide gefangen waren. Möglicherweise für immer und ewig.

Mira griff an ihren Hals, der brannte, als hätte jemand einen glühenden Eisenring um ihn geschmiedet.

Ihre Fingerspitzen ertasteten eine feingliedrige Kette mit verschieden großen Anhängern, die allesamt loderten wie Feuer. Mit ihrem Glühen tauchten sie die beiden Gestalten in unwirkliches orangerotes Licht.

Sie lösten sich voneinander, stumm, auf Armeslänge getrennt, standen sie da. In der Mimik des anderen zu lesen war ein sinnloses Unterfangen, sie sahen ja nicht einmal die eigene Hand vor Augen. So viel gab es zu sagen, zu bereden und doch kam kein Wort über ihre Lippen.

Ewerthon erstarrte. Obwohl sich momentan sein gesamtes Fühlen, sein Denken, alles Sein um Mira drehten, hatte er eine flüchtige Bewegung in dieser unheimlichen Umgebung ausgemacht. Eine Bewegung, die anders war, die nicht hierhergehörte. Woher wollte er wissen, was in diese schaurige Umgebung gehörte? Aber seine Sinne funktionierten noch, auch in menschlicher Gestalt verfügte er über ein Netzwerk an feinen Sensoren, das momentan Alarmglocken in den höchsten Tönen schrillen ließ.

Er packte Mira am Handgelenk und zog sie mit einem Ruck hinter sich. Sie ächzte, ihr Hals schmerzte mehr denn je und sie wollte sich von diesem glühenden Etwas, das ihr fast die Luft abschnürte, endlich befreien. Doch so sehr sie sich auch abmühte, sie konnte den Verschluss der Kette nicht lösen. Ihre Finger glitten über heißes Metall, fühlten dabei weder Haken noch Öse, und sie musste unverrichteter Dinge ihr Vorhaben aufgeben, um nach diesen erfolglosen Versuchen ihre brennenden Fingerspitzen abzukühlen.

Was war plötzlich in Ewerthon gefahren? Sie spürte, wie sich all seine Muskeln anspannten, er machte sich kampfbereit. Hatte er sich nicht gerade schützend vor sie gestellt? Ohne Schwert, ohne Schild, nicht einmal einen Knüppel in Sichtweite, mit dem man sich bewaffnen konnte. Abgelenkt durch ihre wirkungslosen Befreiungsversuche, hatte sie ihre Umgebung außer Acht gelassen. Doch jetzt bemerkte auch sie den unsichtbaren Beobachter, der vor ihnen Stellung bezogen hatte und mit der Umgebung verschmolz. Eins wurde mit dem blauschwarzen Grauen, das sie umschloss.

Noch etwas wurde ihr bewusst, sie verspürte zum ersten Mal in ihrem Leben pure Angst. Eiskalte, irritierende Todesangst, die sie schlagartig überfiel, sich durch ihren Körper fraß, das Blut zum Stocken brachte, die Luft noch mehr abschnürte. Angst, in der sich ihr Geist verfing, wie in einem tödlichen Geflecht, aus dem es kein Entrinnen gab. Doch es war nicht nur ihr Leben, um das sie bangte, sondern sie fürchtete auch um Ewerthon. Niemand wusste, wie sich letztendlich die vollzogene Wandlung in Menschengestalt auswirkte. Über welche Gaben er noch verfügte? Konnte er auf seine Tigermagie zurückgreifen, oder war er genauso wie sie in einem zerbrechlichen, menschlichen und insbesondere sterblichen Körper gefangen?

Rücken an Rücken standen sie da, während unsichtbare, entsetzliche Wesen sie belauerten. Denn, dass in diesem Dunkel nichts Gutes bestehen konnte, waren sich beide gewiss.

Trüber Dunst wogte näher, langte formlos nach ihnen, zog sich schlürfend zurück. Bei jedem Male begann Miras Halskette zu glühen, fast schien es so, je näher die dunklen Fetzen kamen, desto mehr brannte das Geschmeide an Miras Hals.

„Sie beschützt uns!", die Worte drangen lautlos in Miras Kopf.

Ewerthon hatte wohl bemerkt, dass das Leuchten um Miras Hals ihre furchtbaren Schmerzen verstärkte, allerdings auch das gräuliche Wabern um sie in Schach hielt.

Die kleine Prinzessin hinter ihm – sie würde auf ewig seine Prinzessin bleiben, egal was alle Welten davon hielten – nickte. Demnach war ihr das Zurückweichen der amor-

phen Wesen, die sie zwischenzeitlich kreisförmig einge-
kesselt hatten, nicht entgangen.

„Ich werde es ertragen, so lange es uns die Biester vom
Leib hält." Klar hallte ihre stille Botschaft in ihm nach.

Ihre wortlose Verständigung funktionierte also noch!
Doch die Freude darüber währte nur kurz. Immer enger
zog sich der Ring der körperlosen Schatten, immer uner-
träglicher wurde Miras Qual. Lange würde sie nicht mehr
durchhalten, die glühend heißen Symbole brannten bereits blutige Abdrücke in zarte Haut.

Miras Gedanken wirbelten. Die besondere Art von Kommunikation zwischen Ewerthon und ihr glückte weiterhin, auch unter diesen bizarren Umständen.

Vielleicht!? Es war jedenfalls einen Versuch wert ...

... „Morgengrauen!"

Ewerthon war kurz abgelenkt.

„Hast du soeben Morgengrauen gekrächzt?", halb wandte er sich ihr zu. Das war ein Fehler. Denn sofort schnappte ein hungriges Etwas nach seinem Bein.

Mira atmete tief durch. Nein, es bedurfte keiner Worte.
Sie konnte ihren Hals schonen, musste nicht leidvoll einen Namen herauswürgen. Sie musste sich bloß konzentrieren.

Morgengrauen war die Lösung all ihrer Probleme! Sorgfältig formte sie jeden einzelnen Buchstaben, schickte
die leise Nachricht durch die abstruse Schwärze, hinaus
in eine andere Welt. In eine Welt voller Licht und Hoffnung, die es irgendwo da draußen geben musste, eine
heile Welt, in die sie mit aller Kraft zurückwollte.

Beiden war bewusst, dass sie nicht mehr lange ihre Stellung halten konnten. Der Ring um sie wurde stetig enger,

sie verloren an Boden und die Kette an Miras Hals würde sich in Bälde in flüssiges Metall verwandeln.

Schlagartig öffnete sich die bislang undurchdringliche, nebulose Wand, gab den Blick frei ... auf einen gleißend hellen Tunnel, der sich vor ihnen auftat. Geblendet hefteten beide ihren Blick auf die Gestalt am Ende des Schachtes, die sich ihnen langsam näherte. Pechschwarz, riesengroß, furchteinflößend und vorab lautlos. Doch, je näher diese kam, desto lauter wurde das Kreischen. Ein grässliches Geräusch, scheinbar nicht von dieser Welt, verursacht durch gigantische Flügel, die an den engen Wänden des Stollens streiften. Funken stoben in alle Richtungen, sobald die eisenharten Federn der Riesenflügel mit dem dunklen Felsen in Berührung kamen. Der Platz rund um Ewerthon und Mira war mittlerweile hell erleuchtet. Sie sahen sich in die Augen. Das erste Mal seit dieser besonderen, magischen Nacht versanken sie in den Blick des anderen, verschmolzen moosgrün und blaugrau zu einer Einheit, nahmen jedes Detail des anderen wahr.

Mira erkannte, wieso ausgerechnet der letzte Herrscher der Tiger-Dynastie ihr Herz im Sturm erobert hatte. Sein rotblondes Haar wallte um einiges länger als in ihrer Erinnerung, kratzige Bartstoppeln waren einem Vollbart gewichen, doch der kühne Schwung seines Kinns und sein Blick verrieten Entschlossenheit, und auch den Starrsinn in manchen Dingen. Ewerthon erging es ähnlich. Ungeachtet der lebensgefährlichen Situation nahm ihn ihr Aussehen wie eh und je gefangen. Sein Puls ging schneller beim Anblick ihrer kupferbraunen, widerspenstigen Locken, die mehr über ihren Charakter verrieten, als manches andere. Noch immer schimmerte in ihren Augen das sanfte Grün von weichem Sternenmoos mit goldenen Bernsteinsprenkeln um die Wette. Doch nicht nur sie selbst sahen sich jeweils im Blick des anderen, jetzt gerade schob sich eine finstere, riesige Gestalt dazwischen, verdrängte die Spiegelbilder.

„Warst du das? Hast du dieses Monster gerufen?"

Mira schüttelte vehement den Kopf. Was veranlasste Ewerthon zu solch absurder Idee? Doch die, die sie gerufen hatte, war bislang noch nicht eingetroffen. Die Zeit wurde knapp, verdammt knapp!

Sie lösten ihre Blicke voneinander, sahen nun dem sicheren Untergang entgegen. Schützend legte Ewerthon seinen Arm um sie. So hatte er sich das nicht vorgestellt. Trotz aller anderweitigen Erwartungen und Vereinbarungen, letztendlich erlöst von seiner magischen Gestalt, mit Mira an seiner Seite, und gleichzeitig dem Tod so nahe wie schon lange nicht mehr.

Denn das, was gerade auf sie zukam, war unbesiegbar. Noch dazu, bar jeder Magie und ohne ihre Waffen.

Der Enge des Tunnels entkommen, schossen gewaltige Flügel in die Höhe, breiteten sich in voller Spannweite aus. Ächzend bogen sich uralte Bäume unter dieser plötzlichen Druckwelle. Mannsdickes Holz befand sich in Gefahr, wie Kinderspielzeug auseinanderzubrechen. Das Licht der stobenden Funken war erloschen und die Lichtung abermals in unheimliche Düsternis gehüllt.

Mira und Ewerthon wurden gleichfalls vier, fünf Schritte nach hinten gedrückt. Hand in Hand schlitterten sie an den gegenüberliegenden Rand des Kreises, wo noch immer tiefste Dunkelheit herrschte und Böses lauerte.

Es gab kein Vor und Zurück. Ein Blick aus kohlschwarzen Augen traf sie, mordlüstern und gnadenlos. Geschmückt mit dämonischen Schwingen näherte sich der Tod. Glänzendes Gefieder, scharf wie Messerklingen, blitzte auf, mähte mit einem Schwung wuchtige Stämme, die im Weg standen, nieder.

In diesem Moment brach hinter den beiden die Hölle los. Donner grollte, Blitze zuckten, nervenzerreißendes Geschrei gellte in ihren Ohren. Der Weltenuntergang war angebrochen.

Mira riskierte einen Blick über ihre Schulter. Ewerthon trat indes einen Schritt vor, stellte sich der grauenhaften Kreatur in den Weg. Dann sollte es so sein. Wenn sie Glück hatten, verschonte diese Ausgeburt der Nachtgeister Mira, wenn es seine Krallen an ihm gewetzt hatte, oder Miras Kette schützte sie auch vor diesem Ungetüm. Er selbst machte sich keine falschen Hoffnungen, dass dieser ungleiche Zweikampf günstig für ihn ausgehen könnte.

Mira suchte seine Hand, riss ihn zurück aus dem Dunstkreis der spitzen Federklingen, die haarscharf an ihm vorbei schrammten.

Er nahm ihr Gesicht in seine Hände. Das Gewitter hatte wohl seinen Höhepunkt erreicht, warf flackerndes Licht auf ihr Antlitz, und ein Donnerschlag nach dem anderen ließ die Erde beben. Doch anstatt Angst und Panik in ihren Augen zu finden, blitzten diese triumphierend auf.

„Sie ist unterwegs!"

Mehr las er es in ihren Gedanken, als dass er ihre mühsam herausgepressten Worte verstand.

Er zog sie an sich. Zärtlich, ohne Eile, ein erstes und letztes Mal. Entgegen jeglicher Vernunft, denn hinter ihm spreizte das schaurige Ungetüm soeben seine messerscharfen Klingen, holte zum vernichtenden Schlag aus. Er wollte Mira zumindest einmal in seinem Leben geküsst haben, mit dem Geschmack von reifen Kirschen in dieses aussichtslose Gefecht ziehen.

Doch Mira erwartete weder seinen Kuss, noch schmiegte sie sich innig an ihn. Im Gegenteil. Wie eine aufgebrachte Wildkatze zappelte sie in seinen Armen. Riss sich los.

Wütend stampfte sie auf. Was hatte dieser starrsinnige Mann denn jetzt im Sinn? Rund um sie toste ein Weltenkrieg und er dachte ans Küssen.

„Los, wir müssen in diese Richtung. Lauf, als ginge es um Leben und Tod!" Aufgeregt zeigte sie in das Zentrum des Unwetters.

Ihm entging das belustigte Funkeln ihrer Augen keinesfalls. Was sollte das heißen … als ginge es um Leben und Tod? Es ging um Leben und Tod! Sie musste sich ihrer Sache sehr sicher sein, um über ihre momentane Situation Witze machen zu können.

Ihm blieb so und so nicht viel Zeit für Überlegungen. Sie rannte los und er hinterher. Noch einmal streifte ihn ein tödlicher Luftzug, als spitze, scharfe Federn hauchdünn an seinem Rücken vorbeizischten.

Nun sah auch er, worauf sie wie besessen zuraste. Über den nachtblauen Himmel spannte sich eine funkelnde Brücke, schimmernd im Licht unzählbarer Sterne. Mit jedem Blitzschlag dehnte sich der silberne Bogen mehr und mehr aus, reichte bereits knapp über die Erde.

Mira hetzte ohne Zögern in dessen Richtung. Die wabernde Finsternis verschmolz zu einem großen Ganzen, griff mit nasskalten Fingern nach Ewerthon, quoll über den Waldboden, umklammerte seine Beine, machte ein Fortkommen unmöglich.

„Mira!", dieses Mal schrie er. So laut er konnte! Er steckte fest. Verzweifelt versuchte der derart Gefangene, sich aus der schleimigen, pechschwarzen Masse zu befreien. Doch je mehr er sich bemühte, desto mehr sank er ein.

„Du darfst dich nicht bewegen! Bleib einfach ruhig stehen, das verschafft mir Zeit!", ohne sich nach ihm umzudrehen, sandte Mira ihre Gedanken und rannte unbeirrt weiter.

Was hatte sie vor? Wollte sie ihn opfern, um ihr eigenes Leben zu retten? Ewerthon erschauderte. Von Oskar hätte er so etwas nie angenommen! War das Liebe? Sie küssen zu wollen, und sie schmiss ihn zum Fraß vor?

Silberner Rauch wallte unmittelbar vor Mira auf, ein Donnern von ehernen Hufen erschütterte die Erde. Sogar der quallige Schleim um Ewerthon zitterte. Täuschte er sich, oder zog sich dieser soeben ein Stück zurück, nahm Reißaus vor dem glänzenden Nebel, der jetzt auch in seine Richtung floss?

Mira war verschwunden.

Da war es wieder, dieses Surren, bei dem sich all seine Nackenhaare aufstellten. Er wandte den Kopf, sah direkt das hasserfüllte Funkeln von rotglühenden Augen, sah wie die tödlichen Schwingen, die schrill durch die Luft schnitten, gerade auf ihn herabsausten.

Durchdringendes Wiehern ließ ihn für einen Moment nach vorne blicken. Schmale Fesseln eines Pferdes zeigten sich, alles andere verbarg sich hinter gleißenden Schwaden. Nervös tänzelte dieses an seine Seite, eine

Hand langte nach ihm und ohne viel nachzudenken, griff er danach.

Das Pferd stieg hoch. Mit einem Ruck lösten sich Ewerthons Füße vom zähen Untergrund und er landete hinter Mira auf dem Pferderücken. Kaum saß er, galoppierten sie bereits im halsbrecherischen Tempo auf die glimmende Sternenbrücke zu. Wutentbranntes Kreischen drang ihnen durch Mark und Bein, und all die körperlosen Schatten, die sich zuvor zu einem wabernden Ganzen vereint hatten, trennten sich wieder voneinander. Den zahllosen formlosen Gebilden wuchsen spitze Schnäbel, armlange Flügel und sichelförmig gekrümmte Fänge. Eine Armee von Nebelkrähen, vorab noch unbeholfen, hob sich in die Lüfte, setzte zur Verfolgung des geheimnisvoll schimmernden Pferdes an.

Kaltes Grauen kroch durch Ewerthons Adern. Der Aufgang zur rettenden Silberbrücke lag zwar direkt vor ihnen, jedoch was dann? Gegen Nebelkrähen hatten sie keine Chance. Wenn diese Vögel zum Heer der Kriegsgöttin gehörten, dann könnten sie bis zum Sternenzelt flüchten, die Krähen würden ihnen folgen.

„Vertraue auf Alba!" Miras Botschaft erreichte ihn klar und deutlich. „Alba – meine einzigartige, wunderbare Stute, sie wird uns retten!"

Mit einem gewaltigen Sprung erreichte diese gerade den leuchtenden Bogen, der sich noch immer von der Erde bis in den nachtschwarzen Himmel empor spannte. Unter ihren Hufen sprühten Blitze und donnernd flogen sie über glänzenden Untergrund. Wurde eine der zornigen Nebelkrähen von den silbrigen Funken getroffen, zerbarst der Vogel mit lautem Knall in zig Stücke.

Aber … die Krähen lernten dazu. Vorsichtig geworden, vergrößerten sie den Abstand zu den drei Flüchtenden.

Alba eilte schneller als der Wind, flog fast über ihren glitzernden Steg, trotzdem konnte sie die Verfolger nicht abschütteln. Zusätzlich scharten sich für jedes explodierende Federbündel zwei neue Angreifer hinzu.

Mira tätschelte den Hals des funkelnden Pferdes und flüsterte ihm zu. Alba schnaubte gewaltig, schüttelte ihre dichte Mähne. Aus den Nüstern strömte silbergrauer Rauch, verbarg nicht nur die drei und die strahlende Brücke, sondern verhüllte ihre gesamte Umgebung.

Die Armee der Krähen kam sich nun orientierungslos und blind selbst in die Quere, die Vögel prallten mit heiserem Geschrei unbeholfen gegeneinander, trudelten hilflos zu Boden.

Den gezackten Waldsaum im Rücken beobachtete eine hoch gewachsene Gestalt das Geschehen. Dunstig wie das Morgengrauen über brachliegenden Feldern zog sich eine undurchsichtige Nebelwand bis hin zum Horizont.

Wer konnte denn damit rechnen, dass es Mira gelingen würde, Hilfe zu holen? Ein magisches Wesen, und darum musste es sich augenscheinlich handeln, in diese Welt zu lotsen. In ihr ureigenes Reich, das sie sich im Geheimen, fernab von allem, geschaffen hatte. In dem sie, umgeben von absolut Ergebenen, ihrer wahren Natur frönen konnte, so sein konnte, wie sie tatsächlich war. Abgrundtief böse und voller Hass ihr Ziel verfolgend.

Voller Zorn wandelte sich die Kreatur. Wurde zur Gänze ein grauschwarzer Vogel, breitete die gewaltigen Flügel aus und stieß sich mit kraftvollem Schwung von der felsigen Erde. Knapp unter dem Sternenzelt wies unheildrohendes Krächzen nicht nur den Getreuen den Weg aus dem rauchigen Nebel zurück an ihre Seite, sondern jagte Mira und Ewerthon zusätzlich einen eiskalten Schauer über den Rücken.

Cuor a-Chaoid

Am selben Tag zu einer früheren Stunde betrat die Stiefmutter Miras Kammer. Ein Windstoß musste das Fenster entriegelt haben und durchs Zimmer gefegt sein. Etliche der Schnitzereien, von der Prinzessin liebevoll gefertigt und sorgsam in Regalen sortiert, lagen unordentlich über den ganzen Boden verstreut.

Sirona tauchte hinter der Stiefmutter auf und schaute auf das heillose Durcheinander. Miras Schwester erfasste die Situation mit einem Blick.

„Morgengrauen fehlt! Das Windpferd ist weg, Mutter!"

Fia sah sie fragend an. „Woher weißt du das so sicher? Ich sehe hier mehr als ein Dutzend Pferde, kaum voneinander zu unterscheiden."

„Ganz einfach. Es ist das einzige Pferd, das Sternenzauber besitzt, das habe ich am liebsten!", damit drehte sie sich um und jagte jauchzend Ryan, ihrem kleinen Bruder nach, mit dem sie gerade Verstecken spielte.

Ilro, der soeben um die Ecke biegen wollte, verharrte regungslos. Immer noch klang es für ihn seltsam, wenn seine jüngere Tochter die Frau vor ihm mit „Mutter" ansprach. Doch, wer konnte es ihr verdenken? War doch seine über alles geliebte Schura, Sironas leibliche Mutter, bei ihrer Geburt gestorben. Und hatte sich nicht die neue, zweite Frau an seiner Seite von Beginn an fürsorglich um die kleine Halbwaise gekümmert?

„Das ist ja außerordentlich interessant", mit diesen Worten verriegelte Fia das Fenster und danach die Kammertür, drehte den großen Schlüssel gleich zweimal im Schloss, um ja sicher zu gehen.

„Unsere Welt ist voller Geheimnisse, meinst du nicht auch?", lächelnd hakte sie sich bei Ilro, dem sie plötzlich gegenüberstand, unter. Der Saum ihres Gewandes, gewebt aus feinstem Tuch, raschelte knisternd über die kunstvoll geknüpften Teppiche. Der darunterliegende Steinboden blieb kühl, hier in den unendlich langen Gängen von *Cuor a-Chaoid*, der Burg der *ewigen Herzen*, an der Grenze zum Reich der Lichtwesen.

Fia summte zufrieden vor sich hin ... es gab noch viel zu tun, dieser Tage.

UNTER UNS I

ZEITLOSIGKEIT

Leere – Kälte – Moder! Nichts anderes herrschte an diesem Ort. Ein nackter grau in grau gehaltener endloser Saal erschloss sich dem neugierigen Zuschauer. Bloß ... hier gab es keine Zuschauer. Es gab niemanden. Und doch! Auf den zweiten Blick schien irgendjemand schon dagewesen zu sein. Denn, vergessen auf dem kalten Steinboden, lag etwas in der Mitte des Raumes. Zu einem lockeren Bündel aufgehäuft, scheinbar ein Umhang, in Eile ausgezogen und achtlos fallen gelassen. Sah man genauer hin, erkannte man, dass es sich um ein weitgeschnittenes schwarzes Cape aus feinstem Gewirk handelte. Seidig schimmernd, jedoch nicht, wie aus der Ferne vermutet, durchlässig, sondern von festem Material, schlummerte es vor sich hin. Diese besondere Beschaffenheit war natürlich nur spürbar für den, der dieses säumig hingeworfene Bekleidungsstück mit eigenen Händen berührte.

Stimmen wisperten durch den kahlen Saal. Körperlos, zischelnd, flüsternd, unsichtbar. Nach einer ewig langen Zeit kam Bewegung in den zerknüllten Haufen auf der Erde. Ein Luftzug geisterte durch den Raum, plusterte den schwarzen Stoff auf. Er hob und senkte sich, regte sich, gewann an Leben, richtete sich auf, kam zum Sitzen, in Folge ächzend zum Stehen. Schüttelte sich wie ein räudiger Hund, sog die modrige Luft ein, blähte die Nüstern ... rief sich das Geschehene in Erinnerung.

Vorab waren die beiden in seinem Reich gelandet ... und ihm wieder entflohen!

Eine einzelne tiefschwarze Feder segelte zu Boden, als das gestaltgewordene Wesen sich mit Schwung um die eigene Achse drehte und anschließend durch den einsamen Raum eilte.

Niemals würde es aufgeben!

Was bedeutete *Niemals* in der Zeitlosigkeit?

STELLAS WELT I

DORNRÖSCHENS TRAUM

Er beobachtete sie schon eine ganze Weile. Tagelang, auch nächtelang, wenn man es ganz genau nahm. Ihre Augenlider flatterten. Das Ende eines langen Schlafes kündigte sich an, sie würde aufwachen.

Seine Gedanken wanderten mehrere Wochen zurück. An jenen verregneten Nachmittag, als das Telefon auf seinem Schreibtisch nimmer endend klingelte, die monotone Abgeschiedenheit beharrlich mit schrillem Ton durchdrang, und er letztendlich den Hörer doch abnahm. Obwohl er sich geschworen hatte, nie wieder einen derartigen Auftrag anzunehmen, lehnte er diesen doch nicht ab. Im Nachhinein betrachtet, wusste er nicht einmal, was ihn letztendlich dazu bewogen hatte, seine selbst gewählte Abstinenz zu beenden.

Hätte er Stella vor seiner Zusage gesehen, dann wäre es ein Leichtes gewesen, sein Interesse ihrer fast überirdischen Ausstrahlung zuzuschreiben. Auch jetzt noch, in ihren Träumen gefangen, zog sie alle Aufmerksamkeit auf sich.

Er war ihr allerdings vorher noch nie begegnet. Es musste also doch die seltsam anmutende Schilderung seines Gesprächspartners gewesen sein, die ihn in das nächste Flugzeug steigen ließ.

Seine Zelte waren schnell abgebrochen. Er schätzte die Anonymität einer großen Stadt. Niemanden kümmerte das Schicksal seines Nachbarn und noch weniger dessen Vorleben. Ein Nachsendeauftrag ausgefüllt und unterschrieben, dazu eine kurze Notiz an den Hausverwalter, und er brauchte sich um Post und Appartement keine Sorgen zu machen, und ... mehr ließ er nicht zurück ... jetzt nicht mehr.

Wie Haie, von frischem Blut angelockt, kreisten seine Gedanken plötzlich um Gewesenes. Mit enormer Willenskraft vertrieb er diese sogar für ihn angsteinflößenden Ungeheuer, scheuchte ungebetene Erinnerungen zurück in den verborgensten Winkel seiner Seele, barg sie dort in der eigens dafür vorgesehenen hölzernen Truhe und schlug den Deckel zu. Nein, er würde jetzt nicht in seine Vergangenheit eintauchen, keine düsteren Hintergründe durchleuchten, die ihn, einen erfolgreichen Mediziner, eine Koryphäe auf seinem Gebiet, zu einem eigenbrötlerischen Egozentriker werden ließen.

Die ihm übertragene Aufgabe erforderte vollste Konzentration, dessen war er sich nach jenem ersten Telefonat bereits bewusst.

Je länger er sich mit der Geschichte der jungen Frau beschäftigte, desto intensiver wurde sein Ansinnen, das Geheimnis seiner Patientin zu lüften. Das klang seltsam, sogar nur in Gedanken, unausgesprochen ... *seine* Patientin. Eigentlich wollte er niemals wieder welche haben.

Der Kontrollblick auf den Monitor zeigte, dass Dornröschen noch nicht bereit war, in die Gegenwart zurückzukehren. Ja, auch sie bewahrte tiefer Schlaf vor der Konfrontation mit der Wirklichkeit. So zumindest die allgemein gültige Überzeugung.

Die Mappe im gelben Umschlag schimmerte im Licht der Lampe auf sorgsam poliertem Holz. Es handelte sich um einen wunderschönen, alten Schreibtisch, im Kontrast zu all den modernen Geräten in diesem Raum. Er griff nach der Patientenakte, zog sie heran. Komprimiert auf nicht ganz fünf Seiten hielt er alles Wissen, das es momentan über diese mysteriöse, junge Frau gab, in Händen. Sorgsam blätterte er, bereits zum wiederholten Male, die wenigen Bögen durch. Es musste doch einen Hinweis geben, der ihm weiterhalf, der Licht in diese rätselhafte Angelegenheit brachte, irgendetwas, das er bis jetzt übersehen hatte. Einige medizinische Gutachten, die aus welchen Gründen auch immer fehlten, hatte er bereits angefordert, waren jedoch noch nicht eingetroffen.

Konzentriert über das dicht beschriebene Papier gebeugt, auf der Jagd nach verwertbaren Informationen, schenkte er dem Kontrollmonitor keinerlei Beachtung.

Darum übersah die momentan wohl bedeutendste Kapazität auf dem Gebiet der Neuropsychologie respektive Neurophysiologie Folgendes ...

Erhöhte Aktivitäten in Gehirnarealen seiner Patientin, die es so, in ihrem gegenwärtigen Zustand der Teilnahmslosigkeit, gar nicht geben durfte.

EWERTHON & MIRA II

ALBA

Fast gleichzeitig öffneten Mira und Ewerthon ihre Augen. Die Stute graste friedlich in unmittelbarer Nähe, zupfte da und dort saftige, grüne Büschel, kaute diese voller Hingabe, bevor sie geräuschvoll verschluckt wurden. Nicht nur der Stand der Sonne verriet ihnen die nahende Mittagszeit, ihre Mägen knurrten wie der eines Bären nach dem Winterschlaf.

Alba schritt langsam näher, stupste Mira mit ihrer weichen, dunklen Schnauze an, schnaubte auffordernd. Ewerthon hatte sich zwischenzeitlich aufgerappelt und reichte Mira seine Hand. Fürsorglich half er ihr hoch, ließ sie nicht los, obwohl sie bereits sicher auf eigenen Beinen stand. Da waren sie nun, sahen jeweils den anderen das erste Mal nach jener magischen Nacht wahrhaftig bei Tageslicht. Knapp dem Tode entkommen, hatten sie keinen Schimmer, wo sie sich befanden; wussten in gewisser Art und Weise auch nicht, wer oder was sie waren, und es fehlte ihnen an Worten.

Jäh wurde Mira von einer unsagbaren Welle der Traurigkeit erfasst. Diese kam aus ihrem tiefsten Inneren, schwappte über die seichten Ränder des Herzens, stieg höher und höher, bis sie sich in einer Flut von Tränen den Weg ins Außen bahnte.

Ewerthon zog Mira an sich, bettete ihren Kopf an seine Brust und sie lauschte Vergangenem. Dumpfes Pochen erzählte von unerschrockenem Mut, verzweifelter Hoffnung, von einer Reise, die fantastischer nicht hätte sein können, von Freundschaft und überstanden Abenteuern, von Leben und Tod. In seinen Armen weinte sich Mira alles von der Seele. Die Geschehnisse der letzten Monate wirbelten durcheinander, sogen sie in einen Strudel der Verwirrung, raubten ihr die letzten verbliebenen Kraftreserven. Sie dachte an Oskar, dessen vergifteter Körper ihr eigenes Leben in Gefahr gebracht hatte; an Ewerthon, dessen verloren geglaubten Geist es aus seiner magischen Tiergestalt zu befreien galt; die Angst, die trotz aller zur Schau gestellten Tollkühnheit ständig im Hintergrund lauerte, die Ungewissheit, die unablässig nach Mira griff, oder war es Oskar, sie konnte keinen klaren Gedanken fassen, schluchzte hemmungslos, bis irgendwann die Tränen versiegten.

Ihr Blick fiel nach unten. Konnte man vertrocknen, wenn man zu viel geweint hatte?

Ewerthon strich behutsam über den Schopf von widerspenstigen Locken. Er ahnte, wie es um Mira stand. Oft genug war es so. Die besten und härtesten Kämpfer brachen nach überstandener Schlacht zusammen, mussten sich haltlos den Geistern der Vergangenheit stellen. Früher oder später forderte die Seele ihren Tribut, wollte sich in Sicherheit wissen und heilen. Dann war es gut, einen Kameraden an seiner Seite zu haben. Nun wollte er dies für Mira sein, ein Fels in der Brandung.

Sie hob ihren Kopf. Sanft wischte er über ihr tränennasses Gesicht, suchte nach tröstenden Worten.

„Du hast keine Schuhe an!", krächzte sie.

„Ähmmm, ja, da könntest du recht haben. Meine Stiefel stecken wahrscheinlich in diesem ekeligen Morast fest", er konnte es nicht fassen. Eben noch bebten ihre Schultern unter der Last der Erinnerungen und im nächsten

Moment warf sie ihm vor, sein Schuhwerk verloren zu haben? Noch dazu, wo sie die Verantwortung dafür trug! Wer hatte ihn denn mit einem kräftigen Ruck aus dem Schlamm gezogen und schwungvoll aufs Pferd gehievt?

„Du weißt, ich kann deine Gedanken lesen?", Mira schmunzelte, während sie ihm die Botschaft schickte.

„Ich denke, wir werden unsere Verständigung momentan auf diese Ebene beschränken. Mein Hals brennt wie Feuer", dachte sie weiter.

Das Maß war voll. Entschlossen umfasste er ihr Kinn, zwang sie damit, ihn direkt anzusehen.

„Wie geht es dir?", aufmerksam betrachtete er sie. Das Lächeln, das ihre Lippen umspielte, erreichte nicht die geröteten Augen. In deren Glanz spiegelte sich Ratlosigkeit.

„Ich habe keine Ahnung, wie es mir geht. Ich weiß nicht, wer oder was ich bin. Ich bin sterblich, das nehme ich an. Ich fühle mich gefangen in einem fremden Körper, obwohl es mein eigener ist, nicht einmal bei Oskar empfand ich derart. Verfüge ich noch über Magie? Meine Mutter behielt ihre magischen Fähigkeiten. Wieso will die Krähenkönigin unseren Tod und wo sind wir überhaupt?"

Obwohl lautlos formuliert, flutete diese Botschaft konfus auf Ewerthon ein.

Sie hatte Recht. Es gab einen Berg von Fragen, die auch ihn beschäftigten. Die Stute stand unmittelbar neben ihm. Ein wunderschönes Tier, das ihn mit dunklen Augen abwartend musterte, dessen Fell silbern im Sonnenlicht glänzte. Es war ihnen zu Hilfe geeilt, doch wie war das möglich?

Mira nahm seine Hand und legte sie an die Flanken des Pferdes.

Sie erinnerte sich genau an Albas Geburtsstunde, ganz oben auf dem höchsten Turm von *Cuor a-Chaoid*, der Burg der *ewigen Herzen*, wo sie sich am liebsten aufhielt. Hier bot sich eine einzigartige Aussicht. Sie sah nach unten, auf das emsige Treiben der Bediensteten, die klitzekleinen Ameisen ähnelnd frühmorgens ihrer Wege eilten. Blickte zur einen Seite über die endlose Weite des Meeres und entgegengesetzt tief ins Landesinnere. Versteckt unter molligem Nebel ließen sich grüne Wälder, üppige Getreidefelder und blaue Berge erahnen, die Herrschaftsgebiete ihres Vaters und ihrer Mutter, einträchtig nebeneinander. Deren Erbe sie hätte antreten sollen.

Wie so oft in jenen Tagen widmete sie sich ihrer Lieblingsbeschäftigung, der Schnitzerei. Unter ihren geübten Händen entstand soeben eine wunderbare Pferdegestalt. An dieser Stelle, in luftiger Höhe, umgab sie Ruhe. Ruhe, die sie brauchte, um jedes noch so winzige Detail sorgfältig aus dem kleinen Holzstück zu arbeiten. Ein Habicht umstrich den rundgemauerten Turm, beäugte sie scharf und stieß einen heiseren Willkommensgruß aus. Gewöhnlich landete er in ihrer Nähe, erhielt ein paar Leckerbissen und es entspann sich ein angeregter Dialog. Der schiefergraue Greifvogel kam weit umher, wusste von Neuigkeiten und oftmals Geheimnissen, die er gerne mit seiner Prinzessin teilte. Aber heute nicht.

Es war der Tag ihrer Abreise von *Cuor a-Chaoid*, der Abschied von Zuhause. Der Tag, an dem sie zur Ausbildung bei Wariana, Königin aller Königinnen, der obersten und weisesten Hexe aller Hexen, geschickt wurde. Verbissen schnitzte sie weiter und ignorierte den Vogel. Zu groß war ihre Trauer. Der Habicht flog unverrichteter Dinge weiter.

Die feinbearbeitete Figur war fertig, doch Mira blieb noch eine Weile, wartete auf den Sonnaufgang. Immer wieder schweifte ihr Blick zur feinen Kontur in der Ferne, dort, wo sich Meer und Himmel trafen. Ein letztes Mal wollte sie das rotglühende Funkeln erleben, das ihre Mutter über alles geliebt hatte. Doch an besagtem Tag blieben nicht nur ihre Gedanken düster. Fahler Dunst legte seine Schleier über die aufgehende Morgensonne.

Mira zuckte erschrocken zusammen. Das passierte, wenn man sich ablenken ließ! Sie war abgerutscht und das scharfe Schnitzmesser ritzte die Innenfläche ihrer linken Hand. Blut tropfte auf das filigrane, hölzerne Kunstwerk, das sie vor Schreck fallen gelassen hatte. Behutsam hob sie es vom Boden, wischte Erde und die roten Blutspuren von der Figur. Tränen benetzten das Kleinod, das verloren in ihren Händen lag. Zitternd hielt sie das winzig kleine Abbild einer wunderschönen Stute gegen das trübe Licht. Gerade in diesem Augenblick gelang es einigen unermüdlichen Sonnenstrahlen, die Nebelbank zu durchbrechen. Sie tauchten das Pferd in ein glänzendes Flammenmeer. Nicht nur die weißen Schwaden am Firmament, auch die endlose See mit ihren tanzenden Schaumkronen erstrahlte in gleißendem Silber, vom blitzenden Himmelszelt lediglich durch die feine Linie eines geheimnisvollen, rauchgrauen Horizonts getrennt. So entstand Alba. Deren Name, entlehnt aus der Sprache der durchs Land ziehenden Gaukler, nichts anderes als *Morgengrauen* bedeutete. Wind kam auf und hauchte der Stute Leben ein. Das Windpferd war geboren. Ewerthon wusste bereits um die besondere Verbindung zwischen Mira und ihren Schnitzereien, diese Entstehungsgeschichte war ihm neu.

Beide vermuteten, dass Miras unbeabsichtigte Bluttaufe dieses Band noch engmaschiger geknüpft haben musste, als üblich. Wie sonst hätte es ihr gelingen können, Alba zu sich zu rufen, an einen Ort, von dem sie selbst nicht wusste, wo er sich befand?

Das Knacksen eines dürren Zweiges, behutsame Schritte die sich leise näherten, ließen beide aufhorchen. Die Stute spitzte gleichfalls ihre Ohren, blickte aufmerksam in Richtung Waldrand.

Schemenhaft zeichneten sich dort abstruse Gestalten ab. Huschten in das Dunkel des Waldes, tauchten als verschwommene Silhouetten hie und da wieder auf, beobachteten sie aus der Ferne.

Alba schüttelte ihre Mähne, wieherte und schritt über die grünen, weichen Graspolster an das gegenüberliegende Ende der kleinen Lichtung.

DAS FREIE VOLK

„Lass sie gewähren. Ich glaube nicht, dass uns von dort drüben Gefahr droht", Mira blickte der Stute versonnen nach.

Ewerthon war davon nicht ausnahmslos überzeugt. Dort in der Deckung von niedrigem Gestrüpp und mannsdicken Bäumen konnte jeglicher Schrecken lauern. Trotz allem bewunderte er die einzigartige Zeichnung des Pferdes. Das Fell silbergrau, schimmerten dessen Mähne und der Schweif in dunklerem Rauchgrau. Diese Färbung fand sich an seinen eleganten Fesseln und der weichen Schnauze wieder.

Stolz, mit erhobenem Haupt und anmutigem Gang hielt Alba auf das erste dichte Buschwerk zu. Bis auf ein paar Schritte näherte sie sich, dann beugte sie ihre Vorderbeine, knickte die Hinterbeine und legte sich vor das Gestrüpp. Ewerthon vermeinte, einer Sinnestäuschung anheimzufallen. Geblendet von der Sonne, erblickte er nun tatsächlich reihenweise kleine Gestalten, die aus dem Gebüsch krochen und sich vorsichtig der Stute näherten. Begleitet von Kichern, Gemurmel und zahllosen weiteren undefinierbaren Geräuschen, umringten die etwa kindsgroßen Geschöpfe das Pferd, das ruhig auf seinem Platz verharrte. Gelassen ließ es die achtsamen Berührungen der tastenden kleinen Händchen über sich ergehen. Erst als die ersten voreiligen Fingerchen ihre sensible Schnauze zupften, schüttelte die Stute warnend ihre dunkle Mähne. Die kleinen Wesen stoben quietschend in alle Richtungen davon.

Indessen hatten sich Mira und Ewerthon soweit genähert, dass die ersten Flüchtenden blindlings gegen sie prallten, voller Schrecken zu ihnen aufsahen, erneut wie Ferkelchen quiekten, bevor sie in eine andere Richtung rannten. Mira bückte sich, hob vorsichtig eine der hysterisch Entfliehenden hoch. Mit beiden Händen von sich gestreckt, betrachtete sie die zappelnde und sich windende Gestalt. Als Prinzessin aller Lichtwesen wusste sie um so gut wie jede Lebensform dieser Welten.

„Du gehörst zum *Freien Volk*", meinte sie heiser und stellte den wild um sich schlagenden Winzling mit Bedacht zurück auf die Erde.

Verdutzt blickte dieser zu ihr hoch. „Du sprichst unsere Sprache? Das können nur ... "

„Sie spricht unsere Sprache. Sie versteht uns! Bleibt hier Leute!", schrie das kleine Wesen in Folge lauthals über die ganze Lichtung und in das Dunkle des Waldes, wohin sich ein Großteil der Meute bereits verzogen hatte.

Ewerthon hatte nichts von diesem Dialog und auch nicht das darauffolgende Geschrei des auf und ab hüpfenden Geschöpfs verstanden. Gleichfalls verstand er weder ein Wort von dem, was sich nun die Kleinen in einer ihm unbekannten Sprache untereinander zuriefen, noch das Gespräch, das Mira sichtlich unter Schmerzen mit ihnen führte.

„Wolltest du nicht deine Stimme schonen?", sanft legte er seine Hand auf ihre Schulter.

Voller Begeisterung wandte sie sich ihm zu. „Wir sind beim *Freien Volk* gelandet!"

Er betrachtete Mira und daraufhin die herumwuselnden Gestalten. Ihn befiel eine vage Vorstellung, was ein *Frei-*

es Volk darstellte. Nach der Reaktion Miras zu schließen, zumindest keine Gefahr.

Und so kam es, dass eine Schar plappernder Wesen sie in ihre Mitte nahm und durch den Wald führte. Die Größten von ihnen reichten Mira gerade mal eine Handbreit über den Bauchnabel, die Kleineren tummelten sich um ihre Knie. Dort, wo die lebhafte Meute ohne Schwierigkeiten durchs dichte Niederholz schlüpfte, hatten Ewerthon, Mira und Alba die Wahl. Entweder sie mühten sich durch undurchdringliches Gestrüpp, das sich mit spitzen Nadeln und borstigen Zweigen in ihr Fleisch bohrte, mit Widerhaken an Fell und Haare krallte, oder sie mussten sich andere Pfade suchen und somit einen häufig ausgedehnten Umweg einschlagen. Offensichtlich kamen sie nicht so schnell voran, wie ihre Begleiter gehofft hatten, denn mit einem Mal hob der Anführer die Hand und der ganze Zug stoppte.

„Hier werden wir unser Nachtlager aufschlagen!" Dieser Befehl klang ausgesprochen deutlich in Ewerthons Ohren.

„Er wählt dir zuliebe unsere Sprache", Mira lächelte. „Offenbar, weil er meine Schmerzen bemerkt hat."

„Oder, weil er mich für die Arbeit benötigt."

Ewerthon konnte diese Nachricht nicht mehr aufhalten, zu schnell war sie ihm in den Sinn gekommen. Er hoffte im Stillen, dass das *Freie Volk*, wie Mira es nannte, nicht auch noch die Kunst des Gedankenlesens beherrschte. Ein Lächeln von Mira und er ließ alle Vorsicht außer Acht. Doch Ewerthon irrte sich. Während er noch mit dem Sammeln geeigneter Äste für den Unterstand beschäftigt war, hatte das rührige Völkchen bereits das gesamte Lager am Rande eines kühlen Baches aufgestellt.

Und nicht nur das. Wasser war geschöpft, mehrere Lagerfeuer loderten, Abendsuppe war in metallenen Kesseln erhitzt oder Kleinwild gegart, gesteckt auf Spießen, gewendet von fleißigen Händen. Rundum herrschte emsiges Treiben, begleitet von lauthalser Unterhaltung des kleinen Volkes.

Mira saß abseits auf einem querliegenden Stamm. Ihr Blick ging ins Leere. Er nahm an, dass sie nicht einmal die enorme Geräuschkulisse wahrnahm, so versunken starrte sie in die Ferne.

„Gut, dass wir die Krähenkönigin los sind, uns gerade vor niemanden verstecken müssen."

Ewerthon grinste, Mira war folglich doch nicht so abwesend, wie es den Anschein machte, dachte das Gleiche wie er. Mit solcherart geschwätziger Krieger an ihrer Seite wäre jede klammheimliche Flucht so oder so zum Scheitern verurteilt. Er nahm neben ihr Platz. Schweigend beobachteten sie das geschäftige Treiben der kleinen Geschöpfe und hingen ihren Gedanken nach.

Ewerthon nahm seinen ganzen Mut zusammen, sprach aus, was ihm seit geraumer Zeit auf der Zunge lag und noch nicht herauskommen wollte.

„Wir haben noch nie darüber geredet, was in dieser magischen Nacht passiert ist. Wie es mit uns weitergeht."

„Nun, es hat sich auch nie wirklich die Gelegenheit dazu geboten. Wir waren stets gut beschäftigt", murmelte Mira. Sie dachte mit Grauen an ihr finsteres Erwachen. Nur knapp war es ihnen gelungen, wieder einmal, dem Tod von der Schippe zu springen.

Er nahm ihre Hand. „Ich stehe in deiner Schuld. Du hast für meine Wandlung deine Unsterblichkeit aufgegeben, unter Umständen sogar deine magischen Fähigkeiten. Und wenn mir ungezählte Leben zur Verfügung stünden, ich könnte diese Schuld niemals tilgen", ernst sah er ihr in die Augen.

Miras Augen glänzten, nicht nur vom Widerschein der Lagerfeuer.

„Ich wäre meines Lebens nicht mehr froh geworden, hätte ich nicht getan, was ich getan habe. Es war unabdingbar. Lieber sterbe ich an deiner Seite, als für alle Ewigkeit unglücklich zu sein."

Kaum hatte Mira zu Ende gedacht, schoss lautlos ein Pfeil durch die Luft und blieb surrend knapp neben ihr im Holz stecken.

Beide warfen sich blitzschnell zu Boden, robbten hinter dem massigen Baumstamm in Deckung. Ewerthon griff nach seinem Schwert und ins Leere. Er war unbewaffnet! Genauso wie Mira, die plötzlich nach dem Bogengeschoss hechtete, es packte und gekonnt das hintere Ende abbrach. Vorsichtig löste sie die winzige Rolle vom erbeuteten Schaft und begann zu lesen. Heftig schüttelte sie ihren Kopf, sodass die kupferfarbenen Locken in alle Richtungen stoben. Hernach sprang sie auf, die Hände auf die Hüften gestützt und setzte zu einer Tirade krächzender, fremdartiger Laute an. Weit kam sie nicht, denn erstens versagte ihr die Stimme und zweitens erklang triumphierendes Geheul aus dem Lager der kleinen Wichte.

Indes stand auch Ewerthon wieder auf den Beinen und blickte in Richtung lärmender Meute. Die eifrigen Gesellen winkten sie voller Begeisterung in ihre Mitte. Das Essen war fertig! So lautete nämlich die Botschaft, die sie mit Pfeil und Bogen verschickt hatten.

„Auch, wenn sie uns scheinbar nichts Böses wollen, äußerst verschroben sind diese Verrückten dennoch!"
Ewerthon konnte nur hoffen, dass die Kleinen nicht seine Gedanken lesen konnten.

Still gab ihm Mira recht. Ihr Herz klopfte jetzt noch bis zum Hals, wenn sie an den überstandenen Schrecken von soeben dachte.
„Trotz alledem, ich habe Hunger. Lass uns der überaus freundlichen Einladung folgen."

„Befremdlich, die Einladung scheint mir eher befremdlich als freundlich", noch während Ewerthon ihr stumm widersprach, setzte er sich in Bewegung, Richtung brodelnder Suppen und knuspriger Fleischstückchen. Über das gesamte Areal lag ein verführerischer Duft, der ihm das Wasser im Mund zusammenlaufen ließ, dazu knurrte sein Magen vernehmlich.

Freundliche Hände reichten ihnen Schüsselchen, die bis zum obersten Rand gefüllt waren.

„Wir müssen uns unbedingt bewaffnen", war das Letzte was er dachte, bevor er mit Genuss die Suppe löffelte und in das köstlichste Stück Wildbret biss, das er jemals gekostet hatte.

Die Reise nach Monadh Gruamach

Miras Nachtruhe verlief traumlos. Tief und fest schlief sie bis in den frühen Tag, fühlte sich das erste Mal seit langem geborgen, ... und vor allem frisch und munter. Mit einem Sprung kam sie auf die Beine. Das war etwas unbedacht. In Folge verhedderte sie sich nämlich in den losen Falten ihres absolut unpraktischen Kleides und brachte fast das zwergenhafte Zelt, ihr Nachtquartier, zum Einsturz. Entschlossen bückte sie sich, packte fest mit beiden Händen den Saum des jadegrünen, feinen Gewebes und riss diesen mit Vehemenz bis über das linke Knie. Das gleiche geschah mit der rechten Seite und sie atmete erleichtert auf. Jetzt lief sie nicht mehr in Gefahr, bei jeder abrupten Bewegung von Stoffbahnen gefesselt zu werden, über ihre eigenen Füße zu stolpern oder vom Pferd zu fallen.

Solchermaßen konnte sie, im gebückten Zustand halb kriechend, ihr Lager verlassen. Die Vorstellung, wie sie gestern mit vollem Bauch ihre Bettstatt unbeschadet erreichen konnte, fehlte in ihrer Erinnerung.

Draußen angekommen empfing sie arbeitsames Treiben. Das kleine Volk wuselte herum, einmal dorthin, einmal dahin, dieses Mal in gedämpfter Lautstärke. Augenscheinlich nahmen sie Rücksicht auf die beiden Langschläfer. Doch jetzt, wo Mira für alle sichtbar unter ihnen stand, entstand ein Spektakel sondergleichen. Schnell war sie umringt von zahlreichen Gestalten, die eifrig auf sie einredeten.

„Haltet ein! Auch wenn ich eurer Sprache kundig bin, sobald ihr euch alle gleichzeitig mit mir unterhalten wollt, verstehe ich keinen einzigen von euch", krächzte sie heillos überfordert.

Eine der Frauen drückte ihr ohne viel Federlesens einen schimmernden Becher in die Hand. Mit freundlichem Nicken forderte sie Mira auf, dessen Inhalt zu trinken. Mira schnüffelte kritisch an dem dampfenden Gebräu. Sie roch nichts Besorgniserregendes und kostete vorsichtig. Schleimig süßer Tee wies auf Eibisch und Honig. Eine gute Wahl. Schluck für Schluck sollte das heilsame Getränk ihre noch immer fürchterlichen Halsschmerzen lindern. Da handelte jemand wohlüberlegt und hatte auch die erforderlichen Ingredienzien bei der Hand. Mit einer Handbewegung wurde sie eingeladen, sich zu setzen. Mira nahm Platz auf einem der Baumstümpfe, die als Hocker dienten.

„Ich heiße Anmorruk. Ihr braucht mit mir nicht zu sprechen, ich verstehe Euch auch auf diesem Wege", sanft berührte die Überbringerin des Tees ihre Hand und sandte auf eigene Weise ihre stumme Botschaft.

Einerseits war Mira froh über die Gelegenheit einer schmerzlosen Verständigung. Andererseits musste sie, so lange Anmorruks Hand auf der ihren lag, besonders auf ihre Gedanken achten. Vor allem ...? Ihre kundige Gesprächspartnerin, so hilfsbereit sie war, bedachte sie mit der höflichen Anrede!

„Ihr dürft Vertrauen zu uns haben. Wir wissen alle von Euch. Von Euch, der Prinzessin aller Lichtwesen, und Ewerthon, dem Gestaltwandler", beruhigend drückte jene ihre Hand.

„Wenn Ihr soweit seid, dann wollen wir uns unterhalten und Ihr könnt selbst von Euren Abenteuern berichten, von denen alle Welten sprechen. Lasst mich noch kurz auf Euren Hals schauen", mit diesen Worten unterbrach die kleine Frau die Verbindung. Sie hob Miras Halskette behutsam an, um die malträtierte Haut darunter zu untersuchen. Mira zuckte zurück. Sie fühlte den lodernden Schmerz noch, den die Kette vor nicht allzu langer Zeit verursacht hatte. Doch nichts passierte. Das Metall blieb kühl und Anmorruk warf einen flüchtigen Blick auf die geröteten Stellen unterhalb der Symbole.

„Das ist eine Aufgabe für unsere Heilerin", meinte sie, „gut, dass wir soundso auf dem Weg zu ihr sind. Zwischenzeitlich trage ich diese Salbe auf, sofern Ihr damit einverstanden seid?" Wie von Zauberhand hielt sie ein glänzendes Tiegelchen in Händen. Mira beobachtete es fasziniert. Je nach Lichteinfall schimmerte es in mannigfaltigen Farben, gleich dem Becher, aus dem sie den Tee getrunken hatte. Lange schon hatte sie keine solche Kostbarkeit zu Gesicht bekommen.

„Das Material nennt sich Perlmutt und kommt aus meiner Heimat. Zudem ist es bestens geeignet als Behältnis für diesen entzündungshemmenden Balsam", erklärte die Kräuterfrau beflissen, während sie den Tiegel öffnete und vorsichtig die gerötete Haut um Miras Hals betupfte. Mira fand sich plötzlich in der Vergangenheit wieder. Der Geruch und das geheimnisvolle Schimmern, beides erinnerte sie an sorglose Tage mit ihrer Mutter und später mit Wariana. Auch sie besaßen eine unüberschaubare Anzahl von Tinkturen, Cremen und Kräutermischungen, sorgsam beschriftet, achtsam verschlossen und aufbewahrt in den unterschiedlichsten Gefäßen, akkurat sortiert in Regalen, darauf wartend, ihrer jeweiligen Aufgabe gerecht zu werden.

„Anmorruk, ich danke dir für deine Fürsorge." Miras Augen glänzten. Es war nicht nur die selbstlose Pflege dieser Fremden, die sie zu Tränen rührte. Der Blick in ihr früheres Leben gemahnte mit voller Wucht an die Gegenwart, machte bewusst, dass es kein Zurück gab und der Weg in die Zukunft ungewiss vor ihr lag. Ein letztes Mal drückte die kleine Frau ihre Hand. „Es wird alles gut. Ihr werdet sehen. Ich achte auf Euch!", damit machte sie sich auf, um gleichfalls ihr Zelt abzubrechen.

Die Mittagssonne stand schon im Zenit, als Ewerthon und Mira im Kreise ihrer rührigen Begleiter aufbrachen. Diese späte Abreise konnten sie sich leisten, da sie dem Wohnsitz des *Freien Volkes* bereits nahe waren, berichtete ihnen Anmorruk, die sich zu Miras persönlicher Gesellschafterin auserkoren hatte. Hin und wieder fasste sie ihren Arm, machte auf purpurblühendes Bienenkraut aufmerksam, zupfte an zartrosa Blüten des Augenwurz, kostete vom bitterscharfen Wassersenf am Bachlauf, schnupperte an diesem und jenem Kraut und schwatzte munter darauf los. Miras trübe Gedanken verflogen, während sie und Ewerthon nicht nur erfuhren, dass ihre Reisebegleiterin über enormes Wissen von Heilpflanzen und deren Verwendung verfügte, sondern auch, dass sie acht Kinder, vierunddreißig Enkel, eine unübersichtliche Menge an Urenkeln und weiteren Nachkommen ihr zugehörig nannte; zusätzlich erhielten sie Kenntnis von Anmorruks ferner Heimat, die sie im zarten Alter von fünf Jahren verlassen musste, weil sie von ihren Eltern als Pfand in die Hände des *Freien Volkes* übergeben wurde; außerdem in Kürze ihren zweihundertfünfzigsten Geburtstag feierte und – noch immer – die Hoffnung hegte, irgendwann in naher oder ferner Zukunft ihre Eltern und Geschwister wiederzusehen!

Während ihnen aufgrund der Informationsflut schön langsam der Kopf schwirrte, folgten sie weiterhin dem klaren Bächlein. Den dichten Wald mit dem harzigen Duft der Nadelbäume hatten sie vor einer guten Weile hinter sich gelassen, als Ewerthon auffiel, dass der Boden unter seinen Füßen bei jedem Schritt erkennbar nachfederte. Alba, die ihnen bis jetzt geduldig nachgetrottet war, wieherte leise, und Mira griff sachte nach den Zügeln. Die Landschaft hatte sich verändert. Zuerst unmerklich, doch jetzt war klar der Bruchwald beidseits ihres schmäler werdenden Pfades erkennbar. Der Bach hatte sich in viele kleine Rinnsale verzweigt. Den bislang mit trockenem Reisig bedeckten Waldboden durchbrachen jetzt schlammige Pfützen. Dicke Stämme, die schwarzbraune Borke aufgerissen, lagen kreuz und quer in dunklen Tümpeln. Rote Flüssigkeit quoll aus den frischeren Bruchstellen, vermittelte den Eindruck von wunden, blutenden Bäumen. Hatte sie bis vor wenigen Augenblicken fröhliches Vogelgezwitscher begleitet, herrschte nun beklemmende Stille. Obwohl Mira es besser wusste, überfiel sie leichtes Grauen, ließ es sie trotz der warmen, dumpfen Luft frösteln. Schwarzerlen lagen als Totenholz im sumpfigen Wasser; graugrüne Aschweiden, die in Büschen zusammenstanden, verwachsene Birken, knorrig mit silbergrauen Stämmen, dickfleischiger Drachenwurz am Rande des matschigen Bodens, der Geruch von modrigem Gewässer, ... ihr standen die Haare zu Berge. Es war unübersehbar. Sie näherten sich *Monadh Gruamach*, dem Herrschaftsgebiet der Moorhexe.

Anmorruk fasste ihre freie Hand. „Ihr braucht euch nicht zu ängstigen. Unsere Heilerin gebietet über all dies hier. Sie will Euch gewiss nichts Böses."

„Ist sie nicht die Hüterin des *Knochenvolkes*?"

Ewerthon folgte gebannt der lautlosen Verständigung. Er versuchte tunlichst, an nichts zu denken, damit seine Anwesenheit in Miras Gedankenwelt nicht auffiel. Dies gestaltete sich allerdings äußerst schwierig, noch dazu, wo er sich eben jetzt Gedanken machte, was ein *Knochenvolk* wohl sein könnte.

Anmorruk sah nach hinten. „Ihr könnt gerne zuhören. Dann muss ich nicht zweimal dasselbe erzählen. Tatsächlich ist es unmöglich, an nichts zu denken, ohne zu denken", meinte sie mit einem Schmunzeln, bevor sie sich wieder Mira zuwandte.

„Auch, wenn Ihr der Meinung seid, ihr begebt Euch in Gefahr. Ich kann Euch versichern, dass unsere Herrin als eine der größten Heilerinnen der Welten gilt. Sie kann Euren Schmerz lindern, höchstwahrscheinlich sogar heilen", sprach sie ihre Gedanken laut aus, so dass auch Ewerthon sie ohne weiteres verstehen konnte. „Es stimmt, sie befehligt das *Knochenvolk*, doch sie ist auch unsere Königin", fuhr sie resolut fort.

Mira, eben konzentriert, Alba in der schmalen Schneise, die sich durch dichtstehende Binsen und mannshohes Schilfrohr schlängelte, zu führen, blickte erstaunt auf. Ewerthon sprach ihre Frage laut aus: „Wie kann das sein?"

Die kleine Frau seufzte. „Das ist eine lange Geschichte und Ihr habt großes Glück, in mir eine der Letzten gefunden zu haben, die noch aus eigener Erinnerung die Vorkommnisse über die Entzweiung des *Wilden Volks* schildern kann. Jene, die selbstredend die Wahrheit über das *Knochenvolk* beinhalten."

Miras Gedanken schlugen Purzelbäume.

„Du bist nicht ihre Kräuterfrau! Du bist die Geschichtenbewahrerin!"

Konnte es tatsächlich sein, dass hier vor ihnen eine leibhaftige *Bewahrerin* stand? Einst, als Schura das erste Mal von diesen mystischen Frauen erzählte, hatte sie sich inniglich gewünscht, irgendwann in ihrem Leben auf eine zu treffen. Eine jener Frauen, die nichts vergaßen, uraltes Wissen ihr Eigen nannten, denen Chroniken unzähliger Generationen innewohnten.

Wedelnd verjagte Anmorruk herumschwirrende, verblüffend große Stechmücken, die unaufhaltsam zudringlicher wurden.

„Auch mein Wunsch ist in Erfüllung gegangen. Ihr, die Prinzessin aller Lichtwesen und der Herrscher über die letzte Tiger-Dynastie, seid mir über den Weg gelaufen. Ich bin gespannt auf Eure Schilderungen und es wäre mir eine Ehre, sie ewig im Gedächtnis der Welten lebendig erhalten zu dürfen."

Mit zusammengekniffenen Augen fasste sie Ewerthon prüfend ins Visier. „Ihr habt doch von abenteuerlichen Ereignissen zu berichten, so hoffe ich?!" Ein strenger Blick traf ihn.

Dem derart Überrumpelten kam prompt ihr lebensgefährlicher Kampf mit der *Cor Hydrae*, der bestialischen Wasserschlange, in den Sinn.

„Nun, ich kann mit einem verfluchten Drachenherz aufwarten. Ist das spannend genug?"

„Ihr seid dem Untier augenscheinlich gewachsen gewesen. Das ist jedenfalls erwähnenswert! ... würde ich meinen", setzte die *Bewahrerin* aller Erzählungen nach einer kurzen Pause augenzwinkernd hinzu und ging ihres Weges.

Mira zappelte vor Aufregung.

„Ich kann es kaum erwarten, ihre Geschichten zu hören. In ihrer Obhut befinden sich eine Unmenge von tatsächlichen Begebenheiten, Sagen und Legenden, nicht nur die ihres Volkes. Sie hütet alle Geschichten dieser Welten. Und das Einzigartige ist, diese sind nirgendwo niedergeschrieben. Sie befinden sich alle hier", Mira klopfte mit ihrem Zeigefinger auf die Stirn.

Ewerthon war beeindruckt. „Was passiert mit ihren Erinnerungen, wenn sie stirbt?"

Er konnte nur vermuten, wie alt solch spezielle Geschöpfe wurden. Anmorruk zählte immerhin 250 Jahre.

Grübelnd sandte Mira eine weitere, stille Botschaft.

„Soweit ich mich entsinne, gibt es eine besondere Übergabezeremonie. In dieser wird das Wissen an eine von ihr bestimmte Person übertragen."

Sie blickte ihn mit großen Augen an. „Ich glaube, der oder die Auserwählte isst dabei ihr Gehirn", setzte sie zögernd fort.

Ewerthon schauderte es unwillkürlich. Selbstredend hatte er von solch befremdlichen Riten vernommen, doch diejenigen derart nah zu wissen, ging ihm doch tief unter die Haut.

Alba wieherte erschrocken auf und riss sie beide aus ihren bangen Überlegungen. Ein faustgroßer Riesenflügler hatte sich in der dichten Mähne verfangen und surrte erbost. Die Stute stieg panisch hoch und versuchte auszubrechen. Mira hatte alle Hände voll zu tun, das geängstigte Tier soweit zu beruhigen, dass es stillhielt, um das zornige Insekt aus ihrem rauchgrauen Schopf zu befreien. Behutsam setzte sie es auf ihre Handfläche und blies vorsichtig unter seine Flügel, die etwas lädiert am schwarzmatten, keilförmigen Körper herabhingen. Totenähnlich erstarrte der Käfer mit ausgestreckten Beinen, bevor er, wieder zum Leben erwacht, schwirrend das Weite suchte. Zurück blieb ein unangenehmer Geruch auf Miras Handfläche.

„Ein Totenansager!", ihre Stimme krächzte, während sie angewidert ihre Hände rieb, „doch so ein riesiges Exemplar habe ich noch nie zu Gesicht bekommen."

„Kein gutes Omen für den Besuch einer Moorhexe", fügte sie lautlos hinzu, sah sich besorgt nach Ewerthon um.

Der grinste und deutete mit dem Daumen nach oben. Er als Gestaltwandler verlor keine Gedanken über Tiere, die angeblich Unheil brachten. Totenansager waren für ihn einfach nur Käfer. Käfer, die sich unter anderem von Aas ernährten und grausig rochen. Nicht mehr und nicht weniger.

Mira wünschte sich zeitweise die pragmatische Sichtweise Ewerthons. Durch ihre Ausbildung und bisherigen Erfahrungen blieb ihr dieser Zugang allerdings verwehrt. Alleine die gigantische Größe des Flüglers war besorgniserregend genug, ohne sich über weitreichendere, unheilvolle Orakel den Kopf zu zerbrechen.

Ihr Gedankengang wurde abrupt gebremst. Albas Riemen strafften sich, schnitten schmerzhaft in die rechte Hand und zogen ihren Arm nach hinten. Die Stute stand jäh still, weigerte sich noch einen Schritt zu gehen und wieherte widerwillig. Sie schüttelte störrisch den Kopf, dass ihre Mähne silbern aufblitzte und glitzernde Funken stoben. Mira musterte aufmerksam die Umgebung. Die schlammigen Pfuhle, struppigen Büsche und der finstere Erlenbruch waren verschwunden; hatten Platz gemacht für eine weite, gut überschaubare Ebene von grünbraunen Graspölstern, auf der einige krumme Birken ihr Dasein fristeten, begrenzt von dichtem Röhrichtgürtel, dessen Halme sich raschelnd hin und her wiegten. Eintöniges Schnarren, melodische Pfeiftöne und kurzes Knarzen erzählten von vereinzelt tagaktiven Rohrsängern. Der moderige Geruch war einer frischen Brise gewichen. Die Sonne, die sie im sumpfigen Wald verlassen hatte, strahlte über dieser harmlosen Idylle.

„Was gibt es, meine Schöne?", zärtlich streichelte Mira die dunkelgezeichnete Schnauze ihres Pferdes. Alba scharrte nervös mit dem rechten Vorderhuf und blähte die Nüstern.

Ewerthon und Mira tauschten sich stumm aus. Doch außer Alba schien sich niemand an der friedvollen Landschaft zu stören. Ein Großteil des *Freien Volkes* hatte sie bereits tratschend überholt und winkte ihnen fröhlich zu. Als auch die letzten der kleinen Gestalten an ihnen vorbeigeschlüpft waren, zog Mira deshalb sachte an Albas Zügel. Sie vertraute deren Instinkt, doch sie konnte beim besten Willen keine Gefahr erkennen. Ihre kleinen Reisegefährten hatten es sich unter den Moorbirken im hohen Gras bequem gemacht und erweckten den Anschein, als würden sie gleich ihre Proviantsäcke öffnen, um in aller Ruhe eine der häufigen, über den Tag verteilten Mahlzeiten einzunehmen.

Widerstrebend folgte ihr die Stute, Hals und Kopf steil aufgerichtet, beide Ohren zuckten aufgeregt.

Kaum waren sie einige Schritte in Richtung lagernder Gesellschaft zugegangen, ruckelte der Boden unter ihnen. Alba wieherte schrill auf, stieg hoch und stampfte beim Niederkommen auf die weichgepolsterte Erde. Doch es war nicht der Aufprall des Pferdes, der das gesamte Torfmoos bis hin zu den schiefgewachsenen Bäumchen erzittern ließ.

Das hohe Schilfrohr neigte sich zu Boden, die silbergrauen Bäume ächzten, sämtliche Binsen und all die braungrünschattierten Gräser duckten sich unter dem Druck einer plötzlichen Sturmböe, die heftig über sie hinwegfegte.

Mira meinte, einer Sinnestäuschung zu erliegen. Denn nicht nur der Boden unter ihren Füßen wankte, ihr schien, als setze sich die gesamte Grünfläche, einschließlich des einfassenden Schilfgürtels, in Bewegung.

Anmorruks Hand lag plötzlich in der ihren. Die *Bewahrerin* lächelte sie beruhigend an.

„Nehmt mich hoch, Prinzessin. Ich denke, Euer Pferd benötigt dringliche Informationen."

Ewerthon hatte den Wunsch der Geschichtenerzählerin ebenfalls vernommen.

„Ihr gestattet", meinte er mit unschuldigem Grinsen, fasste Anmorruk um die Taille und hob sie empor.

Diese langte nach dem Kopf der Stute, deren Augen vor Schreck geweitet waren. Sachte zog sie den Kopf abwärts und legte ihre Hand auf deren Stirn. Alba schnaubte noch immer aufgewühlt, blieb jedoch ruhig stehen. Die kleine Frau beugte sich vor und unterhielt sich flüsternd mit dem Pferd. Im Laufe dieses Dialogs schüttelte Alba mehrmals ihre Mähne und wieherte verhalten. Doch Anmorruk ließ sich nicht beirren, sprach weiter im sanften Ton auf das Tier ein und hauchte ihm schlussendlich einen Kuss auf die dunkelgefärbte Schnauze.

„Ihr könnt mich jetzt wieder absetzen", meinte sie mit hochgezogener Braue, und Ewerthon beeilte sich, dieser Bitte, die mehr einem Befehl ähnelte, nachzukommen. Der Sturm, so überraschend er gekommen war, hatte sich wieder gelegt. Das Schilf stand aufrecht wie einst, die kniehohen Gräser wiegten sich in einer sanften Brise und dennoch hatte sich etwas Wesentliches verändert. Mira und Ewerthon konnten nicht glauben, was sich vor ihren Augen abspielte. Langsam entfernte sich der finstere Bruchwald mitsamt seinen Rändern aus struppigem Strauchwerk von ihnen und dann ... war da nur mehr Wasser. Die vollständige Fläche der moosigen Graspölster, samt Birken und Binsen, hatte sich gänzlich vom Festland gelöst, zu einer schwankenden Pflanzendecke gewandelt, entfernte sich gemächlich, jedoch unaufhaltsam vom sicheren Ufer.

„Wir befinden uns auf einer schwimmenden Insel!" Ewerthon schrie diese Worte fast, so sehr schockierte ihn diese Erkenntnis.

Miras Blick fiel auf Albas tänzelnde Vorderbeine. Die Stute war seit ihrer Zwiesprache mit Anmorruk zwar wesentlich umgänglicher, doch nervös genug, um unruhig mit ihren Hufen zu scharren. Wieviel sicherer Boden befand sich unter ihnen? Der Flusslauf hatte sie in seine Mitte genommen und die rettende Uferböschung zog an ihnen vorbei.

Mira kam unwillkürlich eine andere Floßfahrt in den Sinn. Eine Floßfahrt, reich an gefährlichen Abenteuern, bedingten Täuschungen und wahrer Freundschaft. Das eine oder andere Mal vermisste sie Oskars Tarnung. Obwohl ständig am Limit, war in seiner Haut einiges unbeschwerter, unkomplizierter vonstattengegangen. Und er hätte sicher eine Möglichkeit gefunden, diese wackelige Moosmatte unter ihren Füßen zu steuern.

Sie schaukelten in einer Art Kanal, der sie gerade jetzt in offenes Gewässer spülte. Ein weiter Bogen noch und vor ihnen erstreckte sich ein endloser See oder gar das Meer? Auf dessen Oberfläche sie jedenfalls, das Land in unerreichbare Ferne gerückt, auf einem Grasteppich dahintrieben, ziellos, einzig dem sicheren Untergang entgegen, wie es ihr schien.

Schaumgekrönte Wellen, trichterförmige Wirbel an der Oberfläche gaben Aufschluss über Strömung und gefährliche Strudel, steigerten demzufolge die Bedenken über die Tragfähigkeit ihrer unberechenbaren Unterlage ins Bodenlose.

„Macht Euch keine Gedanken. Wir fahren diese Strecke seit ewigen Zeiten und es kam bislang kein einziges Mal zu einem Zwischenfall", die weise Geschichtenbewahrerin deutete in Richtung schmausender Gesellen.

„Glaubt Ihr, sie würden so gelassen ihre Mahlzeit einnehmen, wenn dem nicht so wäre?"

Mira beobachtete die lärmende Meute, die sogar noch mit vollem Munde imstande war, sich lauthals zu unterhalten.

„Und Alba? War bei euren Überfahrten jemals ein ausgewachsenes Ross dabei?", Ewerthon kam nicht umhin, diese Frage zu stellen.

Wie sich sogleich anhand der Antwort ablesen ließ, keine, die zur allseitigen Beruhigung beitrug.

„Ein Pferd wie Alba hatten wir zugegebenermaßen noch nie dabei. Doch ich habe ihr die Verhaltensregeln für diese Art von Transportmittel erklärt, und außerdem einen großen Sack Hafer als Belohnung in Aussicht gestellt, wenn sie sich daranhält. Alba zeigte sich in diesem Fall sehr einsichtig. Ein außerordentlich kluges Pferd", schloss die Alte zuversichtlich. Alba wieherte bestätigend und stampfte begeistert mit ihren Vorderbeinen auf, was zur Folge hatte, dass eine Lache entstand, Moos und Flechten sich mit Wasser vollsogen, der Grasteppich bedrohlich ins Schwanken kam.

„Davon solltest du lieber Abstand nehmen, meine Liebe", Anmorruk lenkte die Stute auf eine leichte Anhöhe, weg vom Rand ihres seltsamen Gefährtes und bat sie, sich hinzulegen.

So begab es sich zum ersten Mal in der Geschichte des *Freien Volkes*, dass dieses, mit einem Silberpferd in ihrer Mitte, den dunkelgrauen See des *Knochenvolkes* überquerte, dem Sonnenuntergang entgegenfuhr.

Anmorruk prägte sich dieses Bild auf ewig ein. Sie war die Hüterin aller Geschichten, auch die ihres Volkes, und sie wollte diesen Augenblick in ihrem Gedächtnis lebendig halten. Bewahren für lange, dunkle Nächte, wenn der Magen vor Hunger knurrte und klirrende Kälte um die Hütten strich, der Frost an den Türen rüttelte. Zumindest der Fantasie waren keine Grenzen gesetzt und Köpfe konnten mit einzigartigen Abenteuern, gesponnen am mystischen Silberrad, erwärmt werden.

Ihr Blick wanderte weiter zu Ewerthon und Mira.

Der Gestaltwandler und die Lichtprinzessin. Die gerade selbst nicht wussten, wer oder was sie nun tatsächlich waren. Ergründen sollten, welche Gefühle sie füreinander hegten, ob es den Preis wert gewesen war. Falls die Gerüchte stimmten, die sich um die beiden rankten, würde dies nicht so reibungslos vonstattengehen.

Der Anfang war getan. Sie befanden sich auf dem Weg zu ihrer Königin, die sich meist in der Gestalt der Moorhexe zeigte, und doch so vieles mehr war.

Nicht von ungefähr trieb es sie nach Westen, an den Ort, wo Beziehungen auf Bestand überprüft wurden, wo Träume ihrer Umsetzung harrten und wirkliche Aufgaben wohnten.

Mira legte ihren Kopf an Ewerthons Schulter. Beide sahen auf die Oberfläche des bislang mattgrauen Sees, der nun goldschimmernd im Licht der Abendsonne erstrahlte.

„Wir müssen unbedingt reden." Der Vorsatz gleichzeitig gedacht, fand seinen Weg zum Herzen des jeweils anderen.

STELLAS WELT II

CHECKPOINT

Sie hastete durch enge Gassen, abwärts Richtung Hafen. Buckeliges Kopfsteinpflaster, gefährlich rutschig vom soeben überstandenen Wolkenbruch, brachte sie ins Schlittern und sie verlor den Boden unter den Füßen. Den hatte sie ja nun tatsächlich verloren! Im letzten Augenblick fing sie sich wieder, klammerte sich an den hölzernen Handlauf längsseits der glitschigen Treppe. Obwohl ihr Körper zitterte wie Espenlaub, bei ihrer überstürzten Flucht aus der Arztpraxis strahlte die Sonne noch vom azurblauen Himmel, kurz danach schüttete es wie aus Kübeln und gerade eben griffen eiskalte Nebelfetzen nach ihr, huschte ein Lächeln über ihr Gesicht. Galgenhumor, ja, davon hatte sie schon gehört. Wider Willen grinste sie von einem Ohr zum andern. War sie völlig verrückt geworden? Sie triefte vor Nässe, war 17 und schwanger, wusste nicht von wem und wusste nicht wohin. Lief vor der eigenen Mutter davon, besaß nichts, außer dem, was sie auf dem Leib trug, würde in Kürze an einer Lungenentzündung sterben und somit niemals das Geheimnis der fehlenden 129.347 Minuten ihres Lebens ergründen.

Der dumpfe Ton eines Nebelhorns riss sie aus ihrer Trübsal. Der Leuchtturm konnte nicht mehr weit sein, dort würde sie sich fürs Erste verstecken. Er war abgelegen und zur Landseite hin gab es einen hölzernen Schuppen. Windschief, mit Lücken zwischen den Brettern der wackeligen Wände, doch er besaß ein Dach, gleichfalls nicht dicht. Das wusste sie, weil sie dort im staubigen Halbdunkel oft über ihr Leben nachdachte. Hauptsächlich über Klassenkameraden, die sie als Freak abstempelten und drangsalierten, wo immer sie nur konnten; über den Lehrkörper, der gerade dann wegsah, wenn sie geschubst oder verhöhnt wurde, oder ihr noch Schlimmeres geschah, der keinen Finger rührte, um sie vor solch teilweise grausamen Übergriffen zu schützen. Sie sinnierte in stiller Einsamkeit, umgeben von Spinnennetzen und deren Weberinnen. Sann nach über ihre Andersartigkeit, die sie zur Außenseiterin gemacht hatte. Anstatt sich vor den flinken Arachniden zu fürchten – wahrscheinlich wussten nicht einmal ihre Lehrer, was das Wort Arachnida bedeutete, außer der Biologielehrerin eventuell – anstatt also in Furcht vor den Spinnentieren zu erstarren, beobachte sie die kleinen Wesen mit gespannter Aufmerksamkeit. Obwohl sie für gewöhnlich Schmutz verabscheute, ihre selbst erstellten Hygieneregeln penibel einhielt, bewunderte sie inmitten der schmuddeligen, verhassten und doch friedvollen Umgebung die Kunstfertigkeit dieser achtbeinigen Tiere bei der Fertigung ihrer Fallen. Nicht die Gelassenheit, mit denen die Spinne auf ihre Opfer wartete, sondern die Regelmäßigkeit und Eleganz des fertig gewobenen Netzes hatten es ihr angetan. Obwohl Geduld natürlich auch nicht zu verachten war. Manches Mal, in besonders prekären Situationen, meist verursacht durch verständnislose Hohlköpfe in der Schule, rief sie sich diese Tugend in Erinnerung. Der Gedanke an die Ausdauer der todesbringenden Arachnida beruhigte sie, ließ sie durchatmen. Denn, irgendwann, nicht heute und auch nicht morgen, aber irgendwann in der Zukunft, würde es allen leidtun, die sie jemals drangsaliert und gequält hatten. Doch dann käme ihre Reue zu spät, denn in diesem Augenblick wäre sie es, die kein Erbarmen kannte. Das galt nicht nur für ihre Klassenkameraden, das galt auch für ihre Schwester, im Speziellen für ihre Schwester. Wieder tutete ein Signalhorn. Ein weiterer Ton durchbrach die graue Leere des Nebeldunstes um sie. Sie hörte den hellen Klang von Schiffsglocken. Dann war sie doch noch nicht so weit, wie sie dachte.

Auch gut! Irgendwo in der Nähe lag ein Schiff vor Anker. Eine noch bessere Alternative als das Versteck im zugigen Schuppen, um ihre unüberlegte Flucht erfolgreich zu gestalten. Niemals kämen ihre Eltern auf die Idee, sie auf einem schmutzigen, nach totem Fisch stinkenden Kahn zu suchen. Ihr selbst graute ganz fürchterlich bei diesem Gedanken.

Das Bimmeln der Nebelglocke deutete auf ein Gefährt älteren Datums hin, verhieß nichts Gutes in Bezug auf Sauberkeit und wies nichtsdestoweniger zuverlässig den Weg. Das Rasseln der Ankerkette verriet ihr das baldige Ablegen und sie beschleunigte ihre Schritte, um noch rechtzeitig an Bord zu kommen. Wellen klatschten an die Kaimauer, Wirbelbuckel bildeten sich an der Wasseroberfläche, die Bugstrahlruder waren betriebsbereit. Es musste sich doch um etwas Größeres als einen alten Fischkutter handeln. Wie aus dem Nichts tauchte ein riesiger Schatten direkt neben ihr auf. War bis jetzt ihr Blick auf den Boden geheftet, sah sie nun hoch. Sie beugte den Kopf in den Nacken, sah höher und höher. Ein gigantisches Kreuzfahrtschiff schickte sich gerade an, den Hafen zu verlassen. Schemenhaft nahm sie war, dass einige letzte Passagiere soeben in eine angeregte Diskussion mit einer Crew-Mitarbeiterin vertieft waren. Gesprächs-fetzen in zumindest zwei unterschiedlichen Sprachen wehten zu ihr.

„Wir wollen kein Foto! Wir lehnen es ab bei diesem Wetter fotografiert zu werden. Keinesfalls fotografieren sie uns jetzt. Sehen Sie sich doch meine Frisur an! Ich sehe aus wie ein begossener Pudel … und daran will ich ganz s-i-c-h-e-r-l-i-c-h keine Erinnerung auf Zelluloid gebannt!! Verstehen Sie mich!!"

Eine schrille, durchdringende Stimme betonte jeden Buchstaben des Wortes sicherlich.

Im ersten Schreck befürchtete Stella, ihre Mutter hätte sich, aus Gram über das Verschwinden ihrer ältesten Tochter, kurzfristig zu einer Kreuzfahrt entschlossen. So sehr erinnerte sie dieses Gezeter, gepaart mit der gestelzten Ausdrucksweise, an jene.

Diese Situation war ihr vertraut! Sie straffte sich, schritt aus dem Nebel forsch auf die Gruppe zu. Mit einem Blick erfasste sie den Vater, der sich vor Peinlichkeit wand, die zänkische Mutter und zwei genervte Kinder im Teenageralter, plus die völlig überforderte Fotografin, die in ihrer Muttersprache versuchte, die aufgebrachte Passagierin zu beruhigen. Vergeblich, denn letztere erhob eben jetzt wieder ihre Stimme, um ihr Missfallen aufs Vehementeste kundzutun.

Stella packte die Gelegenheit beim Schopf. Nahm das Zepter in ihre Hand und der verdutzten Mitarbeiterin das Klemmbrett mitsamt der Passagierliste aus deren Hand. Aha! Wie sie bereits vermutet hatte. Vater, Mutter, Tochter und Sohn, ein klassischer Familienurlaub also. Sie ignorierte geflissentlich den Stich in ihrem Inneren, atmete konzentriert aus und ein, fasste sich. Anschließend wandte sie sich an die Hauptakteurin, legte eine gehörige Portion Autorität, abgeschaut von ihrer Mutter, gepaart mit professioneller Freundlichkeit, erlernt von ihrer Therapeutin, in ihre Stimme.

„Dieses Foto lässt sich sicherlich bei einem unserer interessanten Landausflüge nachholen. Jetzt sehen wir zu, dass wir an Bord kommen, bevor die ...", sie blickte kurz auf den linken oberen Rand der Liste. Trotz der diffusen Beleuchtung war der Briefkopf klar erkennbar. In geschwungenen Lettern stand hier in blau auf weißem Untergrund *MS Stella*. Fast wäre ihr Redefluss ins Stocken geraten und sie hätte sich an diesen Buchstaben, an ihrem eigenen Namen, verschluckt.

Doch wenn sie eines wirklich gut konnte, war es zu schauspielern. Sie war in ihrem Leben bereits in eine Vielzahl von Rollen geschlüpft, in die der angepassten Tochter, die der stets fröhlichen, großen Schwester, obwohl ihr Herz fast vor Trauer überlief, sie innerlich vor Wut zersprang, die der immer hilfsbereiten Schülerin, die ihre Kolleginnen selbstlos unterstützte, obwohl sie eigentlich fast alle in ihrer Klasse hasste, da kam es auf eine Rolle mehr oder weniger nicht an.

„... bevor die *MS Stella* noch ohne uns in See sticht!", beendete sie also ihren Satz. Gleichzeitig streifte sie das Mädchen mit dem Nasenpiercing und seinen jüngeren Bruder ohne ersichtliches Piercing mit einem auffordernden Blick. Beide klappten die Münder zu, lösten sich aus ihrer Erstarrung und ohne zu zögern setzte sich das Geschwisterpaar in Bewegung, dankbar dem Gezanke ihrer Mutter zu entkommen. Auch der Vater griff nach dem

Handgepäck, folgte ebenfalls erleichtert seinen Kindern. Einzig die Verursacherin des Chaos blieb mit ihrem schrillen Outfit und viel zu viel Schminke im Gesicht regungslos stehen.

Stella griff in ihren eigenen kleinen Rucksack und zog ein sauberes Taschentuch hervor. Sie hielt es ihrem Gegenüber energisch vor die Nase. „Wollen wir?"

Ohne eine Antwort abzuwarten, langte sie nach dem verlassen dastehenden Beauty Case, schritt forsch auf den Eingang des Schiffes zu, der wie ein dunkler Schlund darauf wartete, auch noch die letzten Passagiere zu verschlucken. Sie wusste, die Frau würde ihr folgen. In ihren Händen befand sich deren gesamtes Schminkarsenal, höchstwahrscheinlich der wichtigste Reisebegleiter dieser grellen Person.

Die Fotografin, froh über die Beilegung des Streites, von dem sie ohnehin nur die Hälfte verstanden hatte, zuckte mit den Schultern. Keine Menschenseele kam auf die Idee, die Identitäten der kleinen Gruppe zu kontrollieren. War man einmal am Liegeplatz eines solchen Schiffes, galt es nur mehr, den Checkpoint der Fotografen zu überwinden. Bei ersterem kannte Stella ein Schlupfloch, bei letzterem hatte sie ganz einfach Glück.

Apropos Glück! Das konnte doch kein Zufall sein, dass das Schiff ihren Namen trug? Stella beschloss, dies als gutes Omen zu werten.

Das war eindeutig verfrüht.

EWERTHON & MIRA III

Im Reich der Moorhexe

Noch eben satt und wider Erwarten auch einmal ruhig im Sonnenuntergang lagernd, kam plötzlich Leben in das *Freie Volk.*

Reste des Proviants wurden verstaut, Bündel verschnürt und die kleinen Gesellen reihten sich in einer bisher nie dagewesenen, zumindest nicht sichtbar gewordenen Disziplin auf. Jeweils paarweise blickten sie einer, in der einfallenden Dämmerung gerade noch erkennbaren, schwarzen Küste entgegen.

Auch Alba stand wieder auf ihren vier Beinen und sah in die gleiche Richtung.

Mit einem Ruckeln stieß ihre moosbewachsene Insel an den flachen Strand, schob sich blubbernd und schmatzend noch ein paar Längen über glitschigen Tang, bevor sie zum Stillstand kam.

So aufsehenerregend diese Überfahrt auch gewesen sein mochte, Ewerthon, Mira und auch Alba freuten sich darauf, wieder festen Boden unter den Füßen zu haben.

Gesittet, wie es diesen quirligen Geschöpfen niemand zugetraut hätte, sprang einer nach dem anderen auf die weichen, grünbraunen Graspolster des Ufers, war dem Nächsten behilflich und weiter ging es im Gänsemarsch.

Anmorruk kletterte als Letzte vom schwimmenden Teppich. Nachdem sie sich bei dem einzigartigen Gefährt für die sichere Überfahrt bedankt hatte, vollführten ihre Hände eine geschmeidige Bewegung vom Herzen weg zum See. Der herbeigerufene Wind fegte kurz über den Schwingrasen, der sich glucksend vom Strand löste, trieb die grüne Insel dahin zurück, woher sie gekommen waren.

Anmorruk langte nach den Zügeln der Silberstute, die ihr willig folgte.

Ewerthon und Mira bewegte derselbe Gedanke. Waren sie Gefangene auf dem Eiland der Moorhexe? Ihr befremdliches und doch einziges Transportmittel entschwand soeben ihren Blicken. Eine Tatsache, die unter Umständen Grund zur Sorge bot.

Also folgten auch sie der Schneise, die sich dunkelgrau durch das hohe Schilf schlängelte, dorthin wo die letzten ihrer Reisegefährten verschwunden waren. Ab und an wehten noch Gesprächsfetzen und Gelächter des aufgeweckten Volkes zu ihnen.

Dunstig lag der unverkennbare Geruch von Fäulnis und schlammigem Gewässer über dem feuchten Torfmoos, das den schmalen Schilfgürtel ablöste. Hatte Mira die Enge des nach ihr haschenden Süßgrases von soeben als erdrückend empfunden, war es nun die endlose Weite der vor ihnen lauernden Sumpflandschaft, die sie zur Vorsicht mahnte. Schon tagsüber stellte es ein törichtes Unterfangen dar, diese tückische Ebene zu überqueren. Doch jetzt verschmolz ein unter Umständen vorhandener, trittfester Pfad mit der stockfinsteren Nacht, war so gut wie unsichtbar.

Sie spürte die schwammigen Polster unter ihren Füßen, ein Schritt daneben und sie stand wadentief im Morast.

Mira hatte Mühe, das Tempo der rasch ausschreitenden Geschichtenbewahrerin zu halten.

„Für 250 Jahre ist sie erstaunlich leichten Fußes unterwegs", dieses Mal war es Ewerthon, der ihr nächtliches

Abenteuer mit Humor nahm und Mira tatsächlich ein Lächeln entlockte.

„Sie wird diesen Weg, genauso wie unsere Überfahrt, schon mehrfach genommen haben. Ich denke, sie kennt den richtigen Steig. Außerdem führt Alba, soweit ich das erkennen kann", stimmte sie ihm zu.

Sie liefen schweigend eine Weile durch die sternenlose Nacht, kämpften sich mehrfach aus knietiefen Tümpeln, bis sich endlich der Pfad merkbar verbreitete, das schmatzende Moos von festerem Erdreich abgelöst wurde. Plötzlich durchbrachen tanzende Feuersäulen die Schwärze rund um sie, näherten sich wild und ungestüm. Ewerthon und Mira standen still. Selbstverständlich hatten sie schon von Irrlichtern gehört. Deren Schein Rettung vorgaukelte, unvorsichtige Wanderer vom Weg abkommen ließ, sie in zähes Moor lockte, wo diese Unglückseligen für alle Ewigkeiten verschwanden.

Die auf und ab hüpfenden Irrwische hatten sie fast erreicht, als ihr Kichern und Getuschel sie verriet.

„Es sind die kleinen Kerle!", Ewerthon und Mira atmeten erleichtert auf. „Sie schicken uns ihr Empfangskomitee."

Kaum war dieses angelangt, platzierte es sich vor und hinter den vieren, drängte sich dazwischen, und bildete einen Fackelzug. So beleuchtet, war es nun ein Kinderspiel, den Rest des Weges zurückzulegen. Inmitten dieser Schar von Lichtträgern betraten sie das Refugium der Moorhexe, wo sie auf einer kleinen Anhöhe gespannt von weiteren Mitgliedern des *Freien Volkes* erwartet wurden.

„Herzlich willkommen im Reich unserer Königin", Anmorruk legte die Zügel wieder in Miras Hand, kreuzte beide Hände vor der Brust und öffnete sie sodann in Richtung Gäste. Ein leichtes Kopfnicken vollendete die traditionelle Begrüßung.

Durch nichts mehr aufzuhalten, drängte sich der Rest der kleinen Gesellen heran und beäugte gespannt die Neuankömmlinge. Am meisten Staunen rief Alba hervor. Nach einigen Augenblicken des Zögerns umringten die hinzugekommenen Dorfbewohner aufgeregt die Stute, deren Fell im Licht lodernder Fackeln glänzte und schimmerte, als wäre sie nicht von dieser Welt. Es kam sicherlich nicht oft vor, doch nicht wenige von ihnen glotzten sprachlos und mit offenen Mündern auf das silberne Ross mit seiner dunklen Mähne.

Indes, auch Mira und Ewerthon glaubten sich in einem Märchen gefangen.

Vor kurzem noch durch die finstere Nacht gewandert, breitete sich gerade eben ein Lichtermeer vor ihnen aus. Hütten, soweit das Auge reichte, leuchteten in den verschiedensten Farben, strahlten abwechselnd in Grün, Blau, Lila, Gelb, Rot und weiteren unbeschreiblichen Farbschattierungen. Funkelten um die Wette, als wären sie mit Edelsteinen geschmückt. Es war ein Glitzern und Leuchten, das hoch hinauf in den tiefschwarzen Nachthimmel strahlte.

„Ich denke, Ihr seid damit einverstanden, wenn ich Euch jetzt eure Unterkunft zeige und wir den Besuch bei unserer Königin auf den morgigen Tag legen?", Anmorruk wartete die Antwort auf ihre Frage gar nicht erst ab, sondern setzte sich in Bewegung.

Sie marschierten am äußeren Rand der Behausungen entlang, folgten dem Hügel leicht aufwärts, bis die *Bewahrerin* vor einem der letzten Gebäude auf der Kuppe stehenblieb. Die kleine Frau war ihnen immer einen Schritt voraus, kletterte behände wie ein Zicklein und wies nun seitwärts auf einen schilfbedeckten Unterstand.

„Hier könnt Ihr Alba einstellen. Das dürfte geräumig genug sein. Im Haus werdet Ihr alles finden, was Ihr für heute Nacht benötigt. Sollte doch etwas fehlen, ist morgen Zeit genug. Auch für Alba ist gesorgt. Das Stroh ist aufgeschüttet, im Futterbarren wartet Heu, der versprochene Hafer und ein Trog Wasser stehen gleichfalls bereit", damit legte sie ihre linke Hand auf die hölzerne Eingangstür, die sofort aufschwang und wünschte den dreien eine gute Nacht.

Mit einem Male bemerkten sowohl Mira als auch Ewerthon wie müde sie waren. Herzhaft gähnend bedankten sie sich bei ihrer fürsorglichen Begleiterin, führten die Stute in ihre Unterkunft, wo sie der Duft von frischem Heu empfing. Sie sattelten Alba ab, und während Ewerthon ihre Hufen überprüfte, striegelte Mira nachdenklich das silbergraue Fell.

Bevor sie in die Hütte traten, wandten sich beide um und bestaunten nochmals die prachtvolle, fast taghelle Glitzerwelt, die sich zu ihren Füßen erstreckte. Von weitem erklangen einige dumpfe Schläge. Gleich darauf wuselte es wie in einem Ameisenbau, das *Freie Volk* lief scheinbar kreuz und quer, bis alle Bewohner in ihren Behausungen verschwunden waren und völlige Stille herrschte. Anmorruk stand inmitten der beleuchteten Häuschen, hob ihre Arme langsam im weiten Bogen von unten nach oben, streckte sie gegen den schwarzen Himmel und klatschte einmal in die Hände. Augenblicklich erhoben sich all die bunten, funkelnden Lichtpünktchen, schwirrten durcheinander, flatterten flirrend auf und davon. Scharen von überdimensionalen, strahlenden Schmetterlingen zogen in ihr Nachtquartier, klappten dort ihre glitzernden Flügel hoch. Schlagartig herrschte tiefste Finsternis über dem Moorland und ihren Bewohnern.

Mira und Ewerthon tasteten sich im Dunkeln zu ihrem Nachtlager. Es war die zweite Nacht nach ihrer Verwandlung, zumindest die, an die sich erinnern konnten. So wie vorhin die Schmetterlinge im Dorf, schwirrten ihnen dutzendfach Gedanken durch die Köpfe, unausgesprochene Fragen raubten den Schlaf, ließen jeden für sich mit offenen Augen in die Schwärze der Nacht starren.

„Oskar fehlt mir", es klang irgendwie abstrus aus Ewerthons Mund, doch es war die Wahrheit.

Mira hatte tagsüber einige Tassen des schleimigen Gebräus getrunken. Ihr Hals erholte sich, darum klang ihre Antwort zwar heiser, jedoch durchaus verständlicher als zuletzt. „Oskar hat es nie gegeben! Er war immer ich."

Ewerthon räusperte sich.

Im selben Augenblick sprach sie jedoch schon weiter.

„Ja, du hast recht. Verzeih! Mir fehlt er auch. Es war um einiges einfacher."

Im Dunkeln langte er nach ihrer Hand.

„Jetzt scheint mir vieles komplizierter."

Sie nickte wortlos in die Dunkelheit.

„Morgen sollten wir ausprobieren, welche Fähigkeiten uns noch zur Verfügung stehen. Was meinst du?", fügte er hinzu.

Miras Herz schlug schneller. Eigentlich ein vernünftiger Vorschlag. Zugleich bedeutete dies allerdings den Moment der Wahrheit, den sie bis jetzt bewusst oder unbewusst hinausgezögert hatte. Dann gab es kein Zurück mehr, sie musste sich mit der Realität, egal wie bitter sie schmeckte, auseinandersetzen. Und was war mit den anderen Dingen, den Liebesdingen, die der Aufklärung bedurften, die auf der Zunge lagen, jedoch nicht ausgesprochen wurden? Dennoch, wäre es nicht hundertmal besser zu wissen, woran man war, als sich einer Täuschung hinzugeben und Erwartungen zu nähren, für die es keinerlei Zukunft gab?

Das Gespräch stockte. Nichtsdestotrotz, irgendwann mussten sie eingeschlafen sein, denn als sie das nächste Mal die Augen öffneten, tanzten Sonnenstrahlen durchs Zimmer und luden zum Aufstehen ein. Vor ihrer Tür herrschte bereits turbulentes Treiben, das Klappern von Töpfen, Krügen und Bechern drang bis zu ihnen hoch. Alba döste in ihrem gemütlichen Stall, darum beschlossen sie, sich auf die Suche nach Anmorruk und vor allem Frühstück zu machen.

Lag gestern Nacht die Siedlung still beleuchtet von scharenweise funkelnden Schmetterlingsflügeln unter ihnen, zeigte sie sich heute frühmorgens glitzernd und lärmend. Gespannt wanderten die beiden hügelabwärts und je mehr sie sich den Häuschen ihrer Gastgeber näherten, desto mehr staunten sie. Auf den ersten Blick schienen alle Hütten von gleicher Machart. Nämlich kleiner als üblich und rund, sprich der Statur der meisten ihrer Bewohner angepasst; jeweils mit einer Holztür, einigen Fensterluken und einem binsenbedeckten Dach, das aussah wie eine achtlos aufgesetzte Mütze. Ein paar der buntbemalten Fensterläden waren noch verriegelt und jedes der kugelförmigen Gebäude schmückte ein Vorgarten. In diesen Gärten standen neben all den Beeten mit spros-

sendem Gemüse, duftenden Blumenrabatten und dicht-
verzweigten Beerensträuchern, reihenweise Bäume in
zwergenhaften Größen. Was einen äußerst putzigen Eindruck hinterließ, grundsätzlich jedoch nicht bemerkenswert gewesen wäre. Was allerdings die Aufmerksamkeit
der beiden fesselte, war der äußerst seltsame Behang der
Bäumchen. Das eine Mal baumelten daran filigrane Ket-
ten mit diversen Küchenutensilien, wie Schöpfkelle oder
Essbesteck, mal verzierten Schleifchen aus bunten Stoff-
resten die Äste, oder Krüge und Tassen hingen direkt an
ihren Henkeln in den Zweigen. Staunend beobachteten
die beiden, wie sich das Sonnenlicht in glatten Oberflächen spiegelte und eine unglaubliche Farbenpracht entstand. Dort, wo der Wind seine Freude an Löffeln, Gabeln
und löchrigen Töpfen hatte, ertönte das rappelnde und
pfeifende Geräusch, das sie bis hin zur Hügelkuppe vernommen hatten.
Doch nicht nur der bunte Zierrat in den zwergenhaften
Bäumen weckte ihr Interesse. Ewerthon besah sich die
Mauern der Häuschen näher, die aus einem ihm unbekannten Material gefertigt waren. In Braun- und Grautönen
standen Wasen dicht gepresst an- und aufeinander, bildeten im Zickzack, Reihe um Reihe die Wand bis unter
das Dach. Doch es waren keine speziell geformten Lehm-
brocken und natürlich keine behauenen Steine, die hier
als Baustoff verwendet wurden, dessen war er sich sicher.
„Torf. Wir verwenden Torfziegel", Anmorruk war unbemerkt von beiden herangetreten und beantwortete
Ewerthons unausgesprochene Frage. „Und der Tand in
den Bäumen ... der hält böse Geister fern", führte sie
gleich weiter aus.

„Ihr seid sicher hungrig? Was haltet Ihr von einem Frühstück?", die beiden letzten Fragen richtete sie nun tatsächlich an Mira und Ewerthon und wartete auch deren Antwort ab.

„Gerne", Mira lächelte. „Danke nochmals für deine Fürsorge. Meine Schmerzen sind so gut wie verschwunden und meine Stimme wiedergekehrt."

„Dieses Lob ehrt mich aus Eurem Munde. Immerhin verfügt Ihr selbst über beachtliches Wissen der Kräuter- und Heilkunde. Ich freue mich darauf, unsere Erfahrungen auszutauschen", damit steuerte die *Bewahrerin* auf ihre Hütte zu. Schon von oben war Ewerthon die ringförmige Struktur der Siedlung aufgefallen. Die Hütte, in die sie nun eingeladen wurden, lag inmitten all der anderen, zur rechten Seite einer weiteren, größeren.

Ewerthon musste sich, als sie durch die buntbemalte Eingangstür traten, tief bücken, um sich nicht den Kopf am niedrigen Türrahmen anzuschlagen.

Ein fertig gedeckter Tisch erwartete sie. Er bog sich unter ausgesuchten Delikatessen, frischgebackenem Brot und der dampfenden Morgensuppe. Wenn auch die Schemel niedrig gehalten, Schüsseln und Becher etwas zu klein geraten waren, die Portionen, die sich auf ihren Tellern häuften, übertrafen alles bisher Dagewesene. Mira und Ewerthon stimmten überein, schon lange nicht mehr so ausgiebig und köstlich gespeist zu haben.

Zudem war Anmorruk eine vorbildliche Gastgeberin. Stets waren alle Platten gefüllt, die Krüge voll und ein angeregtes Gespräch entspann sich. Ewerthon und Mira erfuhren von den glitzernden Riesenschmetterlingen und deren Bewandtnis.

„Wenn der Abendklang ertönt, solltet Ihr die Beine in die Hand nehmen und Euer Nachtlager aufsuchen. Das ist das Zeichen für die Schmetterlinge. Klappen diese ihre Flügel hoch, ist es stockfinster und wird gefährlich", erklärte ihnen die Hausherrin todernst. Mira und Ewerthon spürten sehr wohl, dass es diesbezüglich noch mehr zu sagen gäbe, doch sie wollten Anmorruk nicht bedrängen. Momentan würden sie wachsam sein und auf die dumpfen Klänge am Abend achten.

Nachdem sie die letzten Krümelchen weggeputzt, das letzte Getränk geleert hatten, machten sie sich auf den Weg, um der Moorhexe ihre Aufwartung zu machen. War nun Ewerthon der Meinung, gleich in das nächstgrößere Haus zur Linken zu wechseln, wurde er eines Besseren belehrt.

Sie schlenderten an den Rand des Dorfes, verlangsamt durch Männer, Frauen und Kinder des *Freien Volkes*, die entweder Anmorruks Rat benötigten oder Mira und Ewerthon bestaunen wollten.

So wurde es tatsächlich Mittag bis sie bei einer abseits gelegenen Hütte eintrafen. Im Großen und Ganzen glich diese all den anderen, mit dem Unterschied, dass hier kein bunter, lärmender Garten das runde Häuschen umschloss.

Anmorruk drückte beiden die Hand. „Ich verlasse Euch nun. Meine Aufgabe endet hier", und schob sie durch die schwarzgestrichene Holztür.

Anscheinend hatte es niemand für nötig erachtet, die Fensterläden zu öffnen, denn im Inneren war es, im Gegensatz zur gleißenden Mittagssonne draußen, ziemlich düster.

Miras Augen gewöhnten sich rasch an das herrschende Zwielicht und sie erspähte im hinteren Bereich der Hütte eine flackernde Feuerstelle. Davor stand gebückt eine alte Frau und rührte in einem monströsen Kessel. Augenblicklich tauchte in Miras Erinnerung eine kleine Waldhütte auf. Zwei betagte Leutchen, ein Junge, tiefviolett, und der Tiger, versunken im freundschaftlichen Gespräch vorm offenen Kamin. Auch die Unterweisungen Warianas kamen ihr in den Sinn. Links herumgeführt, rechts herumgeführt. Hier schwang der Riesenkochlöffel nur nach links. Was rührte die emsige Köchin heraus?

Die Alte sah über ihre Schulter. „Was steht ihr da und haltet Maulaffen feil, kommt näher, dass ich euch sehen kann!", krächzte ihre Stimme durch das trübe Licht.

Hätte ihnen Anmorruk nicht mehrmals versichert, von der Moorhexe drohe keine Gefahr, Mira hätte auf der Stelle kehrtgemacht. Ewerthon mochte es ähnlich ergehen, denn auch er setzte sich nur zögernd in Bewegung.

Wenngleich man auch noch so trödelt, irgendwann war jeder kleine Raum durchquert, und da standen sie also neben einer leibhaftigen Moorhexe, die geschäftig in ihrem Riesenkessel mengte. Schaurige Geschichten spannen sich um solche Weiber. Abstoßend hässlich sollten sie sein. Mit ihren elend langen Fingernägeln könnten sie Herzen zuerst aus der Brust reißen und dann entzweibrechen, einfach so, weil es ihnen gefiel. Ihr Blick allein reichte aus, um Köpfe zum Bersten zu bringen oder alles Lebende in ihrer Nähe in Stein zu verwandeln. Miras Blut rauschte in den Ohren. Sie war jetzt sterblich, hatte keinerlei Chance, sich gegen eine zornige Königin zur Wehr zu setzen. Diese wandte sich eben in diesem Augenblick um und begutachtete sie eingehend.

Jetzt, aus unmittelbarer Nähe erschien sie jünger und aufrechter. Auch Ewerthon fühlte sich an eine ähnliche Situation in der Vergangenheit erinnert, nur umgekehrt. War nicht der jugendliche Retter im grünen Tal dereinst in Windeseile gealtert und geschrumpft? Die Frau hier vor ihnen schien aus der Ferne alt und buckelig. Allein das Näherkommen reichte, und sie zeigte sich als reifes, noch immer hübsches Weib, ohne jegliche Falten, mit kerzengerader Haltung.

Dunkle Augen musterten die beiden. „Nun denn, erstaunlich, was mir das Schicksal hier vor die Türe geweht hat" und nach einer kurzen Pause, in der sie ihren Besuch von allen Seiten eingehend beäugte, „Anmorruk bürgt für euch, also könnt ihr euch in meinem Reich frei bewegen." Ihr Blick fiel auf Miras Hals. Zuerst schien es, als wolle die Alte die Kette gründlicher betrachten. Doch dann meinte sie nur beiläufig: „Wie ich sehe, hat Anmorruk deine Wunden gut gepflegt. Du bedarfst keiner weiteren Hilfe." Schroff wandte sie sich wieder ihrer brodelnden Masse zu. „Solltet ihr jedoch nach dem Abendklang noch unterwegs sein, kann ich für nichts garantieren. Dann herrscht das Knochenvolk", stieß sie giftig hervor und entließ die beiden mit einer unwilligen Handbewegung.

Draußen vor der Tür, geblendet vom plötzlichen Sonnenlicht, überlegten sich Mira und Ewerthon, ob man am helllichten Tag, ohne zu schlafen, demselben Alptraum begegnen konnte.

Die Geschichtenbewahrerin saß im Schatten einer Grauweide und freute sich merklich, sie beide wohlauf zu sehen. Stumm setzten sie den begonnenen Rundgang durch die Siedlung fort, wobei sie wie bereits zuvor, nur langsam vorankamen. Reihenweise Schaulustige säumten ihren Weg, schnatterten ununterbrochen, drückten ihre Hände, zupften an ihren Gewändern, sodass Ewerthon und Mira gar nicht umhinkonnten, ihre Unbeschwertheit wiederzufinden.

„Verzeiht die Zudringlichkeiten. Besucher sind hier äußerst rar, und dann seid Ihr es! Das außergewöhnlichste Paar seit ewigen Zeiten, von dem bereits die Moorgräser flüstern! Wir bersten vor Neugierde, Eure Geschichten zu hören", Anmorruk glühte selbst vor Aufregung.

Folglich kamen sie überein, sich zum Abendbrot wieder zu treffen, um den beiden Abenteurern für den Rest des Tages noch etwas Ruhe zu gönnen.

Mira und Ewerthon hatten jedoch andere Pläne als ein nachmittägliches Nickerchen. Kaum auf der Anhöhe angekommen, führten sie Alba aus ihrem Unterstand und hielten sich am Rand der Siedlung. Dort folgten sie der Stute, die ohne zu zögern den Pfad, den sie am Vorabend im Dunklen zurückgelegt hatten, beschritt. Ab und an raschelte es verstohlen im undurchdringlichen Gestrüpp längs des Steigs, eine scheue Blindschleiche kreuzte ihren Weg und das Surren schwärmender Insekten begleitete sie. Albas Schweif peitschte gereizt hin und her, und auch Ewerthon und Mira hatten alle Hände voll zu tun, um lästige Blutsauger abzuwehren.

Bei Tageslicht bot die weite Moorebene einen friedlichen, harmlosen Eindruck. Die zerzausten Köpfchen von Wollgras schaukelten im Wind und einige grüne Moosbeeren färbten sich zaghaft mit hellem Rot. Einzig der modrige Geruch von abgestandenen Pfuhlen erinnerten an ihre nächtliche Wanderung. Schon trafen sie bei der mit

Schilfrohr längsseits bewachsenen Schneise ein, von der sie wussten, dass sie direkt am Ufer endete.

Erneut fühlte sich Mira unbehaglich. Die Enge des dicht aneinander stehenden Röhrichts, die scharfen Ränder des grünen Schilfs, die sich in ihren Haaren verfingen und daran zerrten, all das verursachte ein beunruhigendes Gefühl. Sie bemerkte, dass Alba vor ihr schneller wurde und spitzige Halme peitschten ihr in das Gesicht. Sie senkte den Kopf und stapfte vorwärts. Der Schilfgürtel zog sich beidseits auseinander und direkt vor ihnen lag der mattgraue See, den sie erst gestern unter sonderbaren Umständen überquert hatten. Eine endlos schimmernde Wasserfläche soweit das Auge reichte.

„Ohne Boot, ein Ding der Unmöglichkeit", Ewerthon schüttelte den Kopf und umriss ihre Chancen zur Flucht mit einem Satz. „Jetzt wäre dein einzigartiger Zauberbeutel wirklich von großem Nutzen!"

„Vielleicht hilft das hier auch fürs Erste." Mira zog ein winziges Messer unter ihrem Gürtel hervor.

Sie musste es vom Frühstückstisch entwendet haben.

„Das hätte Oskar geklaut, nicht aber Mira, die Prinzessin aller Lichtwesen!", Ewerthon war sich noch im Unklaren, ob er entsetzt oder begeistert sein sollte.

„Richtig! Meintest du nicht erst gestern abends, dass er dir fehlt?", grinste sie von einem Ohr zum anderen.

Aufmerksam suchte sie das Ufer ab. Nach einigen Schritten hatte sie gefunden, wonach sie suchte, bückte sich und kam mit einem Stück Schwemmholz zurück.

Bevor sie das Messer ansetzte, besah sie sich das getrocknete Holz nochmals genau von allen Seiten, entschied sich für eine feinmaserige Fläche und arbeitete sodann rasch und konzentriert. Innerhalb kürzester Zeit konnte Ewerthon bereits erkennen, woran Mira schnitzte. Dieses Floß kannte er nur zu gut.

„Es ist zwar nicht so detailliert wie das letzte, doch da stand mir auch wesentlich mehr Zeit zur Verfügung. Wenn wir es auf einer schwimmenden Grasmatte bis hierher geschafft haben, sollte das für unsere Zwecke reichen."

Mit diesen Worten erhob sich Mira und näherte sich dem grauen See. Mit der hohlen Hand schöpfte sie etwas Wasser, benetzte das Schnitzwerk und setzte es dann behutsam auf die sanft plätschernden Wellen. Gebannt starrten beide auf das schaukelnde Floß, die Zeit verrann, nichts geschah!

„Es funktioniert nicht!" Obwohl Mira dies im tiefsten Inneren bereits geahnt hatte, nun war es zur Gewissheit geworden. Sie hatte keine Zauberkräfte mehr! Wie auch immer sie Alba herbeigerufen hatte, wahrscheinlich hing dies wirklich mit der unbeabsichtigten Bluttaufe zusammen, das grob gefertigte Gefährt blieb winzig und dehnte sich keine Handbreit aus. In einem Akt der Verzweiflung ritzte sie ihre Handfläche und tropfte etwas Blut auf das geschnitzte Holz. Doch auch dies veränderte nichts. Weder die Größe des auf und ab wippenden Boots, noch die Trostlosigkeit ihrer Situation.

Sie flüchtete in Ewerthons Arme. Bis jetzt war immer sie die Optimistische gewesen, nun warfen sie Nichtigkeiten aus der Bahn.

„Nichtigkeit würde ich das jetzt nicht nennen", er las in ihren Gedanken und hielt sie schützend umfangen.

„Wir werden einen anderen Weg aus diesem Moor finden.

Höchstwahrscheinlich ist es ohnehin besser so, denn wir können nur mutmaßen, was uns am anderen Ende des Sees erwartet", Ewerthon erinnerte sie an ihr Erwachen auf der Lichtung.

„Lass uns ins Dorf zurückkehren. Die Sonne steht bereits tief im Westen und du weißt, woran uns Anmorruk gemahnt hat. Diese Warnung hat ernst geklungen. Wir sollten sie nicht auf die leichte Schulter nehmen."

Doch, bevor sie sich auf den Rückweg machten, blieb er am Ufer stehen und sah versonnen in die Ferne über das weite Wasser. Lautlos rief er seine Magie, um sich zu wandeln. So sehr er sich konzentrierte, es geschah nichts. Das gleiche ohnmächtige Gefühl, als er im Bann der Krähenkönigin stand, beschlich ihn, machte ihn wütend, ja rasend und verschlang jedwede Hoffnung. Womit hatte er denn gerechnet? Sie hatten sich entschieden! Mira hatte ihre Unsterblichkeit in die Waagschale geworfen und er konnte froh sein, dass er auf zwei Beinen lief und nicht auf vier Pfoten.

Stumm kehrten sie um. Schritten mit Alba voran erneut auf dem schmalen Pfad durch das Schilf, jeder tief in Gedanken versunken.

Hätten sie nur einen Blick über die Schulter nach hinten geworfen, wäre ihnen aufgefallen, dass das kleine, sorglos auf den Wellen schaukelnde Floß mit einem Male verschwunden war.

In die Tiefe gezogen von ...

... aber sie warfen keinen Blick zurück.

Ta se Maite!

Zur rechten Zeit, nach dem Abendmahl, hatte sich das *Freie Volk* zusammengefunden, saßen Alt und Jung in der größten Hütte des Dorfes und warteten gespannt auf die Erzählungen ihrer außergewöhnlichen Gäste. Sogar die Moorhexe höchstpersönlich hatte etwas abseits von alledem ihren Platz eingenommen, um den Abenteuern der Zweien zu lauschen. Anmorruk saß in vorderster Reihe, um kein Wort des Gesagten zu überhören. Ihr oblag es als *Bewahrerin*, alle Ereignisse der Welten zu hüten und lebendig zu erhalten.

Genauso bunt und laut wie der sonderbare Behang in ihren Gärten waren auch die Gewänder und das nimmermüde Mundwerk der kleinen Leute. Doch nun kehrte Ruhe ein.

Mira und Ewerthon befanden sich dem offenen Eingang gegenüber, etwas erhöht auf einem Podium und sahen in all die neugierigen Gesichter. Vorab befürchteten sie, es wäre schwierig, den Anfang ihrer Geschichte zu finden. Doch war einmal das erste Wort gesprochen, kam eins zum andern. Nicht nur die vielen Zuhörer verfolgten gespannt die ereignisreichen Schilderungen der beiden. Auch Ewerthon erfuhr auf diesem Wege vom unbeschwerten Aufwachsen Miras bis zum tragischen Tod ihrer Mutter; dem Einzug der Stiefmutter auf *Cuor a-Chaoid* und den damit einhergehenden Veränderungen, die zum traurigen Abschied aus ihrer Heimat, der Trennung von der kleinen Schwester und zur Ausbildung bei Wariana, der obersten aller Hexen, führte. Am folgenden Tag durchlebte Mira mit all den Anwesenden Ewerthons schrecklichsten Kindheitstag, die Vertreibung seiner Mutter von *Caer Tucaron* und die Ächtung durch den Vater. Auch wenn sie als Lichtwesen Einblick in das Leben von Stâberognés, dem geheimen Ausbildungsort der Gestaltwandler hatte, so war es doch etwas anderes, das Aufwachsen des kleinen Prinzen, dort im Wald ohne Namen, aus seinem Munde zu vernehmen, als dies ab und an aus der Ferne zu beobachten. Miteinander mussten sie herzhaft lachen, als sie von seinen tollkühnen Unternehmungen hörten, den draufgängerischen Sprüngen von den höchsten Klippen und den übermütigen Streifzügen durch die Wälder, knapp bis hin zu den Siedlungen der Menschen. Hautnah erlebten das Publikum und sie den Flug über den Randsaum zur großen Leere, seinen jähen Absturz und den Rückweg, splitternackt, bar jeder schützenden Kleidung, durch die eiskalte Einöde zu seiner Höhle.

Hier nun wurzelte ihre gemeinsame Geschichte. Beide erinnerten sich an den Moment, als Mira ihm seinen geheimen dritten Namen überbrachte. Gedachten der flinken, klugen Antilope mit ihren weisen Lehren, ihrer Magie des Handelns, untrennbar verbunden mit der Mahnung, die Geschenke der Natur zu achten und nicht blindlings zu töten.

Nur so bist du dir der eigenen Sterblichkeit bewusst und achtest die Kreisläufe des Lebens. Diese Botschaft, einst gesprochen von dem anmutigen, kleinen Tier, hatte keinesfalls an Kraft verloren, sickerte in die Gemüter aller Anwesenden, um dort, auf fruchtbarem Boden angekommen, Wurzeln zu schlagen.

Als die Sprache auf den purpurnen Drachen kam, blieb den großen und kleinen Leuten schier das Maul offen stehen. Ein Fabeltier! Das Fabeltier schlechthin! Der Beschützer der Geheimnisse. Der Bewahrer der Schätze aller Wesen, der Hüter über Weisheit, Intelligenz, Edelmut und magische Begabungen, ebenso wie über Luft, Erde, Wasser und Feuer. Der Wächter der Tore zu allen Zeiten, über die Unendlichkeit, und Begleiter durch alle Dimensionen. Schon alleine diese Aufzählung reichte aus, um das Publikum vor Ehrfurcht erstarren zu lassen.

Als Ewerthon schließlich von der Luftreise mit diesem sagenumwobenen Wesen berichtete, stockte den Zuhörern einhellig der Atem; wie sie ebenso geeint bestätigend nickten, als er die Prinzipien von Stâberognés erläuterte; ihr Pulsschlag verdoppelte sich, als sie die Geburt Tankis miterlebten und selbst die Hartgesottensten unter ihnen vergossen Tränen, als Yria ihr Leben für den Schutz ihres Sohnes opferte.

Auch wenn die Zeit diese Wunde bereits heilen ließ, an jener Stelle wurde Ewerthons Stimme brüchig. Mira rückte näher und drückte seinen Arm. Sie verfügte über keinerlei Zauberkräfte mehr, dessen war sie sich jetzt gewiss, doch Trost spenden konnte sie alleweil. Dazu bedurfte es keiner Magie.

So verging die Zeit wie im Flug. Tagsüber unterstützten sie ihre Gastgeber, waren beschäftigt mit Torfstechen, Binsen binden, dem Sammeln von Beeren und Früchten, Heilwurzeln und Kräutern und deren nachfolgender Verarbeitung. Mira und Anmorruk wurden unzertrennlich, das eine oder andere Mal gesellte sich die Moorhexe, wenn auch anfänglich wortkarg, zu den beiden. Da jede der dreien über enormes Wissen verfügte, fand im Laufe der Zeit ein reger Austausch über die Heilverfahren der gesamten Welten statt.

Mira, versiert in der Medizin der Lichtwesen, staunte immer wieder über zahllose Parallelen zu anderen Heilkünsten, die trotz unterschiedlicher Herangehensweisen für sie ganz eindeutig bestanden.

Ihr und ebenso Ewerthon war bewusst, dass ihr Aufenthalt beim *Freien Volk* begrenzt war. Vermutlich gerade deswegen genossen sie nicht nur die gemeinschaftlichen Erzählungen, sondern erhaschten zusätzlich einen Blick hinter die Kulissen des jeweils anderen, lernten Stück für Stück Facetten ihres Gegenübers kennen, die bislang unentdeckt geblieben waren. Oft lagen sie Seite an Seite wach und tauschten sich im Nachhinein über ihre bisherigen Erfahrungen aus. So verwundert es nicht, dass auch Yria Zugang in diese nächtlichen Zwiegespräche fand.

„Ein Teil meines Herzens wird immer Yria gehören", Ewerthon dachte an die im Wind blondflatternde Mähne, goldgestreiftes Tigerfell und braune Augen voller Lachen, an eine unbeschwerte Jugend und ihr unkompliziertes Zusammenfinden. „Sie ist die Mutter meines Sohnes, und obwohl ich heute weiß, dass alles so kommen musste, wie es kam, frage ich mich bisweilen, was ich anders hätte machen können."

Er fühlte sich nicht besonders wohl bei seinen laut ausgesprochenen Gedanken, denn er befürchtete, dass diese Mira unter Umständen verletzten, doch es war die Wahrheit und er wollte damit auch nicht hinterm Berg halten.

Mira hatte sich, in ihrer Lieblingseinschlafstellung, an seine Seite gerollt. Nun streckte sie sich, drehte sich ihm zu.

„Es ist gut, dass Yria auf immer in deinem Herzen wohnt. Wie du ja selbst sagst, sie ist die Mutter deines Sohnes, schon alleine deswegen", sie zögerte kurz, „und sich gegen eine derart mächtige Prophezeiung aufzulehnen, ich wüsste nicht, ob das Sinn gemacht hätte", fügte sie abschließend hinzu.

Ihr Kopf ruhte an seiner Schulter, eine Hand lag locker auf seinem Brustkorb. Sein Arm umschloss sie fürsorglich und er atmete den liebgewonnenen Duft von süßen Kirschen ein. Ihre Seelen befanden sich im Einklang. Ein Moment in Harmonie und stillem Einverständnis, in dem sie beide zur Ruhe kamen. Doch unversehens, da war es wieder! Das unsichtbare Hindernis, das sich zwischen sie schob, ihre neu beginnende Vertrautheit blockierte, ihnen ein Netz der Befangenheit überwarf, in dem sie hilflos zappelten, aus dem es keinen Ausweg gab. Obwohl Körper an Körper geschmiegt, fanden weder ein Kuss, noch eine sinnliche Berührung den Weg zum jeweils anderen. Gedanken erstickten, Gespräche verstummten. Deshalb verstrichen nicht nur die Tage, sondern auch die Nächte ohne erwähnenswerte Höhepunkte.

Obwohl, eine Änderung ergab sich doch. Nachdem Mira ihr heimlich entwendetes Messerchen wieder zurückgelegt hatte, bat sie in aller Förmlichkeit ihre Gastgeberin darum, die es ihr gerne zur Verfügung stellte. Nun war es der Lichtprinzessin möglich, in aller Öffentlichkeit einer ihrer Lieblingsbeschäftigungen nachzugehen. Wann immer Ewerthon nach Mira Ausschau hielt, fand er sie inmitten der Kleinsten dieses warmherzigen Volkes, wo sie wundervolles Schnitzwerk fertigstellte und hernach an die Sprösslinge verschenkte. Es entstanden fantastische

Miniaturen von Kühen, Schafen, winzigen Zicklein und lebensecht scheinenden Wildtieren. Natürlich wurden auch Dutzende mächtige Tiger in Auftrag gegeben und mit allergrößter Beglückung entgegengenommen. Nicht wenige wünschten sich das sagenumwobene Fabelwesen aus ihren Erzählungen. Mira erfüllte gerne all die Aufträge, nur den Drachen schnitzte sie nicht, obwohl gerade dieser heiß begehrt gewesen wäre. Es tat ihr gut, all die freudigen Gesichter um sich zu sehen, die sie voller Bewunderung umringten. Oft fühlte sie sich an unbeschwerte Kindheitstage erinnert, an welchen ihre Mutter Tonfiguren erschuf und sie an ihrer Seite schnitzte. Als dann irgendwann alle Wünsche erfüllt waren, unterwies Mira die Kinder, wie sie ihre Schnitzereien mit dem dazugehörigen Element und den richtigen Worten zum Leben erwecken konnten. Auch wenn ihr diese Magie nicht mehr zur Verfügung stand und der Zauber in den kleinen Händchen wirkungslos blieb, wollte sie diesen der Kinderschar nicht vorenthalten. Mit großer Begeisterung gingen also die Kleinen daran, ihre Werke „zum Leben zu erwecken." Nicht im mindesten störte sie, dass dies nicht sofort sichtbar wurde, denn erstens braucht doch jeder gute Zauber seine Zeit und zweitens, bei wirklichem Bedarf würde er schon wirksam werden, da waren sie sich einig. So füllten sich die Regale der Kinder mit Miras Figuren und harrten ihrer Bestimmung.

Gerade an einem dieser Nachmittage löste Mira völlig unbeabsichtigt das Geheimnis von Albas Herbeirufung. Plötzlich sah sie ganz klar das Bild vor Augen, als sie das Pferd vom Boden hob, es von Erde und Blut säuberte, mit ihren Tränen netzte und es von den vorwitzigen Sonnenstrahlen in ein glühendes Flammenmeer getaucht wurde. Der Stute stand nicht nur der Wind als Materie zur Verfügung, sondern auch der Rest der Elemente durch Schmutz, Tränen und Sonnenstrahlen! Luft, Erde, Wasser und Feuer, gepaart mit der Bluttaufe, derart war Alba imstande, auch unter den widrigsten Umständen zu ihr zu finden. So musste es gewesen sein. Prüfend fuhr sie über die kleine, weiße Narbe auf ihrer Handfläche. Sie erinnerte sich kaum noch an den Schmerz von damals. Doch diese fast vergessene Verletzung aus der Vergangenheit war es letztendlich, die Schlimmeres in der Gegenwart verhindert hatte.

Neigte sich ein Tag dem Ende zu, trafen sich die Dorfbewohner weiterhin pünktlich nach der Abendsuppe und lauschten gespannt den fantastischen Berichten ihrer Gäste, bis dumpfe Schläge die Nachtruhe einläuteten. Sie wurden Zeugen von Ewerthons Begegnung mit der Kriegsgöttin selbst, deren Zerstörung der treuen *Coddeu-Kämpfer*, der wackeren Krieger des Waldes, der Erweckung seines Vaters als Nachtgeist und der anschließenden Gefangenschaft im Kerker ohne Ausweg. Das Bild der vom Drachen hinweggefegten Burg *Caer Tucaron* beim Kampf um seine Befreiung wurde so lebendig, dass einige Zuhörer meinten, den Geruch der verkohlten Leichen in der Nase zu haben. Doch als es darum ging, den Tod seiner Mutter und seine anschließende rasende Flucht zu schildern, war dies für Ewerthon zu viel. Mira übernahm den Gesprächsfaden, spann die Geschichte weiter. Doch weder sie noch Ewerthon wussten um die Wandlung Ounas in eine Nebelkrähe von königlichem Blut, noch um die finsteren Pläne Kelaks oder der Krähenkönigin. Wie denn auch? Ewerthon war verstört und blindlings losgerannt und Mira, gleichfalls erschüttert, auf dem rotgoldenen Drachen gen Westen geflogen. Demzufolge erfuhr die aufmerksame Zuhörerschaft übergangslos von der Befreiung aus einer niederträchtigen Falle, der aufsehenerregenden Floßfahrt, der schauerlichen Episode mit einem *Cor Hydrae*, aus dessen tödlicher Umklammerung sie nur mit Hilfe des Purpurdrachens entkommen konnten, und von den Begebenheiten im kleinen Waldhaus.

Unterdessen schüttelten sie ungläubig die Köpfe, als ihnen Mira von der *wirklichen Körperwandlung* und dem darauffolgenden Überlebenskampf Oskars erzählte. Totenstill war es, als die Sprache auf Wariana und Anwidar kam. Selbstredend kannten alle die Legenden, die sich um das allerhöchste Herrscherpaar spannen. Wussten von der Hüterin der Zeit, der Gebieterin über Sternenrad und Sonnenwagen und dem schweigsamen Magier und Ersten seit Äonen, der so unendlich und unbeschreiblich wie der Himmel selbst war.

Einzig die Moorhexe schnalzte missbilligend mit ihrer Zunge, als Ewerthon und Mira von ihrem Verzicht auf Magie und Unsterblichkeit berichteten. Gespannt verfolgten die großen und kleinen Anwesenden die Begebenheiten im *Wald des alten Ballastes*, bis sie am Ende der außergewöhnlichen, einzigartigen Abenteuer zum Schluss kamen, dass wirkliche, wahrhaftige Liebe die Wandlung von Lichtprinzessin und Gestaltwandler zu Menschen rechtfertigte und die beiden mit tosendem Applaus und jauchzenden Jubelrufen überhäuften. Alle drängten sich heran, um ihnen die Hände zu schütteln und ihre guten Wünsche auszusprechen.

Erst als Anmorruk aufs Podium kletterte und beide Hände hob, kehrte Stille ein und die aufgeregte Menge setzte sich wieder auf ihre Hinterteile, respektive Schemel.

„Mira! Ewerthon! Wir danken Euch für Euer bedingungsloses Vertrauen. In unseren Herzen werdet Ihr immer Mira, die Prinzessin der Lichtwesen und von *Cuor a-Chaoid*, Mittlerin zwischen allen Welten, und Ewerthon, der Hüter der Tiger-Magie, Herrscher über die letzte Tiger-Dynastie von *Cuor an Cogaidh* der Linie Ounas, bleiben, egal, ob ihr nun von menschlichem Blut oder ganz etwas anderes seid."

Erneut brandete Jubel auf, das *Freie Volk* sprang hoch, warf seine bunten Mützchen in die Luft und trampelte begeistert mit beiden Füßen auf die Erde, sodass die ganze Hütte samt Podest von einem Erdbeben erfasst wurde und ins Wackeln kam.

Mit einer Handbewegung sorgte Anmorruk für Ruhe.

Sie sprach weiter: „Ihr habt etwas aufgegeben und an dessen Stelle ist noch nichts Neues getreten. Vielleicht fühlt es sich an, als wäre da eine offene Wunde, die nie wieder zuwächst. Aber Ihr irrt! Ihr habt nicht nur einen Verlust erlitten, sondern könnt auch einen Zugewinn verbuchen. Manchmal entpuppt sich ein Verzicht auch als Freiheit. Doch um dieses Gefühl zu erkennen, sinnbringend zu nutzen, braucht es Geduld, Vertrauen und Stärke. Und Ihr seid stark! Das Warten lohnt sich, glaubt mir!"

Mira überkam ein sonderbares Gefühl. Diese Worte, zumindest der Beginn von Anmorruks Botschaft, fühlten sich seltsam vertraut an. Eine riesige fette Kröte mit rotfunkelndem Edelstein am Kopf kam ihr aus dem Nichts in den Sinn. Doch so unverhofft dieses geheimnisvolle Bildnis aufgetaucht war, verschwand es auch. Mira fand sich wieder im Saal der größten Hütte des Dorfes im Moor und hörte noch die letzten Worte von Anmorruks Rede.

„Ich, Anmorruk, die *Bewahrerin*, die Hüterin aller Legenden, Chroniken und Erzählungen dieser Welten, schwöre feierlich, Eure Geschichte niemals zu vergessen, sie weiterzugeben an Kinder und Kindeskinder, sie in allen Völkern lebendig zu erhalten, in entdeckten und unentdeckten Welten. Das schwöre ich heute bei meinem Namen!", damit beugte sie ihre Knie vor den beiden.

Mira trat auf sie zu und bot ihre Hand.

„Anmorruk, knie bitte nicht vor uns. Wenn jemand knien sollte, dann wir vor dir. Denn wir stehen unendlich in deiner Schuld. Ohne deine Hilfe wären wir niemals in der Lage gewesen, unsere Erlebnisse hier zu erzählen." Sie blickte auf die zwischenzeitlich vertrauten Gesichter vor ihr und dann zu Ewerthon.

„Durch die großzügige Aufnahme in eurer Mitte, durch all die abendlichen Schilderungen unseres Weges bis hierher, ist mir bewusst geworden, was ich vergessen glaubte. Ich habe begriffen, wieso ich auf meine Unsterblichkeit verzichtet habe. Weil ich Ewerthon liebe. Er war mir der beste Freund während unserer Reise, hat sein Leben für meines gegeben und ich hoffe, er wird mir in naher oder ferner Zukunft mehr als ein Freund sein. Es ist mir einerlei. Ich nehme es so, wie es kommt", sie lächelte unter Tränen.

Als Ewerthon zu ihr trat, sie sanft an sich zog und ihre Lippen sich endlich zum lange ersehnten Kuss fanden, war das bis jetzt vor Spannung verstummte Publikum nicht mehr zu halten. Die Hütte erzitterte bis in die letzte Binse, bei dem überschäumenden Lärm, der nun über das Dorf im Moor hinwegfegte.

Anmorruk sprach die bedeutsamen Worte, die seit ewigen Zeiten jede Geschichte zum Abschluss bringen, sie für immer in ihrem eigenen Gedächtnis verankerte, und in der Erinnerung der Zuhörer lebendig hielt. Ungeachtet dessen, ob der Ausgang sehnsüchtig herbeigewünscht oder mit Schaudern erwartet wurde.

„Tá sé maíte! Tá sé go maith!"

Es ist gesagt! Es ist gut!

Sogar die Hexe lächelte an diesem Abend zufrieden vor sich hin, als sie langsam zu ihrem Häuschen am Rande des Dorfes ging.

Ta se go maith!

Am nächsten Morgen war alles anders. Die Sonne schien strahlender, die Vögel zwitscherten fröhlicher, das Frühstück schmeckte noch delikater, sofern dies bei den Leckerbissen, die Anmorruk täglich auftischte, überhaupt vorstellbar war. Das Binsenbinden, Kräuter sammeln und Torfstechen erledigte sich wie von selbst.

Mira hätte den ganzen Tag vor Glückseligkeit singen können, ihr Herz schlug Purzelbäume und sie selbst wollte bersten vor Glück. Ebenso war Ewerthon die Erleichterung schon von weitem anzusehen. Eine Entscheidung war gefallen, zu der sich weder Mira noch er bis vor kurzem durchringen hatten können.

„Jedes Ding braucht seine Zeit", wie Anmorruk treffend und mit Augenzwinkern Mira zuflüsterte.

Bestritten bis zu diesem Zeitpunkt Ewerthon und Mira die abendliche Unterhaltung, so erfreute nun die *Bewahrerin* mit ihrer einzigartigen Geschichtensammlung die Dorfgemeinschaft. So interessant und spannend diese Erzählungen vorgetragen wurden, pünktlich zum Abendklang verschwanden alle Bewohner in ihren Behausungen und die riesigen, funkelnden Schmetterlinge klappten ihre Flügel zu. Dunkelheit und Stille herrschten alsdann im Dorf, das eine oder andere Mal unterbrochen vom Klappern der Töpfe oder anderem Tand, der an Ästen und Zäunen in den Vorgärten baumelte.

Die Erntezeit näherte sich ihrem Ende, der nächste Goldmond stand bevor und damit ihre erste Geisternacht im

Moordorf, bei diesem ausnehmend freundlichen Volk von kleinen Leuten.

Jene Nacht stellte etwas Besonderes dar. Nicht nur, dass man liebevoll der Toten gedachte, an die wagemutigen Taten verstorbener Helden erinnerte und sorgsamer als in anderen Nächten die Haustür verschloss; an diesem Abend wollte Anmorruk erstmals vom Bruch des *Wilden Volkes* berichten, dem Zwist, der letztendlich die Trennung des *Freien Volks* vom *Knochenvolk* begründete.

„Dieses einschneidende Ereignis wird nur alle hundert Jahre erzählt. Ihr dürft euch glücklich schätzen, denn dieses Jahr ist ein solches", teilte ihnen die *Bewahrerin* feierlich mit.

Zeitig, noch vor Sonnenaufgang, begann der Tag mit der Zubereitung von diversesten Köstlichkeiten. Durch das gesamte Dorf wehte der Duft von geschmortem Fleisch, sautierten Pilzen und frischgebackenen, deftig gewürzten Brotfladen.

Da Mira und Ewerthon bei den emsigen Koch- und Backaktivitäten in den winzig kleinen Küchen nur im Wege standen, beschlossen sie, die lange aufgeschobene Erkundung am anderen Ende des Dorfes anzugehen.

Sie umrundeten zu dritt die Häuschen, dieses Mal jedoch landeinwärts. Als sie die Hütte der Moorhexe passierten, waren die schwarzgestrichenen Fensterläden und auch die wuchtige, hölzerne Eingangstür verschlossen. Kein Rauch kräuselte aus dem Kamin, wie an vergangenen Tagen, an denen die Hausherrin gebückt oder auch nicht gebückt, mit unverständlichen Versen auf den Lippen von früh bis spät in ihrem geheimnisvollen Kessel rührte. Alba tänzelte nervös und Mira fasste die Zügel kürzer.

Sie wollten die Königin keinesfalls auf ihre eigenmächtige Erkundungstour aufmerksam machen.

Eine Zeitlang marschierten sie schweigend zwischen den in harter Arbeit angelegten Gräben, bei deren Aufbau vor allem Ewerthon tatkräftig mitgeholfen hatte. Bis zu jener Stelle, an der die tiefen Spuren der Torfkarren abbrachen, die künstlich angelegten Dämme endeten. An der das *Freie Volk* zum unfreien wurde, sie ohne Ausnahme umgekehrt waren. Wo zwar ein natürlicher Pfad erkennbar war, den sie allerdings niemals benutzt hatten, der in weiter Ferne im Nirgendwo verschwand. Fast schien es, als mieden selbst die moorerfahrenen Torfstecher dieses Terrain, das sich schier endlos vor ihnen erstreckte. Sie befanden sich an der Grenze zum Unbekannten.

Mira bat Alba nun voranzugehen, denn längs des schmalen Weges warfen ölige Tümpel stinkende Blasen, und trügerische Moospolster führten gewiss in die Irre. Wie immer fand die Stute mit hellseherischer Sicherheit den festen Steig durch die grünbraune, stille Ebene. Vereinzelte trockene Inseln mit krummen Moorbirken und am Boden kauernden Faulbaumsträuchern unterbrachen das feuchte Moorland. Hie und da erspähte Mira verrunzelte, rotbraune Moosbeeren und weitflächig breiteten sich mannshohe Horsten von strohfarbenem Hexengras aus. Winzig kleine, braune Vögelchen flatterten erschreckt hoch, nahmen Reißaus vor Albas Hufen. Allerlei kleines Getier huschte und fiepte im struppigen Gebüsch, ganze Schwärme von Hautflüglern in unglaublichen Schattierungen summten und brummten im goldenen Morgenlicht.

„Findest du es nicht ebenfalls interessant, dass alle Insekten hier riesengroß erscheinen, alles weitere Getier im

Gegensatz dazu fast erstaunlich klein?" Mira blieb stehen und sah Ewerthon fragend an.

Er nickte bestätigend. „Ja, das ist mir bereits aufgefallen. Sogar das *Freie Volk* ist ausnehmend klein geraten!"", grinste er.

„Nun ja, ausgenommen der Moorhexe. Diese ist mindestens so groß wie du", fügte Mira ernst hinzu.

Bis eben zu diesem Augenblick war die Moorhexe noch niemals in ihre Unterhaltungen eingeflossen. Obwohl ihnen jene in ihrem Refugium Zuflucht gewährt hatte, bei den abendlichen Zusammenkünften regelmäßig auf dem etwas abseitsstehenden Stuhl Platz nahm, interessiert ihren Geschichten lauschte, über ihr Volk offenkundig mit liebevoller Fürsorge wachte, jagte der Gedanke an sie beiden unbehagliche Schauer über den Rücken.

Gleichfalls hatten sie keinerlei Vorstellung, wie denn überhaupt das geheimnisumwitterte *Knochenvolk* aussah. Mira hatte Anmorruk bei einer ihrer Kräutersammlungen daraufhin angesprochen. Doch diese meinte lapidar, es wäre soundso besser, diesen Gestalten niemals zu begegnen.

Aufgescheucht stieg die silberne Stute hoch, unterbrach ihre Unterhaltung mit schrillem Wiehern.

Die Blicke der bislang arglosen Wanderer schweiften blitzschnell und prüfend über die leere Einöde, die sich just in diesem Augenblick am strahlenden Morgen in ein flattriges Nebelkleid hüllte. Grauer Dunst stieg vom Boden hoch, verwischte die letzten bunten Farbtupfer der Gräser und Beeren und da ..., wie aus dem Nichts, stand die Königin des Moorlandes plötzlich vor ihnen, versperrte auf einen knorrigen Ast gestützt den eingeschlagenen Pfad.

Mira und Ewerthon erstarrten in der Dauer eines Wimpernschlages, fast gleichzeitig, standen wie aus Stein gemeißelt und blickten bestürzt auf die Hexe. Bevor sich die beiden bewegungslosen Statuen von ihrem Schreck fangen konnten, ergriff die Moorhexe das Wort.

„Dieser Weg führt euch direkt ins Verderben! Ihr solltet schleunigst umkehren, bevor es dafür zu spät ist!" Die Gestalt vor ihnen hob den schrundigen Stock und lächelte ihnen zu. Miras Halskette begann zu glühen. Genauso rasch, wie der Nebel eingefallen war, lichtete er sich, das Bild der mysteriösen Moorhexe verblasste, zurück blieben flüchtige graue Schwaden.

Die Sonne schien wie eh und je, vor ihnen lag die zugegebenermaßen eintönige, jedoch keinesfalls gefährlich scheinende Moorlandschaft, reich an mannigfaltigen Braun- und Grüntönen, bevölkert von riesengroßem Insektengetier in der Luft und auf der Erde.

Anscheinend hatten Mira und Ewerthon vor Schreck den Atem angehalten, denn erst jetzt wagten sie, nach Luft zu schnappen. Sprachlos sahen sich die beiden um. Wäre nicht Alba gewesen, mit ihren zuckenden Ohren und nervösem Schnauben, und die brennenden Symbole um Miras Hals, sie hätten vermeint, einem Traum anheimgefallen zu sein.

„Wir kehren auf der Stelle um!", fast gleichzeitig sprachen sie diesen Satz aus. Wider Willen brachte sie dieser Ausdruck von spontaner Harmonie zum Schmunzeln. Es kam nicht alle Tage vor, dass sie sich so rasch einig waren. Seit ihrer Ankunft in der Siedlung hatte die geheimnisvolle Kette noch nie auf die Moorhexe reagiert. Was hatte sich verändert?

Während sie den Pfad zurück zum Dorf einschlugen, warf Mira gedankenverloren noch einen letzten Blick über die Schulter. Dort, wo die braungrüne, wogende Gräserlandschaft mit dem Graublau des Himmels verschmolz, zeichneten sich schemenhaft rätselhafte Umrisse ab. Doch so sehr sie sich auch anstrengte, mehr als verschwommene Konturen in weiter Ferne gab es nicht zu sehen. Soeben machte sie Ewerthon auf ihre sonderbare Entdeckung aufmerksam, da verschwanden die grauen Erscheinungen mit einem Schlag. Als wären die gespenstischen Gestalten Gaukeleien einer wunderlichen Sinnestäuschung gewesen, lag die Moorlandschaft wieder ruhig und still vor ihren Augen.

Für beide waren die Ereignisse der letzten Augenblicke jedoch Ansporn genug, um so rasch wie möglich zurück in die vermutete Sicherheit innerhalb der ausgehobenen Gräben zu eilen.

Dort angelangt, liefen sie sogleich Anmorruk in die Arme, die bei ihrem Anblick sichtlich erleichtert aufatmete.

„Wo seid Ihr denn gewesen? Ich habe Euch schon überall gesucht!"

Ihre Worte riefen eine Flut von Informationen hervor, die zuerst von Mira und Ewerthon gleichzeitig, dann abwechselnd, nichtsdestoweniger jedes Mal aufgewühlt, auf sie niederprasselte.

Ungläubig blickte sie von einem zum anderen und meinte dann, in einer kurzen Verschnaufpause der zwei: „Das ist schier unmöglich!"

„Was ist schier unmöglich?", die abrupt in ihrem Redefluss Gebremsten, blickten sie fragend an.

„Kommt bitte mit und seht selbst!", Anmorruk eilte auf das Haus der Moorhexe zu. Davor angekommen, sprach sie eindringlich, allerdings im Flüsterton, auf mehrere Wachen, die sich davor postiert hatten, ein. Letztendlich gaben diese den Weg frei und sie öffnete behutsam die hölzerne Eingangstür, die lautlos nach innen schwang. Warnend legte sie ihren Zeigefinger auf die Lippen und deutete Mira und Ewerthon leise zu sein. Zu dritt traten sie in das schattige Dunkel der Hütte. Es roch nach kaltem Ruß, denn im Kamin brannte tatsächlich kein Feuer und niemand stand rührend und brummelnd am Kessel.

Die *Bewahrerin* huschte lautlos über die staubigen Dielen in den hinteren Teil des dämmrigen Raumes und zeigte dann stumm auf das runde Bettgestell vor ihnen. Darauf lag die Moorhexe im tiefen Schlaf versunken. Ihre Kleidung lag ordentlich gefächelt auf dem schwarzen Schemel links am Fußende, und halbgeschnürte Stiefel warteten blitzblank auf dem binsengeflochtenen Teppich vor dem Bett. Nichts wies darauf hin, als sei hier jemand vor kurzem durch das Moor gewandert.

Zurück im diesigen Sonnenlicht und ausreichend weit von der Hütte entfernt, ergriff Anmorruk das Wort.

„Die nächsten drei Tage und Nächte verbringt unsere Königin schlafend in ihrer Hütte. Niemals setzt sie in dieser Zeit nur einen Fuß davor."

„Aber wer gewährleistet, dass sie sich tatsächlich bereits des Morgens in ihrer Hütte aufhielt oder nicht zwischendurch doch aufwachte und nach draußen kam?", Ewerthon und auch Mira waren noch nicht überzeugt.

„Versteht Ihr denn nicht? Sie darf nicht aufwachen! Wer immer sie aufweckt ist des Todes, und es wird gar Grauenhaftes passieren, wenn sie vor dem Ende der dritten Nacht die Augen aufschlägt!" Die *Bewahrerin*, für gewöhnlich die Ruhe in Person, erhob die Stimme. „Wieso, glaubt Ihr, stehen die Wachen rund um ihre Hütte? Niemals und auf keinen Fall darf ihr Schlaf gestört werden. Unglück, in unbeschreiblichem Ausmaß, würde über das *Freie Volk* hereinbrechen. So steht es von jeher in den uralten Schriften!" Wie vom Donner gerührt, hatten Mira und Ewerthon der aufgelösten kleinen Frau zugehört.

„Verzeiht meinen Ausbruch. Doch es ist unabdingbar, dass der Schlaf der Königin bis zur Mitternachtsstunde der dritten Nacht andauert", Anmorruk hatte sich beruhigt und lächelte den beiden entschuldigend zu. „Wir wollen uns nun Erfreulicherem widmen. Kommt mit mir! Wir haben für Euch einiges vorbereitet", sie wies auf die Gemeinschaftshütte in der Mitte des Dorfes.

Als die drei dort eintrafen, war diese bereits zum Bersten voll. Große und kleine Dorfbewohner drängelten sich in dichten Trauben um reich gedeckte Tische, die heute hier aufgestellt waren. In unbegreiflichen Mengen waren den ganzen Tag über Delikatessen gebacken, gesotten, gegrillt und gedünstet worden und harrten ihrer Bestimmung.

Der ganze Raum summte und brummte vom Schnattern und Kichern der kleinen Leute, sodass man meinen könnte, man sei mitten in einem Bienenstock gelandet.

Anmorruk kämpfte sich bis zum Podium und brauchte nur einmal ihre Arme in die Höhe zu strecken, da verebbte der Lärm. Es wurde so leise, dass sogar das angestrengte Knarren der Tische unter all den aufgeladenen Köstlichkeiten hörbar wurde.

„Mira, Prinzessin aller Lichtwesen, Mittlerin zwischen den Welten, und Ihr, Ewerthon, Gestaltwandler und Hüter der Tiger-Magie!", so begann ihre Ansprache, die feierlich zu werden schien. „Ihr habt uns nun so viele Abende mit Euren unglaublichen Abenteuern unterhalten, mich und meinen Stamm, alle Welten, um einzigartige Erzählungen reicher gemacht. Heute zeige ich mich erkenntlich. Heute werde ich von der Entzweiung des *Freien Volkes* und des *Knochenvolkes* berichten. Diese Geschichte wird nur alle einhundert Jahre erzählt und diesen Abend ist es soweit. Doch bevor wir uns diesem bitteren Geschehnis widmen, lasst uns zuerst essen und trinken. Ein hungriger Magen verursacht Ungeduld und mindert die Aufmerksamkeit. Das wollen wir jetzt ändern. Lasst uns die Bäuche füllen!"

Tosender Applaus brandete auf, bevor er übergangslos von hemmungslosem Schmatzen und fröhlichem Stimmengewirr abgelöst wurde.

Dachten Mira und Ewerthon, es handle sich bei „Lasst uns die Bäuche füllen" um eine reine Redewendung, wurden sie eines Besseren belehrt. Die kleinen Leutchen schaufelten innerhalb kürzester Zeit Unmengen der aufgetischten Köstlichkeiten in sich hinein, sodass ihre Gäste aus dem Staunen nicht mehr herauskamen. Nun wurde ihnen klar, weshalb sich die Tische unter der Last von Braten, Gemüse, Backwerk und Getränken vorab gebogen hatten, denn diese verloren bei der Essgeschwindigkeit der Dorfbewohner im selben Maße an Gewicht, wie letztere zulegten. Obwohl in bester höfischer Manier Messer und Löffel, ja sogar Gabeln gedeckt waren, blieb diese wohlgemeinte Geste, sprich das Essbesteck, meist unberücksichtigt. Mit bloßen Händen ließ es sich aufs Vorzüglichste speisen, besser als mit jedweder vornehmen Etikette. Da war sich die Dorfgemeinschaft einig.

Mira und Ewerthon wurden beinahe genötigt, gleichfalls tüchtig zuzulangen, denn in Windeseile stapelten sich Kostproben auf ihren Tellern, verbunden mit der Aufforderung, dieses Häppchen und jenes Törtchen zu versuchen. Die Gesellschaft wurde immer ausgelassener und die Prinzessin und der Gestaltwandler sehnten sich bereits nach dem Ende der Völlerei. Einerseits hatten beide die allergrößten Bedenken in Bälde zu bersten, andererseits waren sie natürlich äußerst gespannt auf die heutige Geschichte von Anmorruk.

Doch plötzlich, ... mitten während dieses lebhaften Gelages, der überschäumenden Fröhlichkeit und Heiterkeit, fegte ein gewaltiger Luftzug durch den Raum und schob die Hälfte des Gedecks von den Tischen. Er verrückte Stühle mitsamt den auf ihnen Sitzenden, sodass kleine Kinder ängstlich nach der Hand ihrer Mutter griffen. Nicht nur die schönen Blumengestecke, liebevoll gefertigt zur Dekoration, wirbelten durch die Luft, sondern auch knusprig gegrillte Häppchen, sautierte Pilzkappen, bunte Küchlein und andere Köstlichkeiten klatschten nach kurzem Flug haltlos auf den Boden.

Ein Intermezzo, ähnlich dem Rauschen von abertausenden Hautflüglern schwoll an und verklang rund um die Hütte. Alsdann kehrte Totenstille ein. Die noch vor wenigen Augenblicken angeregt plaudernde Gesellschaft saß leichenblass, mit vor Angst geweiteten Augen und wie versteinert, auf ihren Plätzen.

„Ewerthon!", langgezogen hallte der Ruf nach ihm durch das Dorf. „Ewerthon, mein über alles geliebter Sohn, gib Antwort, finde ich dich hier?", fast flehentlich klang Ounas Stimme an sein Ohr.

Er sprang auf und der Sessel polterte lautstark auf den Boden. Die erste Geisternacht! Seine Mutter! Seine Mutter suchte ihn aus dem Reich der Toten heim! Ruhelos würde sie ihn verfolgen bis an sein Lebensende! Der Schrecken stand jetzt auch ihm ins Gesicht geschrieben. Das *Freie Volk* löste sich aus seiner Starre und blickte bestürzt auf Anmorruk.

„Die Königin! Dieser Lärm wird sie wecken! Der Tod ist uns sicher!", sie flüsterte, was alle anderen dachten.

Wieder tönte es durch die Nacht. „Ewerthon! Ich bin es, deine Mutter, ich lebe! Falls du hier bist, zeige dich, mein Sohn!" Ein trotziger, wütender Unterton mischte sich in ihre Stimme. War es überhaupt ihre Stimme? Sie klang zur gleichen Zeit vertraut und doch fremd!

Zögernd ging er auf den Ausgang der Hütte zu. Mira folgte ihm, die kleinen Gesellen in gebührendem Abstand hinterher. Ewerthon spähte ins Freie und ihm wurde erneut schmerzlich bewusst, dass er noch immer keine Waffe trug.

Aus Rücksicht auf den Schlaf der Königin hatten nur wenige der bunten Schmetterlinge ihre funkelnden Flügel ausgeklappt. Dementsprechend dämmerig war es im Freien. Sein Blut rauschte in den Ohren, als sich vor dem Dickicht der gegenüberliegenden Büsche eine Gestalt regte und aus deren Schatten trat. Mira erstarrte, als sie erkannte, wer oder was da auf sie zukam. Die Kreatur war groß, schwarz und hatte zwei riesige Flügel! Und wurde schneller, eilte auf sie zu, warf sich in tödlicher Absicht auf Ewerthon. Der stand wie angewurzelt auf seinem Platz und sah dem Verderben schutzlos entgegen. Das, was in diesem Moment auf ihn zu rannte, musste, wofür auch immer, die hasserfüllte Rache der Kriegsgöttin sein. Seine über alles geliebte Mutter als Wiedererweckte! Nicht so armselig wie vormals sein Vater, schwach und bedauernswert, nein! Gefangen in der Gestalt einer Nebelkrähenkriegerin, als willenlose Marionette auf Gedeih und Verderb der Willkür der Krähenkönigin ausgeliefert. Trotz alledem, ihr Gesicht strahlte vor Glück, als sei er der Einzige auf der Welt, der ihr totes Herz erfreuen könne. Ihr Lächeln verzerrte sich, das Bild der herbeieilenden Mutter verschwand. Im allerletzten Moment hatte sich Mira mit einem Wutschrei zwischen die beiden geworfen und stach tollkühn mit ihrem winzigen Schnitzmesserchen auf die dunkle Gestalt ein.

Was jetzt geschah passierte alles zur selben Zeit, sodass, noch dazu im Nachhinein, die Abfolge schwierig zu beschreiben ist.

Die finstere Vogelgestalt heulte schmerzerfüllt auf. Aus den Gebüschen rund um die Hütte tauchten weitere furchteinflößende Geschöpfe. Mit ihren gigantischen Flügeln entfachten sie eine Windböe, die das *Freie Volk* zu Boden drückte. Diese grausigen Wesen rückten näher und näher, umzingelten sie von allen Seiten. Die derart in die Mangel Genommenen packten ihre Kinder und brachten sie in die große Hütte, zurück in Sicherheit. Blitzschnell bewaffneten sie sich mit allem, was zum Kämpfen taugte. So fanden die winzigen Messer und Gabeln doch noch Verwendung, und sei es als Stechwerkzeug gegen den Feind. Hölzerne Kellen, Kerzenleuchter und Rührlöffel dienten als Schlagwerkzeug, um auf Köpfe und Beine zu dreschen, ja sogar flugs geleerte Pfannen und Töpfe wurden zu Kriegsmaterial umfunktioniert, übergroße Deckel fungierten als Schutzschilder, leergeräumte Drehspieße als Lanzenersatz.

Wer in Folge als erstes zum Angriff überging, ist schwer zu bestimmen. Doch innerhalb weniger Augenblicke wogte ein Kampf, der von vornherein schon entschieden schien. Denn so sehr sich auch die wackeren, kleinen Kerle wehrten, mutig auf die Feinde schlugen und einstachen, die Übermacht war einfach zu groß. Es entstand ein Tumult, dessen Lärm sich über das ganze Dorf ausbreitete, in jede Ritze der Häuser kroch und schon gar nicht vor dem Domizil der Moorhexe haltmachte.

Gerade im ärgsten Kampfgetümmel gellte plötzlich ein Schrei durch die Nacht. Schrill, Mark und Bein durchdringend hallte er über die gesamte Moorlandschaft. Hielten die mysteriösen Vogelgestalten überrascht in ihrem Tun inne, zitterte das *Freie Volk* jetzt wie Espenlaub.

Dem ersten schaurigen Heulen folgten ein zweites und ein drittes. Mit jedem Mal beängstigender und wütender. Einige der schwarzen Gestalten kippten mit Wehlauten zu Boden und wälzten sich dort schmerzverzerrt im Staub. Doch auch den mutigen kleinen Kriegern erging es ähnlich. Diese rannten mit letzter Kraft auf die Hütte zu, packten ihre Kinder, andere die Verletzten, stoben so schnell es ging in die eigenen Häuschen und verschanzten sich darin. All diese geschilderten Ereignisse liefen, wie gesagt, fast zum selben Zeitpunkt ab, und so waren nur wenige Augenblicke vergangen, als einzig Mira, Ewerthon und Anmorruk, mitsamt einer Handvoll ihrer Sippe, zurückblieben und sich einer Übermacht von schemenhaften Nebelkrähenkriegern gegenübersahen.

Anmorruk hob beide Arme zum Himmel. Die bunten Schmetterlinge eilten herbei und klappten ihr funkelnden Flügel auf. Der Schauplatz derart schrecklicher Ereignisse, vor und rund um die Hütte, wurde in gleißendes Licht getaucht. Stille, die vorher unabdingbar gewesen wäre, um Schlimmeres zu verhindern, breitete sich aus. Wie durch ein Wunder gab es auf beiden Seiten der Kontrahenten keine Toten. Was aus der Position des *Freien Volkes* mit ihrem minimalistischen Waffenarsenal nicht unbedingt eine Überraschung darstellte, doch augenscheinlich hatte sich der übermächtige Gegner zurückgehalten, mehr oder weniger nur flache Hiebe ausgeteilt, um sich die wehrhafte Dorfgemeinschaft vom Halse zu halten.

Der Ring der düsteren Vogelgestalten öffnete sich, machte Platz für das Trugbild, das sich als Ewerthons wiedererweckte Mutter ausgab und nun zögernd auf ihn zuschritt. Im Gegensatz zu ihrem ersten Aufeinandertreffen besaß diese Gestalt jedoch keine Flügel. Sie trug eine schwarzpolierte Rüstung, aber keinen Helm, und ihr zu einem Zopf geflochtenes kastanienbraunes Haar, wippte bei jedem Schritt hin und her. Je näher sie auf Ewerthon zukam, desto mehr ähnelte sie Ouna zu Lebzeiten. Im flackernden Licht der funkelnden Schmetterlingsflügel stand sie knapp vor ihm, sah hoch und ihre rauchblauen Augen glänzten von Tränen.

„Ewerthon, wir haben dich endlich gefunden! Mein über alles geliebter Sohn, nach so langer Zeit ...", hier versagte ihr die Stimme, sie schlang die Arme um ihn, küsste und herzte ihn auf beide Wangen, lachte und weinte gleichzeitig.

Ewerthon wusste nicht, wie ihm geschah. Er fühlte den Körper seiner Mutter, fühlte die Wärme, nichts wies auf den kalten, gefühllosen Leichnam eines Nachtgeistes hin. Ja, sogar der zarte Duft von Rosen umschmeichelte ihr Ebenbild. Gnadenlos schob sich der Moment ihres Todes in seine Gedanken. Sie hatte sich schützend vor ihn geworfen und den tödlichen Pfeil der Kriegsgöttin abgefangen, der für ihn bestimmt gewesen war. Alasdair hatte es doch auch gesehen? Er war Zeuge dieses tragischen Ereignisses gewesen, das noch so viel mehr Kümmernis über ihn gebracht hatte. Damals war er in blinder Verzweiflung davongestürzt, hatte Geschehnisse ausgelöst, die viel ärger nicht hätten sein können. In Erinnerung daran kroch heute noch das Gefühl der absoluten Hoffnungslosigkeit, des unstillbaren Schmerzes sein Innerstes hoch und langte nach seiner Seele.

Als hätte er es geahnt, stand der Krähenprinz plötzlich vor ihm, neben seiner vermeintlichen Mutter, die er sanft stützte.

Erst jetzt wurde Ewerthon bewusst, dass diese Frau vor ihm am rechten Handgelenk verletzt war. Nicht schwerwiegend, doch dunkles Blut tropfte zu Boden, versickerte in der staubigen Erde. Konnte eine Wiedererweckte Blut verlieren?

Ob nun in den Adern eines Nachtgeistes rotes Blut floss oder nicht, die Zeit zum Beantworten dieser Frage blieb keinem. Dumpfes Dröhnen und Klappern entstand außerhalb des enggezogenen Ringes von Nebelkrähen, entfachte einen Wirbelsturm über der nächtlichen Moorlandschaft und zog in ihre Richtung. Miras Halskette begann zu glühen.

„Wir müssen in die Hütte, dorthin getrauen sie sich nicht! Zumindest eine Weile sind wir sicher ...", Anmorruk packte Miras Hand und rannte los, zog die Prinzessin hinter sich her. Als auch Ewerthon mitsamt den verbliebenen kleinen Kriegern in dieselbe Richtung lief, zögerten die Vogelgestalten nur einen kurzen Augenblick und folgten ihnen ebenfalls.

So kam es, dass mit einem Male Freund und Feind in das Innere der Hütte stürmten, Hand in Hand die schweren Torhälften aus dickem Holz zuschoben, mit eilig herbeigeschleppten Tischen blockierten und die Fensterläden schlossen. Bot dieses Gebäude für das gemeinschaftliche Feiern des *Freien Volkes* mehr als ausreichend Raum, wurde es nun, in Gesellschaft von Nebelkrähenkriegern und deren riesige Flügel beängstigend eng. Dichtgedrängt, Seite an Seite, standen sie, harrten der Dinge, die da kommen würden.

Anmorruk starrte auf den verbarrikadierten Eingang. Nicht einmal sie konnte sich entsinnen, dieses Tor jemals nicht einladend weit geöffnet gesehen zu haben.

„Du scheinst mir eine vernünftige, erfahrene Frau zu sein", Ouna – oder ihr Blendwerk – richtete das Wort an die *Bewahrerin* und blickte jene erwartungsvoll an.

„Sieh genau hin, berühre mich, fühle meinen Herzschlag. Dann fälle ein Urteil, schaut für dich so eine Wiedererweckte aus?", damit hielt sie Anmorruk ihre Hand entgegen, an der nur mehr eine feine Narbe zu sehen war und kein Tropfen Blut mehr aus offener Wunde quoll.

Anmorruk trat ohne Zögern furchtlos näher und umschloss Ounas Hand mit ihren beiden.

„Ich brauche Euch nicht erst zu berühren, um zu wissen, dass Ihr lebendig seid, Ouna, edelste Königin von *Cuor an Cogaidh*, Gebieterin über die mutigen Kriegerherzen. Als Hüterin der Tiger-Magie für Ewerthon habt Ihr eine schwere Last auf Eure Schultern geladen, wenn auch in jungen Jahren und unwissentlich." Sie blickte auf die silberne Halskette mit dem magischen, schwarzen Stein um Ounas Hals, „als *Bewahrerin* weiß ich um Eure Geschichte und ich bin unendlich erleichtert, dass sich die Legenden von der Wandlung zu einer königlichen Nebelkrähe soeben bewahrheitet haben!" Mit einem Lächeln fügte sie hinzu, „... und meine Erzählungen um eine Episode reicher sind".

Ounas Dankesworte erstarben ihr auf den Lippen, denn schlagartig kam orkanähnlicher Sturm auf, tobte um ihren Unterschlupf, rüttelte erbost an den Fensterläden, die unter dieser rohen Behandlung ächzten, als hätte deren letztes Stündlein geschlagen. Manche, die dieser groben Gewalt nicht standhielten, sprangen krachend auf, hingen lose in den Angeln.

Wütendes Gebrüll fauchte über das Dorf im Moor und beschwor den Eindruck eines in Kürze stattfindenden Weltenuntergangs.

„Wir müssen wissen, womit wir es zu tun haben", Alasdair überlegte einige Späher auszuschicken, doch dazu hätten sie das soeben verriegelte Tor erneut öffnen müssen. Deswegen sah er sich nach Anmorruk um. „Ist dir bekannt, welche Gefahr hier auf uns zukommt?"

Diese senkte kurz den Kopf. „Zu meinem allergrößten Leidwesen weiß ich, wer unser aller Untergang will, mein Prinz."

Neuerlich erklang schauriges Heulen, zuerst dumpf, dann immer höher und schriller werdend. Mehrere der Krieger hielten sich die Ohren zu, andere wiederum krümmten sich vor Schmerzen. Sowohl um Ewerthons als auch um Miras Brustkorb legte sich ein unsichtbares Band aus Eisen. Ehern umklammerte es sie, schnürte sich enger und enger, machte das Atmen zur Qual.

Die kleine *Bewahrerin* vernahm ihr Keuchen, ein Blick genügte und sie erbleichte.

„Eure Herzen ... sie werden brechen!" Ihre Gestalt straffte sich. „Öffnet das Tor!", befahl sie den Soldaten. Diese zögerten, sahen sich fragend nach ihrem Gebieter um. „Es ist die einzige Möglichkeit, ein Blutbad zu verhindern. Also lasst mich hinaus!"

Sie wandte sich an Alasdair, langte in ihre braune, abgewetzte Ledertasche, die sie niemals ablegte und zog ein sorgsam verpacktes Bündel heraus.

„Dies gebe ich in Eure Hände, schützt es mit Eurem Leben und dem Leben Eurer Nachfahren, schwört Ihr mir das?" Der Prinz der Nebelkrähen nickte. „Ich schwöre es!", und nach einer kleinen Weile, „komme trotzdem heil wieder".

Anmorruk stand jetzt unmittelbar vor der Tür. Klein, resolut, zu allem entschlossen. „Am besten schließt Ihr es sogleich wieder ... zur Sicherheit!"

Knarrend trennten sich die beiden Torflügel voneinander, ließen sich nur widerstrebend aufschieben.

Ouna bedachte Ewerthon mit einer liebevollen Geste.

„Einerlei, wie dieses Abenteuer heute enden mag. Ich habe dich gefunden. Das war es allemal wert!", damit nahm sie ihre Hand von seiner Wange, wandelte sich in eine königliche Nebelkrähenkriegerin. Flügel schossen in die Höhe und ihre Gestalt gewann an Größe. Eine *Cuor an Cogaidhs*, eine todesmutige Kriegerin von reinem, edlen Krähenblut war bereit für die Schlacht, deckte die Flanke ihres Prinzen.

Zwischenzeitlich öffnete sich das große Tor unter Ächzen und Stöhnen und gab den Blick frei auf den Platz davor. Soweit das Auge reichte waren sie umzingelt von ...?! Von Nebelkrähen?! Denn auch außerhalb der Hütte tummelten sich Krähenkrieger in ihren schwarzen Rüstungen. War Verstärkung eingelangt? Ein Augenblick der Verwirrung entstand, während Anmorruk erhobenen Hauptes nach draußen schritt.

Wieder ein langgezogener, alles durchdringender Schrei. Es kam Bewegung in die Reihen des finsteren Heers, das keinesfalls den Eindruck von wohlgesonnener Unterstützung machte. Einige der Soldaten zogen sich zurück an den Randsaum der Gebüsche und schufen auf diese Weise Platz für eine finstere, erschreckende Gestalt. Mira und Ewerthon holten scharf Luft. Dieser unheimliche Riesenvogel mit seinen Funken stobenden Flügeln hatte sich auf ewig in ihr Gedächtnis eingebrannt. Und nicht nur dessen Anblick, sondern auch Miras Kette brannte in der Zwischenzeit wieder wie ehedem.

Mochte man meinen, das Ausmaß des Grauens konnte größer nicht werden, irrte man sich.

Das Gefüge der dunklen Vogelgestalten wurden in diesem Moment durchbrochen, die dichtgereihte Kette lichtete sich. Aus den freigewordenen Lücken schleppte sich ein noch unbeschreiblicherer Alptraum hervor. Das Licht der funkelnden Schmetterlinge fiel auf Kreaturen, die weder Mira noch Ewerthon jemals zu Gesicht bekommen hatten.

Knochige Gerippe robbten über den staubigen Boden, krochen ungelenk auf allen vieren in Richtung Hütte. Rappelnd kamen sie näher. Entsetzliche Geschöpfe, mit riesigen, weit aufgerissenen Kiefern, deren Hälften beim Zuklappen knirschende, grausige Geräusche erzeugten. Einige dieser gespenstischen Skelette richteten sich unbeholfen auf. Standen sie einmal, stakten diese, wenn auch langsam, auf zwei Beinen auf sie zu. Aber nicht nur auf sie in der Hütte, Anmorruk befand sich keine Armlänge mehr entfernt von diesen schaurigen Geschöpfen!

„Tá sé go maith", die *Bewahrerin* stand, umringt von weißschimmernden Gerippen, mit nach oben geöffneten Handflächen und sprach ruhig die magischen Worte. Die Knochengestalten stoppten, klapperten mit ihren Mäulern, beäugten sie misstrauisch aus leeren Augenhöhlen, drehten die blanken Schädel zu der dunklen Figur im Schatten der Büsche, am Rande des Geschehens, harrten der Befehle. Metallen glänzende, schwarze Flügel stachen gigantisch in den nachtblauen Himmel, ein weites Cape verhüllte den Rest der Gestalt.

„Du wagst es! Du schlägst dich auf die Seite meiner Feinde!", wuttriefend spie die gespenstische Erscheinung ihre Worte in Richtung Anmorruks.

Mit einem Ruck wurde der Umhang nach hinten geworfen, sodass sich sogar die Knochengeschöpfe vor Schreck duckten, eine Hand griff zum Köcher, die andere hielt schon den Bogen in der Hand. Der schwarzfunkelnde Pfeil traf die *Bewahrerin* uralten Wissens, abertausender Chroniken, Geschichten und Legenden mitten in ihren kleinen Körper. Im selben Augenblick, als Anmorruk zu Boden sank, klappten alle Schmetterlinge ihre schillernden Flügel hoch und nahmen surrend Reißaus. Dunkelheit fiel über das Dorf im Moor, in dem nun heilloses Chaos ausbrach. Das Gejaule der bleichen, knöchernen Gestalten, die gierig den regungslosen Leib umkreisten, nach dessen Händen und Füßen schnappten, hallte durch die stockfinstere Nacht.

DER
GESCHICHTENERZÄHLER I

Auf Achse

Im Gegensatz zum schaurigen Geheul der bleichen Kno-
chenarmee senkte sich Totenstille über die soeben zur
Regungslosigkeit erstarrte Gruppe am Waldesrand.
Alle Augen waren auf den Hünen in ihrer Mitte gerichtet.
Hingen an seinen Lippen, warteten auf seine nächsten
Worte, auf ein Wunder.
Es durfte nicht sein, dass eine der letzten mystischen
Frauen, die nichts vergaßen, uralte Geschichten bewahr-
ten, die über die Weisheit und das Wissen unzähliger Generationen verfügten, dass dieses sanftmütige Wesen
ernsthaft verletzt war! Oder sogar noch Schlimmeres,
vielleicht tot!
Wie an jedem Abend hatte sich der gesamte Tross, Groß
und Klein, Jung und Alt, Wesen aller Arten, um das hell
lodernde Lagerfeuer geschart. Es spendete nicht nur
Wärme und erhitzte die duftende Suppe, sondern der
rotgoldene Lichtschein versprach zudem Geborgenheit. Als
unvermittelt mit lautem Krachen ein dicker Ast in der Hitze
zerbarst, orangeglühende Funken unter dem schwarzen
Metallkessel hervor in den finsteren Nachthimmel hinauf
stoben, fuhr vielen der Schreck in die Glieder. Das hatte
auch sein Gutes. Denn miteinander schnappten sie
nach Luft. Ja tatsächlich hatten sie vergessen zu atmen,
jedenfalls für den Bruchteil von Sekunden. Der laute
Knall löste die Starre, die sie aufgrund der aufwühlenden
Geschehnisse rund um Mira und Ewerthon gelähmt hatte,
löste zeitgleich eine Sturzflut von Fragen aus, die nun
ungebremst auf Alexander herniederging.

Erst als der Geschichtenerzähler sich erhob, sein überdimensionaler Schatten im Widerschein des flackernden Feuers über den Randsaum der Lichtung tanzte, verstummte das Stimmengewirr. Ruhe kehrte ein. Er war ein Riese von Mann, größer als die meisten, die Olivia je gekannt hatte. Doch jetzt, inmitten des dunklen Waldes vor den züngelnden Flammen sah er gewaltig aus. Verhieß Schutz für die seinen und ein unüberwindbares Hindernis für gefährliche Widersacher. Sie bemerkte, wie er kurz mit sich rang, den Faden um Anmorruks bedrohlicher Verletzung weiterzuspinnen.

Doch bis zum nächsten Ziel lagen noch etliche Tagesreisen vor ihnen, und es war an der Zeit, Kraft zu schöpfen, ihre Batterien wieder aufzuladen. Also wünschte er allen einen erholsamen Schlaf und entließ sie mit einer sanften Handbewegung zur Nachtruhe. In stiller Eintracht stapfte die Meute durch den Schnee hin zum großen Zelt, das sie bei ihrer Ankunft gleich als Erstes aufgestellt hatten. Im Inneren des *Grand Chapiteau* oder der *Grande Dame*, wie es auch liebevoll genannt wurde, gab es eine Feuerstätte, kleiner als die auf der Lichtung, aber sie reichte aus, um ohne klamme Glieder übernachten zu können. Wie jeden Abend nahmen sie ihr wertvollstes Gut, ihre Kinder, in die Mitte, platzierten ihre Liegeplätze rund um sie, noch im Schlaf über sie wachend.

Alexander reichte Olivia die Hand und zog sie zu sich hoch. Engumschlungen blickten beide sinnend in das knisternde Feuer.

Heute mussten sie keine geheimen Pfade mehr nutzen, sich nicht bei Nacht und Nebel fortbewegen, sondern reisten offen bei Tageslicht mit ihrem Hab und Gut über die Straßen. Dass sie hier auf dieser Waldlichtung ihr Lager aufgeschlagen hatten, war mehr der Nostalgie geschuldet, als einer erforderlichen Notwendigkeit. Das war nicht immer so gewesen.

Nach einer halben Ewigkeit lösten sie sich voneinander. Eines ihrer Geheimnisse war wohl gemeinsames Schweigen, das sie oft mehr verband, als tausende von Worten es je vermochten.

Alexander blickte auf die buntbemalten Fahrzeuge und Anhänger, die Feuerstelle und Zelt wie eine trutzige Wagenburg umschlossen. Noch heute dankte er der Vorsehung, die die Wege der geheimnisvollen Schausteller mit den seinen kreuzen ließen. Dieser glücklichen Fügung verdankte er nicht nur deren gesamten Fuhrpark, den er in Bausch und Bogen erwarb, sondern Einiges mehr. Vordergründig jedoch besaß er seit jenen Tagen ein Dutzend farbenfroher Wägen und ein riesiges, universell einsetzbares Zirkuszelt, die *Grande Dame*.

Waren sie in vergangenen Zeiten um Unsichtbarkeit, zumindest Unauffälligkeit bemüht gewesen, änderte diese Anschaffung alles. Einst begegneten ihnen Menschen oftmals mit Misstrauen, zu unterschiedlich war das Aussehen einiger Weggefährten vom allgemein üblichen und akzeptierten Weltbild, jetzt waren sie offiziell auf Achse, reisten unbehelligt durch aller Herren Länder.

Nichts schien so glaubwürdig wie ein geschäftiger Zirkustross mitsamt seiner dazugehörigen Mannschaft. Niemand stieß sich an den Kindern jeglichen Alters, die, während der Nachwuchs der Normalbürger sich mit Handy & Co. beschäftigte, in aller Freiheit herumwuselten. Und keiner ereiferte sich über abstruse Gestalten auf

ihrem Gelände. Hatten sie ehemalig um Erklärungen ringen müssen, wurde nun die Andersartigkeit einiger von ihnen als willkommene, ja erhoffte Attraktion wahrgenommen, obwohl noch immer fantastisch. Schillernde Schriftzüge sowie Wägen in knalligen Farben breiteten ihren Schutzmantel über Alexander und die seinen, lenkten alle Augen auf sie und machten sie dennoch gleichermaßen unsichtbar.

Olivia warf mehrere Handvoll Schnee auf die noch verbliebene Glut. Zischend verdampften die Reste des Lagerfeuers.

„Lass uns schlafen gehen. Morgen liegt noch ein langer Tag vor uns."

Alexander küsste sie sanft auf die Stirn, während er mit einer Hand den Eingang zum ehemaligen Zirkuszelt einen Spalt breit öffnete.

Beide traten durch den schmalen Durchlass und tasteten sich leise zu ihrer Schlafstelle. Friedvolle Stille, vereinzelt unterbrochen von gedämpftem Schnarchen, herrschte unter dem schützenden Dach der Kuppel. Hie und da schmatzte ein Kleines, während es am Daumen sog, scheinbar in seinen Träumen süßes Backwerk naschte.

Alexander und Olivia schlüpften unter ihre Decken. Sie schmiegte sich an ihn und er legte zärtlich den Arm um sie.

Draußen in der Winternacht knisterte es sachte. Flaumige weiße Flocken rieselten vom Himmel, bedeckten die Erde und ihre filigranen Schönheiten mit einem schützenden Mantel.

Inmitten dieser weißen Pracht wähnte sich der Geschichtenerzähler in mediterranen Gefilden. Ein Bouquet von

Rosen, Mandarinen und Zitronen weckte die Sehnsucht nach flirrender Sonne, feinem Sandstrand unter bloßen Füßen und einem endlosen azurblauen Meer. Nach heißen Küssen, sanften Liebkosungen und kühlem Limetteneis.

Mit Olivias Parfüm in der Nase und weiteren äußerst wärmenden Gedanken schlief nun auch Alexander tief und fest.

Ein dunkler Schatten huschte im ausgedehnten Bogen um die Ansammlung der bunten Fahrzeuge. Doch nicht die lückenlose Reihe derselben, sondern der unsichtbare Schutzkreis, der die Wagenburg der arglos Schlummernden einfasste, verhinderten ein Näherkommen. Mit einem wütenden Knurren wendete das finstere Wesen und suchte das Weite. Für den Augenblick – denn es würde wiederkommen und wieder und wieder ... Bis sich eine Lücke auftäte, eine kleine, doch groß genug, um Tod und Verderben einzulassen.

EWERTHON & MIRA IV

HIMMELSSTURM

Das Letzte, das alle Versammelten in der Hütte sehen konnten, war das Zusammenbrechen Anmorruks, bevor plötzlich völlige Finsternis herrschte.

Eine kurze Berührung Ounas ... und die Prinzessin und der Gestaltwandler wurden aufgenommen in die Gedankenwelt der umstehenden Krähenkrieger und deren Anführer.

Klar vernahmen sie Alasdairs Anweisungen in ihren Köpfen. „Bergen wir Anmorruk und dann so schnell wie möglich weg von hier! Nach Hause!"

Er selbst führte seine Mannen an, um den Körper der *Bewahrerin* in Sicherheit zu bringen. Es widerstrebte ihm zutiefst, die tapfere, kleine Frau den grauenhaften Knochengestalten zu überlassen. Ausgestattet mit der besonderen Sensorik von Nebelkrähen, hatten sie keinerlei Schwierigkeiten, sich im Dunkeln zurechtzufinden. Ouna und weitere Krieger bedachte er mit Ewerthons und Miras Schutz.

Offensichtlich verfügte noch jemand über spezielle Fähigkeiten. Plötzlich drängte sich ein mächtiger Körper gegen Mira, warmes Schnauben kitzelte im Nacken und eine weiche Schnauze streiften ihren Arm. Alba war es auf ihre eigene Art und Weise gelungen, unbemerkt durch das Chaos zu ihnen zu stoßen. Ouna stutzte beim Anblick des wunderschönen Rosses, das mit seinem matten Silberschimmer einen Teil der Hütte erhellte.

„Ihr könnt mit uns fliegen! Das Pferd können wir nicht transportieren. Es ist zu schwer und würde außerdem bei unserer Art von Fortbewegung panisch um sich schlagen. Entweder es stürzt aus großer Höhe in den Tod, oder im schlimmsten Fall nimmt es noch einige meiner Krieger mit. Es tut mir leid!"

„Um Alba brauchst du dich nicht zu sorgen!", Mira hatte sich spontan für diese vertrauliche Anrede entschieden. Immerhin hatte sie Ewerthons Mutter, unwissentlich wohlgemerkt was deren wahre Identität betraf, ihr Schnitzmesser in den Flügel gerammt, was diese bis zum jetzigen Zeitpunkt noch mit keinem Wort kommentiert hatte. Schwerwiegende Verletzungen konnte sie nicht davongetragen haben. Mira bemerkte keine offenen Wunden, sogar die Narbe vom Handgelenk war verschwunden. Umso mehr schmerzte sie selbst ihre Halskette, die zwischenzeitlich erneut glühte wie flüssiges Metall.

„Miras Stute hat uns schon einmal das Leben gerettet und sie kennt den Weg. Jedenfalls nach *Cuor a-Chaoid*. Wir lassen sie keinesfalls zurück!"

Ewerthon eilte zur Unterstützung herbei. Eilig fasste er in die Tiefen seiner Hosentaschen und zog den schimmernden Cremetiegel hervor. Vorsichtig griff er nach Miras Kette, hob sie an und trug behutsam Anmorruks Salbe auf.

Mira atmete erleichtert auf. „Danke, Liebster!" Die heiser geflüsterten Worte erreichten auch Ounas Ohren.

Sie war erstaunt. Sollten die Gerüchte tatsächlich der Wahrheit entspringen? Befand sich die Prinzessin aller Lichtwesen leibhaftig in seiner Gegenwart? Hatte sich ihr Sohn in dieses Wesen verliebt und seine Wandlung für ihr Leben geopfert? Und doch stand er in menschlicher Gestalt vor ihr? Es gab so viele Versionen über das Leben

Ewerthons nach seiner Flucht aus dem Kerker von *Caer Tucaron* wie Sandkörner am Meer. Sie musterte die zierliche, junge Frau in ihrem ausgefransten Kleid, das wohl einmal bessere Tage gesehen haben mochte. Nun ja, Prinzessinnen waren nicht immer in Samt und Seide gekleidet, noch dazu unter diesen Umständen! Wer wusste das besser als sie. Und diese Person hatte sich entschlossen zwischen sie und Ewerthon geworfen, war mit einem Messer, einem lächerlichen Messerchen, auf sie losgegangen. So oder so entbehrte das Kennenlernen ihrer mutmaßlichen Schwiegertochter nicht einer gewissen Pikanterie.

„Es gäbe noch eine Alternative", mitten in diesen Satz platzte Alasdair mit seiner Truppe und Anmorruk. Ihr runzeliges Gesicht aschfahl, der kleine Körper, aus dem todbringend der schwarze Pfeil ragte, verlor sich in seinen Armen. Es grenzte an ein Wunder, dass sie überhaupt noch lebte.

Sie schlug ihre Augen auf. Blickte auf Ewerthon und Mira. Fast unhörbar flüsterte sie: „Es war eine Ehre und ganz besondere Freude für mich, Euch kennenzulernen. Seid gesegnet, habt ein glückliches Leben ... doch nehmt Euch in Acht vor ..."

Das Herz, übervoll von dem, was noch alles zu sagen gewesen wäre, schlug nicht mehr. Sie starb mit einem Lächeln auf den Lippen. Was konnte einem Besseres passieren, als in den Armen des Krähenprinzen seine letzten Atemzüge zu machen? Ihr Kopf sank vornüber, sicher ruhte ihre zierliche Hand in der seinen. Mira war erschüttert. Niemals hätte sie gedacht, dass der heutige Festtag mit solch einer Katastrophe enden würde. Sie blickte um sich. Sorgsam aufgeschnittener Schmorbraten, angerichtet auf hölzernen Platten, buntes Gemüse, gedünstet in metallenen Kesseln, unberührt gebliebene glasierte Törtchen und süße Kuchen, teilweise noch hübsch arrangiert auf kleinen Tellerchen, halb geleerte Holzfässer mit würzigem Wein und schäumendem Bier, ausnahmslos Zeugen vom fröhlichen Gelage.

Das war noch keinen Glockenschlag her! Ihre sanftmütige, fürsorgliche Gastgeberin war tot. Deren Geschichten, Legenden, ihr gesamtes Wissen für immer verloren. Miras tränenverschleierter Blick fiel auf Alasdair. Das also war der Prinz der Nebelkrähen. Damals schon, vom Rücken des Purpurdrachens aus war er aufgefallen. Weit unten im Burghof beim verbissenen Kampf um Ewerthons Befreiung umgab ihn bereits eine Aura der Macht. Jetzt, aus der Nähe, war diese noch um Einiges deutlicher spürbar. Im matten Schimmer von Albas glänzendem Fell funkelte seine tiefschwarze Rüstung wie frisch poliert, leuchteten die kohlschwarzen Augen geheimnisvoll. Ein eindrucksvoller Mann, so gut wie unsterblich, in dessen Armen Anmorruk ihr Leben ausgehaucht hatte. Alarmiert hob jener nun den Kopf, legte die leblose *Bewahrerin* in beflissene Hände des nächsten Kriegers.

„Schütze diesen Körper mit deinem Leben!"

Als ob es bis zu diesem Moment ohnehin nicht Schlag auf Schlag gegangen wäre, rückte jetzt die Armee aus knochigen Geschöpfen näher. Kroch und stapfte rappelnd über den sandigen Boden auf das noch offene Tor zu, spannte die feindliche Übermacht im Hintergrund die Bögen, zog ihre Schwerter.

Nicht zum ersten Mal an diesem Tag überstürzten sich die Ereignisse.

Kaum hatte sich Mira gedankenschnell auf Alba ge-schwungen, saß auch schon Ewerthon hinter ihr. Alasdair gab den Befehl zum Rückzug, die Stute stieg hoch, stampfte donnernd mit ihren Hufen auf die stau-bige Erde. Die Silberbrücke gleiste auf, dehnte sich bis in das sternenlose, tintenblaue Himmelszelt. Alba galop-pierte los, als wären alle Spuk- und Nachtgeister gleich-zeitig hinter ihr her. Was so abwegig ja nicht war.

Ouna, Alasdair und seine Getreuen spannten ihre Flügel, schützten links und rechts der schimmernden Brücke die wild dahinpreschenden Reiter und deren Ross vor dem nun einsetzenden Pfeilhagel. Wie wildgewordene Hornis-sen summten die gefährlichen Geschosse heran, prallten jedoch wirkungslos an den undurchdringlichen Flügeln der Eskorte des Prinzen ab. Waren ihnen anfangs noch ein Teil der klapprigen Skelette auf die Sternenbrücke ge-folgt, rutschten sie allesamt mit grässlichem Knacken in die Tiefe, als diese unter ihren knöchernen Füßen stetig steiler anstieg.

Je höher Mira und Ewerthon den funkelnden Steg erklom-men, desto wirkungsloser verpufften die Pfeile im diffu-sen Licht jenseits des schimmernden Bogens. Doch in Sicherheit befanden sie sich noch lange nicht. Alasdairs feines Gehör vernahm als erstes das metallene Klicken in ihrem Rücken. Er stoppte seinen Flug. Ouna und er wendeten zeitgleich mit einer blitzschnellen, eleganten Drehung und sahen sich der nächsten Gefahr gegenüber. Ein dunkler Schatten mit messerscharfen, gespreizten Federn hatte rasant die Jagd aufgenommen, ging über in langsamen Gleitflug, beobachtete sie im gebührenden Abstand.

Prüfend musterten sie die geheimnisvolle Gestalt ihres Verfolgers. Von ähnlicher Statur wie Alasdair, bewaffnet mit metallenen Flügeln, fast bis zur Unkenntlichkeit verhüllt, in einem weiten, dunklen Umhang, hatte ihr Gegenüber seinen Flug abgebremst. Hinter den schmalen Sehschlitzen des geschlossenen Visiers leuchtete ein rotglühendes Augenpaar, das sie lauernd beobachtete. „Schütze Ewerthon und Mira! Ich komme mit dieser Kreatur zurecht, wer auch immer sich hinter dieser Maskerade versteckt!", ein unausgesprochener, jedoch eindeutiger Befehl des Prinzen. „Mit diesem Monster allein wahrscheinlich schon. Jedoch nicht mit der ganzen Horde von Federvieh!", Ouna blickte auf die Wogen wild flatternder Krähen im Rücken des Riesenvogels. Auch wenn es sich bei diesen augenscheinlich nicht um Streiter der Eliteeinheit handelte, sie sich gegenseitig ins Gehege kamen, unkontrolliert heranpreschten, gefährlich waren sie allemal. Massenweise krächzendes Geflügel schob sich soeben aus der Dunkelheit, bezog ihnen gegenüber Stellung.

Sie legte ein Bündel Pfeile zurecht und spannte den Bogen. „Ich bin deine Frau. Ich will an deiner Seite kämpfen, wenn es mir bestimmt ist, hier mit dir sterben!"

Der erste Pfeil fand todsicher sein Ziel, genauso wie die weiteren, die sie beide einen nach dem anderen abschossen. Obwohl mehr als ein Dutzend der schwarzen Vögel ihr Leben ließen, geschah ansonsten nichts weiter. Es war, als ließe den Rest der Truppe das Dahinscheiden ihrer Kameraden völlig kalt. Gespenstische Stille herrschte über dem Schlachtfeld hoch am schwarzblauen Himmel. Der letzte Pfeil war abgeschossen, nun zog auch Ouna ihr Schwert.

Noch immer schwebte die düstere Gestalt bewegungslos in der Luft und starrte sie aus der Entfernung an. Das zurückgeschlagene Cape gab den Blick auf die Rüstung frei. Eine besondere Rüstung, funkelnd, geschaffen aus schwarzem Material, undurchdringbar, um das Leben von königlichen Nebelkrähen zu schützen. Alasdair dachte an seine Mutter, seinen ihm unbekannten Vater. Auch wenn unter üblichen Umständen das Risiko, ernsthaft verletzt zu werden oder gar den Tod zu finden, verschwindend gering war, ein Kampf gegen einen Gegner von königlichem Blut stellte eine doch nicht unerhebliche Gefahr für Ouna oder ihn dar. Er beschloss, diese Schlacht jedenfalls lebend zu überstehen. Schon weil es galt, das Geheimnis ihres Vis-à-vis zu lüften. Eventuell war seine Familie doch um einige Angehörige reicher, als die Kriegsgöttin ihm versichert hatte? Dass seine Mutter höchstpersönlich ihm gegenüberstand, wollte und konnte er einfach nicht glauben.

Die Brücke unter ihnen schwankte. Gleich darauf verriet ein Schnauben und leises Wiehern die Rückkehr und Anwesenheit Albas, respektive vom Rest der Truppe.

Da standen sie also einer gigantischen Armee gegenüber, die zwar keinen wirklich kampferprobten Eindruck vermittelte, jedoch eindeutig in der Überzahl war; ihnen mit spitzen Schnäbeln und scharfen Klauen ordentlich zusetzen, sie soweit in Bedrängnis bringen konnten, dass ihre Flügel von keinerlei Nutzen wären und sie abstürzten. Von deren dunklem Anführer im Vordergrund ganz eindeutig die größte Gefahr ausging, und der gerade in diesem Augenblick einen Befehl an die hektischen Vögel in seinem Rücken krächzte. Wie ausgewechselt fand sich der chaotische Haufen wieder, und wild kreischend türmte sich ein amorphes, grauschwarzes Gebilde auf. Bevor sich dieser wabernde Mauerring aus hunderten von schwarzglänzenden Körpern schützend um ihren Anführer schob, hob die pechschwarze Gestalt ihren Kopf. Ein Heulen, so grässlich, wie sie es noch nicht einmal im Dorf weit unten auf der Erde vernommen hatten, erklang. Die Töne wurden höher und höher, schriller und schriller. Schaurig hallten sie durch die Nacht, prallten wie unsichtbare, riesige Felsblöcke auf die glitzernde Brücke. Diese knackte und knisterte, Risse durchzogen das filigrane Gebilde und sie begann langsam zu zerbröckeln. Die Krähenkrieger spannten ihre Flügel, sie benötigten keinen festen Untergrund. Doch Mira und Ewerthon hatten zu tun, um den Boden nicht unter den Füßen zu verlieren. Die Stute wieherte zornig, tänzelte einen weitläufigen Reif, der sich blitzschnell mit silbernen Sternen füllte, schuf auf eigene Weise eine Insel für sich und ihre beiden Reiter. Aber, bald darauf zerschellte auch diese unter den grellen Tönen in kleinere und größere Bruchstücke.

Mira war verzweifelt. Alba konnte nicht gerettet werden. Sie würde in die Tiefe stürzen und am Boden zerschellen. Sie hatten so gut wie keine Chance, nein, sie hatten genau genommen nur mehr eine Chance.

„Ihr seid imstande, Ewerthon und mich zu tragen!?", es klang mehr nach einem Befehl als nach einer Frage, als sich die Prinzessin aller Lichtwesen an Alasdair wandte. Er nickte.

Zärtlich streichelte Mira die weiche Schnauze ihrer Stute, nahm sie am Halfter und zog ihren mächtigen Kopf nach unten. Stirn an Stirn standen sie für wenige Augenblicke vereint.

„Alba, ich verlange Unmögliches von dir. Doch du bist unsere einzige Hoffnung. Ich habe dir dein Leben geschenkt. Nun bin ich gezwungen, einen Gefallen einzufordern. Nein, was rede ich denn. Ich fordere nicht, ich bitte dich darum, meine Wunderschöne. Ich kann dich nicht schützen, doch dein Tod soll nicht umsonst sein und er wird gesühnt. Das schwöre ich dir!"

Sie löste sich sanft. Alba blickte sie mit ihren wunderschönen, dunklen Augen voller Verständnis an. Mira schluckte und schluckte, doch sie konnte ihre Tränen nicht zurückhalten.

Noch immer in der Gedankenwelt des Prinzen, wussten alle um ihr stummes Zwiegespräch. Auch wenn sich ihnen dessen Bedeutung nicht erschloss, für alle war ersichtlich, dass eine Entscheidung gefallen war. Die Stute wieherte zustimmend, schüttelte bejahend ihre mächtige Mähne, als Mira tränenüberströmt die Worte sprach, die sie niemals, unter keinen Umständen, aussprechen wollte.

„Flammenmeer!"

Plötzlich stand das ganze Pferd tatsächlich in Flammen. Funken stoben in die finstere Nacht. Ein Feuerregen sondergleichen ging auf die vor ihnen aufgetürmte, aus zahllosen Leibern erschaffene Mauer nieder. Die zum Schutz aufgezogene Wand zeigte Löcher, brannte lichterloh, wurde zu Asche. Doch das Kreischen aus dem Inneren des Walls klang immer bedrohlicher. Nicht nur die Sternenbrücke brach auseinander, jetzt löste sich einer der eigenen Krähenkrieger vor ihren Augen auf, Staub rieselte an seiner Stelle zur Erde. Die schwarzglänzenden Rüstungen, als unüberwindbarer Schutz gedacht, begannen zu glühen, sie liefen in Gefahr, restlos zu verkohlen.

Alba wieherte, dieses Mal schrill, schmerzerfüllt.

Ounas Augen weiteten sich vor Entsetzen. In Alasdair zersprang etwas. Nie wollte er in die Fußstapfen seiner Mutter treten. Niemals die Macht der Kriegsgöttin, die auch ihm innewohnte, nutzen. Er wusste, ein Teil seiner Persönlichkeit ginge Stück für Stück verloren, schlüge er diesen Weg ein. Doch nun stand mehr auf dem Spiel, als sein Wollen oder Nichtwollen, sie schwebten in Lebensgefahr! Nicht nur sein eigenes Leben war gefährdet, es galt auch das Ounas und all der anderen zu schützen. Ebenso das des edlen, mutigen Rosses.

Obwohl alle auf das sprühende Feuerpferd und das Knistern der Flammenwand vor ihnen konzentriert waren, spürten sie die Veränderung, die mit ihrem Prinzen vor sich ging.

Zuerst vage, doch unaufhaltsam deutlicher, umzüngelten ihn bläuliche Flammen, legten sich um ihn wie eine zweite Haut. Der sternenlose Nachthimmel verdüsterte sich in noch tieferes Schwarz und Alasdairs Stimme grollte über die Feuerbarrikade hinweg, sprengte die Reste der verglühenden Mauer und prallte auf das schaurige Wesen in ihrer Mitte. Abrupt brach das schrille Heulen ab. Das Knistern der Brücke verklang und gespenstische Stille herrschte. Alba lag totenstill zu Miras Füßen. Alasdair hob seine Hände. Funkelnde, schwarzblaue Blitze flirrten in der Luft, bevor er sie auf den Weg schickte. Im ersten Augenblick schien es, als wolle sich die dämonische Kreatur zur Wehr setzen, wutentbrannt einen Gegenangriff starten. Doch dann, als hätte sie sich im allerletzten Moment eines Besseren besonnen, wirbelte diejenige herum, zog eine Schleife um den schimmernden Krähenprinzen und seine Mannen.

Von einem Augenblick auf den anderen schlug sie das Cape um sich, verhüllte sich zur Gänze, wurde damit eins mit der Finsternis und verschwand spurlos vom Himmel. Doch die Gefahr war noch nicht vorüber. Ständig brach ein weiterer Fleck der Sternenbrücke ab, verglühte während seines Fluges zur Erde. Albas silbergraues Fell war übersät mit zig Brandblasen, ihre weiche Schnauze rußgeschwärzt und die Flanken hoben und senkten sich, während sie schwer atmete.

„Ohne Alba wird die Brücke vergehen." Mira kniete neben der Stute, legte ihre Hand sanft auf eine der wenigen unversehrten Stellen ihrer Haut.

Wieder ruckelte die silberne Fläche unter ihnen, ein weiteres Stück löste sich, fiel Funken sprühend nach unten in die Tiefe.

Alasdair senkte seine Flügel zu Ouna. „Du weißt, was zu tun ist!"

Sie zögerte kurz.

„Wir haben jetzt keine Zeit für lange Erklärungen", er wandte sich an Mira und Ewerthon, zuckte unmerklich, als ihm Ouna drei Federn aus seinem linken Flügel rupfte. „Nehmt diese Federn und was immer auch passiert, lasst sie unter keinen Umständen los!"

Ouna drückte Ewerthon und Mira jeweils eine Feder in die Hand. Die dritte schob sie vorsichtig unter das Halfter Albas.

„Du musst darauf achten, dass sie an ihrem Platz bleibt, keinesfalls während des Fluges verloren geht!"

Mira sah fragend hoch.

„Das ist die Alternative, die ich vorher erwähnte. Nicht ganz ungefährlich für uns alle. Doch so lange ihr die Feder in Händen habt und Alba sie spürt ...", Ouna ließ den Satz unvollendet.

„Seid ihr bereit?", die Frage Alasdairs war wohl eher rhetorisch zu verstehen, denn der letzte Rest der Silberinsel begann sich soeben aufzulösen.

Ewerthon kam gerade noch dazu, sich neben der Stute niederzuknien, da erfasste sie ein Strudel. Ihnen wurde schwarz vor Augen und sie fielen vom Himmel ....

UNTER UNS II

Verblendung

Der schwarze Umhang hob und senkte sich, so heftig rang das verhüllte Wesen nach Luft.

Dies nun war der erste Versuch gewesen, selbst die Initiative in die Hand zu nehmen. Heilloses, willkommenes Chaos war entstanden, und es hatte eine neue Erkenntnis gewonnen. Nämlich, ... ein Gutes hatte seine momentane Situation. Es konnte, so wie es aussah, nicht sterben, war bloß in Zeitlosigkeit gefangen. Musste einfach hierher zurückkehren. Hierher, in das verhasste und doch sichere Gefängnis, um irgendwann für länger, besser für ewig, von diesem Ort zu verschwinden.

Es zauderte. Nein, es musste ehrlich sein. Auch zu sich selbst und gerade in seinem jetzigen Zustand. Es hatte Ehrlichkeit verdient. Denn so ganz stimmte die eben entworfene These nicht.

Der Krähenprinz stellte eine keinesfalls zu unterschätzende Bedrohung dar. Dieser konnte ihm tatsächlich gefährlich werden.

Niemals hätte es gedacht, dass der Junge von damals dieser Tage über dermaßen gewaltige Kräfte verfügte ... und ... die eigene Macht, sie schwand dahin, gestohlen!

Auch wenn es die Kühle im riesigen Saal nicht spürte, verrieten ihm feine Nebelwölkchen seines stoßweisen Atems, dass es kalt sein musste, extrem kalt.

Sein Herz gefror. Falls es tatsächlich über ein solches noch verfügte. Zumindest fühlte es sich in seinem Inneren entsprechend an.

Nasskalte Tropfen fielen von der hohen Decke nach unten und platschten mit lautem Knall auf die blanken Fliesen. Mit beiden Händen hielt es sich die Ohren zu. Dieser Lärm war unerträglich.

DER GESCHICHTENERZÄHLER II

Unterwegs

Alexander blickte auf ihre Gesichter, über die Ansammlung von bunt zusammengewürfelten Wesen, die ihn einstimmig als ihren Führer ausgewählt hatten. Gefährten, die ihm bedingungslos vertrauten und unter seinem Schutz standen. War es anfänglich eine Handvoll gewesen, zählte er nun um die einhundert Köpfe, die sich ihm zuwandten. Dass er sich seit einiger Zeit nicht nur Geschichtenerzähler, sondern auch Zirkusdirektor nennen durfte, beinhaltete einige Vorteile. In seinem Besitz befanden sich fortan siebzehn farbenfrohe Fahrzeuge und ein riesiges Zirkuszelt, in das gut und gern sechshundert Besucher passten; oder um die einhundert Gefolgsleute mit Sack und Pack. Jeder der knallig bemalten Wägen bot vollständigen Komfort, war ausgebaut mit Sanitärzelle, Küche und Wohnbereich. Trotz all dieser Wohnlichkeit, am liebsten trafen sie sich auch weiterhin im *Grand Chapiteau*. Wie heute.

Fassungslos hatten sie soeben Miras und Ewerthons Sturz miterlebt, harrten stumm auf eine Fortsetzung der aufwühlenden Abenteuer.

Ein kurzes Lächeln huschte über sein Antlitz. Bereits Scheherazade wusste um den besten Zeitpunkt, eine Pause bei ihren Geschichten einzulegen, ihr Leben abzusichern ... und er wusste es natürlich ebenfalls, auch wenn sein Leben nicht von seinen Erzählungen abhing, zumindest nicht direkt. Allerdings, es galt sich wieder mit der Gegenwart auseinanderzusetzen, Vorbereitungen zu treffen, ihrer aller Existenz in dieser Welt sicherzustellen. Die betroffene Stille war einer äußerst lebhaften Diskussion gewichen. Folglich hob er seine rechte Hand. Eine Geste, die üblicherweise Ruhe einkehren ließ, im Moment jedoch rein gar nichts bewirkte. Er blickte um sich. Fand Olivia, die ihm über die aufgewühlte Menge sanft entgegen lächelte. Dieses Strahlen durchbrach mit Leichtigkeit die festgewirkte, wind- und wasserdichte Plane, drang nach außen und tauchte ihr Lager in gleißendes Funkeln, so, als sei soeben die Morgensonne erwacht. Das schwarzblaue Firmament war überzogen mit glitzernden Sternen, zu denen sich gerade eben wieder mildes Mondlicht gesellte.

Olivias Lächeln blieb auch im Inneren der großen Zirkuskuppel nicht ohne Wirkung. Es träufelte in die Herzen der Anwesenden ein, füllte diese mit seinem friedlichen Licht und ließ sie Ruhe finden. Die Meute, wie Alexander und Olivia ihre Mitstreiter das eine oder andere Mal liebevoll bezeichneten, verstummte. Der Geschichtenerzähler hatte ihre volle Aufmerksamkeit.

„Nun denn, edle Weggenossen! Die nächsten Tage bergen ausreichend Herausforderungen. Lasst uns in dieser Stunde über deren Planung sprechen."

Olivia schmunzelte unwillkürlich. Wenn sie Alexander so reden hörte, meinte sie jedes Mal, er käme aus einer anderen Welt. Zumindest aus einem anderen Jahrhundert. Doch, egal wie wunderlich er sich ausdrückte, sein Wort war Gesetz. Und so wünschten die einen gute Nacht, tappten zu ihren Schlafstellen, während die anderen ins Freie traten, um mit ihren Gesprächen die Nachtruhe der Gefährten nicht zu stören.

Alexander deutete mit einladender Geste auf die aufgestellten Hocker rund um das helllodernde Feuer. Das
Himmelszelt spannte sich sternenklar über ihre Köpfe
hinweg, verschmolz zu beiden Seiten mit dunkelgezack-
ten Wipfeln am Horizont. Keine einzige Schneeflocke
weit und breit, allesamt waren sie in wärmende Mäntel
gehüllt, oder so und so kälteunempfindlich. Nacheinander traten sie um die knisternden Flammen. Geheimnisse
mussten bewahrt oder ergründet werden, je nach Erfor-
dernissen. Es galt Taktiken zu überdenken und Pläne zu
schmieden; Aufgaben harrten ihrer Zuteilung.
Seltsame Gestalten standen da beieinander, warfen ein
abstruses Schattenspiel auf die weißglitzernde Lichtung.
In weiten Umhängen mit übergroßen Kapuzen, unter
denen sich keinerlei Konturen abzeichneten, schwebten
einige von ihnen scheinbar über den Bode; andere legten in der frostigen Nachtkühle ihre Bekleidung ab und
wandelten sich. Samtweiches oder struppiges Fell wurde
sichtbar, je nachdem. Krallenbesetzte Pfoten scharrten
Kuhlen, riesige und winzige Fellknäuel rollten sich darin zusammen, spitzten lange und kurze Ohren. Wieder
andere breiteten ihre Flügel aus, manche so groß, dass
der Wind, der durch ihre Federn strich, ein kurzes Fun-
kenfeuerwerk entfachte, und nicht wenige behielten ihre
Gestalt, blieben wie sie waren. Allmählich kehrte Ruhe
ein. Jedes Wesen hatte seinen Platz gefunden. Olivia saß
auf dem ihren, an Alexanders Seite.
Völlig vertieft in die darauffolgende Diskussion warf keiner von ihnen einen Blick über den Waldsaum hinaus.
Weder sahen sie zum Himmel hoch, noch nach den bunten Wägen.

Keiner bemerkte, wie die silbrig-weiße Milchstraße überlief und sich ein glitzernder Sternenwasserfall bis zur Erde ergoss.

Gleichfalls fielen auch niemandem die schwarzgrauen Schatten mit ihren weißblitzenden, messerscharfen Zähnen auf, die ihre Runden um den Lagerplatz zogen. Deren Einkesselung enger wurde, deren Knurren fortwährend blutrünstiger aus tiefen Kehlen grollte.

STELLAS WELT III

An Bord

Stella eilte hinter Vater und Kinder her, hatte sie bald eingeholt. Alle warteten nun auf die Mutter.

Der Mann räusperte sich.

„Danke für Ihre Hilfe!" Mehr sagte er nicht, brauchte er auch nicht zu sagen.

Stella lächelte. Sie konnte lächeln, wenn die Situation es erforderte, auch wenn ihr oft nicht danach war. Ein wichtiger Punkt ihres Trainings „Einüben sozialer Fertigkeiten."

„Ich habe nur meinen Job erledigt!"

Insgeheim hoffte sie, dass die rothaarige, überschminkte Frau endlich um die Kurve kam. Ewig lang konnte und wollte sie diese Farce nicht aufrechterhalten. Sie war auf dem Schiff! Das war mehr, als sie erhofft hatte. Auf dem Schiff, das ihren Namen trug und einem ihr unbekannten Ziel entgegensteuerte. Doch zumindest war ihr Baby in Sicherheit vor abtreibungswütigen Erwachsenen.

„Wir sind auf Deck 7, Kabine 73...", das Familienoberhaupt, zumindest in diesem Moment, nestelte in seiner Hosentasche und zog einen Schlüssel hervor. „Äh, wissen Sie, wie man ...?"

Kurzentschlossen drückte sie dem korpulenten, bärtigen Vater den Schminkkoffer seiner Gattin in die Hand.

„Ich muss jetzt leider weiter. Es gibt noch allerhand für mich zu erledigen."

Damit überließ sie die kleine Familie ihrem Schicksal.

Was auf so einem Koloss von Vergnügungsdampfer nicht das Schlechteste sein sollte, das einem im Leben zustoßen konnte.

Sie hatte keinerlei Lust, in eine Falle zu tappen, sich eine Blöße zu geben. Was wusste sie von den Deckplänen ... zumindest momentan. Und es gab tatsächlich noch viel zu tun. Essen und Trinken mussten ausgekundschaftet werden, ihr Magen knurrte bereits hartnäckig, erinnerte sie daran, dass das Frühstück die letzte Mahlzeit gewesen war, und nun wurde es bereits Zeit fürs Abendessen. Zärtlich strich sie über ihren leicht gewölbten Bauch. Sie war nicht mehr alleine. Sie musste auf sich und das Baby achten.

Die Nahrungssuche stellte sich zu ihrer großen Erleichterung als verblüffend einfach heraus. Auf dem ganzen Schiff galt *all in*. Sie musste nur die Restaurants mit strikter Tischzuweisung meiden und sich an die reichlich vorhandenen Pizzerien, Bistros, English Pubs, Tapas- und Pool-Bars halten. Ihren Durst löschte sie an den im Übermaß vorhandenen Gratis-Getränkespendern. Sogar eine Eisstation stand zu ihrer größten Freude und kostenfreien Selbstbedienung bereit.

Die erste Nacht verbrachte sie auf einem der bequemen Liegestühle im Freien. Dem patrouillierenden Steward gab sie zu verstehen, die Sterne zu beobachten. Was sie dann auch tatsächlich tat. Eingekuschelt in zwei warme Decken, die ihr der junge Mann fürsorglich vorbeibrachte, sah sie in den sternenklaren Himmel. Wie eine silberne Brücke schimmerte die Milchstraße am Firmament. Schon immer hatte sie dieser Anblick beruhigt, ihr aus unerklärlichen Gründen Sicherheit vermittelt. Augenscheinlich war es nicht so unüblich, die Nacht an Deck zu verbringen. Weitere Passagiere hatten das selbe Verlangen. Rundherum murmelten Stimmen im Sprachenmix aus aller Herren Länder, leise, oft zärtlich miteinander. Kein böser Ton störte diesen Kanon aus friedlichen Sprachmelodien und sie schlief, zum ersten Mal seit langem, tief und fest bis in den nächsten Morgen.

Frisch ausgeruht und nach einem ausgiebigen Frühstück, benötigte Stella nicht einmal einen Vormittag, genau genommen 257 Minuten, um alle Decks bis zum entlegensten Winkel zu erforschen, zumindest die frei zugänglichen. Zweimal an den ersten Tagen wäre sie fast „ihrer" Familie in die Hände gelaufen, wie gesagt, nur fast. Beide Male konnte sie noch rechtzeitig in eine der gleichfalls ausreichend vorhandenen Toiletten schlüpfen. Obwohl sie nicht annahm, dass diese Leute sie noch erkennen würden. Bei ihrem schauspielreifen Auftritt war es nebelig, ja fast schon dunkel gewesen. Und das Drama, Tragödie oder Komödie, egal wie man es betitelte, hatte Gott sei Dank nur ein paar Minuten gedauert.

Was sich schwieriger erwies als angenommen, war die tägliche Hygieneroutine, wie Zähneputzen und Duschen. Hatte sie ursprünglich geplant, die Sanitäranlagen der Swimmingpools zu nutzen, wurde dies erschwert durch die Tatsache, dass sich keinerlei Badebekleidung in ihrem Rucksack befand. Auch für dieses Problem fand sich alsbald Abhilfe. Ein schlichter schwarzer Badeanzug, achtlos zum Trocknen auf einer der Liegen aus poliertem Teakholz aufgelegt, war schnell der ihre und sollte nicht wirklich eine großangelegte Suchaktion heraufbeschwören.

Trotz der sonderbaren Begleitumstände begann Stella ihre Flucht zu genießen. Tagsüber lag sie meist an einem der Pools oder fraß sich wie die Raupe Nimmersatt durch die Speisekarten verschiedenster Kontinente.

Abends kuschelte sie sich in samtweich überzogene, weinrote Theatersitze, verfolgte gespannt Musicals mit internationalem Flair, entzückte sich an der Fertigkeit der Taschenspieler oder durchlebte mit Heldinnen und Helden auf der Leinwand, ja es gab tatsächlich ein Kino auf diesem Schiff, die wildesten Abenteuer.

Als weiteres Übernachtungsquartier, es wäre doch etwas zu auffällig gewesen, jede Nacht im Freien zu verbringen, bot sich eines der seitwärts angebrachten Rettungsboote auf Deck 5 an, die sie sanft schaukelnd in den Schlaf wiegten.

In solchen Momenten wähnte sie sich in absoluter Sicherheit, träumte den Wunsch aller werdenden Mütter von der komplikationslosen Geburt eines gesunden Babys.

Doch hier erlag sie einer Illusion, ähnlich den Tricks der Varietékünstler, im über drei Stockwerke reichenden Schauspielhaus inmitten des gigantischen Schiffsbauches. Zaubereien, die die Zuschauer an wahre Magie glauben ließen, während es sich in Wahrheit nur um fein aufeinander abgestimmte Sinnestäuschungen handelte.

War die Aufmerksamkeit des Publikums durch das grelle Licht des Scheinwerfers einmal abgelenkt, an einen Punkt gefesselt, konnte in aller Ruhe an anderer Stelle der Schisslaweng ansetzen.

Der Schisslaweng, ein Kunstgriff, mit Finesse im Dunkeln vorbereitet und zur rechten Zeit durchgeführt, der alles veränderte.

Von dem Stella zwar den Namen kannte, jedoch gegenwärtig, in ihrem über dem Wasser schwebenden Schlafplatz, nichts ahnte.

EWERTHON & MIRA V

ZUFLUCHT

Mira und Ewerthon fielen vom Himmel, stürzten in die Tiefe und ... landeten sanft auf einem kleinen Hügel, in der Nähe eines Schuppens aus Holz. Hätte jemand eben in diesem Augenblick in ihre Richtung gesehen, er wäre gewiss erstaunt gewesen. Grashalme wurden von unsichtbarer Hand geknickt, die letzten bunten Blümchen duckten sich, und haarige Reste weißer Pusteblumen segelten, von einer plötzlichen Windböe getrieben, in die dunkle Nacht.

Filigraner Nebel senkte sich auf die taunasse Wiese. Hervor traten verschwommene Figuren, manifestierten sich zu riesigen Gestalten mit rauschendem Gefieder, das hoch in den Himmel ragte. Bis die pechschwarzen Flügel in der aufkommenden Morgendämmerung so durchsichtig wurden, dass sie sich praktisch in Luft auflösten. Gleichzeitig schrumpften die geheimnisvollen, nächtlichen Besucher zu einer allgemein vertrauten Körpergröße, wären tagsüber von den restlichen Bewohnern *Cuor Bermons* nicht zu unterscheiden gewesen.

Zu hören war nur mehr das sachte Plätschern der verspielten Wellen, die an die nahe gelegene Klippe perlten und das qualvolle Seufzen der mit Brandwunden übersäten Stute.

„Wir müssen sie in die Scheune bringen! Öffnet das Tor!"

„Und du, sieh nach den Stallungen. Dort müsste eine Heilsalbe zu finden sein!", mit einem Blick auf Alba verteilte Alasdair rasch die Aufgaben.

„Warte!", Ouna hielt den bereits los eilenden Krieger zurück. „Sieh vorab in meiner Kammer nach. Dort findest du die Salbe, mit der wir damals Tanki behandelt haben." Sie hielt kurz inne. Wie lange war das her und welche grauenhaften Schicksale hatten sie in der Zwischenzeit ereilt? Doch nun blieb keine Zeit, um sich in der Vergangenheit zu verlieren. „Sie sollte gleich im Schrank neben der Tür liegen. Im oberen Fach, soweit ich mich entsinne", nach einer kurzen Pause, „verhalte dich leise. Wie wir alle wissen, hat die Köchin ein ausgezeichnetes Gehör. Und dass sie exzellent mit dem Nudelholz umgehen kann, muss ich ja nicht extra erwähnen?"

Alle dachten an den bis über beide Ohren verliebten Stallburschen zurück, dessen Versuch, seiner Auserwählten nächtens einen Besuch abzustatten, an der wehrhaften Köchin gescheitert war. Diese wachte anscheinend auch noch im Schlaf über die Tugend ihrer Küchenmägde. Lange Zeit nach diesem misslichen Zwischenfall leuchtete die Beule an der Stirn des Unglücksraben noch immer in Blau- und Lila-Schattierungen, bis das Farbenspiel sich lichtete, ins Gelb überging und verblasste. Der Spott hielt sich wesentlich länger als der körperliche Schmerz des armen Mannes.

Während ihrer Überlegungen stand nun das breite Tor des Schuppens weit offen und ein Schatten huschte auf das heimatliche Gehöft zu.

Mira kniete noch immer neben Alba und wünschte sich nicht zum ersten Mal ihre Magie herbei. Doch, ... was genommen war, war verloren für immer ..., sie konnte Alba nicht heilen.

Eine Hand legte sich auf ihre Schulter.

„Alasdair weiß, was zu tun ist. Meine Mutter ist gleichfalls bestens bewandert in der Heilkunst. Alba wird es bald besser gehen!", Ewerthon half ihr auf die Beine. Keinen Augenblick zu früh. Denn unter ihnen begann die Erde zu ruckeln, struppiges Gras zitterte und eine großflächige Wase entstand rund um das verletzte Pferd. Mira und Ewerthon sprangen zur Seite. Schwarzblaue, winzige Blitze züngelten um das riesige Rasenpolster, das sich in die Luft hob und samt Alba langsam und knapp über dem Boden in die geöffnete Scheune schwebte. Alasdair schickte Ouna ein Lächeln. Ab und an hatte es seine Vorteile, Krähenprinz zu sein und im Beisein loyaler Getreuer diese Kräfte auch nutzen zu können. Mit einer letzten Handbewegung setzte er die Stute samt ihrem speziellen Transportmittel vorsichtig im Inneren des Gebäudes ab.

Der Hofhund schlug an, meldete dienstbeflissen einen Eindringling, das laute Bellen verstummte jedoch gleich wieder.

Dafür hörten sie wenige Zeit später eifriges Schnüffeln und gleich darauf hechelte und wedelte der zottige Wolfshund um ihre Beine.

„Tut mir leid, Attie hätte ansonsten das halbe Gesinde aufgeweckt. Höchstwahrscheinlich auch die Köchin", der zurückgekehrte Krieger grinste von einem Ohr zum anderen und legte Ouna den schimmernden Tiegel in die Hände.

Alasdair entließ einen Großteil der treuen Gefolgsleute mit stummem Dank in die Nachtruhe. Ouna, Mira, Ewerthon und er verblieben noch an Ort und Stelle. Den leblosen Körper Anmorruks betteten sie in den hinteren

Bereich der Hütte, verborgen vor allzu neugierigen Blicken. Zwei der Krieger hielten die Totenwache. Morgen wollten sie sich um eine würdige Bestattung kümmern. Doch jetzt hieß es, Albas Wunden zu versorgen. Ouna und Mira knieten neben der tapferen Stute nieder und trugen mit äußerster Vorsicht die übelriechende Salbe auf.

Ouna lächelte Mira aufmunternd zu. „Sie stinkt bestialisch, doch sie wirkt Wunder. Gillian hat sie hergestellt."

„Ich weiß!" Mira dachte zurück an jene Nacht, als Tanki schwer verletzt und bleich wie der Tod auf Ewerthons Bett lag. Gillian wusste um ihre Anwesenheit, ganz oben im Gebälk, doch er schickte sie nicht fort. Tat so, als bemerke er die aufleuchtende Lichtsäule nicht. Während sich der oberste Lehrmeister aller Gestaltwandler um die tiefe Schnittwunde kümmerte, die sich quer über den kleinen Oberkörper des Jungen zog, nutzte sie ihre gesamte Magie, um bei der Heilung des Kleinen mitzuwirken. Flüsterte die richtigen Zauberworte, spielte mit dem flackernden Kerzenlicht, um den winzigen Patienten mit wundersamen Lichtfiguren vom Schmerz abzulenken, schickte ihm heilsame Träume, wachte über dessen unruhigen Schlaf. Sie wusste nichts um die Ränke seines Großvaters, doch alle Welten sprachen von der Prophezeiung und diesem Jungen, Ewerthons Sohn. Also half sie ihm, so gut sie es vermochte.

Nun wurden Alba die Heilkräfte Gillians Salbe zuteil. Ein ewiges Geben und Nehmen, sofern man der Natur nicht ins Handwerk pfuschte.

Nachdem sie eine Seite fertig gecremt hatten, schafften sie es mit Alasdairs Unterstützung, die Stute vorsichtig

zu drehen, um sich dem Rest der Verletzungen zuzu-
wenden. Mira war froh um Ounas tatkräftige Hilfe. Offenkundig verfügte diese über weitläufiges Wissen, jeder
Handgriff saß. Bald waren Albas Wunden versorgt und
durch die ganze Scheune zog der Geruch der übelriechen-
den Heilsalbe.

Alba öffnete ihre schönen dunklen Augen und warf den
beiden Frauen einen dankbaren Blick zu. Sie schnaubte noch ein wenig und fiel alsbald in einen erholsamen
Schlaf. In unmittelbarer Nähe bezog einer der Soldaten
sein Nachtlager, um bei etwaigen Komplikationen sofort
zur Stelle zu sein.

Im Osten färbte die aufgehende Sonne den Horizont bereits mit ihren hellorangen Flammen, tunkte vereinzelte weiße Wölkchen in lila Farben, als die vier endlich erschöpft in ihre Betten fielen.

Ouna stellte, nach eingehender Überlegung, Mira ein
Gästezimmer zur Verfügung. Ein kurzer Blick reichte,
und sie wusste, dass die Dienstboten wie immer sorgsam
gearbeitet hatten. Die Kissen und Decken waren frisch
aufgeschüttelt, der Duft nach getrocknetem Lavendel
lag in der Luft und auch sonst stand alles bereit für einen
unerwarteten Gast. Ein Gast, der höchstwahrscheinlich
ausreichend Gesprächsstoff für die nächsten Tage unter
dem Gesinde lieferte.

Stille senkte sich über den Raum, als Ouna auf der Tür-
schwelle Halt machte.

„Du kannst für Alba im Moment nichts tun. Sie schläft
sich gesund", nach einer kurzen Pause, „ich wünsche dir
eine gute Nacht und schöne Träume, Mira." Die Träume
der ersten Nacht unter fremdem Dach waren oft rich-

tungsweisend. Mira hockte verloren auf der Bettkante und starrte in die Ferne. Ouna wusste gar nicht, ob diese traurige Gestalt ihre Worte überhaupt wahrgenommen hatte. Schon wollte sie die Türe leise schließen, als sie Mira flüstern hörte.

„Ihre Geschichten, ihr gesamtes Wissen, all dies ist für immer verloren. Niemand war da, um die Übergabe zu vollziehen ..."

Ouna trat näher. „Anmorruk? Sie war eine *Bewahrerin?*"

„Eine der letzten dieser Welten. Diese einzigartige, liebenswürdige Seele ist wegen uns gestorben ..." Mira wischte sich mit der Hand die Tränen aus dem Gesicht. „Ich werde mir das niemals verzeihen!"

„Es tut mir von Herzen leid. Auch wenn du es jetzt vielleicht nicht hören willst, nicht zu glauben vermagst, irgendwann wird es leichter." Ouna dachte an Yria und Betrübnis überfiel sie. Doch im selben Augenblick erinnerte sie sich an die zahllosen, wunderbaren Momente, die sie mit ihrer Schwiegertochter vereinten, gemahnten sie an das größte Geschenk, dass die junge Hüterin der letzten Tiger-Magie von *Cour Sineals* dieser Welt als Vermächtnis hinterlassen hatte. Tanki, der Feuerhund, momentan am Randsaum zur großen Leere, im geheimen Ausbildungslager der Gestaltwandler, doch irgendwann wieder hier in *Cuor Bermon*, wo er hingehörte.

Ouna war auch ein pragmatischer Mensch. So sehr sie Yria geliebt hatte, sie vergönnte Ewerthon alles Glück dieser Erde. Und wenn er dies mit Mira fände, dann sollte es eben so sein.

Spontan nahm sie die junge Prinzessin in die Arme und drückte sie an sich, bis diese aufstöhnte.

„Entschuldige!", Ouna lächelte, „ich bin nach wie vor noch nicht ganz vertraut mit meinen neu hinzugewonnenen Kräften."

„Und jetzt wird geschlafen", damit schloss sie die Fensterläden, verbannte resolut die ersten neugierigen Strahlen der aufsteigenden Sonne nach draußen, und deutete auf das aufgeschlagene Bett.

„Ich wünsche dir eine gute Nacht und schöne Träume."

„Auch dir eine gute Nacht, Ouna, und danke für alles", damit schlüpfte die Prinzessin unter die Bettdecke und zog sie über beide Ohren.

Ouna schloss sanft die Tür und machte sich auf den Weg zu ihrem eigenen Schlafgemach. Ein Blick noch in Ewerthons Kammer. Leises Schnarchen gab Aufschluss über einen tiefen, festen Schlaf. Jetzt, nachdem sie jeden gut versorgt wusste, fiel ihr auf, wie müde sie selbst war.

Obwohl Mira zutiefst überzeugt gewesen war, kein Auge in diesem fremden Bett schließen zu können, schlief sie bis in die Nachmittagsstunden hinein. Schuldbewusst sprang sie in die nächstbesten Kleider die bereit lagen und huschte eilends aus dem Haus. Ihr Weg führte zur Scheune auf der Kuppe, deren Tor weit offenstand. Alba begrüßte sie mit fröhlichem Wiehern auf ihren eigenen vier Beinen. Gillians Heilsalbe hatte tatsächlich Wunder gewirkt. Die Brandblasen waren verschwunden, neu gebildete Haut schimmerte rosig, es waren keine offenen Wunden und keine Entzündung zu sehen.

„Alba, meine Wunderschöne! Wie bin ich glücklich!" Mira tätschelte die seidenweiche, graue Schnauze ihrer Stute. Diese stampfte frohgemut mit den Hufen und schüttelte ihre dunkle Mähne. Anschließend kehrte sie Mira den Rücken und rupfte mit derselben Begeisterung das frische Heu aus der Raufe. Erst jetzt hörte Mira ihren Magen lautstark knurren. Nachdenklich machte sie sich auf den Weg zurück zum Hof.

Sie erinnerte sich noch allzu gut an Ounas freundschaftliche Umarmung. Doch nun war lichter Tag und je näher sie dem Haupthaus kam, desto befremdlicher fühlte sie sich ... und desto mehr nahm sie den Geruch von gebratenem Speck wahr. Dieser ließ sie vorerst alle Befangenheit vergessen und wies ihr den Weg ins Esszimmer. Fürsorgliche Hände hatten den mächtigen Holztisch mit einem späten Frühstück gedeckt, um das bereits Alasdair, Ouna und Ewerthon gesellig beieinandersaßen.

Ihr Eintreffen unterbrach die angeregte Unterhaltung der drei. Alle Blicke richteten sich auf Mira. Ihr war, als wäre sie unversehens zur Hauptattraktion eines Jahrmarkts, mit zwei Köpfen oder anderen Abstrusitäten, geworden, so unbehaglich fühlte sie sich.

Ewerthon fing sich als Erstes, kam ihr entgegen, nahm ihre Hand und führte sie zum Platz an seiner Seite.

Während er ihr den Stuhl zurechtrückte, räusperte er sich.

„Hchm. Darf ich dich mit meiner Mutter Ouna und meinem Stiefvater Sermon, äh Alasdair, bekanntmachen. Ja, ähm und darf ich euch Mira vorstellen", er hatte bewusst alle Titel und jedwede weitere höfische Etikette außer Acht gelassen. Es war in der Tat schon ausreichend kompliziert. Er schob Mira den Sessel derart flott unter, dass sie, entgegen ihrer angeborenen Grazie, unversehens mit Schwung darauf zu sitzen kam.

Bevor sich Mira über ihr undamenhaftes Absacken Gedanken machen konnte, erhoben sich Ouna und Alasdair und sie rappelte sich gleichfalls blitzschnell wieder hoch. Ewerthons Mutter kam strahlend auf sie zu, umarmte sie innig ein weiteres Mal an diesem Tag.

„Nochmals willkommen, Mira. Ich meine, nach unserem gemeinsam überstandenen Abenteuer können wir getrost die höfischen Sitten beiseitelassen, in unserem vertrauten Umfeld bleiben", sie schmunzelte mit einem Seitenblick auf den Stuhl, „falls es Euch beliebt, Mira, Prinzessin aller Lichtwesen?"

Die Prinzessin lächelte erleichtert. „Sehr gerne. Das käme auch mir äußerst entgegen."

Alasdair trat auf sie zu und beugte sich formvollendet über ihre Hand. „Es ist mir eine Ehre, Mira." Diese versank in einen anmutigen Knicks. Für den Prinzen der Nebelkrähen eine durchaus angemessene Begrüßung, hatte sie soeben für sich beschlossen.

Ewerthon, der etwas abseits stand, staunte. Jene Mira war neu für ihn. Monatelang als Oskar an seiner Seite, kannte er sie forsch, mutig, immer optimistisch, manches Mal mit loser Klappe oder verblüffenden Weisheiten. Mira im kleinen Dorf am Rande der Welten band Binsen, sammelte Kräuter und grub Wurzeln aus, hatte Erde unter den Fingernägeln und an den bloßen Füßen. Nun begrüßte sie seine Familie, als wäre sie inmitten ihrer Burghalle und hielt Hof. Trotz des einfachen Kittels, den sie heute trug, umgaben sie natürliche Eleganz und Würde wie ein unsichtbarer Mantel.

Da war er wieder. Der Stachel in seiner Haut. Sie hatte so viel für ihn aufgegeben. Irgendwann würde sie ihm den Verzicht auf ihre Unsterblichkeit und den Verlust ihrer Magie vorhalten.

Gerade eben galt es jedoch, eine andere Situation zu meistern.

Die kleine Gesellschaft hatte erneut ihre Plätze eingenommen, ließ sich all die aufgetischten Leckerbissen schmecken, war vertieft in Gespräche über dieses und jenes. Doch unter der glatten Oberfläche brodelte es. Drängende Fragen harrten ihrer Beantwortung. Fragen, die auf die eine oder andere Art alle Anwesenden betrafen.

Eben noch voller Bewunderung für die würdevolle Eleganz der Prinzessin an seiner Seite, riss diese ihn aus seinen Gedanken. Mira hatte mit einem heftigen Ruck ihr Gedeck zur Mitte des Tisches geschoben.

„Ich kann das nicht. Zu meinem Bedauern kenne ich weder die Gebräuche dieses Landstrichs, noch die Sitten eures Hauses. Darum sage ich es jetzt offen heraus. Wir sitzen hier in Vertrautheit und doch sind wir uns in Wahrheit fremd. Tun so, als wäre alles normal, nichts geschehen!"

Sie blickte zu Ewerthon. „Beide haben wir unsere magischen Fähigkeiten verloren, sind sterblich, was zumindest für mich eine neue Erfahrung darstellt. Überlebten trotz alledem den Angriff einer abgrundtief bösen Kreatur. Albas Leben hing am seidenen Faden und eines der liebsten Wesen, das ich jemals traf, eine Seele reinster Güte, wurde unseretwegen ermordet! Ermordet von der Krähenkönigin!", nun sah sie auffordernd in Alasdairs Richtung.

Doch Ewerthon war es, der das Wort ergriff.

„Es gibt tatsächlich einiges zu klären, wir sollten von unseren Erlebnissen berichten und den damit einhergehenden Veränderungen. Da hast du völlig recht. Und auch ich trauere um Anmorruk. Doch in einem muss ich dir widersprechen. Ich hege Zweifel, ob es tatsächlich die Kriegs-göttin war, die uns gegenüberstand."

„Was bringt dich auf die Idee? Natürlich war sie es!", Mira fauchte ihn wütend an.

„Ich bin mir dessen keinesfalls sicher. Sie wirkte ... irgend-wie fremd."

„Fremd?", irritiert schüttelte Mira ihren Kopf.

„Wie nahe standet ihr euch denn, dass du die Königin al-ler Nebelkrähen als fremd empfinden könntest?"

Ewerthon dachte an den Tag der Verbannung seiner Mut-ter, an den halberfrorenen Jungen im eisigen Nordwind, geächtet vom eigenen Vater, verzweifelt, gegen jegliche Vernunft ausharrend auf den Burgzinnen. Damals, in fer-nen Kindheitstagen hatte Cathcorina ihn vorm sicheren Erfrierungstod gerettet. Wenn auch widerwillig, da sie es Ouna schuldete, doch sie war zu ihrem Wort gestanden. Jäh tauchte es auf. Das Bild der zornigen Kriegerin, deren schwarzer, todbringender Pfeil für ihn bestimmt, seine Mutter mitten ins Herz traf. Obwohl Letztere ihm genau in diesem Augenblick heil und lebendig gegenübersaß, ihn besorgt musterte, fühlte er heute noch das Chaos, das auf ihren Tod hin ausgebrochen war. Der absolute Irr-sinn, der ihn für lange Zeit in seine magische Tiergestalt gebannt hatte.

Eine weitere Erinnerung blitzte auf. Cathcorina im Thron-saal von *Caer Tucaron*. Zu einer Zeit, als er noch so naiv gewesen war zu glauben, er wäre der nächste König. Je-des Detail der finsteren Herrscherin hatte sich in sein Ge-dächtnis eingeprägt. Niemals würde er die dunklen, glän-zenden Augen, ihr tiefschwarzes Haar mit der einzelnen grauen Strähne vergessen. Das Haarbüschel, verfangen in seinem Kettenhemd, schwarzschimmernd und aschgrau, die Farben der Nebelkrähe. Das Haarbüschel, das er mit all den anderen Habseligkeiten, aus welchem Grund auch immer, in seinem Lederbeutel aufbewahrte. Der Beutel, den er im Schrank seines Zimmers vorgefunden hatte, als wäre er schon immer dort gewesen. Von dem niemand sagen konnte, wie er dahin gekommen war.

Die Kriegsgöttin hatte ihm nach dem Leben getrachtet, seine treuen *Coddeu-Kämpfer*, die Krieger des Waldes, zerstört, ihn für unendlich lange Zeit in den Kerker geworfen, war gegen Alasdair, den eigenen Sohn zu Felde gezogen, und doch, stets hatte sie sich mit vollendeter Eleganz bewegt. Der tödlichen Eleganz und Gewandtheit jagender Raubkatzen.

Ewerthon hatte ein Auge für seine Gegner. Galt es immerhin, das Gegenüber rasch einzuschätzen, dessen Taktik zu durchschauen, seine nächsten Schritte zu erahnen. Diese geschmeidige Raffinesse fehlte ihrem letzten Angreifer. Er schien ihm nicht ungelenk in seinen Bewegungen, nicht minder gefährlich, doch irgendwie grobschlächtiger, unerfahrener im Gefecht.

Mira las in seinen Gedanken.

Ewerthon sprach weiter. „Das Gesicht lag fortwährend im Schatten der Kapuze, auch der Körper wurde von der Weite des Mantels verhüllt. Wir wissen nicht einmal ob es Mann oder Frau war, oder ganz etwas Anderes, was uns da angegriffen hat."

Mira konnte sich keiner Unbeholfenheit entsinnen. Für sie gab es nur einen Namen für dieses furchterregende Wesen und der lautete eindeutig: Cathcorina, Königin der Nebel-

krähen, Nacht- und Spukgeister, unnachgiebige Kriegsgöttin und Heerführerin der *Cuor an Cogaidh*, ihrer treu
ergebenen Kriegerherzen. Ewerthons Mutter starb durch
die Hand dieser gnadenlosen Göttin und wurde von ihr
wiedererweckt. Mira kannte die Kriegsgöttin nur aus Erzählungen, die sich um sie rankten. Doch eines war gewiss,
wann immer die Göttin der Nachtgeister jemanden aus
dem Totenreich zurückholte, gab es einen triftigen Grund.
Und für alle erkennbar war Ouna nicht irgendein bedau-
ernswerter Schatten ihrer selbst, sondern ausgestattet
mit den königlichen Attributen. Ob das aus reiner Fürsorge um Alasdair entsprang, bezweifelte nicht nur Mira.
Anscheinend waren ihre Gedanken ein offenes Buch für
alle.

Ouna erinnerte sich an damals, als sie als neugeborene
Krähe auf dem Felsen saß, an das siegesgewisse Lächeln
Cathcorinas. Kalt war jenes gewesen, keinesfalls wie das
einer liebenden Mutter.

Sie nickte Mira zu. „Ja, ich bin ganz deiner Meinung."

Im Gegensatz zu Alasdair. So wachsam und nüchtern
er ansonsten agierte, in Bezug auf seine Mutter war er
blind, fügte sie stumm in Gedanken hinzu.

Für alle vernehmlich setzte sie fort. „Um auf dein Gefühl
der Fremdheit einzugehen. Mira, es ist mir ein persönli-
ches Anliegen, dass du dich in unserem Hause willkommen fühlst. Selbstredend entsteht Vertrautheit nicht
über Nacht. Sie ist wie eine Pflanze, die Zeit benötigt,
um zu wachsen. Diese Zeit stand uns noch nicht zur Verfügung, nichtsdestoweniger bin ich zutiefst überzeugt,
auch dieses Gefühl wird gedeihen. Du bist Ewerthon
wichtig, also bist du auch mir wichtig!"

Sie lächelte Mira zu, dann ihrem Mann.

„Es gibt sicher einen wichtigen Grund, außer der Liebe zu Alasdair, der die Kriegsgöttin dazu bewog, mich in unsere Welt zurückzuholen, in ihren Kreis aufzunehmen. Doch so lange der im Dunkeln liegt, kann ich freimütig bekennen, dass ich über ihr Handeln unendlich froh bin. Ich lebe, bin mit meinem Ehemann vereint und habe meinen Sohn wiedergefunden." Es mochte sein, dass an den Motiven ihrer Schwiegermutter etwas faul war, doch es war ihr einerlei, das sagte sie nicht nur so, das meinte sie auch.

Alasdair legte seinen Arm um ihre Schulter, zog sie behutsam an sich.

„Trotz allem. Auch ich denke nicht, dass es Cathcorina war, die uns angegriffen hat", Ouna sprach aus, was auch er dachte.

„Wie sollte sie es auch gewesen sein? Es würde mich wundern, wenn es nicht irgendwo ein Schlachtfeld gäbe, wo ihre Anwesenheit vonnöten wäre", der Krähenprinz erinnerte sich an die Gemetzel ohne Ende, die Tag für Tag seine Mutter in die entferntesten Ecken der Welten beriefen.

Die Kriegsgöttin verfügte gewiss nicht über die Ambition, ein völlig belangloses Moordorf am Ende der Welten zu überfallen. Noch dazu, wo dort alle Bewohner eins mit sich selbst, glücklich und zufrieden in den Tag hineinlebten. Von Feindschaft oder Krieg weit und breit nichts zu spüren gewesen war. Ein öder Landstrich, auf den Ouna und er rein zufällig bei ihrer nimmermüden Suche nach Ewerthon gestoßen waren.

„Du vergisst, dass wir in dieser verlassenen Landschaft, diesem belanglosen Dorf im Moor, Zuflucht gefunden hatten", auch Mira konnte in offenen Büchern lesen. Und Alasdairs Gedanken standen ihm soeben ins Gesicht geschrieben.

„Zuerst Ewerthons Einkerkerung, daraufhin die Tigerfalle, dann Soldaten, die uns quer durchs Land verfolgten und deren Giftpfeile uns um die Ohren flogen und schlussendlich das *verfluchte Drachenherz*. Wer verfügt über ausreichend Magie, um ein *Cor Hydrae* heraufzubeschwören, wenn nicht die Kriegsgöttin selbst?"

Ouna blickte erschrocken auf. Selbstredend waren auch ihr Gerüchte über die Flucht ihres Sohnes zu Ohren gekommen. Doch, was waren schon Gerüchte? Jetzt, sozusagen aus dem Mund einer Augenzeugin, vom Zusammenstoß mit einem dieser dunklen Geschöpfe zu hören, den Ewerthon offensichtlich lebend überstanden hatte, fühlte sich real an … und bedrohlich. Gemunkelt wurde gleichfalls von einem tollkühnen Jungen, der ihrem Sohn das Leben gerettet hatte. Wo war jener und wann war dann Mira ins Spiel gekommen? Die Prinzessin hatte, trotz ihrer Jugend, den Nagel auf den Kopf getroffen. Vieles fühlte sich noch fremd an und sie selbst zählte sich stets zu jenen, die nichts unter den Teppich kehrten.

Fragen um Fragen schlugen in ihrem Kopf Purzelbäume. Es war schon fast verhext, so drehten sich nicht nur ihre Gedanken im Kreis, auch die Diskussionen am Tisch zogen Schleife um Schleife, fanden kein Ende und der Ton wurde zunehmend rauer.

„All unsere Überlegungen führen momentan zu keinem Ergebnis!", resolut übernahm sie erneut den Gesprächsfaden.

„Wir sollten uns auf das konzentrieren, was wesentlich und vor allem lösbar ist. Die Verabschiedung von Anmorruk! Und wenn dies getan ist, habt ihr hoffentlich Zeit, von euren Abenteuern zu berichten?"

So hatte es in scheinbar ausweglosen Situationen noch immer funktioniert. Spreu vom Weizen trennen, das Wesentliche zuerst erledigen und dann ein Schritt nach dem anderen. Manches Mal war vielleicht ein großer Sprung vonnöten, jedoch nicht machbar. Viele kleine Schritte führten letztendlich gleichfalls zum Ziel.

Mira und Ewerthon nickten. Ja, das Begräbnis der *Bewahrerin* lag allen am Herzen. Auch wenn die Temperaturen kühl, beinahe frostig waren, ewig konnte ihr Körper nicht in der Scheune aufgebahrt bleiben.

„Sie wollte keine Feuerbestattung. Sie will in den Schoß der Mutter Erde gebettet werden. So ist es bei ihrem Volk von jeher Brauch."

Mira dachte an die zahlreichen Gespräche mit Anmorruk, in denen eines Tages der Tod und unterschiedliche Bestattungsrituale in ihrer Unterhaltung Eingang gefunden hatten. Einmütig beschäftigt mit dem Sammeln von Kräutern, Pilzen und Wurzeln hatte sie damals dieses Thema noch als verfrüht erachtet, konnte Anmorruk doch leicht bis zu tausend Jahre alt werden. Allerdings, wie die nachfolgenden Ereignisse gezeigt hatten, war es nie zu früh, um sich mit dem Tod auseinanderzusetzen.

„Von der Stunde unserer Geburt ist er uns gewiss. Wir sind endlich in diesen Welten, er ist unser beständiger Begleiter. Der Tod, er mahnt uns, das Leben zu genießen, nichts Wichtiges unerledigt zu lassen, denn wir wissen nie, wann er an unsere Tür klopft!"

Exakt diese eindringlichen Worte hatte die kleine weise *Bewahrerin* gebraucht, als sie Mira mit ernstem Blick ihr Ansinnen schilderte.

„Meine Aufgabe ist es, Geschichten, Legenden, wahre Begebenheiten und Chroniken zu hüten und für die Nachwelt zu bewahren. Darum lege ich es in Eure Hände, meine Begräbniszeremonie in meinem Sinne zu gestalten. Ihr, Prinzessin, werdet mich überleben."

Die Abendsonne übergoss die grünbraune Moorlandschaft mit goldenem Licht. Riesengroße Insekten summten geschäftig über ölig schwarze Tümpel, tiefrote Moosbeeren lagen neben kernigen Pilzen mit hell- bis dunkelbraunen Kappen und duftenden Kräuterbüscheln in ihren Körben. Ein Augenblick des wahrhaftigen Friedens. Mira hörte zwar, was Anmorruk sprach, vermeinte jedoch in ihrem tiefsten Inneren, niemals in die Situation zu kommen, für diese einzigartige Frau das Begräbnis auszurichten. Auf ihre eigene Unsterblichkeit hatte sie verzichtet. Unter den momentanen Umständen würde sie lange Zeit vor Anmorruk in die Anderweite übergehen. Aber! Das Schicksal war unerbittlich und so schnell wendete sich das Blatt. Nun war es an ihr, den letzten Wunsch der Geschichtenbewahrerin zu erfüllen.

„Sie hat mir strikte Anweisungen hinterlassen."

Mira legte einen abgegriffenen Beutel aus grobem Leinentuch auf den Tisch. „Der Inhalt soll über ihre letzte Ruhestätte verteilt werden."

Ouna betrachtete die traurige Prinzessin liebevoll.

„Nun, dann lasst uns Anmorruks Wunsch entsprechen!"

Einträchtig machten sie sich auf den Weg zum Schuppen auf der Anhöhe. Dort trottete ihnen Alba entgegen und begrüßte sie äußerst munter. Trotz des unglücklichen Anlasses waren alle erleichtert über das Wohlsein der Stute und die raschen unkomplizierten Heilungserfolge.

Alasdair wandte sich an Mira.

„Welchen Platz schlägst du vor, um Anmorruk zur Ruhe zu betten?"

Mira sah sich um. Sie standen am Hang eines sanften Hügels, zu dessen Füßen sich das Landgut ausbreitete. Linker Hand vernahm sie leises Plätschern. Wellen, die am schroffen Felsen hochkletterten, bis zu einem bestimmten Punkt, dort kurz verharrten, um in Folge glucksend in sich zusammenzufallen. Sie stieg noch ein kleines Stück bergauf. Angekommen auf der Kuppe, erstreckte sich eine weite grünbraune, krause Fläche bis hin zur steil abfallenden Küste. Sicherlich würden hier im Sommer saftgrünes Gras und bunte Blumen mit dem Wind tanzen. Türkisblaues Meer samt seinen schimmernden Schaumkronen und das wolkenlose Himmelszelt vertieften den Eindruck von Harmonie und Frieden. Ein Ort, geschaffen um eine Weile zu rasten und die Seele baumeln zu lassen. Die sattgelbe Abendsonne zauberte goldene Muster auf einen riesigen Haselstrauch, den Mira in einer Hecke hinter sich entdeckte.

„Ich denke, dieser Platz würde Anmorruk gefallen. Hier, zu Füßen der Haselnuss, soll sie begraben werden ..., wenn Ihr erlaubt?"

Sie scheute sich, in diesem Moment Alasdair zu vertraut anzusprechen.

„Ich meine, du hast eine fabelhafte Wahl getroffen. Es ist mir eine Ehre, die Begräbnisstätte dieser außergewöhnlichen *Bewahrerin* hier zu errichten!"

Ewerthon und Alasdair wollten es sich nicht nehmen lassen, die erforderliche Grube selbst auszuheben und griffen zu den mitgebrachten Spaten. Währenddessen begaben sich Ouna und Mira zurück in die Scheune. Sie hatten nicht viel zu tun, um Anmorruk für ihre Abschiedszeremonie vorzubereiten. Es gab keine buntgewebten Tücher in Clan-Farben, in die man den Leichnam gemäß den Traditionen hüllte. Auch an ihrem Äußeren fand sich nichts, was zu verändern gewesen wäre. Der schwarzfunkelnde Pfeil war längst entfernt und die Kleidung gesäubert worden. Die Geschichtenbewahrerin strahlte sogar im Tod die stille Zufriedenheit aus, die ihr schon zu Lebzeiten innewohnte. Das Lächeln, mit dem sie gestorben war, umspielte noch immer ihre Lippen.

Übervoll von Kummer und Trauer um diese reine Seele, folgte die Prinzessin Alasdair hügelaufwärts. Der Krähenprinz trug auch dieses Mal die *Bewahrerin* in seinen Armen. Oben angekommen blickten Ouna und Alasdair einander an. Im stillen Einvernehmen fächerten sie ihre Flügel auf. Ein paar kräftige Schwünge und grauschwarzer Federflaum segelte durch die Luft, sank nieder, schuf ein weiches Daunenbett auf klumpiger Erde. Behutsam legte der Prinz den leblosen Körper darauf.

Mira ihrerseits hatte einen schön marmorierten Stein beim Erklimmen des Hügels aufgehoben und Ewerthon brach einen Zweig der Haselnussstaude ab. Es handelte sich beileibe um keine luxuriösen Grabbeigaben, doch sie kamen von Herzen und waren alleine deswegen etwas Besonderes.

Zu allerletzt bedeckte Ouna die kleine Gestalt noch mit ihrem reich bestickten Schultertuch. Dieses, in braunorange Schattierungen gehaltene Gewebe, würde die Reisende sicherlich an die endlose Weite der Moorlandschaft erinnern und ihr einen guten Weg weisen.

Als die beiden Männer begannen, langsam den beiseite gelagerten Erdhaufen zurückzuschaufeln, zögerte Alasdair. Er zog Anmorruks verpacktes Bündel hervor, blickte Mira fragend an und legte es in ihre Hände.

Sorgsam wickelte die Prinzessin einige Tücher ab, um auf Lagen von beschriebenen und bunt bebilderten Seiten zu stoßen. Vorsichtig blätterte sie darin.

„Die gesammelten Werke ihrer Kräuter- und Heilpflanzen!", stieß Mira verblüfft hervor. „Wieso vermacht sie dieses Heilkunde-Verzeichnis dir?" Der Vorwurf in ihrer Stimme war nicht zu überhören.

„Verzeih, ich wollte keinesfalls unhöflich erscheinen. Ich bin nur ... erstaunt. Wahrscheinlich wusste sie um deine Leidenschaft für Heilkunde", schloss sie rasch den Satz.

Alasdair war gelinde gesagt genau so überrascht wie Mira.

Was hatte sich die *Bewahrerin* dabei gedacht, ihm diese umfangreiche Zusammenstellung zu hinterlassen? Gewiss war diese ein Schatz für die Nachwelt, das erkannte auch er, obwohl er keiner geheimen Leidenschaft für die Heilkunde frönte. Aber wieso übergab Anmorruk ausgerechnet ihm dieses Kleinod und beauftrage ihn dazu, dieses mit seinem Leben zu schützen?

„Mit ihr begraben können wir es auf keinen Fall!" Mira betrachtete aufmerksam die Seiten. „Das wäre bestimmt nicht in ihrem Sinne!"

Ewerthon trat heran. „Sie fühlen sich seltsam rau an. Ein Mitbringsel aus ihrer Heimat?"

Er half ihr, die rätselhaften Blätter wieder sorgfältig aufeinanderzulegen und achtsam in die Tücher zu hüllen. Es kehrte Stille ein.

Unter einem kleinen Erdhügel lag nun Anmorruk, eine der letzten Geschichtenbewahrerinnen, bereit für ihre Reise in die Anderswelt.

Für Mira gab es nur noch Eines zu tun. Sie öffnete den kleinen Leinenbeutel und ließ dessen Inhalt in ihre Hand rieseln. Dann verteilte sie die feinkrümeligen Bröckchen, Erde und Sand aus Anmorruks Heimat, um solche musste es sich handeln, auf vier Paar Hände.

„Anmorruk, ich danke dir für deine Güte, Freundlichkeit und Zuneigung und erfülle hiermit deinen letzten Wunsch. Habe eine gute Reise! Die Erinnerungen an dich mögen verblassen, jedoch in meinem Herzen wird immer Platz für dich sein."

Ihre Stimme schwankte bei den letzten Worten und auch die Hand zitterte, als sie die sandfarbenen Krumen über Anmorruks Grab verstreute.

Ewerthon, Ouna und Alasdair taten es ihr gleich, wünschten Anmorruk einen glückhaften Neubeginn. Sogar Alba war herangekommen, um auf ihre Weise von der tapferen Moorfrau Abschied zu nehmen. Bedächtig schüttelte sie das mächtige Haupt und abertausende von glitzernden Sternchen flossen aus ihrer Mähne, schwebten langsam auf die frisch aufgeworfene Erde und übergoss sie mit bläulich-glänzendem Schimmer.

Als sich die kleine Gruppe mit den letzten Strahlen der Sonne zum Gehöft aufmachte, legte sich die silbergraue Stute neben das Grab. Sie würde diese erste Nacht über ihre Freundin wachen.

Obwohl noch einige Fragen der Aufklärung harrten, sehnte sich Mira einzig nach Erholung und Schlaf. Deswegen war sie grenzenlos erleichtert, als Ouna allen eine gute Nacht wünschte und zog sich gleichfalls rasch zurück. Auf Alasdair wartete ein Berg von dringlichen Angelegenheiten in seiner Funktion als Gutsherr und so blieb Ewerthon alleine vor dem Haupthaus zurück.

Nun, ganz alleine war er dann doch nicht. Attie, der zottige Wolfshund tauchte aus dem Dunkel der Stallgebäude auf, eine feuchte Schnauze legte sich in seine Hand und ein fragender Blick aus großen, braunen Augen gemahnte ihn zum Innehalten, mehr als alles andere bisher.

Da saß er jetzt, auf einer der grobbehauenen Holzbänke am Hof, wo sich tagsüber emsige Mägde zum gemeinsamen Arbeiten und Austausch von Neuigkeiten trafen. Tratsch, der sich momentan einzig und allein um seine Rückkehr nach *Cuor Bermon* und die Anwesenheit Miras drehte. Jetzt verstummten allmählich die betriebsamen Geräusche des Tages, auch in der Küche, als letzte geschäftige Bastion klappernder Teller, Schüsseln und Töpfe, war Ruhe eingekehrt. Die Hühner, wohlverwahrt in ihrem Verschlag, saßen alle in einer Reihe auf der Stange und träumten von fetten Würmern und reifem Korn. In den Ställen schnaubte das Vieh, klirrte ab und an Metall, wenn Kettenglied auf Kettenglied rieb, sich ein massiger Rinderschädel nach hinten neigte, beim Verlangen, sich am Rücken zu kratzen.

Er blickte hoch zum Hügel. Dort schimmerte in der einfallenden Dämmerung ein sanftes, bläuliches Licht. Alba schlief heute unter freiem Himmel. Die Stute hatte eine Entscheidung getroffen, um die er sie beneidete.

Wann hatte er das letzte Mal ein Gefühl von Freiheit verspürt? So sehr er sich auch anstrengte, ihm fielen nur die abenteuerlichen Nächte in Stâberognés ein, die ihn und seine Gefährten im jugendlichen Übermut durch den geheimen Wald der Gestaltwandler streifen ließen. Vielleicht noch der eine oder andere Moment mit Oskar. Trotz aller Widrigkeiten war es dem Kleinen immer wieder gelungen, Ewerthon von seinen trüben Gedanken abzulenken. Aber Oskar existierte nicht mehr. An seine Stelle war eine Prinzessin getreten, die sein Herz vom ersten Augenblick an berührt hatte. Indes, es war ein gewaltiger Unterschied, jemanden aus der Ferne als fantastisches Traumbild zu verehren – und diesen vermeintlich aussichtslosen Wunsch plötzlich erfüllt zu bekommen.

So sehr er auch hin und her überlegte, innerlich fühlte er sich zerrissen. Er ahnte, Mira erging es ähnlich. Momente vertrauter Nähe wechselten auch bei ihr jäh in spröde Zurückhaltung.

Zutiefst vermisste er das Gefühl, als Tiger durch die Wälder zu streifen. Nicht blindlings, auf der Flucht vor sich selbst davonzuhetzen, sondern mit all seinen geschärften Sinnen über weiches Sternenmoos zu gleiten, mit dem Duft harziger Rinde in der Nase.

Er sah nach oben. Ein Stern funkelte besonders hell am nachtblauen Firmament, erinnerte ihn an glückliche Tage, an gemeinsame Ausflüge damals mit Yria und Tanki.

Die nasse Hundeschnauze bohrte sich, auf der Suche nach Leckereien, in seine hohle Hand, brachte ihn zurück in die Gegenwart. Ächzend erhob er sich und streckte seine steifen Glieder. Es war kalt geworden. Der Winter stand vor der Tür. Er tätschelte den mächtigen, struppigen Kopf des Hofhundes und mit einem letzten Blick auf den hell glitzernden Stern wünschte er sich Zeit. Zeit, um die aufkeimende Vertrautheit mit Mira im kleinen Dorf am Ende der Welten, zu vertiefen, um Fragen zu klären, die der Auflösung bedurften, um endlich anzukommen in seinem neuen Leben, was auch immer das nun bedeutete.

Bevor jedoch all die Fragen, die nicht nur ihn beschäftigten, tatsächlich geklärt werden sollten, passierte etwas äußerst Seltsames ...

VERGISSMEINNICHT

Gleich am nächsten Morgen, als sich Mira und Ewerthon, nach erholsamem Schlaf und einem ausgiebigen Frühstück, auf den Hügel begaben, trauten sie ihren Augen nicht. Das Grab von Anmorruk leuchtete bereits von weitem in intensivem Blau. Beim Näherkommen entdeckten sie hunderte von winzig kleinen fünfzackigen Sternen mit gelben Tupfen in der Mitte, die die frisch aufgeworfene Erde komplett bedeckten. Blümchen, die sie vorher noch nie gesehen hatten.

Ergriffen standen sie vor der himmelblauen Pracht, die über Nacht gewachsen war. Alba, die ihre Nachtwache beendet hatte, schüttelte begeistert ihre Mähne.

Mira schluchzte. „Ewerthon, wir sollten diese wunderschönen Zaubersterne in Gedenken an Anmorruk benennen."

Bevor Ewerthon nur mit dem Kopf nicken konnte, sprudelte es aus Mira heraus. „*Vergissmeinnicht* – wir wollen diese kleinen, blauen Blümchen ab sofort mit dem Namen *Vergissmeinnicht* ansprechen!"

Sie lachte und weinte gleichzeitig. „So lange diese Blumen auf unserer Erde wachsen, wird sie auf ewig mit uns sein", dann warf sie sich an Ewerthons Hals und trocknete äußerst unprinzessinnenhaft ihr tränennasses Gesicht an seinem Hemd.

Ewerthon war es einerlei. Er genoss diesen Moment der Vertrautheit, den er sich gestern so sehnlich herbeigewünscht hatte, streichelte sanft über Miras Rücken und drückte sie behutsam an sich. Sie legte ihren Kopf an seine Brust, lauschte dem Klang seines Herzens.

Beide hatten sie so vieles für den anderen aufgegeben. Sie würden es schaffen! Sie mussten es schaffen! Ansonsten wären all die Opfer vergebens gewesen.

Eine schwarzgrau gefiederte Krähe zog still Schleife um Schleife durch den neuen, frischen Tag. Beäugte aufmerksam die Stute, die soeben zufrieden in den hölzernen Schuppen trottete und das in inniger Umarmung versunkene Paar. Sie hatte genug gesehen, driftete gekonnt in einem eleganten Bogen ab, um eine Nachricht zu überbringen. Ihr heiseres Krächzen traf niemals in *Cuor Bermon* ein. Es wurde vom aufkommenden Ostwind fortgetragen, genauso wie der schwarze Vogel.

Rätselhaftes Erbe

Als Ewerthon und Mira Hand in Hand zurückkehrten, trafen sie auf Ouna. Sie hatte sich in das geräumigste Zimmer des Hofes zurückgezogen und studierte Anmorruks Hinterlassenschaft. Kreuz und quer über den leergeräumten Esstisch lagen die sorgsam gearbeiteten Blätter, jedes für sich ein Kunstwerk.

„Dürfen wir uns zu dir gesellen?"

Ouna blickte kurz auf und nickte.

„Ihr könnt mir sogar behilflich sein." Sie wies zu den sorgsam beschrifteten und bemalten Bögen auf dem polierten Holz. „Ich vermag keinen Bezug zum Auftrag, diese Sammlung mit dem Leben zu schützen, und dem tatsächlichen Wert der Schriften herzustellen. Was ist deine Meinung hierzu?", sie wandte sich an Mira.

Mira hielt ein Sträußchen der himmelblauen Sternblüten in Händen. Sie war nicht umhingekommen, ein paar dieser wundersam über Nacht entstandenen Blumen zu pflücken. Vorsichtig legte sie diese ab, nahm ein beschriebenes Blatt nach dem anderen in die Hand und besah es sich genau. Mit größter Sorgfalt waren hier eine stattliche Anzahl von Kräutern, Wurzeln, Beerensträuchern, Pilzen, Gräsern und weiteren pflanzlichen Heilmitteln in farbenreichen Bildern festgehalten, ja sogar Bäume bis ins kleinste Detail der Blattadern und Rindenborken verewigt. Zu den bunten Zeichnungen existierte jeweils eine genaue Schilderung, wofür und wogegen die beschriebenen Wunderkräfte der Natur eingesetzt werden sollten. Gleichfalls beliebte Standorte, und nicht nur die richtige

Jahreszeit, auch die Erntezeit, ob um die Mittagsstunde oder gar bei Vollmond, waren angeführt. Etliche weitere Kapitel enthielten akribische Hinweise über Verarbeitung, Konservierung und die exakte Dosierung des Gesammelten.

Bei den ausgebreiteten Bögen handelte es sich um die umfangreichste Übersicht der Heilkunde, die Mira jemals gesehen hatte. Nicht einmal die wirklich außergewöhnliche Sammlung ihrer Mutter aus dem Reich der Lichtwesen reichte an diese heran.

Ratlos setzte sie sich. „Ganz eindeutig liegt vor uns ein Schatz an Wissen und Erfahrung, der seinesgleichen sucht. Doch Alasdair damit zu beauftragen, dieses Werk mit seinem Leben zu schützen, scheint mir doch ein klein wenig übertrieben."

Ewerthon war noch immer damit beschäftigt, das Material zu erforschen, das Anmorruk für ihre bemerkenswerte Zusammenstellung verwendet hatte.

„Es fühlt sich einesteils spröde an und verfügt doch über eine unvermutete Geschmeidigkeit. Vorsichtig rollte er einen Bogen zusammen und wieder auseinander. „Es bricht nicht, wie man offensichtlich annehmen könnte."

Ouna seufzte. „Ich denke, momentan werden wir das Geheimnis nicht ergründen, das Anmorruk vertrauensvoll in unsere Hände gelegt hat." Sie schichtete vorsichtig Blatt auf Blatt und hüllte die aufgestapelten Bögen wieder in die Leinentücher.

„Habt ihr beide Lust auf einen Spaziergang? Einige organisatorische Obliegenheiten bedürfen meiner Aufmerksamkeit und bei dieser Gelegenheit könnten wir Mira offiziell einführen?" Fragend sah sie Mira an.

„Gerne. Ein Spaziergang ist eine ganz wunderbare Idee, um die hiesigen Gepflogenheiten kennenzulernen und den Kopf freizubekommen."

Ewerthon rollte entsetzt mit den Augen. Er wusste genau, was ihm nun bevorstand. Nicht nur, dass sich alle Welt, zumindest die Bediensteten von *Cuor Bermon* fragten, wieso er nicht genau in diesem Augenblick als König auf dem Thron von *Caer Tucaron* saß, es war auch die Anwesenheit Miras, die die Fantasie der Dienerschaft bereits aufs Ausgiebigste beschäftigte.

Auch Mira ahnte, was auf sie zukam. Doch im Gegensatz zu Ewerthon befürchtete sie keine allzu neugierigen Fragen. Sie freute sich darauf, das Landgut und deren Menschen kennenzulernen. Selbst auf *Cuor a-Chaoid*, der Burg der ewigen Herzen, die wesentlich größer als Alasdairs Besitz war, kannte sie jeden einzelnen Beschäftigten mit Namen, wusste um seine Familie, um seine Sorgen und Nöte. Schon von klein auf begleitete sie ihre Mutter und kümmerte sich um das Wohlergehen des Gesindes. Auch nach Schuras Tod behielt sie diese für sie selbstverständliche Fürsorge um ihre Leute bei. Zumindest so lange sie in ihrer Heimat weilte.

Währenddessen hatte Ouna das in Tüchern eingeschlagene Werk in einer hölzernen Truhe verwahrt und sorgsam versperrt.

„Alsdann, seid ihr bereit, euch der neugierigen Meute zu stellen?"

Ewerthon ergab sich stumm seinem soundso unausweichlichen Schicksal und Mira nickte freudig.

An das am Morgen gepflückte Sträußchen dachte niemand mehr. Die himmelblauen Sternchen blieben unbeachtet auf dem blanken Holztisch liegen. Erst Alasdair erbarmte sich, als er in das leere Speisezimmer trat und die durstigen Blumen dort vorfand.

„Wie konnte auf euch vergessen werden", murmelte er, während er das Büschel mit den traurig nach unten hängenden Köpfchen zu sich nahm und nach einer passenden Vase suchte. Eben, als er nach der Wasserkaraffe greifen wollte, durchfuhr ihn ein strahlender Blitz vom Scheitel bis zur Sohle. Plötzlicher Schwindel umfing seinen Geist, die Beine knickten weg, die blauen Blümchen flatterten zur Erde und der halbvolle Krug kippte. Wasser sickerte durch die Dielenspalten, während er mit dem Kopf hart aufschlug, doch das spürte er längst nicht mehr.

Attie, der struppige Hofhund, robbte mit tiefhängendem Bauch in das verlassene Zimmer. Dieser Bereich des Hauses war für ihn tabu, das war ihm wohl bekannt. Keinesfalls wollte er von der resoluten Köchin oder einem Dienstmädchen mit in den Ohren gellendem Lamento dabei entdeckt werden, verbotenes Terrain zu betreten. Nichtsdestotrotz lag sein Herr ohne erkennbare Lebenszeichen in einer Wasserlache am Boden. Das konnte nichts Gutes bedeuten. Behutsam stupste er den bewegungslosen Körper an. Nach einigen erfolglosen Versuchen ließ der graue, riesige Hund alle Vorsicht außer Acht, setzte sich auf seine Hinterbeine, hob den Kopf und heulte seinen Urahnen ähnlich los, um Hilfe herbei zu rufen.

Totenstarre

Ouna gefror das Lächeln auf den Lippen, als sie das schaurige Jaulen Atties vernahm. Sie erstarrte mitten im Austausch von Neuigkeiten mit den Mägden, machte auf der Stelle kehrt und eilte zum Haupthaus zurück.

Ewerthon und Mira reagierten etwas langsamer, so gefangen waren sie noch von den netten Willkommenswünschen der Dienstboten, die sich mit aufrichtiger Freude zusammengefunden hatten.

Beim nächsten Aufheulen des treuen Hofhundes nahmen jedoch auch sie die Beine in die Hand und hetzten Richtung Wohnhaus.

Dort fanden sie Ouna kniend neben Alasdair, der bewegungslos auf den Holzdielen lag. Das langgezogene Heulen des riesigen Wolfshundes war einem japsenden Kläffen gewichen und er beobachtete scharf seinen Herrn und alle anderen Anwesenden.

Ouna richtete sich auf. „Sein Herz schlägt und er atmet, wenn auch sehr flach!" Sie hob behutsam sein Haupt und starrte auf ihre blutigen Handflächen. „Eine Platzwunde, nichts Lebensgefährliches", lächelte sie Mira und Ewerthon beruhigend zu. Ihre Augen schimmerten verdächtig und eine Träne tropfte zu Boden, vermischte sich mit rotem Blut und verschüttetem Wasser. „Er muss gestürzt sein."

„Aber?", Mira schüttelte verunsichert den Kopf. „Er ist der Krähenprinz! Kann er überhaupt sterben?"

„Gestürzt?! Mutter, dieser Raum ist ausgelegt mit ebenen Brettern, es gibt keinen Teppich, über den er gestolpert sein könnte! Alasdair stürzt doch nicht einfach so im Esszimmer und steht hernach nicht mehr auf!" Ewerthon konnte es nicht glauben.

„Ganz egal, wie der … nennen wir es … Unfallhergang vonstattenging, hier kann er nicht liegenbleiben. Wir benötigen Unterstützung. Verständige seine Krähenkrieger!", Ouna gab ihrem Sohn einen Wink.

Gleich darauf zu Mira. „Er wird nicht sterben! Nicht einfach so! Verstehst du?", sie blickte die Prinzessin beschwörend an.

„Sei mir jetzt behilflich und bringe ein paar saubere Tücher! Dort vom Esstisch, die würden gut passen. … Bitte!"

Mira eilte zum Tisch und sammelte eine Handvoll der adrett gefalteten Leinentüchlein ein. Ouna drückte diese auf die blutende Wunde an Alasdairs Hinterkopf. Sie lüftete ihren bodenlangen Rock und riss mit einem kräftigen Ruck einen Querstreifen von der Kante ihres Unterkleides. Während Mira die aufgelegten Tücher hielt, fixierte sie diese mit ein paar gekonnten Drehbewegungen unter Zuhilfenahme des spitzenverzierten Saums.

„Du kannst jetzt loslassen, das sollte vorläufig halten!"

Kaum war der Verband angelegt, stürmte auch schon eine Handvoll der Krieger ins Zimmer. Vorsorglich hatten sie gleich eine provisorische Trage mitgebracht, auf die sie nun mit allergrößter Vorsicht ihren Anführer betteten.

Attie ließ es sich nicht nehmen, die Männer zur Kammer seines Herrn zu begleiten. Dort legte er sich direkt neben Alasdair auf dessen Liegestatt und keiner der Anwesenden konnte sich dazu aufraffen, ihn des Zimmers zu verweisen.

Der Raum leerte sich. Zurück blieben Ouna, Mira und Ewerthon, samt Hofhund, der traurig seufzte. Alasdair lag leichenblass auf dem Bett, fast unmerklich hob und senkte sich sein Brustkorb, doch weiter geschah nichts. Diese beängstigende Ereignislosigkeit setzte sich die nächsten Tage und Nächte fort.

Wäre da nicht das sanfte Pochen unter dem weißen Laken gewesen, man hätte meinen können, der Krähenprinz wäre tatsächlich nicht mehr am Leben. Ouna wich nicht von der Seite ihres Mannes, benetzte seine Lippen mit Wasser, flößte ihm tröpfchenweise kraftspendende Brühe ein, bettete ihn sorgsam um, hielt seine Hand und versuchte, bei ihren Berichten über alltägliche Vorkommnisse auf dem Landgut, nicht allzu verzweifelt zu klingen. Es entzog sich ihrer Kenntnis, was mit ihm geschehen war, ob er sie hörte, ob er überhaupt wahrnahm, was rund um ihn geschah. Jedoch nichts auf der Welt hätte sie davon abhalten können, hier bei ihm zu sein.

Genauso wie sie den Kopfverband jeden Tag erneuerte, erneuerte sie ihr Versprechen: „Ich bin deine Partnerin. Ich kämpfe an deiner Seite, ich sterbe an deiner Seite!" Wobei sie sich natürlich mit jeder Faser ihres Herzens die baldige Genesung herbeiwünschte.

In steter Reihenfolge tauchten Heilende auf, um nach dem Verletzten zu sehen. Doch weder deren mystische Gesänge, wohl- oder übelriechende Tinkturen, noch andere rätselhafte Handlungen, wie das In-die-Luft-Werfen von sieben abgehackten Hahnenköpfen, das Auslegen nadelscharfer Klauen oder Zähne undefinierbarer Tiere rund um das Krankenlager, Verbrennen von würzigen Kräutern, frischer oder alter Erde, das Rühren von Salben aus zerstoßenen Knochen und ausgelassenem Fett von weiteren toten Tieren, halfen. All diese wohlgemeinten Heilrituale ließen den über seinen Herrn wachenden Wolfshund knurrend die Zähne fletschen, leiteten jedoch keine ersehnte Besserung ein.

Mira und Ewerthon unterstützten Ouna so gut es ging. Ewerthon übernahm kurzerhand die Vertretung Alasdairs, die Belange seines Hofes waren ihm ja vertraut. Mira kümmerte sich derweil um das Hauswesen, wies die Dienstboten an, die vollzählig um ihren Herrn bangten, erledigte die vielfältigen Aufgaben, die tagtäglich anfielen, um einen Haushalt dieser Größenordnung in Gang zu halten und keinen Schlendrian aufkommen zu lassen. Ehrenhalber muss erwähnt werden, dass auf *Cuor Bermon* die Gefahr gering ausfiel, dass sich überhaupt jemand dem Müßiggang hingab. So wie vormals Ouna und Alasdair, fand man Mira und Ewerthon als eine der ersten bei der Arbeit und sie gingen als Letzte zu Bett. Doch auch ohne diese Vorbilder wussten die Bewohner von *Cuor Bermon* um ihr Glück, an diesem friedlichen Ort eine Heimat gefunden zu haben. Jeder kannte seinen Platz und die damit verbundene Verantwortlichkeit. So gesehen hatten Ewerthon und Mira eine Schar treuer Mitarbeiter um sich und keinerlei Schwierigkeiten, ihre neuen Aufgabenbereiche zu erfüllen.

Auch ihr Zusammenleben gestalteten die beiden neu. Mira brach ihre Lager im Gästezimmer ab und zog mit ihren sieben Sachen in Ewerthons Räumlichkeiten. Das Umzugsgut hielt sich in Grenzen. Denn noch immer bestand ihre Garderobe aus den geliehenen Kleidungsstücken einer Dienstmagd, die ungefähr ihre Größe hatte, ihrem winzigen Messerchen aus dem Moordorf und der goldenen Halskette, die sie niemals ablegte. Sie sehnte sich nach ihrem zerknitterten Lederbeutel und dessen Inhalt. Ja beinahe fühlte sie sich etwas nackt, wenn sie daran dachte, dass alle Utensilien, die sie gegebenenfalls brauchte, jeweils zur rechten Zeit in diesem Zauberbeutel, wie Ewerthon ihn nannte, vorrätig waren. Und nicht nur ihre Schnitzereien, sondern auch die Karte aller Welten, weitere liebgewonnene oder auch rätselhafte Andenken lagen gut verwahrt im verlorenen Ranzen. Wo er jedoch abgeblieben war, vermochte sie nicht zu sagen. Das letzte Mal war er in Oskars Händen gelegen. Mit Oskar war scheinbar auch ihr einzigartiger, ledriger Sack verschwunden.

Im Gegensatz zu Ewerthons Beutel. Der fand sich ja, überraschenderweise, in seiner Kammer mitsamt Inhalt, wobei über sein plötzliches Auftauchen nach wie vor Unklarheit herrschte. Ewerthon zerbrach sich nicht lange den Kopf über das Auftauchen seines Sammelsuriums von Fundstücken und Gaben der Ältesten. Er freute sich darüber und über Miras Einzug. Auch wenn er des Öfteren daran dachte, in ihrer Beziehung den nächsten Schritt zu machen, aus den zärtlichen Küssen mehr werden zu lassen, er wollte nichts überstürzen, die langsam wachsende Vertrautheit nicht aufs Spiel setzen. Auch war es ein Unterschied, eine Prinzessin zu freien, oder mit Yria, einer liebgewonnenen Gefährtin von Kindesbeinen an, vereint in die Verbannung zu gehen. Immerhin, hier am Hof hatte das Versteckspiel vor der Dienerschaft ein Ende. Es herrschte kein hochoffizielles Zeremoniell, es gab keine Anstandsdamen, die missbilligend ihre

Mundwinkel verzogen, oder einen Schwiegervater, der ihn zum Duell forderte. Ewerthon und Mira schliefen engumschlungen ein und wachten nebeneinander auf, flüsterten sich Liebesworte ins Ohr und arbeiteten tagsüber Hand in Hand.

Ouna konnte sich demnach beruhigt auf die Pflege Alasdairs konzentrieren.

Sie war jedoch am Ende ihrer Weisheit, saß auf der Kante des Bettes, hielt seine kühle Hand und kämpfte mit den Tränen. Attie winselte leise, blickte sie aus glänzenden, braunen Augen fragend an. Soeben wollte sie dem struppigen Wolfshund Trost zusprechen, als dieser jäh auf alle viere sprang. Seine grauen Nackenhaare sträubten sich und er fletschte das Gebiss. Breitbeinig stand er neben dem Kranken, messerscharfe Eckzähne blitzten auf und tiefes Knurren grollte tief aus seinem Inneren, während er wachsam auf die geschlossene Holztür starrte.

Ouna brauchte nur wenige Augenblicke, um nach ihrem Schwert zu greifen und sich in eine Krähenkriegerin zu wandeln.

Eine gewaltige Druckwelle ließ das ansonsten stabile Gebäude erzittern. Gleich danach schwang die hölzerne Tür mit einem knarrenden Ächzen auf, krachte mit Knall gegen die weißgetünchte Mauer dahinter, fiel anschließend durch den harten Aufprall wieder zurück ins Schloss. Sand rieselte aus dem Loch, das nun in der Wand klaffte. Kriegsähnlicher Tumult brach draußen am Gang los und Ouna fasste ihr blankes Schwert fester, während der grauhaarige Wolfshund neben Alasdair mehr und mehr Ähnlichkeit mit seinen wilden Vorfahren bekam. Seine Augen sprühten goldene Funken, der weit aufgerissene

Schlund gab den Blick auf tödlich scharfe Zahnreihen frei, geschaffen, um jedweden Angreifer in blutige Stücke zu zerfetzen, weißer Schaum stand ihm ums Maul.

Dann herrschte plötzlich Stille, das wütende Grollen des rasend gewordenen Hundes verstummte und er duckte sich an die Seite seines Herrn.

Die Tür öffnete sich nochmals, dieses Mal jedoch in quälender Langsamkeit. Der Hund jaulte verängstigt und Ouna machte sich kampfbereit. Einerlei, wer durch diesen Eingang kam, er musste zuerst an ihr vorbei, um zu Alasdair zu gelangen.

Ein gewaltiger Schatten verfinsterte die Türöffnung und herein schritt ... Cathcorina, die Kriegsgöttin selbst, in schwarzer, funkelnder Rüstung. In ihrem Rücken, mit gezogenen Schwertern und ratlosen Gesichtern, die Garde des Krähenprinzen.

„Wärst du so freundlich, diesen dienstbeflissenen Soldaten mitzuteilen, dass ich alleine wegen meines Sohnes hier bin! In friedlicher Absicht ..."

Ein Blick auf den leblos liegenden Körper reichte und sie warf ihre zur Schau gestellte Gelassenheit ab, wie eine unnütz gewordene Gewandung. Mit einem heiseren Krächzen stürzte sie an Alasdairs Seite.

Attie duckte sich, wich jedoch keine Handbreit von seinem Platz. Leises Knurren war zu hören.

Ouna griff sein Halsband und beruhigte den treuen Wächter, der sich weder durch die furchteinflößende Gestalt, noch deren finsteren Blick einschüchtern ließ. Auch Ouna blieb kerzengerade stehen und musterte Cathcorina. Diese legte ihren schwarzen Helm beiseite und tastete nach dem Herzschlag ihres Sohnes.

„Wie lange dauert dieser Zustand?"

Ouna zählte rasch nach, bevor sie antwortete. „13 Tage und 12 Nächte."

„Und wieso ist niemand auf die Idee gekommen, mich davon zu verständigen?", die Stimme der Krähenkönigin war messerscharf, veranlasste Attie zu erneutem Knurren. „Ehrlich gesagt hat niemand daran gedacht. Wir wurden alle von diesem ... sagen wir Vorfall ... überrascht. Die letzten Tage und Nächte war ich so sehr damit beschäftigt, alle möglichen und unmöglichen Heiler wieder loszuwerden, mir blieb kaum Luft zum Atmen, geschweige denn Zeit, um über deine Beziehung zu meinem Mann", sie stoppte kurz, fuhr alsdann fort, „deinem Sohn nachzudenken!"

Die letzten Worte Ounas waren noch nicht verklungen, da drängten sich Ewerthon und Mira durch die Gruppe der Schaulustigen vor der offenen Tür. Mira kam soeben von Anmorruks Grab und hielt wie jeden Tag ein Sträußchen frischgepflückter Vergissmeinnicht in Händen. Als sie den Schwarm Krähen auf das Landgut zufliegen sah, war sie den Hügel hinuntergerannt, so schnell sie konnte. Ewerthon war gleichfalls, als er in den Stallungen der Zuchtstuten das heisere Krächzen der schwarzgrauen Vögel, und kurz darauf metallenes Klirren von Schwertern vernahm, herbeigeeilt, um seiner Mutter beizustehen.

Beide nahmen schweratmend ihren Platz neben Ouna ein und zu dritt standen sie nun der Königin der Nebelkrähen gegenüber, die ihre persönliche Wache im Hof zurückgelassen hatte, um ihren Sohn aufzusuchen.

Sie legte ihre Hand nochmals auf Alasdairs Brust und versank in tiefes Schweigen.

Ouna bemerkte es als Erstes. Denn mit einem Male begann nicht nur der schwarze Stein an Alasdairs silberner Halskette zu funkeln, auch der Cathcorinas und ihr eigener fingen an zu strahlen. Dunkle Blitze flimmerten durch die Luft, schwarzblaue Bögen bildeten eine Art Vakuum zwischen den drei Trägern der ovalen Edelsteine. Es war nicht nur das Symbol ihrer Macht, das dem heißesten Feuer widerstand, ehrn, so gut wie unzerstörbar, es war auch der Stein für Veränderungen. Veränderungen, die jetzt vonnöten waren, um Alasdair aus seiner totenähnlichen Starre zu befreien. Cathcorina winkte Ouna näher heran und zu dritt wurden sie eingehüllt in eine durchscheinende, pulsierende Kugel.

Ewerthon glaubte an ein Déjà-vu. Bläuliches Licht sammelte sich, konzentrierte sich über Alasdair und hüllte diesen in Schwaden. Sein Körper verschwand gänzlich unter einer undurchsichtigen Nebelbank. Ewerthons überreizte Sinne spürten die Kälte jenes anderen Raums in der Vergangenheit, rochen die modrige, feuchte Luft von damals, waren auf das Schlimmste gefasst. Er machte sich sprungbereit.

Während alle Augen gebannt auf die Kriegsgöttin und Ouna starrten, begann Miras Halskette zu glühen. Trotz des qualvollen Schmerzes fühlte Mira den unwiderstehlichen Drang, den drei leuchtenden Steinen nahe zu sein, dem Kreis der königlichen Nebelkrähen beizutreten. Schweiß stand auf ihrer Stirn und sie atmete nur mehr stoßweise. Den Bettpfosten fest umklammert war sie sich nicht sicher, ob sie das Ritual, das offensichtlich vor ihren Augen stattfand, stören oder stärken wollte.

Als die Kette jedoch begann, sich abermals in glühendes Metall zu wandeln und die Symbole auf ihrer Haut brannten, geschahen mehrere Dinge exakt zur gleichen Zeit.

Mira stöhnte, griff an ihre Halskette, wankte, stieß gegen die Kante des Bettes und die flirrende, funkelnde Hülle. Ewerthon sprang los, um Alasdair aus den Klauen seiner Mutter zu retten, ihn vor dem Schicksal eines willenlosen Wiedererweckten zu bewahren. Sobald beide das amorphe Gebilde berührten, tat es einen lauten Knall, Ewerthon, Mira und ein frischgepflückter Strauß Vergissmeinnicht segelten durch die Luft.

Attie, der graue Wolfshund, neben seinem Herrn gefangen im blauschwarzen Dunst, heulte auf und hechtete mit einem Satz von der Liegestatt. Dabei durchstieß er auf seiner Seite die schimmernde Materie, die nun zischend in sich zusammenfiel.

Die Kriegsgöttin heulte wutentbrannt auf, sodass das Porzellan in der weit entfernten Küche noch klirrte.

Ouna wurde wie Mira durch die Luft geschleudert.

Alasdair, gelehnt an stützende Pölster, tat einen tiefen Atemzug und öffnete die Augen.

Der Krähenprinz sah verdutzt auf das Chaos in seinem Zimmer, schob dann die übers ganze Bett verstreuten Blümchen und wollenen Decken auf die Seite.

„Mutter, was machst du hier auf *Cour Bermon*?", und an Ouna gewandt, die sich in der Zwischenzeit wieder aufgerappelt hatte, „haben wir meine Mutter eingeladen? Das muss mir tatsächlich entfallen sein!" Er schüttelte den Kopf und sprang aus dem Bett. Das heißt, er wollte aus dem Bett springen, sank nochmals zurück und griff sich an den Kopf. „Bin ich verletzt? Ja, durchaus denkbar, denn eben ist mir etwas schwindelig." Dann, langsamer als kurz zuvor, schwang er sich nochmals hoch und wankte unsicher auf den nächstbesten Lehnsessel zu, fegte die darauf drapierten bunten Kissen zu Boden und versank in den Weiten des Polstermöbels.

Totenstille herrschte im Raum. Ouna schickte geistesgegenwärtig die Dienerschaft samt Alasdairs Kriegern aus dem Zimmer und schloss hinter dem Letzten leise die Tür. Cathcorina hatte ihre Fassung wiedergewonnen und wandte sich, wie eh und je, kühl an ihren Sohn. „Da bist du ja wieder", zögerte, befühlte seine Stirn, musterte ihn einige Augenblicke, machte auf dem Absatz kehrt und schritt von dannen.

Wenig später erzitterte das Gebäude unter einem heftigen Windstoß. Die Kriegsgöttin und ihr Gefolge hoben sich in die Lüfte und flogen Richtung *Carraig Feannag*, der Felsenfestung aller Nebelkrähen.

„Ich habe Hunger, als hätte ich tagelang nichts zu essen bekommen. Was haltet ihr von einem ausgedehnten Frühstück? Oder Mittagessen, Abendbrot? Öffnet die Fensterläden! Bei diesem diffusen Licht ist es mir unmöglich, die Tageszeit zu bestimmen!" Alasdair blickte sich um. Zwei seiner liebsten Menschen mitsamt Mira waren offensichtlich zu Statuen geworden, starrten ihn fasziniert an und brachten kein Wort hervor.

Die Prinzessin fand sich als Erstes wieder. „Es geht auf Mittag zu. Ein Mittagsmahl wäre angebracht."

„Nun denn! Deine Hilfe wäre willkommen, ich fühle mich etwas schwach", auffordernd sah er in Richtung Ewerthon, der nun gleichfalls aus seiner Bewegungslosigkeit erwachte. Doch, bevor er der Bitte Alasdairs nachkommen konnte, schob ihn Ouna auf die Seite und stürzte auf ihren Ehemann.

„Den Göttern sei Dank! Was hast du mir für einen Schrecken eingejagt ...!" Sie lachte, schluchzte, umarmte Alasdair, dass der wuchtige Sessel unter ihm ins Wanken kam, betastete das hagere Gesicht mit kratzigen Bartstoppeln und fühlte die knochige Gestalt unter der weiten Kleidung.

„Du brauchst unbedingt Fleisch auf den Rippen, Liebster! Ja, lass uns essen gehen."

Alasdair konnte ihren Ausbruch nicht gänzlich nachvollziehen. Er hatte sich anscheinend gestern den Kopf angeschlagen, wohl eine Nacht ohne Bewusstsein verbracht und heute knurrte sein Magen. Doch Einzelheiten dieses sicher peinlichen Dilemmas konnten auch bei einer ausgiebigen Mahlzeit besprochen werden. Er stützte sich auf Ewerthon und schlurfte langsam zur Tür. Tatsächlich war er froh um den jungen Mann an seiner Seite, er fühlte sich verdammt schwach.

Und er hatte überhaupt keinen Schimmer, bei welcher Gelegenheit er sich seine Kopfverletzung zugezogen hatte.

War seine Mutter wirklich vor kurzem noch im Zimmer gestanden, oder war dies auch nur ein wirrer Traum? Ein weiterer von aufwühlenden Träumen, die ihn letzte Nacht heimgesucht hatten? Er konnte sich an keinen einzigen erinnern, doch irgendetwas sagte ihm, dass es so gewesen sein musste. In seinem Kopf summte es wie in einem Bienenstock.

Fragen über Fragen

Alasdair war beim dritten Nachschlag angelangt und schlang weiterhin mit immensem Appetit alles Essbare hinein, was sich in Griffweite befand. Ouna hatte in der Zwischenzeit von den Vorkommnissen rund um Alasdairs geheimnisvollen Unfall bis ins Detail berichtet. Vom Zeitpunkt an, als er im Speisezimmer am Dielenboden liegend gefunden wurde, über die bangen Tage und Nächte, die sie an seiner Seite über ihn wachend verbracht hatte, der spektakulären Ankunft Alasdairs Mutter, bis hin zu seinem mysteriösen Erwachen. Nun war sie am Ende ihrer Schilderungen angelangt und es herrschte Stille, unterbrochen von vereinzelten Kau- und Schluckgeräuschen, die aus Alasdairs Richtung drangen, der sich in diesem Augenblick über die Nachspeisen stürzte.

Die tiefstehende Mittagssonne funkelte im blankgeputzten Geschirr, malte geheimnisvolle Muster auf den gedeckten Tisch. Die Tage wurden kühler und kürzer, der Winter nahte.

So glücklich alle Anwesenden über die Rückkehr des Krähenprinzen ins aktive Leben waren, es blieben ungeklärte Rätsel.

Attie gesellte sich zu den vieren, nahm erneut die Wache über seinen Herrn auf und rollte sich neben dessen Stuhl zu einem Riesenknäuel aus zottigem, grauem Fell.

Mira grübelte in sich gekehrt über die Vorkommnisse der letzten Stunden. Genauso wie Ewerthon, der nach wie vor Alasdair aufs Schärfste beobachtete. Bis zu diesem Zeitpunkt war der Krähenprinz hochkonzentriert mit seiner Mahlzeit beschäftigt gewesen, hielt den Blick gesenkt, währenddessen ihn Ewerthon musterte. Doch jetzt schob er den letzten Teller beiseite und sah in die Runde.

Ewerthon blieb das Wort im Hals stecken. Er hatte sich also nicht getäuscht. Die Sonne fiel auf Alasdairs Gesicht. Dessen kohlrabenschwarzen Augen schimmerten mit einem Male dunkelblau! Er sprang auf. Nicht einmal vor ihrem eigenen Sohn machte die Kriegsgöttin halt! Sie hatte ihn zurückgeholt! Vor ihnen saß ein Wiedererweckter, ein Nachtgeist! Der Sessel, so rüde zurückgeschoben, polterte mit lautem Krachen auf den Boden. Attie knurrte und richtete sich kerzengerade auf.

Die beiden Frauen sahen erschrocken hoch. Ouna keuchte entsetzt, als sie bemerkte, worauf ihr Sohn so gebannt starrte.

„Was hat sie dir angetan?!" Völlig entgeistert kamen ihr diese Worte über die bebenden Lippen ... die sie nicht mehr zurückhalten konnte, auch wenn sie sich jetzt eine Hand betroffen vor den Mund hielt.

Alasdair blickte von einem zum anderen und erhob sich langsam. Schritt aus dem flimmernden Streifen Sonne in den Schatten des Zimmers und kam auf Ouna zu.

„Meine Liebste! Ich bin absolut ahnungslos, worüber du dir Sorgen machst. Doch nach dem Entsetzen in deinem und auch Ewerthons Gesicht muss es sich um etwas Ernstes handeln. Wollt ihr mich bitte aufklären?"

Ein liebevoller Blick aus kohlrabenschwarzen Augen streifte sie und heftete sich dann fragend auf Ewerthon. Mutter und Sohn sahen sich ratlos an. War es tatsächlich nur eine Spiegelung im Sonnenlicht gewesen? Waren ihre Nerven durch die Vorfälle der letzten Zeit überreizt genug, um beiden dieselbe Fantasie vorzugaukeln?

„Deine Augen, sie ...", Ouna brach mitten im Satz ab.

„... sie waren blau!" Ewerthon vervollständigte, was seine Mutter nicht aussprechen konnte oder wollte.

„Ich erinnere mich noch immer an nichts. Weder bei welcher Gelegenheit ich mir den Kopf gestoßen habe, noch an die Zeit danach. Doch in einem bin ich mir gänzlich sicher. Meine Mutter würde mir niemals Böses wollen! Das ist völlig absurd!"

Alasdair konnte es kaum glauben. Ouna und Ewerthon starrten ihn noch immer an, als wäre er ein Gespenst oder soeben von den Toten auferstanden.

Ouna schluckte. Natürlich, er hatte recht. Als die Kriegsgöttin sein Zimmer betrat, lag er zwar bewegungslos und bereits längere Zeit nicht ansprechbar auf seinem Bett, doch sein Herz schlug, sein Brustkorb hob und senkte sich mit jedem Ein- und Ausatmen. Er war ohne Bewusstsein, jedoch keinesfalls tot. Was immer auch die Krähenkönigin mit ihrem Ritual in Gang gesetzt hatte, sie hatte ihn keinesfalls mit finsterem Zauber wiedererweckt.

Attie fühlte die Veränderung im Zimmer. Sein Knurren verstummte und er trollte sich wieder zufrieden auf seinen Platz.

Mira tastete nach ihrer Halskette. Sie konnte sich nur zusammenreimen, was sich da eben vor ihren Augen abgespielt hatte, doch auch sie grübelte über etwas nach. Die Magie, die im Spiel gewesen war, war sie tatsächlich von reinster Güte gewesen? Ihre Haut unter den Symbolen brannte jetzt noch.

Sie holte erschrocken Luft. Der Schmerz den sie gerade fühlte kam nicht aus der Vergangenheit, war nicht im Abklingen, er flammte gerade wieder auf.

Die Kette begann aufs Neue zu glühen.

STELLAS WELT IV

FREMDE AN BORD

Es war in einer jener Nächte, in denen Stella friedlich zusammengerollt im Freien an Deck schlief. Ihre Flucht war besser verlaufen, als sie es sich jemals erträumt hatte. Mit neuen Situationen war sie bisher noch nie gut zurechtgekommen. Verlor sie die gewohnte Umgebung, verlor sie den Boden unter den Füßen. Doch dieses Mal war alles anders. Es war ihr gelungen, verlässliche Strukturen in ihrer eigenen, kleinen Welt aufzubauen. Endlich machten sich die ungezählten Stunden des Einübens sozialer Fertigkeiten bezahlt und ihre anödenden Therapien erhielten Sinn. Zwischenzeitlich fand sie sich blind auf dem riesigen Luxusdampfer zurecht. Auch wenn es sich tatsächlich um kein dampfbetriebenes Schiff, sondern um ein Motorschiff handelte, wies sie sich selbst im Stillen zurecht. Und auch wenn die eine oder andere Person, meist junge Männer, ihre Gegenwart suchten, unterhielt sie sich am liebsten mit sich selbst. Im Smalltalk war sie noch nie gut gewesen. Es fiel ihr schwer über belanglose Dinge zu reden, versteckten oder auch offen zur Schau getragenen Humor zu erkennen, einfach nur loszuplappern, wie es ihre Schwester stundenlang konnte. Ohne Sinn und Verstand, wie sie für sich befand.

Während sie also auf ihren Essensstreifzügen unterwegs war, hielt sie meist den Blick gesenkt und signalisierte offensichtliches Desinteresse an ihrer Umgebung. Doch trotz ihrer abweisenden Körperhaltung fanden sich immer wieder forsche, abenteuerlustige Don Juans, wie sie jene insgeheim nannte, die ihr das Leben schwermachten. Stella hielt sie sich so gut es ging vom Leib, entweder mit spontaner Flucht oder einer gehörigen Portion Hochnäsigkeit, gepaart mit kübelweise Fremdwörtern, die sich eiskalt über ihr Gegenüber ergossen. Die meisten der selbsternannten Frauenhelden nahmen bei dieser rüden Abschreckungsmethode schleunigst Reißaus und somit konnte sie ungestört in ihren *Raupe-Nimmersatt*-Modus zurückkehren.

Dies alles ging ihr durch den Kopf während sie ihre Glieder streckte und den nächtlichen Himmel über sich beobachtete. Natürlich kannte sie alle Sternbilder in- und auswendig. Nicht nur an den sinkenden Temperaturen war zu erkennen, dass die Route des Schiffes stetig nach Norden führte.

Jäh fühlte sie die Anwesenheit einer weiteren Person in ihrer unmittelbaren Nähe.

Das Holz des Liegestuhls neben ihr ächzte, beruhigte sich erst, als dieser jemand die Decke glattgezogen, sich entsprechend eingerichtet hatte.

Die Blicke des Fremden, oder war es eine Fremde, ruhten auf Stella.

„Möchtest du eine Geschichte hören?"

Stella war verblüfft. Sie hatte mit allem Möglichen gerechnet, doch mit einem erzählenden, nächtlichen Besuch nicht. Sie spürte der Stimme nach. Weder Tonus, Haltung, noch Kontur verrieten ihr Näheres über ihr Gegenüber.

„Ein Märchen?" Kühler Nachtwind strich durch ihre seidig, blonden Haare, während sie sich ein klein wenig aus der wärmenden Decke schälte, seitlich abstützte und der geheimnisvollen Gestalt zuwandte.

„Nun ja, kein Märchen ... selten weitergegebene Informationen über eine besondere und wichtige Begebenheit!",
verführerisch drangen die Worte an ihr Ohr, träufelten in ihr Bewusstsein.

„Davon wissen nicht viele. Doch, du solltest sie unbedingt kennen lernen."

Stella lehnte sich wieder zurück, zog die kuschelige Wolldecke bis zur Nase. Gut, dann also selten weitergegebene Informationen.

Die Person neben ihr räusperte sich und begann zu erzählen.

Und so kam es, dass Stella mitten auf hoher See unter dem funkelnden Himmelszelt erstmals das geheimnisvolle Nicht-Märchen vom Seerosenteich hörte.

Der Seerosenteich

Wann immer sich ein Paar ein Baby wünscht, begeben sich die beiden auf eine Reise. Anfangs unterscheidet sich diese kaum von anderen, mit einem kleinen Unterschied vielleicht. Diese Reise kann nur zu Fuß zurückgelegt werden und unterliegt keinen Wegbeschränkungen. Mann und Frau durchqueren demnach ungehindert saftige Wiesen mit hochstehenden, grünen Halmen, ohne sich Gedanken machen zu müssen, jemandes Futter niederzutreten. Sie klettern, insofern es für beide machbar ist, schroffe Felswände hoch und setzen auf schmalen Steigen vorsichtig einen Fuß vor den anderen. Sie wandeln auf samtweichem Moos im schattigen Dunkel von endlosen, nach Harz duftenden Wäldern, springen mutig von Stein zu Stein, um ans andere Ufer von mehr oder minder reißendem Gewässer zu gelangen. Ihre Nahrung bestreiten sie aus dem, was sie am Wegesrand finden oder ihnen von freundlichen Händen an Labestationen gereicht wird. Das eine Mal bestimmt der Mann, wo es entlanggeht, dann übernimmt die Frau diese Aufgabe. Ein ständiger Wechsel von Führen und Geführt, von Sorgen und Versorgt werden, von Geben und Nehmen, findet zwischen den beiden Reisenden statt.

Wenn es ihnen bestimmt ist, gelangen sie letztendlich zum Seerosenteich. Dieser Teich ist nicht ganz einfach zu finden. Es existiert weder Kartenwerk, noch sind Wegbeschreibungen oder genauere Ortsangaben überliefert.

Die einzige Methode, ihn zu finden, ist die gegenseitige Unterstützung während des Weges und oft auch der tatsächliche, unumstößliche Wunsch nach einem gemeinsamen

Kind. Obwohl auch schon berichtet wurde, dass sich plötzlich Frauen ganz alleine und unbeabsichtigt an dessen Ufer fanden. Doch das ist eine andere Geschichte.

Der kleine See liegt geschützt in einer sonnigen Mulde. Ein gemütlicher Wanderweg umschließt ihn, mit sanften Steigungen, Bögen und leichtem Gefälle.

Paare, die es bisher geschafft haben, umrunden auf diesem Weg das geheimnisvolle Wasser, an dessen grünschimmernder Oberfläche zahllose Seerosen in den unglaublichsten Farben schaukeln.

Unsichtbar für die ins Gespräch vertieften Spaziergänger, befindet sich auf jedem Seerosenblatt ein winzig kleines Wesen.

Diese Winzlinge lauschen dem Klang der Dialoge, spüren den Herzschlag der Paare, fühlen ihre Gedanken und auch die ungesagten Worte. Obwohl das Gewässer nicht unendlich groß ist, dauert es doch eine gute Weile, dieses in seiner Gänze abzuschreiten. Für die unsichtbaren *Bewohner der Seerosenblätter jedenfalls ausreichend Zeit, um Mann und Frau kennenzulernen. Des Öfteren wandern Paare einige Male um den Teich, bis sich eines der kleinen Wesen für sie entscheidet. Entscheidet für sie als zukünftige Eltern.*

In den meisten Fällen marschieren jene frohgemut nach Hause und der Winzling wächst im Bauch der Mutter zu einem gesunden, munteren Baby heran, kommt auf die Welt und eine kleine Familie ist gegründet.

Doch das eine oder andere Mal ist das Wesen noch nicht bereit für diese Welt, ist noch nicht gerüstet für das Leben, sehnt sich aus einem uns unbekannten Grund zurück an den smaragdgrünen Seerosenteich. Tritt so ein Fall ein, verabschiedet es sich von seiner Familie, steigt auf zum

Himmel, wird dort zum Sternenkind. Nun nutzt es die Zeit, formt sich neu, fasst frischen Mut. Erst dann, wenn es das Gefühl hat, wirklich ganz und gar bereit zu sein, schwebt es als Sternschnuppe vom Himmel, landet auf einem der wunderschönen, schillernden Seerosenblätter, erhält eine weitere Chance, erwartet seine Eltern.

Weil nichts vergeht, denn alles kommt wieder.

EWERTHON & MIRA VI

Angriff auf Cour Bermon

Im selben Moment als Miras Halskette abermals zu glühen begann, sprang Attie auf, grauer Pelz sträubte sich, scharfe Zähne blitzten und tiefes Knurren grollte durchs Zimmer.

Alle vier griffen nach den Waffen, auch Mira besaß in der Zwischenzeit mehr als ihr winziges Messerchen, und stürzten nach draußen.

Am Hof sammelten sich bereits die Krähenkrieger und ein Großteil des Gesindes. Nun, da Alasdairs Identität kein Geheimnis mehr darstellte, kämpften die Nebelkrähenkrieger in ihrer wahren Gestalt, riesig und mit gigantischen Flügeln am Rücken, Seite an Seite mit den Bediensteten von *Cour Bermon*.

Verfügten die einen über scharfe Schwerter samt Pfeil und Bogen als Waffen, hatten sich die anderen blitzschnell mit Mistgabeln, Dreschflegel und weiteren gefährlich anmutenden Gerätschaften eingedeckt. Der Schmied stand breitbeinig mit seinem mächtigen Kreuzschlaghammer an vorderster Front und sogar die Köchin schwang gekonnt ihr gewaltiges Nudelholz. Ihnen allen war *Cour Bermon* wichtig und sie waren bereit, ihre Heimat mitsamt ihren Herrschaften bis zum letzten Blutstropfen zu verteidigen.

Miras Kette leuchtete golden, brannte auf ihrer Haut, während sich ein riesiger Schwarm schwarzer Vögel vor die Sonne schob.

Alasdair sah sich um. Er blickte in die Augen seiner Krieger, betrachtete die Männer und Frauen, die sich um ihn geschart hatten, alle wild entschlossen, sich in die Schlacht zu werfen.

Ouna stand wie immer an seiner Seite, Ewerthon und Mira hatten ebenfalls Aufstellung genommen, bereit, ihr Leben zu riskieren. Schon wieder! Er war dessen überdrüssig! Nein, niemand mehr durfte sterben! Wer auch der Angreifer sein sollte, er stand jetzt der wahren Natur des Krähenprinzen gegenüber. Schwarzblaue Flammen umzüngelten Alasdair, während er seine Kräfte bündelte. Mochte sein, dass er geschwächt war, doch keinesfalls würde er zulassen, dass nur einem dieser tapferen Menschen ein Haar gekrümmt wurde. Lieber griff er auf die königliche Magie seiner Mutter zurück. Sollte es sein Wesen verändern, es war ihm einerlei. Es galt, *Cour Bermon* mitsamt seinen Bewohnern zu schützen.

Er sah Ouna tief in die Augen. Seine Gefolgsleute umschlossen ihn mit gebührendem Abstand, den eben hüllte ein Feuermantel aus flackernden, dunklen Flammen ihren Prinzen zur Gänze ein.

Im selben Moment, als der krächzende Krähenschwarm zur Landung ansetzte, hob Alasdair seine Hände. Glühende Funken ließen die ansonsten kohlrabenschwarzen Augen rot aufleuchten und seine Stimme dröhnte über den Hof, drang hinaus aufs spiegelglatte Meer und entfesselte dort aus unvorstellbaren Tiefen eine Springflut. Diese formte sich zu einer Welle enormen Ausmaßes und donnerte auf das Eiland zu. Instinktiv duckten sich die versammelten Männer und Frauen auf dem Hof, sahen sich nach einem schützenden Unterstand um.

Begleitet von Atties wölfischem Geheul, zog der Krähenprinz mit beiden Armen einen hohen Bogen über sich und seine Getreuen. Das heranbrausende Wasser hatte sich turmhoch aufgebaut und prallte an Alasdairs Schutzschirm mit ohrenbetäubendem Getöse ab ... nahm aber den Großteil der völlig überraschten Krähen mit sich, begrub sie unter gewaltigen Wassermassen und riss sie hinaus aufs offene Meer.

Einzelne entkamen dem nassen Grab, flatterten vorerst orientierungslos durch die Lüfte, sammelten sich alsdann um ein auffällig großes Exemplar, das sie mit heiserem Knarzen um sich scharte.

Unten am Boden kamen die weniger Wagemutigen aus ihren Verstecken, gesellten sich zu den Kriegern des Prinzen, die keine Handbreit von ihrem Heerführer abgerückt waren. Auch Ouna, Ewerthon und Mira standen noch auf derselben Stelle wie vorhin. Miras Herz klopfte zwar bis zum Hals, vielleicht waren es jedoch auch die glühenden Symbole ihrer Kette, die sich in ihre Haut brannten. Diese Art von machtvoller Magie hatte selbst sie selten bei anderen erlebt. Es gab nicht viele, die Elemente beherrschen und solch einen Schutzzauber aussprechen konnten wie Alasdair. Eine offene Wunde, in die sich gerade eben ein scharfes Messer bohrte. Sie konnte es nicht mehr. Alasdair wankte. Der Schutzschild würde nicht mehr lange halten. Geschwächt von den letzten Tagen lächelte er Ouna zu, die sofort enger an ihn rückte, um ihm allenfalls eine Stütze zu sein. Es war ihm zwar gelungen, den Schwarm der feindlichen Krähen erfolgreich zu dezimieren, allerdings waren noch genügend vorhanden, um ihnen gefährlich zu werden. Und augenscheinlich wurden es wieder mehr. Von allen Richtungen strömten sie herbei, schossen als dunkle Punkte über den blauen Himmel, um sich über ihren Köpfen zu einer gewaltigen Formation zusammenzuschließen.

Gebannt starrten alle nach oben, wo gerade etwas Seltsames vor sich ging. Mira und Ewerthon sahen sich entsetzt an. Sie ahnten, was die wild herumflatternden schwarzen Vögel vorhatten. Und da geschah es auch schon! Die fedrigen Körper wuchsen zu einem großen Ganzen. Trübe Finsternis breitete sich aus, legte sich wabernd auf die schimmernde Halbkugel, die sie bis jetzt geschützt hatte. Risse taten sich auf, handtellergroße Stücke bröckelten aus der durchscheinenden Hülle. In die so entstandenen Lücken quoll dunkler, zäher Schleim. Rann an den Wänden hinab, tropfte nach unten. Dort, wo er auf menschliches Fleisch traf, verätzte er die Haut und brannte sich durch bis zu den Knochen. Qualvolle Schmerzensschreie zeugten von ersten Verletzten.

„Bringt euch in Sicherheit!", Alasdair war am Ende seiner Kräfte. Die Kuppel über ihnen würde jeden Augenblick zusammenbrechen, der tödliche Schleim auf sie herniederregnen.

Außer seinen persönlichen Kriegern, rannten nun alle kreuz und quer, suchten Zuflucht in Scheunen, Ställen und offenen Unterständen. Die Nebelkrähenkrieger bildeten mit ihren Schilden ein sicheres Dach für Alasdair, Ouna und Ewerthon. Mira war plötzlich verschwunden! Wieso war das vorher niemandem aufgefallen?

Im selben Moment, als das schützende Gewölbe des Krähenprinzen drohte, sich in Luft aufzulösen, donnerten Hufen den Hang herunter.

Alba mit Mira auf ihrem Rücken preschte auf sie zu und schlitterte bis hin zur Mitte des Innenhofes. Mit zornigem

Wiehern stieg die Stute hoch und knallte mit ihren Vorderbeinen auf die grobbehauenen Steinquader. Staub wirbelte hoch und silberne Funken stoben, hüllten das Pferd samt Reiterin ein, bildeten einen schimmernden Bogen aus tausenden von funkelnden Sternen. Dieser dehnte sich mehr und mehr aus, bis er sich schlussendlich schützend über die gesamten Gebäude *Cour Bermons* und seine Bewohner spannte.

Doch damit nicht genug. Kam nun ein Batzen des ätzenden Schleims mit einem der glitzernden Sterne in Berührung, prallte er ab, wurde mit Wucht zurückgeschleudert und explodierte inmitten der kreischenden Angreifer.

Mira war überglücklich. Sie hatte ihre Magie verloren, war sterblich, doch mit Alba an ihrer Seite war es ihr gelungen, all die Menschen hier vor dem sicheren Untergang zu bewahren. Sie strahlte mit der Sternenkuppel um die Wette, so sehr freute sie sich über ihren Sieg.

Nach und nach wagten sich die Bewohner von *Cour Bermon* aus ihren Verstecken. Alba wurde von großen und kleinen Händen dankbar gestreichelt, Mira musste genauso viele schütteln. Männer, Frauen und Kinder umringten die beiden, erleichtert und mit lachenden Gesichtern. Keiner achtete in diesem glückseligen Moment auf den Himmel über ihnen.

Einzig Ouna sah nach oben, just in dem Augenblick, als rotglühende, hasserfüllte Augen nach unten starrten. Nur ein Wimpernschlag blieb ihr, um das finstere Geschöpf hoch über ihnen ins Visier zu nehmen. Dann breitete dieses seine mächtigen Schwingen aus, um sich mit einem heiseren Schrei in den blauen Äther zu schrauben. Mit ihm entschwand auch der Rest der noch verbliebenen grauschwarzen Vögel.

UNTER UNS III

Hass

Ruhelos lief die in ein weites Cape verhüllte Gestalt auf und ab.

Auf und ab ... auf und ab ... auf und ab.

Es war zum Verrücktwerden! Jeder Schritt war eine Tortur, mahnte an ein ruheloses Raubtier, gefangen im Käfig. Der abgrundtiefe tödliche Hass tief im Inneren war noch immer nicht gestillt. Denn, war das Ziel in unmittelbarer Nähe, tauchte entweder ein mysteriöser Junge, ein magisches Ross, ein verschollen geglaubter Krähenprinz oder anderer Firlefanz auf! Ja, ganz recht, Firlefanz! Unter normalen Umständen kein Hindernis für den Rachedurst eines hasserfüllten Herzens. Jäh war es überzeugt davon, es hatte doch noch ein solches und es war nicht gefroren, sondern loderte heiß und verzehrend in seinem Inneren.

Die Schritte hallten über die blanken Fliesen, wurden zurückgeworfen von teils flechtenverwachsenen, ansonsten kahlen, grauen Felswänden. Modriges Wasser sammelte sich am spitzen Gestein, hoch oben im Gewölbe, tropfte nach unten und zerbarst beim Aufprall. Das einzige Geräusch, das außer den lärmenden Sohlen noch zu hören war, doch für empfindsame Ohren eine Qual. So weit war es also gekommen! Hierher ans Ende der Welten musste man sich klammheimlich zurückziehen, um Geheimnisse zu hüten.

Wie zur Bestätigung wisperten Stimmen durch den kühlen Saal. Drangen durch hunderte Ritzen von außen nach innen, blieben unsichtbar, zischelten und flüsterten wirres Zeug, fielen in den Kopf ein, fraßen sich ohne Sinn und Zweck durchs Gehirn.

Stille! Das Sehnen nach Stille überlagerte alles, wie auch der Wunsch, in das frühere Leben zurückzukehren. Der wurde übergroß, mächtig, krallte sich in die Seele und ins Gebein.

Die Verdammnis, im Finstern leben zu müssen, weit weg von jeglicher Zivilisation, vergangenem Prunk, gestohlener Macht und fern den gesponnenen Zukunftsplänen, schürte den Hass ins Grenzenlose.

Die Schritte wurden langsamer, vergingen vor dem goldgerahmten Spiegel an der Längsseite des eiskalten düsteren Raumes.

Das Spiegelbild zeigte eine hochgewachsene, finstere Kreatur mit hässlich verzerrter Fratze und kohlrabenschwarzem Blick. Das war aus ihr geworden.

Wütend hob das Monstrum seine Hand. Schleuderte einen blauschwarzen Blitz in Richtung spöttisch grinsender Maske und deren jetzt rotglühende Augen.

Lautes, höhnisches Gelächter hallte noch ewig in den menschenleeren Fluren, während die Gestalt im weiten Umhang verstört durch die elend langen Gänge huschte. Beide Hände fest auf die Ohren gepresst. Der Kopf drohte zu zerspringen.

Dieser Spiegel konnte nicht zerstört werden, er war unzerstörbar. Jeder wusste das!

EWERTHON & MIRA VII

Abschied von Cour Bermon

„Cour Bermon ist nicht mehr sicher!" Ouna sprach aus, was jeder von ihnen dachte.

Der gepflasterte Innenhof hatte sich geleert.

Die letzten Überreste des schwarzen Schleims wurden von den Krähenkriegern vorsichtig zusammengeschoben und verbrannt. Ätzender Rauch stieg als grüne Flammensäule hoch, zeugte von der Gefahr, die diese giftigen Patzen in sich trugen. Mira führte Alba zurück zum Schuppen und belohnte sie mit zärtlichem Streicheln und einer Handvoll gelber Rüben. Nun standen alle vier beieinander. Ratlosigkeit machte sich breit. Ouna hatte eben von ihrer Beobachtung, kurz vor dem Abzug der feindlichen Vögel, berichtet.

„Ich glaube noch immer nicht, dass derartige Bösartigkeit von meiner Mutter ausgeht!" Alasdair schüttelte den Kopf.

„Wer sonst hat so viel Macht? Und es waren eindeutig Nebelkrähen, die uns überfallen haben!", Mira sagte das nicht gerne, nichtsdestoweniger wollte sie Offensichtliches nicht einfach so übergehen.

Was meinte Alasdair denn mit Bösartigkeit? Wäre Alba nicht gewesen, wären sie jetzt höchstwahrscheinlich alle tot. Konnte man solch einen grausamen Überfall als Bösartigkeit abtun?

Ewerthon blickte sie beschwörend an. Er las ihre Gedanken. Nun gut, sie würde nicht noch mehr Öl ins Feuer gießen, zumindest nicht in diesem Moment, also schloss sie den Mund.

Ouna runzelte die Stirn. „Wir können die Bewohner von *Cour Bermon* nicht weiter in Gefahr bringen. Doch wohin sollen wir?

Caer Tucaron, Ewerthons Heimat, war dem Erdboden gleichgemacht. Die einstmals stolze Burg bestand nur mehr als Ruine und schied aus. Und selbst Alasdair wagte nicht, *Carraig Feannag*, die schwarz schimmernde Festung der Nebelkrähen, als sichere Zufluchtsstätte vorzuschlagen. Obwohl er nach wie vor der Meinung war, seine Mutter hätte nichts mit den Anschlägen zu tun. Wenngleich, irgendeinen Zusammenhang musste es geben. Der Angreifer trug die funkelnde Rüstung, die nur königlichen …. Miras Worte unterbrachen seinen Gedankengang.

„Wir könnten nach *Cuor a-Chaoid*. Sogar die Kriegsgöttin würde es sich zweimal überlegen, dort einen Angriff zu wagen."

Die *Burg der ewigen Herzen* an der Grenze zu *Saoradh*, dem Reich der Elfen und Lichtwesen, stand unter besonderem Schutz. Alleine deswegen, weil Schura, als Lichtwesen dort einstmals als Königin geherrscht hatte und wenigstens eine ihrer Töchter hinter deren trutzigen Mauern aufwuchs. Mira hatte recht.

„Wird uns dein Vater willkommen heißen?", Ouna stellte die Frage.

Mira dachte an ihren Abschied, von dem sie geglaubt hatte, es wäre einer für immer. Dachte an die bösen Blicke der Stiefmutter und den schmerzerfüllten Gesichtsausdruck ihres Vaters bei ihrem letzten Zusammensein, an die kleine Schwester, die sie zurückgelassen hatte. Sie musste in etwa so alt sein wie sie damals, als sie zu Wariana aufbrach, ein neues Leben begann.

„Mein Vater freut sich gewiss, mich wiederzusehen. Und er wird uns alle willkommen heißen!" Jahre danach wusste sie um die Last von Königswürden, um Schmerz und Trennung, um die Unfreiheit, die allzu große Verantwortung in sich barg. Ein starres Korsett umgab ihren Vater, aus dem es, zumindest seines Ermessens nach, kein Entrinnen gab. Mira hatte diese stählerne Zwangsjacke mit sturer Entschlossenheit das eine oder andere Mal abgelegt, doch zu welchem Preis?

Drei Augenpaare blickten sie an und sie neigte bestätigend den Kopf.

„Gut, dann ist es beschlossene Sache!", Alasdair nickte gleichfalls. „Ich bevorzuge die rascheste Variante unserer Abreise."

„Nachdem diese Art des Reisens bereits einmal mit Alba geklappt hat, sollten wir es auch ein zweites Mal schaffen", beruhigte er Mira mit einem Lächeln. „Sie kommt mit."

Während Alasdair seine Vertretung in bewährte Hände legte, Ewerthon und Ouna ihre Bündel schnürten, instruierte Mira die Stute. Sie musste sich mit keinerlei Packerei aufhalten, das, was sie am Leibe trug, gehörte nicht einmal ihr und Anmorruks Messer steckte griffbereit im Gürtel. Die vollen Kleiderschränke zuhause kamen ihr in den Sinn. Obwohl sie noch nie wirklich Wert auf protzige Gewänder gelegt hatte, sehnte sie sich doch schön langsam nach etwas Abwechslung in ihrer Garderobe. Auch an ihren Lederbeutel dachte sie. Ewerthon hatte den seinen auf *Cour Bermon* wiedergefunden. Wohlwollende Zauberei mochte ihn hierher transportiert haben. Wenn ihrer ... sie wagte nicht den Satz fertig zu denken.

„Es wird alles gut!", sie tätschelte Albas kraftvollen Hals und lehnte ihren Kopf an den warmen, starken Körper. Behutsam strich sie über das silbergraue Fell. Nicht einmal die kleinste Narbe war mehr zu spüren. Gillians Salbe wirkte tatsächlich Wunder. Die Stute bemerkte die Nervosität ihrer Herrin und schnaubte Mira in den Nacken, bis diese das Kitzeln nicht mehr aushielt und hellauf lachte. Es gab ihr einen heftigen Stich. Wann hatte sie eigentlich das letzte Mal gelacht? Sie konnte sich nicht daran erinnern. Albas weiche Schnauze stupste sie sanft vorwärts. So, als wollte das Pferd die junge Frau aufmuntern und nicht umgekehrt.

Mira stieg den Hang aufwärts. Sie hatte vor, sich von Anmorruk zu verabschieden. Wer wusste schon, wann und ob sie je wieder hierher zurückkehren würde. Es war bereits so viel Unvorhergesehenes in ihrem Leben passiert, sie wollte diese unter Umständen letzte Gelegenheit nutzen.

Die blauen Blümchen mit den gelben Punkten in ihrer Mitte wucherten über den kleinen Hügel, unter dem der Körper der großherzigen Moorfrau schlummerte.

Sie erinnerte sich an eine der häufigen Ausflüge ins Moor. Anmorruk hatte bei dieser Gelegenheit ihre Bewunderung ausgedrückt.

„Prinzessin, Ihr seid eines der mutigsten Wesen, das ich je kennengelernt habe, und das sind beileibe nicht wenige."

Zuerst dachte Mira an die überstandenen Abenteuer auf dem Floß oder die alles verändernde Wanderung durch den Wald der Ballastgeister. Doch das meinte die *Bewahrerin* zahlloser Geschichten gar nicht.

„Ihr lebt Euer eigenes Leben, nicht das, das Euch von anderen vorgegeben war. Ihr hattet den Mut, Euren Träumen zu folgen, Euer eigenes Wohlergehen hintan zu stellen, für einen Freund alles zu opfern, um die wahre Liebe zu kämpfen", die kleine Moorfrau pflückte bei diesen bedeutsamen Worten weiterhin rote Moosbeeren in ihr geflochtenes Binsenkörbchen.

„Ich hatte nicht wirklich Alternativen", Mira hielt inne mit dem Sammeln von Beeren, streckte ihren Rücken durch und schüttelte den Kopf.

„Nun, zuerst einmal hättet Ihr den Euch zugedachten Verlobten heiraten können!" Anmorruk musterte sie aufmerksam. Schalk blitzte in ihren Augen. „Ihr wäret auf Eurer Burg geblieben oder ihm auf die seinige gefolgt, hättet ein paar Kinder bekommen, herrschtet über eine Schar von Dienstboten und stündet nicht wie jetzt mit schmutzigen Fingernägeln und in einem schäbigen Kittel mitten in einer trostlosen Moorlandschaft ... und müsstet Euch nicht mit einer alten Vettel unterhalten!"

Mira entsann sich, dass sie in diesem Moment, nach all dem überstandenen Schrecken, tatsächlich lachen musste. Das also war das letzte Lachen, an das sie sich nun erinnerte. Zu komisch war die Vorstellung gewesen, mit dem zugegebenermaßen wohlgestalteten und manierlichen, jedoch völlig nichtssagendem Schönling verheiratet zu sein. Der charmante Prinz wäre an ihr zerbrochen oder sie vor Langeweile umgekommen. Sie konnte sich nicht einmal mehr seines Namens entsinnen.

Anmorruk schüttelte missbilligend den Kopf. „Das solltet Ihr nicht machen!" Anscheinend las sie auch ohne direkten Kontakt in anderer Gedanken.

„Jemanden aufgrund seines Aussehens zu verurteilen,

zeugt nicht unbedingt vom Großmut einer Prinzessin aller Lichtwesen!", fügte sie hinzu.

Mira fühlte sich ertappt. Ja, selbstverständlich hatte die weise Frau an ihrer Seite recht.

„So wie der Stand unerheblich sein sollte, ist es auch das Aussehen. Jedem Geschöpf dieser Erde solltest du dich unvoreingenommen und liebevoll zuwenden. Ist dein Gegenüber brummig und garstig, frage dich, was hat diese Ruppigkeit verursacht. Oft ist es die Angst vor Verletzungen, die jene solcherart reagieren lässt. Dann überdenke deine Beweggründe dieses Lebewesen betreffend. Sind sie edel und gut, bleibe in all deiner Sanftheit beharrlich. Doch bedenke, nichts lässt sich erzwingen und die wirkliche Hässlichkeit liegt oft im Inneren, nicht selten gut verborgen unter einer wunderschön glänzenden Oberfläche, auch für Prinzessinnen unsichtbar." Wie oft hatte ihre eigene Mutter sie mit diesen Worten ermahnt und Anmorruk hatte soeben dasselbe getan, ohne auf die üblichen Höflichkeitsfloskeln Rücksicht zu nehmen.

Nun ja, strenggenommen war sie ja gar keine Prinzessin mehr.

„Einmal Prinzessin, immer Prinzessin. Diese Bestimmung könnt Ihr nicht einfach abstreifen, wie altes Gewand! Das liegt in Eurer Erziehung und in Eurer Blutlinie. Und Blut ist immer stärker als die Unbillen des Lebens!"

Mit diesen Worten machte Anmorruk kehrt und begab sich auf den Rückweg zum Dorf. Für heute hatte sie genügend Kräuter, Beeren und Pilze gesammelt … und Lebensweisheiten vermittelt.

Die junge Frau folgte ihr langsamer. In ihrem Kopf überschlugen sich die Gedanken. Was passierte, wenn man der Blutlinie nicht mehr entsprach? Wenn wesentliche Voraussetzungen, wie etwa Unsterblichkeit und Magie nicht mehr vorhanden waren? Reichten dann Edelmut, liebevolle Zuwendung und Toleranz? Eventuell sollte sie dies einmal mit Anmorruk bereden? Wer weiß, unter Umständen hatte jene, die um so vieles wusste, auch hier einen Rat, konnte helfen.

Mira schrak auf. So sehr war sie in der Vergangenheit versunken, dass sie vollkommen vergessen hatte, welche Herausforderungen in der Gegenwart auf sie harrten. Die Möglichkeit, Anmorruk diese Frage zu stellen, war vertan.

Rasch pflückte sie ein Sträußchen der himmelblauen Sternblumen, warf einen letzten Blick zurück. Jedes Detail der umliegenden Landschaft brannte sich fest in ihr Gedächtnis. Der Haselstrauch, zu dessen Füßen die *Bewahrerin* in ihrem blumenübersäten Grab ruhte, der sanft abfallende Hang zu den schroffen Klippen, das heute türkisfarbene, weite Meer und der wolkenlose Himmel, der sich über diese malerische Landschaft wölbte. Die tiefstehende Nachmittagssonne zauberte goldene Sprenkel auf die Hecke, in deren Mitte die Haselnuss sicher wuchs, und auf Albas Fell, die sich, just in diesem Moment, zu ihr gesellt hatte.

Langsam schritten beide den Hügel hinunter. Friedlich lagen die Stallungen und Häuser von *Cour Bermon* zu ihren Füßen. Ab und an gackerten noch die Hühner, fleißige Hände molken fette Milch in Kannen, sodass das Zischen des weißen Schaums bis hierher hörbar war, anderenorts striegelten Knechte edle Zuchtstuten, flochten Mähne und Schweif und Attie, der graue

Wolfshund, tauchte unvermutet hier und dann wieder dort auf. So wie es einem wachsamen Hütehund oblag. Kaum zu glauben, dass vor geraumer Zeit diese Idylle fast zerstört worden wäre.

Ouna, Alasdair und Ewerthon warteten bereits auf sie. Ein gutes Dutzend der Krähenkrieger würde sie begleiten, der Großteil der Truppe blieb als Verteidigung für *Cour Bermon* zurück.

Genauso wie all die treuen Männer und Frauen, die sich zum Abschied eingefunden hatten. Einige wenige waren noch gebrandmarkt vom ätzenden Schleim, doch Ouna hatte verfügt, Gillians Salbe allen Verletzten zukommen zu lassen. So sah man jetzt schon gut verheilte Wunden und der Rest würde sich gewiss auch schnell erholen.

Alasdair gab die letzten Anweisungen und Ouna sprach ihren Segen, dann blickten sie zu Mira.

„Wir werden auf unsere Weise reisen", lächelte diese und schwang sich auf das Pferd. „Du musst keine Federn für uns lassen. Alba kennt den Weg."

Ein breites Grinsen stahl sich auf ihr ansonsten ernstes Gesicht und sie reichte Ewerthon fragend die Hand. Ewerthon saß auf und umfasste Miras Taille. Beide dachten im selben Moment an ihr düsteres Abenteuer, als sie genau in dieser Konstellation vor dem Grauen geflohen und im Reich der Moorhexe gestrandet waren. Nur, es gab einen erheblichen Unterschied zu damals. Die Krähenkrieger, die sich soeben wandelten, bildeten ihren Geleitschutz, breiteten ihre enormen Schwingen aus, sodass sich mehrere Mützen der Stallburschen selbständig machten und durch die Luft wirbelten.

Die Elitesoldaten mit ihrem riesigen Gefieder waren schon äußerst beeindruckend. Nicht nur Frauen und Kinder blickten mit großen Augen und einer guten Portion Ehrfurcht auf die Garde des Prinzen.

Gut, sie waren bereit! Alasdair und Ouna stießen sich vom Boden ab, auch ihre gewaltigen Flügel schossen hervor und sie schraubten sich in den kühlen Abendhimmel.

„Bring uns nach Hause", flüsterte die Prinzessin Alba leise ins Ohr, beugte sich nach vorne und drückte die Schenkel leicht zusammen.

Die Stute stieg hoch, ein schrilles Wiehern, ein Schütteln der rauchgrauen Mähne und das Niederkommen auf dem staubigen Boden waren eins. Alles ging blitzschnell.

Kaum berührten die Vorderhufe des silbernen Pferdes die Erde, sprühten Kaskaden von funkelnden Sternen auf und formierten sich zu einer schimmernden Brücke, die bis in das Himmelszelt reichte.

Den im Hof Versammelten bot sich ein Anblick, der einem Gemälde entsprungen zu sein schien. Die wunderschöne silberne Stute mit Mähne und Schweif in abgesetztem Rauchgrau, die Ohren nach hinten gerichtet, achtsam auf die Befehle ihrer Herrin wartend. Auf ihrem Rücken zwei Menschen, die nicht von dieser Welt schienen und eine geheimnisvoll funkelnde Straße aus strahlend leuchtenden Sternen, die scheinbar in die Unendlichkeit führte. Im Hintergrund ein goldener Mond, dick und voll auf seinem Weg in den Zenit. Die perfekten Zutaten für ein absolut mystisches Bild, welches sich auf ewig ins Gedächtnis einprägen sollte.

Der Boden ruckelte noch unter ihren Füßen, da galoppierte Alba auch schon los, sprang auf den gleisenden Bogen und entschwand in der anbrechenden Nachtschwärze. Länger noch blieben Gesinde und Krieger beieinanderstehen und starrten in den Himmel. Wer ganz genau hinsah, konnte weit oben, quer über das Firmament das milchige Schimmern der Sternenbrücke wahrnehmen. Alle waren sich einig. Zweifellos bedeutete ihre Zugehörigkeit zum Haus- und Hofstaat des Krähenprinzen eine besondere Auszeichnung.

Doch mit eigenen Augen zu erleben, wie sich ein einzigartiges Silberpferd in den Nachthimmel schwang, grenzte an ein Wunder. Nein! Besagte Zauberei, beinhaltete pure Magie!

Sie wollten über das Gut ihres Herrn wachen, es mit ihrem Leben verteidigen, falls notwendig. Bis er und seine Gemahlin wieder zu ihnen zurückkehrten, kannte jeder seine Verpflichtungen und Aufgaben.

Die Burg der ewigen Herzen

Es war finstere Nacht, als sich der Kreis jahrhundertealter Bäume im Innenhof von *Cour a-Chaoid* erheblich wunderte. Diese uralten, mütterlichen Geschöpfe hatten schon viel erlebt. Doch dass sich vom sternenübersäten Himmelszelt eine glänzende Brücke zur Erde neigte, auf der ein schimmerndes Silberross mit ihrer Prinzessin und hinter ihr im Sattel ein bis dahin unbekannter junger Mann, mitten auf den Hof trabte, war tatsächlich noch nie dagewesen.

Knisterndes Laub wisperte im Nachtwind, um die Neuigkeit von Ast zu Ast weiterzugeben, bis hin zum letzten Winkel der weitläufigen, liebevoll gestalteten Anlage.

„Hat man schon je so etwas gesehen?"

Doch der Neuigkeiten nicht genug. Kaum hatten sich die Baumriesinnen einigermaßen beruhigt, war ihr Brummeln und Grummeln verebbt, raschelten die trockenen Blätter aufs Neue. Doch dieses Mal nicht als Überbringer von weiteren wundersamen Botschaften; sondern es fuhr ihnen eine gewaltige Windböe durch die struppigen, teilweise herbstkahlen Häupter. Wipfel und Kronen beugten sich, als eine Schar von gefiederten Krähenkriegern im eleganten Bogen neben dem schimmernden Pferd landete und mit ihren gigantischen Schwingen die knorrigen Bäume streifte.

Ouna, Alasdair und eine Handvoll der Getreuen nahmen ihre ursprüngliche menschliche Gestalt an, während sich ihre mächtigen Flügel in der Nachtschwärze auflösten. Der Rest der Truppe wandelte sich in gewöhnliche Nebelkrähen und bezog auf den umliegenden Bäumen wachsam Stellung.

Graubraun getupfte Kauze, aufgeschreckt durch die ungewohnte Lebendigkeit ihres Habitats, flatterten verwirrt hoch, suchten Schutz in entfernteren, ruhigeren Gefilden. Von dort blickten sie mit riesengroßen Knopfaugen, in denen sich das Mondlicht spiegelte, erstaunt auf die nächtlichen Besucher.

„Huu" – „hu-huhuhuu", der langgezogene Ruf der Käuzchen war das einzige Geräusch, das die wiedereingekehrte Stille der Nacht durchbrach. Sogar die Baumriesinnen hatten aufgehört zu flüstern und harrten gespannt der weiteren Ereignisse. Jene ließen auf sich warten.

Ihre Reise, ihr Flug, Mira fand keine treffendere Beschreibung für diese spezielle Art der Fortbewegung, war so schnell und komplikationslos vonstattengegangen, dass sie noch keine Zeit gefunden hatte, ihre weiteren Pläne zu entwickeln.

Sie glitten vom Pferd, während sie fieberhaft überlegte. Idee um Idee verwarf.

„Huu" – „hu-huhuhuu", noch einmal markierte ein Kauz sein Revier, balzte um die Angebetete, dieses Mal aus sicherer Entfernung, am Rand der Parkanlage.

Natürlich! Wieso hatte sie nicht schon früher daran gedacht.

„Wir müssen ein Stück durch den Burggarten. An der östlichen Begrenzungsmauer befindet sich ein Tor, das üblicherweise immer offensteht" – damit Schura ungestört ihre Eltern und später die Großeltern ihre Enkeltöchter besuchen konnten, und umgekehrt – fügte Mira in Gedanken hinzu. Flüsternd sprach sie weiter. „Der Gang innerhalb der Mauer führt zu meiner Kammer und in weiterer Folge zu den Gemächern für Besucher." Alasdair schüttelte zweifelnd den Kopf. „Du meinst, es erregt überhaupt kein Aufsehen, wenn des Nächtens unerwartete Gäste auf diesem Weg in die Burg eindringen und in Folge am Morgen ungeladen an der Frühstückstafel erscheinen?"

Mira grübelte. „Wenn ich es aus deinem Munde höre, klingt es tatsächlich befremdlich. Unausgesprochen, nur in meinem Kopf, fühlte sich der Einfall besser an." Die uralten Bäume seufzten verhalten. Bis zum Tagesanbruch dauerte es noch eine Weile, der Winter stand vor der Tür, sie konnten ihre Prinzessin doch nicht in dieser eiskalten Nacht vor dem Tor frieren lassen!

Während sich Ratlosigkeit bei den nächtlichen Reisenden breitmachte, reckte eine hochgewachsene Linde ihren gewaltigen Stamm noch etwas höher, neigte das mächtige Haupt und streifte mit den Zweigen über graue Fensterläden. Sie ächzte. Solche Verrenkungen waren etwas für das junge Volk und nicht für einen fast neunhundert Jahre alten Baum. Noch einmal straffte sie ihre eindrucksvolle Gestalt, bog sich nach links so weit sie konnte dem Wohnturm zu, und klopfte mit blätterlosen Fingern an die verriegelten Fensterbalken. Gerade als sie dachte, ihre Bemühungen wären vergeblich, wurde ein Teil des hölzernen Ladens geöffnet und ein blonder Schopf lugte aus der schmalen Öffnung.

„Was gibt es liebster Lindenbaum, was nicht bis morgen warten kann?", flüsterte eine feine Stimme aus dem Finsteren der Kammer.

„Ihr solltet Euch das besser selbst ansehen. Hier unten am Hof …", murmelte die Linde leise zurück und legte einen dicken, riefigen Ast direkt ans Fenster. Eine zarte Hand griff aus der Dunkelheit und ein in weites Linnen gehüllter Körper folgte, zog sich gekonnt aus der Luke. Die Linde wendete sich nochmals knarrend, senkte den Ast vorsichtig zur Erde und die zierliche Gestalt kletterte behände auf den eiskalten Steinboden im Hof, stand barfuß plötzlich vor Fremden.

Es ist schwierig zu sagen, auf wessen Seite die Verblüffung größer war.

Alasdair und seine Mannen starrten auf das fragile Wesen im überlangen, weißen Kittel, das scheinbar aus dem Nichts aufgetaucht war und nun, einem Gespenst ähnlich, stumm zu ihnen blickte. Waren sie aufgeflogen? Oder überwog die Verblüffung auf Seiten des weißgekleideten Geschöpfs, das noch vor wenigen Augenblicken im warmen Bett geschlummert hatte, sich nun einer Gruppe fremder, dunkler Gestalten gegenübersah, die mitten im Burghof des Nächtens eine Versammlung abhielt?

„Sirona!", Mira reagierte als Erstes, rannte auf das überraschte Mädchen zu und umarmte es innig. Erst als dieses nicht reagierte, rückte sie etwas ab und sah ihm in die vor Misstrauen funkelnden Augen.

„Du bist doch Sirona, oder?", sogar in dieser spärlichen Beleuchtung erkannte sie das Ebenbild ihrer Mutter, schimmerte der Blick des verdutzten Kindes kobaltblau, glänzten die hüftlangen Haare wie pures Gold. Natürlich, es konnte sich nur um ihre kleine Schwester handeln! Nun ja, klein? Sie reichte ihr fast bis zur Schulter. Wie war sie doch gewachsen! Sie sollte jetzt vierzehn, knapp fünfzehn sein. Ein bisschen älter als sie damals, als sie Abschied von *Cour a-Chaoid* genommen, die Schwester ein letztes Mal an sich gedrückt hatte.

Doch, bevor die derart Gemusterte noch ein Wort des Wiedererkennens von sich geben konnte, riss sie sich von Mira los und eilte an ihr vorbei.

„Alba, meine süße gute Alba!" Der blonde Wirbelwind stürzte auf die Stute und drückte sich an sie. Strich voller Freude über das silberglänzende Fell und tätschelte die dunkle Schnauze. Alba nickte begeistert und stupste die Kleine mit der Nase. Ihr Schnauben und vor allem das Klappern ihrer Hufe hallten durch den stillen Burghof. Der Baumring begann abermals zu flüstern und neigte besorgt die Häupter und Wipfel.

Die Stute erstarrte.

„Ja, wir sollten uns leiser verhalten." Sirona, es handelte sich tatsächlich um Miras jüngere Schwester, sah zu den hochgewachsenen Bäumen auf und anschließend konzentriert auf Mira. Eine erwachsene junge Frau stand vor ihr, die, außer den kupferbraunen, widerspenstigen Locken und den goldenen Sprenkeln in ihren moosgrünen Augen, keinerlei Ähnlichkeit mit dem halbwüchsigen Mädchen hatte, das so plötzlich aus ihrem Leben verschwunden war. „Du bist also Mira? In meiner Erinnerung siehst du ganz anders aus", folgerte sie und tätschelte weiterhin Albas Hals. „Du hast sie tatsächlich zurückgebracht", meinte sie mit erstauntem Unterton. „In der Tat. Du bist ein bemerkenswertes Pferd!"

Der Krähenprinz samt Gefolge hatte sich bislang im Hintergrund gehalten. Nun traten sie näher und Alasdair räusperte sich.

Mira drehte sich um und strahlte über das ganze Gesicht. „Das ist meine Schwester Sirona!"

„Es ist mir ein Vergnügen!", formvollendet beugte er sich über die Hand der jüngeren Prinzessin. Die umstehenden Baumriesinnen erzitterten bis zu den letzten Wurzelspitzen. „Wie romantisch! Der Krähenprinz höchst selbst", säuselte es in den Kronen.

„Ich darf Euch meine Gattin vorstellen?", mit diesen Worten zog Alasdair verschmitzt Ouna an seine Seite. Dürre Blätter segelten leise knisternd zu Boden, als sich die schrundigen Äste mit einem Seufzer streckten. „Zu bedauerlich! Der äußerst attraktive Krähenprinz war verheiratet! Natürlich, wir haben es irgendwann von dem kleinen Federvieh erfahren, das in den Zweigen seine Nester baut und uns mit Neuigkeiten aus aller Welt versorgt. Doch dann irgendwann wieder vergessen. Eine Mühsal ist das mit dem Alter!", so raunte es jetzt in den Wipfeln.

„Er versteht euch!" Sirona sah nach oben. „Achtet ein bisschen auf eure Worte ... und ...", mit einem Seitenblick auf Alasdair, „... ER wäre soundso viel zu alt für mich!"

„Sollten wir jetzt nicht schön langsam ...?", Ouna blickte fragend in die Runde.

„Wir nehmen den geheimen Elfenpfad!", Sironas weißes, überlanges Nachtgewand bauschte sich auf, als sie sich schwungvoll um die eigene Achse drehte und eilig den schmalen Weg Richtung Burggarten einschlug. Von hinten glich sie mehr denn je einem geheimnisvollen Burggespenst, das durch die nächtlichen Parkanlagen geisterte. Hoffentlich hatten sie keine Zuschauer.

Wie das Schicksal es so wollte, wurden sie jedoch tatsächlich beobachtet. Ein Schatten löste sich soeben von seinem Spähposten am offenen Fenster und verschmolz mit dem Dunkel der dahinterliegenden Kammer. Einem aufmerksamen Zuhörer wäre wohl das leise Knarren einer Tür und das Huschen von seidenbeschuhten Füßen auf kühlem Steinboden nicht entgangen. Doch gerade galt die Aufmerksamkeit aller der dahineilenden Prinzessin vor ihnen. Ansonsten hochsensible Sinne lagen momentan brach.

„Offenbar verfolgt sie die gleiche wahnwitzige Idee wie du!", Ewerthons Gedanken drangen in Miras Kopf. „Friert sie denn gar nicht?" Die Ereignisse seit ihrer Landung im Burghof hatten sie derart beschäftigt, dass sie erst jetzt bemerkte, dass er mit Alba an den Zügeln neben ihr her schritt.

Eben wollte sie zu einer Antwort ansetzen, als die Krähen, zurückgelassen als Beobachter in den Bäumen, warnend krächzten.

Einen Augenblick später tönte das Läuten einer einzelnen Glocke weithin über die Burganlage. Alarm wurde ausgelöst.

Der ganze Zug kam zum Stillstand, gefror mitten in der Bewegung.

Sirona gewann als Erstes die Fassung wieder. „Mira, eile du in die Gemächer unseres Vaters und kläre ihn auf, wer mitten in der Nacht Einlass begehrt! Ich bleibe hier und versuche, Schlimmeres zu verhindern!" Sie deutete unbestimmt in Richtung der hochgewachsenen Fichten und deren Schatten. „Du weißt ja, wo du den Eingang findest."

Mira nickte. Obwohl vielleicht nicht die beste, doch dies war die einzig vernünftige Entscheidung, die sie momentan treffen konnten. Sie warf Ewerthon einen letzten liebevollen Blick zu und rannte los.

Im Innenhof entstand ein Tumult. Die Krähenkrieger hatten sich gewandelt, befanden sich in voller Rüstung am Boden oder mit gespanntem Bogen gut getarnt in den Bäumen. Schwerter wurden gezogen, Rufe hallten durch die Nacht. Augenblicklich herrschte noch Verwirrung, doch die Burgwache formierte sich, bald würde Metall auf Metall klirren, die Krieger, die jetzt jeweils gegenüber Stellung bezogen hatten, aufeinander losgehen.

Sirona hetzte den Weg wieder retour und flatterte als wildgewordene Furie zwischen die Fronten, mitten auf die freie Fläche innerhalb der Baumriesinnen.

Da stand sie nun, barfuß und mit wehendem weißen Gewand, riss ihre Arme in die Höhe und schrie: „Haltet ein! Ich, Sirona von *Cour a-Chaoid*, befehle es euch!" Sie wendete sich ihren Kriegern zu. Die starrten sie vorerst betroffen an, konnten nichts mit dem weißgewandeten Geist in ihrer Mitte anfangen, manch einer kreuzte mit seinen Fingern verstohlen einen Abwehrzauber.

Alasdair bewunderte den Mut der jungen Prinzessin. Denn selbst er wusste nicht, ob er bei diesen diffusen Lichtverhältnissen und in der allgemeinen Verwirrung die Kleine nicht für ein Geistwesen gehalten hätte. Was erst mussten die einfachen Soldaten denken, die nur eine Aufgabe kannten, die Burg und ihre Bewohner zu schützen? Dass Sirona eine der ihren war, erkannten sie, wenn sie Pech hatte, zu spät.

Er trat aus dem Schatten der Bäume an Sironas Seite.

„Ich bin Alasdair, der Prinz der Nebelkrähen. Meine Begleitung und ich kommen in friedlicher Absicht. Meldet das eurem König!" Obwohl er sich bemühte, seine Stimme nicht zu erheben, schallte diese über den Burghof und brach sich an den Wänden.

Sie tönte bis hin zu den Schatten der Fichten, wo sich Mira in der Zwischenzeit befand. Die war der Verzweiflung nahe. Sie fand die Pforte zum Geheimgang in die Burg nicht! Hektisch und zum wiederholten Male tastete sie im trüben Schatten der Bäume die kühlen, grauen Steine ab. Doch nichts, kein hölzernes Tor, keine Scharniere, kein Riegel! Nur grobbehauenes Mauerwerk, das mindestens zwei Klafter hoch und unüberwindbar in den Himmel ragte. Hatte sie sich so geirrt? Der Eingang befand sich doch genau unter dieser abseits gelegenen Fichte! Der Baum konnte doch nicht verrückt sein? Ein plötzliches Schnauben in ihrem Rücken ließ sie innehalten. Alba hatte sich in dem allgemeinen Aufruhr am Innenhof verdrückt, war ihr gefolgt. Auch wenn die Anwesenheit der Stute nicht wirklich eine Hilfe darstellte, Mira war froh, nicht mehr allein zu sein.

Sie tätschelte Albas Schnauze und seufzte. Offensichtlich musste sie sich mit der bitteren Wahrheit abfinden. Sie hatte die Fähigkeit, Elfenpfade zu beschreiten, verloren, zumindest die Gabe, diese geheimen Wege zu finden. Nicht zum ersten Male befiel sie Wehmut, wenn sie an ihre verschwundene Magie dachte.

Das schimmernde Pferd löste sich aus dem Schatten des immergrünen Nadelbaums, schritt zur grauen Wand vor ihnen und scharrte mit ihrem Huf am Mauerwerk. Miras Puls schnellte in die Höhe! Was sie nicht geschafft hatte,

Alba war es gelungen. Das vertraute hölzerne Tor wurde sichtbar und tat sich auf. Zögernd ging sie auf den Eingang zu. Sie wusste nicht, was passierte, wenn sich das Portal hinter ihr erneut schloss und sie im Inneren der Mauer gefangen war. Ohne ihre magischen Kräfte, vielleicht für immer.

Viel Zeit zum Überlegen blieb ihr nicht, sie hörte bereits die Waffen klirren. Krieger auf beiden Seiten machten sich kampfbereit.

Entschlossen durchschritt sie den mehr als mannshohen Durchlass. Sie musste zu ihrem Vater, egal, wie sich das Wiedersehen gestaltete.

Abgestandene Luft empfing sie im Inneren des dunklen Ganges. Alba war ihr nicht gefolgt und das Tor löste sich gerade in Luft auf. Achtsam tastete sie sich entlang der feuchten groben Wände im Stockdunklen vorwärts. Sie hätte es sich schon denken können. Auch die natürlichste Lichtquelle, die bereits den Kindern ihres Volkes innewohnte, ihr eigenes Leuchten, das sie bislang unbehelligt selbst durch die dunkelste Nacht geführt hatte, stand ihr nicht mehr zur Verfügung. Langsam gewöhnten sich ihre Augen an die pechschwarze Finsternis und sie gewahrte ab und an einen winzigen Schimmer, der durch Ritzen des bröckeligen Ganges fiel. Zumindest dieser Weg hatte sich tief in ihr Gedächtnis eingebrannt, sie könnte ihn blind zurücklegen, was ihr gerade extrem zugutekam. Wie oft waren Schura und sie auf diesem, nur wenigen Auserwählten zugänglichen Pfad, in das Reich ihrer Mutter gewechselt, hatten die Großeltern besucht, und Mira wurde in den Hofstaat der Lichtwesen eingeführt. Schura hatte nicht nur ihre Unsterblichkeit aufgegeben, sondern auch ihren Anspruch auf den Thron ihres Heimatlandes. Mira wurde als zukünftige Herrscherin unterwiesen, auch wenn der Tag der tatsächlichen Thronbesteigung noch in ferner Zukunft lag. Die grundsätzliche Fast-Unsterblichkeit von Lichtwesen beinhaltete naturgemäß eine dauerhafte Periode des Herrschens. Derart in Gedanken versunken, hätte Mira fast die kleine Nische übersehen, die den Ausgang zu ihrer Kammer ankündigte. Sie war schneller vorangekommen, als sie geglaubt hatte, und konnte nur hoffen, dass sie ohne Albas Hilfe den durch Elfenzauber geschaffenen Weg wieder verlassen konnte. Zuerst vorsichtig, dann mit aller Kraft, drückte sie gegen die grobbehauenen Quader. Versehen mit ihrer Magie, bräuchte sie sich einfach auf den dahinterliegenden Flur zu transformieren. Da ihr dies jedoch versagt war, war sie gezwungen, auf herkömmliche Methoden zurückgreifen. Des Öfteren hatte sie bei den Ausflügen in das Reich der Lichtwesen auch ihr Vater begleitet. Er konnte zwar in ihrem Beisein ohne Schwierigkeiten den Tunnel beschreiten, war er jedoch alleine unterwegs, musste er auf andere Art in diesen hinein, respektive wieder hinaus. Sie fühlte den Stein unter ihren Händen, der verschoben werden musste, um zurück in die menschliche Welt zu gelangen. So sehr sie auch dagegen drückte, presste und rüttelte, der Brocken bewegte sich keinen Fingerbreit. Schweiß perlte ihr von der Stirn, sie wähnte sich bereits auf ewig gefangen, sah sich am Ende ihrer Kräfte und als Skelett an der feuchten Tunnelwand verrotten, schnappte nach Sauerstoff und spürte doch nur modrigen Geschmack auf der Zunge. Atmete aus, atmete ein, dachte an ihre Aufgabe, an Ewerthon und versuchte ihre aufkeimenden, grausigen Fantasien einzudämmen. Noch einmal warf sie sich mit ihrem ganzen Körpergewicht seitwärts gegen die Mauer. In ihrer Schulter knackste es, doch das Knirschen das sie hörte, kam nicht von gebrochenen Knochen, sondern vom klobigen Quader, der sich nun langsam nach hinten senkte. Ein Mechanismus kam in Bewegung, der mit erschreckend lautem Knarren eine Öffnung in der Mauer freigab. Kühle, frische Luft empfing sie und unmittelbar vor ihr wehte ein sorgsam bestickter, federleichter Teppich, geschickt drapiert, um diesen Eingang vor allzu neugierigen Blicken zu verbergen.

Feines Gewebe mit dem Emblem ihrer Mutter strich ihr über die Wange, als sie rasch vorbeischlüpfte. Ratternd schloss sich die geheime Tür und sie fand sich am Gang in der Nähe ihrer Kammer wieder. Mira lauschte in die tiefe Stille der Burg. Hier, im obersten Korridor des Wohnturms, war nicht einmal das kleinste Geräusch vom Innenhof zu hören. Sie hoffte, dass sich alle Bewohner dieses Stockwerks entweder schon auf dem Weg nach unten befanden, oder nicht auf das lärmende Ächzen des Portals achteten. Sie jedenfalls musste eine Treppe tiefer, wo die Gemächer ihres Vaters lagen und er sich wahrscheinlich gerade für den Kampf rüstete.

Soeben wollte sie sich in Bewegung setzen, als sie herannahendes Surren warnte. Im letzten Augenblick hechtete sie seitwärts, prallte mit ihrer lädierten Schulter an die steinharte Wand und keuchte vor Schmerz. Das Knacksen in ihren Ohren stammte dieses Mal eindeutig von ihrem Schultergelenk. Doch ihr blieb keine Zeit, um lange darüber nachzudenken, denn am oberen Ende des Flurs tauchte eine Gestalt auf, spannte ihren Bogen und zielte auf sie. Der Gang war elendig lang, ohne jegliche Deckung. Der Schütze kam näher und hatte freies Schussfeld. Sie war bis auf ihr kleines Schnitzmesser unbewaffnet.

„Ich verfehlte dich mit Absicht, da ich wissen will, was du hier zu suchen hast. Bewegst du dich nur eine Handbreit, trifft der nächste Schuss mit Sicherheit!"

Mira atmete auf, der Stimme nach musste es sich um einen Jungen handeln, der auf sie zukam. Soweit sie von früher wusste, befanden sich auf dieser Etage einzig die Kammern von Kindern und die Gemächer der Stiefmutter. Der Unbekannte, der immer näher rückte, ähnelte eher einem jungen Burschen als einem ausgewachsenen Krieger. Auch wenn er Pfeil und Bogen beherrschte und keineswegs ein harmloser Übungspfeil, sondern ein Jagdpfeil an ihr vorbeigezischt war.

Sie stemmte sich ächzend von der Wand, blieb bewegungslos in der Mitte des Flurs stehen und zeigte ihre offenen Hände. „Ich bin unbewaffnet und hege keinerlei böse Absichten. Ich bin Mira, die älteste Tochter deines Herrn. Und wer bist du?"

„Mira? Das trifft sich ja noch besser!" Der Jüngling, vorab verdutzt, blickte um sich. „Wir sind ganz unter uns. Es gibt keine Beobachter. Ich werde sagen, ich habe dich für einen gemeinen Dieb gehalten", er spannte den Bogen erneut, nahm sie ins Visier. „Es ist hinlänglich bekannt, dass ich ein ausgezeichneter Schütze bin. Nimm es nicht persönlich, liebste Halbschwester! Du passt so gar nicht in meine Pläne." Eiskalt drangen seine Worte an ihr Ohr.

Was hatte er gesagt? Halbschwester? Wurde sie soeben von ihres Vaters Sohn ermordet? Er musste um die neun

Jahre alt sein. Obwohl großgewachsen, würde dies von der Statur her passen. Diese Überlegungen halfen momentan kein bisschen weiter. Mira war selbst Meisterin mit Pfeil und Bogen. Sie fühlte, der Abschuss stand knapp bevor. Es konnte sich nur mehr um einen Wimpernschlag handeln, dann würde der Knabe die gespannte Sehne loslassen.

„Ryan!!" Scharf hallte die Stimme durch den Gang, knallte wie ein Peitschenhieb auf den jugendlichen Schützen. Erschrocken zuckte jener zurück und senkte abrupt den Bogen.

„Ich wollte uns bloß verteidigen. Eine Fremde ist eingedrungen, trachtet uns womöglich nach dem Leben!", seine mordlüsterne Tonlage von vorhin hatte sich verändert, er klang mit einem Male weinerlich.

Eine Gestalt löste sich hinter ihm aus dem Schatten am Ende des Flurs, Schritte auf samtweichen Sohlen näherten sich. Mira sah im Rücken des Halbbruders die Silhouette ihrer Stiefmutter auftauchen.

Diese nahm dem Sohn den Bogen aus der Hand und verstaute den Pfeil sorgsam im Köcher. Zärtlich strich sie ihm über die Haare.

„Erkennst du deine eigene Schwester nicht? Halbschwester!", fügte sie mild lächelnd hinzu.

Der Junge sah betreten zu Boden. „Verzeiht mir, Mutter. Es war ein schrecklicher Irrtum!"

Fia wendete sich in Miras Richtung, streckte beide Arme aus und rief mit honigsüßer Stimme: „Willkommen, Mira. Sei willkommen auf *Cuor a-Chaoid!*" Nach einer kurzen Pause fügte sie hinzu: „Vergib deinem Bruder! Er ist so überaus eifrig in den Bemühungen, in die Fußstapfen seines tapferen Vaters zu treten, er schießt manches Mal über das Ziel hinaus!"

Mira wankte auf die beiden zu. Sie war sich absolut sicher, dass Ryan nicht übers Ziel hinausgeschossen, sondern punktgenau getroffen hätte ... und sie ließ sich Zeit. Ihre Gedanken überschlugen sich. Wie sollte ihr Halbbruder erkennen, ob sie die Wahrheit sprach, tatsächlich Mira und nicht eine gedungene Mörderin war? Er lag als Säugling in der Wiege, als sie sich das letzte Mal gesehen hatten. Er selbst war auch für sie ein Fremder. Ihre Schulter schmerzte höllisch. Sie traute dem Frieden keineswegs. Hatte Fia geflissentlich übersehen, dass ihr Sohn sie bei wachem Verstand töten wollte oder es schlichtweg nicht bemerkt? Die beiden Frauen standen sich nun gegenüber. Fia musterte sie mit einem rätselhaften Blick und drückte sie dann fest an sich. In Miras Schulter bohrte sich der Schmerz tiefer, doch kein Laut kam über ihre Lippen.

„Wo kommst du her, meine Liebe?" Die Stiefmutter packte sie, zum Glück am unverletzten Arm, und zog sie mit sich. „Wie bist du in dieses Stockwerk gelangt? An den Wachen vorbei? Das hat Konsequenzen für diese nichtsnutzigen Schlafmützen, die uns schützen sollten ...!!", plauderte weiter, als säßen sie gemütlich bei einer Tasse Tee. „Wie ist es dir ergangen? Wir haben uns ja ewig nicht mehr gesehen. Gibt es einen besonderen Grund für dein Auftauchen ...?"

„Ich muss zu meinem Vater. Jetzt, sofort!" Mira entwand sich der eisernen Umklammerung und schlurfte zurück in die andere Richtung, zum Stiegen-Abgang.

Verdutzt blieb die Königin stehen, bevor sie ihr hinterhereilte.

Mira mühte sich qualvoll die Treppe hinunter. Jeder Schritt, Stufe für Stufe, prallte von der Sohle weg durch ihren Körper und explodierte in der verletzten Schulter. Endlich angekommen vor der Kammertür ihres Vaters, stand diese weit geöffnet, der Raum dahinter war menschenleer. Vom König keine Spur, weder sein Kettenhemd noch sein Schwert waren an ihrem Platz. Er hatte sich bereits zum Kampf gerüstet und war ohne ihre Informationen in den Burghof geeilt.

Mira biss die Zähne zusammen. Sie hatte keine andere Wahl. Sie musste ihm schnellstmöglich nach und konnte keine Rücksicht auf ihren momentanen Zustand nehmen. Schwindel erfasste sie, als sie sich eine Stufe nach der anderen nach unten quälte. Fia war indes an ihrer Seite und stützte sie. Obwohl Mira diese Geste schätzte, war sie sich nicht sicher, ob diese liebevoll gemeint war, oder eher dazu diente, sie bei passender Gelegenheit in die Tiefe zu stoßen. Ryan war ihnen bisher wortlos gefolgt und beäugte sie bei jeder Treppenwende misstrauisch.

Je tiefer sie kamen, desto nachdrücklicher vernahmen sie gedämpfte Rufe vom Innenhof. Bis sie letztendlich an einer unauffälligen, versperrten Pforte stoppten. Fia langte ihrem Sohn, der die Führung übernommen hatte, einen feingearbeiteten Schlüssel nach vorne. Er glitt wie von selbst ins Schloss und die armdicke hölzerne Tür schwang geräuschlos auf.

Dieser Zugang war geheim und von beiden Seiten aus bestens getarnt. Das üblicherweise benutzte Portal befand sich im zweiten Stockwerk der Burg, durch einen gewundenen Treppenaufgang von der geschützten Westseite aus erreichbar. Für das ebenerdige winzige Tor verfügten nur wenige über einen Schlüssel, denn es wurde bloß in Ausnahmefällen genutzt. Wie gerade eben.

Schwer atmend stützte sich Mira auf ihre Stiefmutter. Sie gab es ungern zu, doch ohne deren Hilfe wäre sie voraussichtlich in der Mitte des Weges ohnmächtig zusammengebrochen, so sehr wogten die Schmerzen zwischenzeitlich durch ihre verletzte Schulter.

Sie standen auf der Schwelle. Eine Schrittlänge direkt vor ihr türmte sich eine hohe Mauer auf. Geradeaus ging es nicht weiter, jedoch zur linken Hand befand sich ein schmaler Spalt zwischen Turmmauer und der vor ihr stehenden Wand. Mira tastete sich alleine vorwärts, es war undenkbar diesen engen Durchschlupf nebeneinander zu beschreiten. Der steinige Pfad entlang des Turms endete in einer winzigen Nische, auf einer Seite begrenzt durch undurchdringliches Gestrüpp von Kletterrosen. Obwohl der Winter vor der Tür stand, stieg in Mira sofort das Bild üppiger Rosenblätter hoch, weit geöffnet und duftend in der Mittagssonne.

Ryan langte nach links und zog an einem Holzknüppel. Leise schwang ein Teil des Spaliers zur Seite und gab einen winzigen Durchlass frei. Mira bemerkte nicht nur die traumwandlerische Sicherheit des kleinen Prinzen bei der Bedienung des versteckten Hebels, sondern auch, dass keine der üppig vorhandenen Rosentriebe ineinander hakten und das Öffnen des Rankgitters völlig geräuschlos vonstattenging. Dieser Zugang wurde offensichtlich doch des Öfteren genutzt. Nacheinander zwängten sie sich ins Freie. Dürre Zweige krallten sich zwar noch an Haar und Kleidung fest, doch letztendlich stellten sie kein allzu großes Hindernis dar.

Kühle Nachtluft empfing sie. Mira war froh, der dumpfen Enge des gut verborgenen Pfades entkommen zu sein und atmete einige Male tief durch. Sie blickte kurz zurück. Vor ihr erhob sich ein Turm, bewachsen von dichten Kletterrosen, die sich an seinem rissigen Mauerwerk über mehrere Stockwerke hinweg in die Höhe rankten. Der schmale Durchschlupf und ebenerdige Zugang lagen perfekt getarnt hinter der vorangestellten, hochgezogenen und von Rosenranken überwucherten Mauer. Sogar jetzt im Winter, ohne massenhaft bunter Blüten und einem Netzwerk aus dichten Blättern eine optische Täuschung par excellence!

Die helle Stimme Sironas und der voluminöse Bariton ihres Vaters trieben sie zur Eile an. Aufgrund der Entfernung konnte sie nicht unterscheiden, ob die beiden in einen Disput verwickelt oder im friedfertigen Dialog vertieft waren. Abermals gestützt auf Fia, legte sie die letzte Strecke zwischen dem hinteren Ausgang des Wohnturms und dem Innenhof zurück.

Sie kamen gerade recht, um ein weißgekleidetes Gespenst in die ausgebreiteten Arme des Königs flattern zu sehen.

Ein Redeschwall prasselte auf dessen Haupt hernieder.

Ilro nickte bedächtig. Er schob seine aufgeregt zappelnde Tochter eine Armlänge von sich und betrachtete sie aufmerksam. Mitten in der Nacht von der Alarmglocke aus dem Schlaf gerissen zu werden, den Krähenprinzen höchstpersönlich im innersten Hof anzutreffen und an dessen Seite seine jüngste Tochter im Nachtgewand vorzufinden, das geschah wahrlich nicht jeden Tag, korrekt ausgedrückt, nicht jede Nacht, kurzum, es war noch nie passiert!

Dank Sironas beherztem Eingreifen war Schlimmeres verhindert worden, auch wenn sich ihm der Sinn ihrer teilweisen wirren Ausführungen noch immer nicht ganz erschloss. Tatsache war, dass Alasdair, dessen Begleitung samt Gefolge offensichtlich nichts Böses im Schilde führten, an seine Gastfreundschaft appellierten. Auch wenn dies in finsterer Nacht und unter äußerst mysteriösen Umständen geschah. Wie war es jenen überhaupt gelungen, unentdeckt bis ins Innerste der Burg vorzudringen? Ein interessantes Detail, das bei nächster Gelegenheit der Klärung bedurfte.

„Mira …" Sein Gedankengang wurde unterbrochen. Hatte Sirona soeben den Namen seiner ältesten Tochter erwähnt?

„… ist durch den Geheimgang. Habt ihr euch nicht getroffen?", beendete Sirona ihren Satz.

„Mira befindet sich hier?", Ilros Innenleben schlug einen Salto. Höchstwahrscheinlich hatte er sich verhört. Wieso sollte sein zorniges, trauriges Mädchen, das bis heute jeglichen Kontakt mit ihm verweigert hatte, nach unendlich langen Jahren plötzlich hier auftauchen, zeitgleich mit dem Krähenprinzen? Das wäre ein mehr als sonderbarer Zufall.

Sirona nickte … deutete auf etwas, auf jemanden in seinem Rücken.

„Ich bin da, Vater."

Sehr langsam drehte sich Ilro um.

Sein Blick fiel zuallererst auf seine Frau und seinen Sohn.

Doch wer befand sich zwischen den beiden, wen stützte Fia an ihrer linken Seite?

Der Schein einer Fackel loderte auf, zuckender Lichtschein huschte über eine schmale Gestalt, ein blasses,

von widerspenstigen Locken umrahmtes Gesicht. Moosgrüne Augen glänzten unter verhaltenen Tränen.

„Mira!" Wieso kam sie ihm keinen Schritt entgegen?
Freute sie sich nicht, ihn zu sehen? Sie war noch immer
traurig und zornig, hielt ihm seine damalige schmerzvol-
le Entscheidung vor! Er schob seine königliche Zurückhaltung zur Seite, eilte auf die heimgekehrte Tochter zu und
umarmte sie. Auch wenn er kein kleines Mädchen, sondern eine junge Frau in Armen hielt, sie verlor sich fast
darin. Der Boden unter ihren Füßen wankte, sie kippte
gegen ihn, wäre gestürzt, wenn er sie nicht aufgefangen
hätte.

Ewerthon war nicht mehr zu halten. Er sprang auf den
König zu, ein Warnruf gellte auf, im selben Augenblick
zischte ein Pfeil haarscharf an seinem Kopf vorbei.

Sofort befanden sich die beiden Lager erneut in Alarmbe-
reitschaft, Schwerter blitzten im fahlen Mondlicht und
um den König schloss sich rasend schnell ein Schilderwall
der Leibwache, hinter denen die königliche Familie verschwand.

Sirona erfasste blitzartig die Situation, legte beruhigend
ihre Hand auf den Unterarm des Vaters.

„Sie gehören zueinander. Er liebt sie, genauso wie du!"
Auch wenn sie dies nicht mit Sicherheit wusste, sie hatte
wohl die Blicke bemerkt, die sich die beiden zugeworfen
hatten. Intuitiv spürte sie die besondere Verbindung zwischen ihrer Schwester und dem fremden jungen Mann,
der ihr noch nicht vorgestellt worden war.

Ilro gab den Wachen einen Wink und sie traten zur Seite. Ewerthons Nerven lagen blank. Er hatte nur gesehen,
wie Mira sich aus dem Schatten des Wohnturms gelöst

und auf eine ihm unbekannte Frau gestützt, hierherge-
schleppt hatte.

Nun lag sie still und blass in den Armen ihres Vaters. Ihre
Augen waren geschlossen und der linke Arm hing selt-
sam verrenkt nach unten. Ouna war in der Zwischenzeit ebenfalls nähergekommen
und nahm Mira in Augenschein. Mit ihren besonderen
Sensoren nahm sie das Heben und Senken der Lungen-
flügel, den tobenden Trommelschlag des Herzens wahr.
Gleichzeitig erfasste sie den Schmerz, der von Miras
Schulter den ganzen Körper in Wellen überflutete, sah
die Schwellung, die sich unter feinem Kleiderstoff abzeichnete.

„Ihr erlaubt?" Ohne seine Antwort abzuwarten, nahm sie
Mira aus den Armen des Königs und warf Alasdair einen
Blick zu. Der öffnete sofort den Verschluss ihres weiten
Capes, nahm es ihr ab und breitete dieses sorgfältig auf
den kalten Steinboden.

Ouna legte Mira vorsichtig ab und kniete neben ihr nieder. Zärtlich strich sie die wirren Locken aus dem Gesicht
der noch immer bewusstlosen Prinzessin und drehte sie
danach in Seitenlage.

„Das wird jetzt etwas schmerzhaft", meinte sie, sobald
auch Alasdair am Boden kniete. Er wusste, was Mira bevorstand und hielt ihren Kopf und Oberkörper mit beiden
Händen fest. Ouna atmete nochmals ein und im Ausatmen zog sie mit einem sanften Ruck Miras linken Arm in
die Höhe. Es knirschte leise, als der Gelenkkopf zurück in
die Gelenkpfanne glitt. Mira öffnete die Augen und ihr
Schmerzensschrei gellte durch den Hof. Doch das Ärgste
war bereits überstanden. Alasdair richtete sie etwas auf

und Mira lehnte sich mit ihrem Oberkörper an ihn. Ouna hob ihren Rock an und zwinkerte Mira zu. Wieder einmal musste der Saum ihres Unterkleides daran glauben. Mit einem Ruck riss sie einen entsprechend langen Streifen herunter und knüpfte daraus eine einfache Schlinge, die sie Mira über den Kopf zog. Im Anschluss legte sie den verletzten Arm ihrer Patientin behutsam in diesen Behelf. „Das sollte fürs Erste reichen."

„Eine Salbe werden wir gegebenenfalls in deiner Kammer auftragen. Wenn wir weniger Zuschauer haben", fügte sie mit einem Seitenblick auf die Umstehenden hinzu.

Nicht nur Ilro und Fia hatten gespannt ihr Tun verfolgt. Der Hauptmann der Wache bewunderte gleichfalls die Umsicht dieser am Boden knienden Fremden. Auch er hatte schon die eine oder andere Schulter eingerenkt und erkannte sehr wohl das Sachverständnis und die Souveränität, mit der die Unbekannte agierte. Wahrscheinlich eine Heilerin aus fernen Landen. Noch immer umgab die plötzlich in ihrer Mitte aufgetauchten Fremdlinge ein Mysterium.

Gerüchte von einem verschollenen und wieder aufgetauchten Krähenprinzen waren nach und nach auch in diese Ecke des Reiches gedrungen. Doch Ilros Herrschaftsgebiet lag so weit entfernt von allem, dass Neuigkeiten oft mit erheblicher Verzögerung auf dieser Insel der Seligen eintrafen. Was nicht immer von Nachteil war. Die Aufmerksamkeit des Hauptmanns richtete sich wieder auf seinen König, der soeben das Wort an Alasdair richtete.

„Das Rätsel um Eure nächtliche Ankunft werdet Ihr sicher morgen lüften. Ich für meinen Teil möchte vor Tagesanbruch noch etwas ruhen. Fühlt euch willkommen auf *Cuor a-Chaoid.*" Mit einem Wink an seinen Befehlshaber ergänzte er. „Eine Garde wird Euch zu Euren Gemächern begleiten." Was nichts anderes bedeutete als ein Begleitschutz, der sicherstellte, dass sie nicht auf Abwege gerieten.

Ilro kniete nieder und half Mira behutsam hoch. „Dich übergebe ich Sirona und ihrer Bedienerin. Ich ziehe mich zurück und wünsche dir eine gute Nacht!"

Anschließend wandte er sich Ewerthon zu und musterte ihn eingehend. „Für Euch, junger Mann, steht ebenfalls ein Gästezimmer bereit." Ouna und einige der Umstehenden schmunzelten. Die freundlich ausgesprochene Einladung enthielt nichtsdestoweniger eindeutig den Hinweis auf die Übernachtung im Gästezimmer, eine Übernachtung ohne Mira, wohlgemerkt.

Bereits im Gehen hielt der König inne und blickte zu Mira. „Schön, dass du wieder unter diesem Dach weilst! Du wirst deine Kammer so vorfinden, wie du sie verlassen hast."

Jetzt drehte er sich um und schritt endgültig auf den Treppenaufgang zu. Ein Lächeln umspielte seine Lippen. Das Wichtigste war gesagt und geklärt.

Fia hakte sich bei ihm unter. Sie hatte ihn heute überrascht. Ihm war klar, dass es Mira ohne ihre Unterstützung schlecht ergangen wäre. Bislang war er der Meinung gewesen, seine zweite Gemahlin lehne die älteste Tochter ab.

Vielleicht kehrte mit den heutigen Ereignissen Frieden ein? Noch jemand kam ihm in den Sinn. Diese Frau an der Seite des Krähenprinzen! Beeindruckend! Wer sie wohl war? Selbst ein Blinder bemerkte das stille Einvernehmen der beiden, während sie Hand in Hand arbeiteten und Mira versorgten. Solche Begebenheiten ließen Erinnerungen an die gemeinsame Zeit mit Schura wieder lebendig werden. Erinnerungen, von denen er bis heute zehrte.

Da kamen seine Gedanken auch schon bei dem Fremden an, der ihm in Kürze gewiss vorgestellt werden würde, den seine Tochter angeblich liebte?

Diese und weitere Fragen beschäftigten ihn während des Auskleidens noch über Gebühr hinaus. Schlaflos wälzte er sich von einer Seite auf die andere, bis ihm irgendwann doch die Augen zufielen.

Er war nicht der Einzige, der schwer zur Ruhe kam.

Fia überdachte die veränderte Lage, bezog das eine oder andere Vorhaben ins Kalkül und verwarf es wieder. Bis sie den einen, einzig tatsächlich durchsetzbaren Plan schmiedete und mit einem zufriedenen Lächeln einschlief.

Ryan witterte Konkurrenz um die Gunst des Vaters, unter Umständen sogar um den Thron und träumte vom perfekten Schuss ins Schwarze.

Sironas Gefühle waren zwiespältig. Sie freute sich, ihre große Schwester wieder bei sich zu haben, doch sie spürte, dass jene sich verändert hatte ... was war mit ihrer Magie geschehen?

Alasdair und Ouna wussten, dass ihr Aufenthalt auf dieser Burg nur eine vorübergehende Verschnaufpause darstellte, machten sich Gedanken um eine langfristige Lösung ihrer Probleme, sehnten sich beide nach dem friedlichen Leben auf *Cour Bermon*.

Mira plagten trotz Ounas Heilsalbe tobende Schmerzen. Vor allem litt sie unter dem Alleinsein und der leeren Seite des Bettes.

Ewerthon stand vor einer Entscheidung. Unter diesem Dach wurden keine unstatthaften Verhältnisse geduldet. Noch jetzt fühlte er den strengen Blick Ilros auf sich ruhen. Es galt zu handeln.

Kenneth, der Hauptmann der Wache, lag vollangekleidet auf seiner zur Gänze mit Fellen bedeckten Bettstatt und starrte an die Decke. Gedankenverloren zwirbelte er an seinem Schnurrbart, träumte mit offenen Augen vom sinnlich zarten Duft blühender Rosen und einem geheimnisumwitterten rauchblauen Blick.

Im Innenhof bezogen die braunweiß gesprenkelten Kauze wieder ihr Domizil, schlossen die runden, glänzenden Augen und schliefen nach den heil überstandenen, nächtlichen Turbulenzen im Morgengrauen ein.

Das Brummeln der Baumriesinnen verstummte. Diese einzigartige Nacht würden die majestätischen Bäume so schnell sicher nicht vergessen! Alter hin oder her.

Im Osten erstrahlte das Wolkenband am Horizont in lilaorangen Farbschattierungen. Ein neuer frischer Morgen kündigte sich an. Gut und Böse bezogen Stellung.

UNTER UNS IV

KONTROLLE

Die Gestalt im weiten Cape hielt ein, auf ihrer Flucht durch die endlosen Korridore. Auch wenn sie nicht mehr über ihr gesamtes Potential an Fähigkeiten verfügte, sie spürte, dass sich etwas verändert hatte.

Hastig eilte sie zurück zur großen Halle, stellte sich vor den Spiegel.

Der Spiegel der Illusionen, für den, der sich darin verlor.

Er zeigte ein Scheusal mit grässlicher Maske, den Körper verhüllt im schwarzen, weiten Umhang.

Doch das Monster wusste um die richtige Handhabung, wischte mit fahriger Hand über die matte Oberfläche und zog diese, wie unerwünschte Haut auf heißer Milch, zur Seite.

Das Bild, das sich dahinter verbarg, entfesselte unvermitteltes, irres Gelächter. Klirrend brach es sich an den schmucklosen Wänden, gellte in den eigenen Ohren wieder, dass diese zu bersten drohten.

Die Kreatur wand sich ... vor Schmerz oder vor Tollerei.

Sie wusste es wahrscheinlich selbst nicht genau.

Kontrolle! Sie hatte die Kontrolle wiedererlangt!

Die Vorbereitungen konnten weitergehen. Dieses Mal wehte das Geschöpf leichtfüßig aus dem trostlosen Saal.

Die seidige Oberfläche des Spiegels schloss sich zunehmend. Ließ noch einen letzten Blick auf eine Kammer erhaschen. Ein großes Bett stand darin, in dem sich eine Person soeben ruhelos von einer Seite zur anderen wälzte.

STELLAS WELT V

Der Vulkanausbruch

Weil nichts vergeht, denn alles kommt wieder.
Der letzte Satz der Seerosenteichgeschichte hallte noch in ihrem Kopf, gleich darauf durchfuhr sie unsäglicher Schmerz. Krallte sich ihr Inneres, fraß sich nach draußen. Wispernde Stimmen um sie, eine kühle Hand auf ihrer Stirn, felsiges, hartes Gestein unterm Körper. Sie lag auf dem Rücken, hielt die Augen geschlossen.
„Du musst jetzt pressen. Dein Baby will auf die Welt!"
Eine schneidende Stimme zertrennte den Nebel in ihrem Kopf, gab diesen einen Befehl. Knapp, emotionslos.
Wieso wollte ihr Baby auf die Welt!? Weshalb krümmte sie sich auf staubigem Felsen? Eben noch lag sie doch auf dem Liegestuhl aus poliertem Teakholz, eingehüllt in die flauschige Decke aus Merinowolle an Deck des Kreuzfahrtschiffes, lauschte dieser einen Geschichte. Der Seerosenteichgeschichte!
Nebulose Erinnerungen tauchten an die Oberfläche, ploppten kurz auf, verschwanden wieder in der tiefen Leere ihres Gedächtnisses. Eine dumpfe Traurigkeit hielt sie gefangen, ein beängstigendes, gräuliches und nasskaltes Gefühl.
Salzige, feuchte Meeresluft drang in ihr Bewusstsein. Sie löste die Hand von der Erde, tastete zur Leibesmitte, fühlte den steinharten, gewölbten Bauch! Eine mächtige Wehe preschte heran, schnappte nach ihrem Selbst und verschlang es.
Als Stella das Bewusstsein wiedererlangte, lag sie nach wie vor auf steinigem Untergrund. Schemenhaft erkann-

te sie eine dunkle Gestalt, die ein Bündel in ihren Armen hielt.

„Es ist tot. Du hast ein totes Baby geboren, was für eine Verschwendung!" Schneidend kalt die Stimme.

Alles drehte sich. Ein bodenlanger Mantel flatterte im Wind, klatschte schwer gegen blankgeputzte Stiefel, streifte ihr Gesicht. Der Geruch von frischem Leder vermischte sich mit salziger Feuchte und metallener Ausdünstung.

Abrupt entfernte sich der wehende Umhang, ging auf den steilen Abgrund zu, entschwand im grauen Nichts.

Stella richtete sich verbissen auf. Sah auf offenes Wasser vor ihr und dunkles blankes Gestein hinter sich. Zornig rollte Welle um Welle heran, klatschte erbost an die steile Klippe, leckte nach dem Felsvorsprung, auf dem die junge Frau halb saß, halb lag.

Sie öffnete den Mund und ein Schrei entrann ihrer Kehle. All der Schmerz, unsägliche Qual, grenzenlose Trauer um das Baby – ihr Baby – das sie niemals zu Gesicht bekommen würde, sich eben in Luft aufgelöst hatte, lag in diesem Laut des unendlichen Leides. Er hallte über die weite See, kehrte wie ein Bumerang zurück und drang in den pechschwarzen, funkelnden Felsen in ihrem Rücken. Bohrte sich bis zum innersten Kern der Insel und entfachte dort einen tosenden Feuersturm.

Die Erde bebte. Die Urkraft, einmal entfacht, war nicht mehr aufzuhalten. Explosionsartig ergoss sich eine Fontäne brennendheißer Lava in den Himmel, floss über scharfe Kanten, zog auf dem Weg ins Tal dunkle Spuren in blütenweißen Schnee und blauschimmerndes Eis; begrub im ebenen Gelände angekommen, braungrüne Wiesen samt den darauf weidenden Schafen.

Der aufbrausende Wind wehte silbrige Asche und ein zerknülltes Zeitungsblatt auf den blutbefleckten Schoß der jungen Mutter. Die glättete es mit zittrigen Händen und las das Datum. Es zeigte den 21. März. Wenn das stimmte, fehlten ihr nicht nur Erinnerungen, sondern schon wieder Monate. Die vermummte Gestalt verblasste in der Ferne. Vom feurigen Chaos bekam sie nichts mit. Ein unsichtbarer Schleier, mühelos von ihr durchquert und gleich danach wieder fest verschlossen, trennte ihre Welt von der diesigen. Kein Leuchten der orange glühenden Lava, kein grauer Aschenregen drang durch diese Barriere. Und natürlich auch kein Laut. Das Tosen des Feuerregens, das letzte Blöken der sterbenden Schafe, die Wehklagen der verzweifelten Mutter blieben ungehört. Das in Schwarz gehüllte Wesen schritt weiter voran, drehte sich nicht um. Wozu auch? Es hatte, was es wollte.

Enttäuschung

Stille breitete sich aus, legte sich wie ein übergroßes, seidiges Laken über das Gesagte, hüllte die gefallenen Worte vorübergehend ein. Schuf so die Möglichkeit, nicht sofort reagieren zu müssen, sich mit der Stellungnahme etwas Zeit lassen zu können, eine wohlüberlegte Intervention zu setzen.

Endlich war die Patientin aufgewacht! Ihm gegenüber hatte sie den behaglichen Ohrensessel ausgewählt, in dem sie, ihre Beine untergezogen, den Rücken bequem angelehnt, Platz genommen hatte, und ihn nun mit einer Mischung aus Neugier und Ablehnung anblickte.

Er legte den Notizblock auf das kleine Tischchen rechts neben seinem Ledersessel. Die karierten Seiten waren ausnahmslos leer. Kein einziges Wort hatte er während ihrer Erzählung aufgeschrieben, nur den Stift ab und an zwischen Daumen und Zeigefinger gedreht. Er würde auch so nichts vergessen. Erstens verfügte er über ein ausgezeichnetes Gedächtnis und zweitens war die Geschichte dieser jungen Frau so unglaublich, dass sich jedes einzelne Wort in sein Gedächtnis eingeprägt hatte.

Erwartungsvoll sah sie ihn an. Kein einziges Mal hatte er sie unterbrochen, sondern interessiert zugehört. Vielleicht war es heute endlich so weit und sie fand jemanden, der ihr glaubte und ihre Erlebnisse nicht als Ausgeburt ausufernder Fantasie abtat!

Er räusperte sich, doch er hatte so und so ihre volle Aufmerksamkeit.

„Stella!" Spontan hatte er beschlossen, sie beim Vornamen zu nennen.

„Die Seele ist ein fantastisches Instrument. Sie schirmt uns ab vor allzu viel Leid. Belasten uns Geschehnisse derart, dass wir bei deren Konfrontation zusammenbrächen, kommt sie ins Spiel. Entweder lässt sie uns vergessen oder malt über all das Schreckliche, das wir erlebt haben, ein Fantasiegebilde", er blickte direkt in honigbraune Augen, während er fortfuhr.

„Erst wenn wir bereit sind, uns mit den tatsächlichen Begebenheiten auseinanderzusetzen, lüftet sie den Schleier des Vergessens oder lässt uns die Wahrheit hinter der schützenden Illusion erkennen."

Die Stille wurde greifbar. Doch jetzt war sie nicht mehr angenehm, beschirmend so wie anfänglich, sie glich mehr der tödlichen, eiskalten Ruhe einer der Gletscher, die er vor langer Zeit durchwandert hatte. Er sah den Schatten, der das helle Goldbraun ihrer Augen in dunkles Maron färbte, fühlte fast körperlich, wie sich die blonde Frau vor ihm zurückzog, in ihr imaginäres Schneckenhaus verkroch. War dies die falsche Strategie gewesen, sie auf die fürsorgliche Kraft der Psyche aufmerksam zu machen? Aufgrund des nachgewiesenen, überdurchschnittlichen IQs hätte er sie für klüger gehalten. Zugänglicher, er korrigierte sich selbst, er hätte die Patientin seiner These zugänglicher gehalten, das war die korrekte Formulierung, die er auch für das Protokoll verwenden wollte.

Stella zupfte am mit blauen Stoff ummantelten Gummiband, das ihr linkes Handgelenk locker umschloss, stellte beide Füße langsam auf den Boden. Sie kribbelten wie verrückt, waren wahrscheinlich, während ihr ganzes

Gewicht darauf lagerte, eingeschlafen. Doch sie stampfte nicht auf, wie sie es ansonsten getan hätte. Vorsichtig richtete sie sich auf, würdigte der angeblichen Kapazität mit dem wirren, dunklen Haarschopf und irritierend grünen Augen, in engen Jeans und kurzärmeligen Hemd, keines Blickes. Endlich, Schritt für Schritt bei der Tür angekommen, öffnete und schloss sie diese sachte. Ohne sich nochmals umzudrehen oder zu verabschieden, ging sie. Es erforderte ihre ganze Kraft, den Gang entlang zu schlurfen und sich in ihr Zimmer zurück zu schleppen. Nicht nur das Gefühl von hunderttausend krabbelnden Ameisen in ihren Beinen ließ sie wanken. Wie hatte sie nur so dumm sein können! Nichts, gar nichts hatte darauf hingedeutet, dass sich der heutige Tag von den unendlichen Tagen davor unterscheiden könnte. Die Sitzung war genauso verlaufen, wie die vorangegangenen bisher. Außer vielleicht, dass es dieses Mal kein missbilligendes Hochziehen von Augenbrauen, keine betont starre Mimik und keine Unterbrechungen seitens des Zuhörers gab. Professor Doktor Thomas Stein, das stand auf dem von Hand gekritzelten Türschildchen, war keinen Deut besser als all die anderen vor ihm. Er konnte bloß besser Interesse heucheln.

Endlich in ihren Räumlichkeiten angekommen, sank sie erschöpft auf das Bett und starrte an die eierschalenfarbene Decke. Schon seit längerem wurde kein reines Weiß mehr verwendet. Es war auch kein Beige oder Cremefarben. Der Maler hatte, strikt nach Vorgabe, eierschalenfarben verwendet. Angeblich war dies eine der Farben, die den Heilungsprozess psychisch labiler Menschen am positivsten unterstützten.

Das war aber auch das Einzige, was sich in den letzten Monaten für sie verändert hatte. Noch immer fehlten Fragmente ihres Lebens, wesentliche Fragmente! Noch immer hatte sie keine Ahnung um das Zustandekommen ihrer mysteriösen Schwangerschaft, verfügte über keinerlei Erinnerungen an die Heimreise nach der Totgeburt ihres Babys. Einzig die Zeit auf dem Kreuzfahrtschiff und die Geschehnisse rund um den Vulkanausbruch, den sie verursacht hatte, von letzterem war sie nach wie vor fest überzeugt, fanden sich als äußerst lebendiger Widerhall in ihrem Kopf. Doch von jenem wollten weder ihre Eltern, noch ihre Therapeuten wissen. Obwohl genau diese Erlebnisse sie seit geraumer Zeit an Kliniken wie diese fesselten. Sie war jetzt achtzehn, zumindest laut ihrer autonom funktionierenden Zeitrechnung, die sich nicht so leicht betrügen ließ. Ehrlich gesagt hatte sie den Überblick etwas verloren. Ein beunruhigender Umstand, der sie bis in die Grundfesten erschütterte. Internetzugang, ein Radio oder zumindest eine aktuelle Tageszeitung wären hilfreich gewesen, um Licht in dieses Dunkel zu bringen. Doch weder auf das eine, noch auf das andere hatte sie Zugriff. Der momentane Tagesablauf bot sich ihr als verworrenes Zeitgeflecht. Das war neu ... und absolut irritierend.

Ihr Blick löste sich von der Decke mit den winzig kleinen, schwarzen Sprenkeln, für das ungeschulte Auge kaum sichtbar. Sie konzentrierte sich auf den Tisch und die beiden Sessel, alle drei in einem warmen Holzton gestrichen. Als wenn sie jemals Besuch in dieser Zelle empfinge! Teilnahmslos musterte sie die Sanitärzelle ohne Tür, den Kasten aus Metall, in dem genau das Gewand lag, in dem sie hierhergebracht worden war, und das vergitterte Fenster. Bis heute hatte sie geschlafen, angeblich über Tage hinweg. Ihre innere Uhr bestätigte diese beängstigende Information. Vielleicht verlor sie tatsächlich langsam den Verstand oder war bereits verrückt? Von dieser Wirklichkeit waren zumindest ihre Eltern überzeugt, die sie ständig von einer psychiatrischen Anstalt in die nächste steckten, Hauptsache aus ihrem Zuhause verbannt.

Ihre Gedanken wirbelten durcheinander, während sie versuchte, durch bewusstes Wahrnehmen der unmittelbaren Umgebung, kombiniert mit behutsamem Ein- und Ausatmen, zur Ruhe zu kommen.

Professor Doktor Thomas Stein war gleichfalls hochkonzentriert. Der Stift zwischen Daumen und Zeigefinger kam nicht zur Ruhe, drehte sich kontinuierlich. Genauso wie die Gedanken um seine neue und einzige Patientin. Seitdem er der Lehrtätigkeit an der Uni den Rücken zugekehrt hatte, wieder in seinem angestammten Beruf arbeitete, stand er unter Hochspannung. Schon immer war es seine Ambition, hinter den Vorhang zu blicken, Realität von Fantastereien zu trennen, zu demaskieren ... um, wenn es keinerlei Geheimnisse mehr gab, wunde Seelen zu heilen. Ständig ließ er sich ein Stück weit in die Gedankenwelt seiner Patienten ein. Ständig hatte er sich eingelassen, er korrigierte sich heute bereits zum zweiten Male selbst, denn in seiner selbstgewählten Abstinenz als Dozent an der Uni gab es keine Patienten, in deren Wirklichkeit er sich begab.

Nochmals überdachte er die letzten fünfzig Minuten, während er nachdenklich in den Computer tippte. Eine Angewohnheit aus alten Tagen. Wenn ihn ein Fall besonders fesselte, schrieb er seine Berichte gerne selbst. Nun ja, und zurzeit hatte er ja nur den einen, und der war hochinteressant.

Die Sitzung war vorab nicht anders verlaufen, als andere vor ihr. Ein Kennenlernen, ein Einstimmen aufeinander. Er bezeichnete diesen Vorgang als kalibrieren. Nannte man Patienten beim Vornamen, schuf dies oftmals ein Vertrauensverhältnis, gerade bei jungen Leuten. Er grinste ungewollt, nun ja, so alt war er ja auch noch nicht. Jedenfalls, er rief sich selbst zur Ordnung, mit dieser ersten Stunde begründete man die Basis für weiteres, konstruktives Arbeiten.

Ob ihm das heute gelungen war, davon war er nicht hundertprozentig überzeugt. Er konnte genau den Zeitpunkt bestimmen, an dem ihm die Patientin entglitten war. Was grundsätzlich keine Außergewöhnlichkeit darstellte. Dieses Risiko gehörte zum Berufsalltag eines jeden Therapeuten. Bemerkenswert war Stellas Reaktion. Andere Patienten wurden wütend, aggressiv, schrien ihn an oder sich den Frust von der Seele, wenn ihre ernsthaft geschilderten Erzählungen in Frage gestellt wurden. Was tat sie? Sie ging einfach aus dem Zimmer. Stumm, beinahe sanft, mit einer inneren Stärke, die ihn doch etwas irritierte.

Seine Stirn legte sich in Falten, er grübelte. Irgendetwas stimmte nicht überein, die Geschichte hatte, auch innerhalb der Wirklichkeit seiner Patientin, einen Haken. Der Zeitrahmen? Nochmals scrollte er im geöffneten Dokument nach oben, fand, was er suchte, das Geburtsdatum. Demnach war Stella achtzehn. Sie verfügte nach eigenen Angaben nur über bruchstückhafte Erinnerungen an

Vorkommnisse das letzte Jahr betreffend und hatte augenscheinlich Gedächtnisstörungen, Blackouts, wie sie selbst ausführte. Wobei man die sogenannte Schwangerschaftsdemenz als Option für die Erinnerungslücken ins Kalkül ziehen könnte, kam ihm in den Sinn. Unabhängig von der zu stellenden Diagnose, Fakt blieb: Wie ließe sich die Flucht aus der elterlichen Obhut, eine wochenlange Seefahrt und die Geburt eines Babys zeitlich unter einen Hut bringen? Eine Niederkunft, mutterseelenallein, ohne professionelle Hilfe in fremder Umgebung, stellte durchaus ein traumatisches Erlebnis dar und könnte Grund genug für eine Amnesie sein. Noch dazu, wenn das Neugeborene unter mysteriösen Verstrickungen verstorben war. Umstände, die er sich jetzt gerade nicht näher vorstellen wollte.

Er speicherte die letzten Zeilen, beendete das Programm und fuhr sich durchs Haar. Kein unerwünschter Blick in die eigene Vergangenheit, nicht jetzt, ermahnte er sich selbst. Zeit für andere Gedanken und einen Tapetenwechsel.

Auf dem Flur vor seiner Tür herrschte reges Treiben. Einmal im Jahr fand ein *Tag der offenen Tür* in der Klinik statt. Dieses Ereignis stand kurz bevor. Seit Monaten war in den diversen Kreativgruppen gemalt, getöpfert, geflochten und wer weiß was sonst noch geworden. Laut seiner ihm zugewiesenen Assistentin, die ab und zu scheu durch sein Büro huschte, gab es unter diesen Vasen aus Ton, Brotkörbchen aus Bast und naiver Malerei ohne Zahl auch wahre Kunstwerke. All das wollte er nun in Ruhe betrachten, bevor in Kürze der große Ansturm losbrach. Diese Art der Kommunikation hatte ihn schon immer fasziniert. Wie wahrhaftig doch Probleme und deren Lösungen mittels kreativer Medien zum Ausdruck kamen. In einer Klarheit, die der kranken Seele in rein verbaler Verständigung niemals zur Verfügung stände. Zwischenzeitlich war er über einige Treppen unten angekommen. Die zweiflügelige Tür zum Aufenthaltsraum im Erdgeschoß stand weit offen. Es war der größte Raum im Haus und bot nicht nur einen adäquaten Rahmen für die anstehende Eröffnung der Galerie, sondern wurde auch für spontane Treffen, Teekränzchen mit Tanz, Vorträge und Reiseimpressionen aus aller Welt und diverse andere Veranstaltungen genutzt.

In einer Ecke des weitläufigen Saales standen noch ein paar Kisten mit liebevoll gefertigten Kleinoden, doch die meisten Werke hatten ihren Platz bereits erhalten, manche waren auch schon ausgezeichnet.

Thomas Stein wandte sich nach rechts und schritt die Tischchen, Regale und Boxen entlang. Wie erwartet, leuchteten ihm Vasen, Übertöpfe und Aschenbecher in den buntesten Farben entgegen. Hier war augenscheinlich die Töpferwerkstatt vertreten. Weiter ging es mit geflochtenen Bastuntersetzern, Bodenbelägen und Weidekörben, um übergangslos in einem weitläufigen Zoo zu landen. An dieser Stelle hatten sich die Gilde der Töpfer und Flechter vereint, um in aller Eintracht ein Sammelsurium von fantastischen Tierwesen zu erschaffen.

Höchst interessiert betrachtete Dr. Stein diesen surrealen Garten Eden. Undefinierbare Körper mit monsterartigen Fratzen grinsten ihm entgegen, klobige Elefanten mit riesigen Stoßzähnen und krallenbesetzten Beinen wechselten sich ab mit schlangenartigen Gebilden, teilweise am Boden windend, teilweise hochaufgerichtet, und mit Mischwesen, zur Hälfte Tier, zur Hälfte Mensch. Dem Arzt in Jeans und Hemd fielen jede Menge antiker Sagen ein, aus denen diese Sammlung entsprungen sein könnte. Heute las man Erzählungen aus längst vergangenen Zeiten und nahm es als gegeben hin, wenn von dreiköpfigen Hunden oder Frauen mit Schlangenhaaren und tödlichem Blick die Rede war. Berichteten dieser Tage Menschen von ihren Erlebnissen mit mysteriösen Gestalten in wehenden Umhängen, die ihr Neugeborenes entführten und plötzlich im Nichts verschwanden, stießen sie zumindest auf Ungläubigkeit. Ganz zu schweigen von den Monstern der wirren Träume seiner Patientin. Er dachte an die Aufzeichnungen geflügelter Kreaturen mit rotglühenden Augen, zauberkräftiger, filigraner Wesen und abartiger Knochengerüste in Stellas schmaler Mappe. Bedächtig schüttelte er den Kopf, jetzt vermischte er Äpfel mit Birnen. Stella war schließlich kein griechischer Dichter. Sie hatte mit einer mysteriösen, wahrscheinlich sogar ungewollten Schwangerschaft, einer einsamen Geburt und dem Verschwinden ihres Babys zu kämpfen. Dr. Stein mochte sich nicht vorstellen, welche schaurige Wirklichkeit sich hinter ihren fantastischen Geschichten verborgen hielt. Er wartete noch immer auf den medizinischen Bericht, von dem er sich Aufschluss über die körperliche Konstitution seiner Patientin versprach.

Er riss sich von der Menagerie der abstrusen Geschöpfe los, wandte sich nach links und erstarrte mitten in der Bewegung.

Hier begann das Reich der Maler samt deren Werke. Die Bilder waren entweder gerahmt und hingen direkt an der

Wand, oder standen auf einen Keilrahmen gespannt, wie beiläufig in der Staffelei belassen, vereinzelt im Raum. Kalter Schauer kroch unter das kurzärmelige Hemd, strich über nackte Haut. Er sah direkt auf einen Teich mit schillernden Seerosen in allen erdenklichen Farbschattierungen.

Vor gut einer Stunde hatte ihm seine Patientin exakt diesen Seerosenteich beschrieben und nun lehnte jener in Öl auf Leinen direkt vor ihm. Die Gänsehaut war bei seinem Hemdkragen angekommen, feine Nackenhärchen stellten sich auf, während er langsam nähertrat. Er betrachtete die Pärchen, die Hand in Hand um den smaragdgrünen See schlenderten. Schaute auf die winzig kleinen Wesen auf dunklen Seerosenblättern, die ihrerseits die Spaziergänger beobachteten.

Prüfend strich er über die Oberfläche des Bildes. Deutlich war das feine Relief zu spüren. Ein Resthauch von Ölfarben hing in der Luft, die Farben waren jedoch vollständig trocken. Er beugte sich leicht nach vorne und besah die Signatur in der rechten unteren Ecke. Die krakeligen Buchstaben konnte er nicht entziffern, das Datum schon. Mit einem Ruck kam er wieder hoch und starrte verblüfft auf den friedlichen See in seiner sonnigen Mulde. Dieses Bild war bereits vor Jahren gemalt worden! Stella musste es irgendwann zu Gesicht bekommen und dann ihre Geschichte darum gesponnen haben.

Voller Elan machte er sich auf den Weg zum Büro seiner Assistentin. Vergessen waren die anderen Kunstwerke. Ein Zipfel des geheimnisvollen Schleiers um sein momentanes Projekt hatte sich soeben gelüftet. Er war der Lösung auf der Spur!

Bevor die Beleuchtung der zahlreichen durch Bewegungsmelder gesteuerten Spots automatisch erlosch, fiel das Licht auf ein weiteres farbenfrohes Gemälde ganz hinten im Saal.

Die letzten Strahlen ließen das schwarzgoldene Fell einer Tigerfamilie funkeln. Die Mutter, ihre Jungen nährend im Vordergrund. Etwas weiter hinten, auf einem Felsplateau, der Vater, ein majestätisches Exemplar, wachsam und sprungbereit, um seine Familie zu verteidigen. Fast vermeinte man, der kampfbereite Tiger würde mit einem gewaltigen Satz aus dem herbstlichen Wald fegen und mitten in der Klinik landen. Ein kühner Schriftzug unterhalb des Bildes umschloss die derart lebendig gemalte Szenerie im Halbbogen. Doch da verglühte der Scheinwerfer und das Kunstwerk lag wie vieles andere im Dunkeln.

EWERTHON & MIRA VIII

Hochzeitspläne

Mira und Ewerthon blickten von oben herab auf das geschäftige Treiben zu ihren Füßen. Sie befanden sich auf dem höchsten Turm von *Cuor a-Chaoid*, dort wo sich Mira am liebsten aufhielt. Zwischenzeitlich war er zum bevorzugten Treffpunkt beider geworden. Nicht nur, weil die Vielzahl von Stufen für alle kurzatmigen Anstandsdamen eine unüberwindbare Hürde darstellte. Die Mühen des Aufstiegs über die schier endlos scheinende steinerne Treppe lohnten sich allemal. Eine Aussicht, wie sie sich hier bot, war einzigartig. Brachliegende Felder mit fetter dunkler Scholle, dichter grüner Forst, durchbrochen von Streifen zart ergrünender Laubbäume, und filzig bräunliche Wiesen reichten bis an die teilweise noch mit Schnee bedeckten, graublauen Berge. Auf der anderen Seite endloses türkisfarbenes Meer, das am Horizont mit dem heute wolkenlosen Himmel zu einer Einheit verschmolz, ein Symbol von Unendlichkeit und Beständigkeit.

An manchen Tagen vermeinte Ewerthon bis ins Reich der Lichtwesen sehen zu können, hörte ihre stimmungsvollen Melodien und fröhliches Kinderlachen, roch den Frühling, der dort schon angebrochen zu sein schien.

Hier, hoch oben am Turm, an diesem speziellen Ort hatte er um Miras Hand angehalten. Ja, wahrhaftig! Noch immer schien es ihm wie ein Traum, doch waren gerade ein paar Wochen ins Land gezogen.

An einem böigen Wintermorgen, sie blickten beide aufs unruhige Meer und beobachteten den Tanz von silbrigen Schaumkronen, fühlte er den richtigen Augenblick gekommen. Frostiger Wind zauste an widerspenstigen Locken und die Sonne funkelte in moosgrünen Augen. Miras Wangen waren leicht gerötet, wobei es nicht sicher war, ob dies nur vom Wind herrührte oder von seinem Vorhaben, das sie wohl erahnte, als er vor ihr niederkniete. Zu diesem Zeitpunkt weilte er bereits einige Zeit als Gast auf *Cuor a-Chaoid*. Schon in der ersten Nacht war ihm klargeworden, dass ein Antrag den einzig machbaren Schritt bedeutete. Gleichzeitig fiel ein Stein von seinem Herzen. Er fühlte sich bereit! Hatte die Vergangenheit und mit ihr Yria hinter sich gelassen. Mira hatte recht. Die allzu früh verstorbene Hüterin der Tiger-Magie bliebe nach wie vor ein Teil seines Lebens, doch nun wollte er Platz schaffen für eine neue Liebe, für die Prinzessin an seiner Seite.

Entgegen jeglicher Etikette hatte er zuallererst Mira mit seinen Plänen konfrontiert. Er musste heute noch über diese Formulierung schmunzeln, denn er war tatsächlich über alle Maßen nervös. Die Situation erinnerte ihn an damals, als er Yria vor allen versammelten Gestaltwandlern fragte, ob sie als Gefährtin mit ihm käme, den sicheren Wald der Gestaltwandler für immer verließe. In diesem Moment, hoch oben am Turm, lagen seine Nerven mindestens genauso blank.

Doch seine Bedenken waren damals so wie heute unbegründet.

Mira lächelte überglücklich und küsste ihn derart stürmisch, dass sie sich beide auf dem kalten Steinboden wiederfanden.

Heute lugten die ersten grünen Gräser hervor, laue Luft umschmeichelte sie und nun war auch in diesen Landen der Duft von honigsüßen Frühlingsblumen angelangt. Ein Blick nach unten bestätigte, die Planung der Hochzeit war in vollem Gange. Es ging zu wie in einem Bienenstock. Ilro hatte seinen Segen gegeben und Fia die Organisation der „Vermählung des Jahres", wie sie es nannte, an sich gerafft. Man konnte viel über sie sagen, doch wenn es ums Befehligen einer Heerschar von Dienstboten ging, war sie äußerst eindrucksvoll. Nicht die geringste Kleinigkeit entging ihrem scharfen Blick.

Von Sonnenauf- bis Sonnenuntergang war sie mit der Aussendung von Einladungen, dem Blumenarrangement für die Hochzeitstafel, der Zusammenstellung der köstlichsten Speisen und natürlich mit ausführlichsten Anleitungen zu reinsten Putzorgien durch die gesamte Burg beschäftigt.

Einzig von der Auswahl des Brautkleides und ihres eigenen Blumenschmucks hatte Mira sie abhalten können. Hierbei wollte sie Ouna und Sirona an ihrer Seite wissen. Ouna war ihr inzwischen eine gute Freundin geworden. Obwohl sie nicht mehr im Wohnturm lebte, sondern mit Alasdair und seinen Getreuen ein leerstehendes Bauwerk in einer Ecke des riesigen Burggartens bezogen hatte, sahen sie sich so gut wie jeden Tag. Ouna und auch Alasdair begrüßten diese Distanz und nahmen hocherfreut den diesbezüglichen Vorschlag des Königs an. Ilro war ein feinfühliger Mann und bemerkte wohl, dass es nicht nur die räumliche Enge war, die dem Krähenprinzen nicht behagte. Er wusste jedoch auch, dass Mira an den beiden hing und wollte sie möglichst lange in deren Nähe halten. Das geräumige Gebäude stand seit Jahren leer. Genauer gesagt, seit Mira nicht mehr am Hofe weilte. Früher nutzten es Schura und ihre älteste Tochter, um in Ruhe über Kräuterfibeln zu brüten, Medizinen zu brauen, Marmeladen einzukochen und Liköre anzusetzen, oder Schura drehte mit Schwung die Töpferscheibe, während Mira glücklich an ihren Holzfiguren schnitzte.

Ouna verliebte sich sofort in das nicht mehr genutzte, doch bestens erhaltene Haus. Schuras reine Seele war in jedem Zimmer spürbar und Ouna bedauerte, diese wohl bemerkenswerte Frau nie kennengelernt zu haben. Miras Mutter hatte für die Liebe auf ihre Unsterblichkeit verzichtet, genauso wie Mira selbst. Aus diesem Grund freute sich Ouna umso mehr über die bevorstehende Hochzeit und die Einladung der Braut, ihr bei der Auswahl des Hochzeitskleides behilflich zu sein. Obgleich Fia ihr stets höflich gegenübertrat, eine Schar beflissener Dienstboten zur Verfügung gestellt hatte, um die leerstehenden Räumlichkeiten wieder bewohnbar zu machen, konnte sie Miras Bedenken nachvollziehen. Auch Ouna war Fia nicht ganz geheuer. Der Abschied von Ewerthon würde schwerfallen, doch nach der Hochzeit würden sie und Alasdair weiterziehen, ein eigenes Nest bauen. Zwischenzeitlich dachten sie sogar daran, früher als geplant nach *Cour Bermon* zurückzukehren. Sie beide hingen an dem Gut, das ihnen über Jahrzehnte hinweg Schutz und Sicherheit war. Mit einigen baulichen Maßnahmen bezüglich der Befestigung wäre das gewiss eine verlockende Option. Ouna erwärmte sich immer mehr bei dem Gedanken einer baldigen Heimreise an diese friedvolle Stätte.

Doch nun hieß es, sich sputen. Eilig machte sie sich auf den Weg zu Mira. Durchquerte den großzügigen Burggarten auf schnellstem Wege, eilte längs über feuchte Wiesen und achtete nicht auf die einsame Gestalt, die ihr aus dem Schatten einer Fichte nachstarrte.

Alasdair blickte soeben aus dem Fenster, sah den Mann, gelehnt an den rauen Stamm des Nadelbaums, gedankenverloren an einem Ende seines Schnurrbarts zwirbelnd.

So sehr der Krähenprinz die Gastfreundschaft Ilros schätzte, es ihnen beiden nie an Gesprächsstoff mangelte, die Zeit war reif, um weiterzuziehen.

FANTASTISCHE WELT

Angekommen in Miras Kammer, erwartete Ouna eine Überraschung. Nicht nur Sirona und ihre zukünftige Schwiegertochter saßen sich plaudernd gegenüber, eine weitere Person befand sich im Raum. Obwohl sich Alasdair und sie seit geraumer Zeit der Gastfreundschaft Ilros erfreuten, die Königin der Lichtwesen war bislang unsichtbar geblieben. Hochgewachsen, filigran und hell leuchtend stand sie mit dem Rücken zur Tür in der Mitte des Zimmers. Miras Großmutter war eingetroffen und damit auch die schönsten Brautkleider aus ihrem Reich. Quer über das Bett, Hockern und Lehnstühlen verstreut lagen Roben in Farben und Stoffen abseits jeglicher Vorstellungskraft. Jede für sich eine Seltenheit. Teils mit Perlen übersät, mit glanzvollem Garn bestickt oder schlicht gehalten, ohne jeglichen Tand, doch aus feinstem Gewirk, nicht von dieser Welt. Ouna war für einen Moment sprachlos. Diese Pracht hatte selbst sie noch nie gesehen.

Das zauberhafte Wesen drehte sich um und lächelte. Die Ähnlichkeit zu Sirona war unverkennbar. Goldenes Haar floss über zarte Schultern, umspielte die Hüfte und langte bis zum Fußboden, kobaltblaue Augen blickten ihr tief in die Seele, strahlten sie freundlich an.

„Ihr habt ein reines Gemüt und seid meiner Enkelin eine treue Freundin. Ich freue mich, endlich Eure Bekanntschaft zu machen!", das engelsgleiche Geschöpf schwebte auf sie zu. Zumindest machte es den Eindruck. Auch wenn Ouna erkannte, dass dessen Füße sehr wohl den

Teppich, vorsorglich ausgelegt auf kühlem Steinboden, berührten. Ihr war noch nie ein reinblütiges Lichtwesen begegnet und sie war zutiefst bewegt von der Sanftheit und Güte, welche sie in dessen Gegenwart verspürte. Es war das gleiche wunderschöne Gefühl, das sie in Schuras Wirkstätte, wie sie das Gebäude in der Zwischenzeit insgeheim nannte, empfand, nur um ein Vielfaches intensiver.

„Ich bin Oonagh, die Großmutter dieser beiden besonderen Mädchen hier", sie deutete auf Mira und Sirona.

„Ich stelle dir Ouna, meine zukünftige Schwiegermutter vor!" Mira stand plötzlich neben ihr.

„Ouna!" Die Herrscherin der Lichtwesen nickte bedächtig. „Ihr seid wahrhaftig *Die Einzige* – die Einzige, die es von außen in den inneren Kreis der königlichen Nebelkrähen geschafft hat!" Beide Frauen reichten sich die Hände.

Ein Knistern ging durch den Raum, nistete sich im Gebälk ein und kurzfristig erstrahlten auch die dunkelsten Ecken des Zimmers in hellem Licht.

„Wir haben noch mehr gemein, als ich dachte", Oonagh lächelte. „Doch nun lasst uns keine Zeit mehr mit Höflichkeiten verschwenden, wenden wir uns der Braut zu!" Sie umarmte Mira innig und schob sie zu den ausgebreiteten Kleidern.

„Welches gefällt dir? Wähle aus, meine Süße! Und falls dir keines zusagen sollte, sag es frei heraus. Du weißt, ich kann jederzeit für Nachschub sorgen!"

Ihr Lächeln wurde breiter, reichte von einem Ohr zum anderen und sie machte eine federleichte Handbewegung.

Im selben Augenblick türmten sich sogleich ein Dutzend mehr Gewänder aus feinstem Stoff vor Mira auf.

„Großmutter, bitte! Ich kann mich jetzt schon nicht entscheiden."

Sie blickte flehentlich auf Ouna. „Weißt du nun, wieso ich deine Hilfe benötige! Du bist stets praktisch veranlagt. Kannst Spreu vom Weizen trennen, behältst selbst in Krisen die Übersicht. Steh mir bei, sonst sind wir am Hochzeitsmorgen noch nicht fertig!"

Während sich also Oonagh, Sirona und Mira kunstvollen Steckfrisuren und den neusten Klatsch- und Tratsch-Geschichten aus beiden Königreichen widmeten, zur selben Zeit versuchten, Ordnung in ein Chaos von widerspenstigen Locken zu bringen, betrachtete Ouna ein Kleid nach dem anderen. Mit höchster Konzentration befühlte sie das jeweilige Material, legte die eine oder andere zu bunt gehaltene oder zu durchscheinende Robe kopfschüttelnd sofort auf die Seite, sinnierte über Perlen, Spitzen, Samt, Seide und kupferrotes Haar. Mira war nicht zu beneiden. Die Königin der Lichtwesen hatte es tatsächlich mit der Reichhaltigkeit ihrer Auswahl übertrieben. Selbst sie geriet in Gefahr, den Überblick zu verlieren.

Doch ... schlussendlich befanden sich wohlgeordnet drei Stapel von Kleidern im Zimmer. Den ersten und größten Stapel ließ die Großmutter mit einem bedauernden Schulterzucken und einer winzigen Handbewegung verschwinden.

Die beiden anderen nahmen nun alle vier näher in Augenschein.

Auf Mira wartete nun der anstrengendste Teil. Obwohl sie einem Wirbelsturm gleich in ein Kleid hinein- und wieder herausschlüpfte, ging es bereits auf den Abend zu und noch immer war keine Entscheidung getroffen.

Sirona bemerkte die innere Zerrissenheit ihrer Schwester. Die bevorstehende Hochzeit war die Erfüllung deren sehnlichsten Wunsches, das perfekte Hochzeitskleid eines der wichtigsten Bestandteile dieses unvergesslichen Tages, doch Mira wurde zusehends verzweifelter.

„Haltet ein!" Sironas glockenhelle Stimme klang bestimmt durch den Raum.

Das heranwachsende Mädchen wandte sich an Ouna.

„Ich bewundere Euren Sinn für Struktur. Ihr habt zur selben Zeit einen Blick für das Ganze und für Details, nichts Wesentliches entgeht Euch!"

Sie nahm die Hand ihrer Großmutter in die ihre. „Auch dir gebührt unser Dank. Du legst Mira in deiner Großzügigkeit unermesslichen Reichtum zu Füßen. Es ist ein so viel an Pracht, dass wir noch Wochen brauchten, um diese gebührend zu schätzen!"

„Und ... wir regeln das jetzt ganz anders!" Sie lächelte Mira, die erschöpft auf einen bequemen Lehnsessel sank, aufmunternd zu.

„Mira, denke an Ewerthon, deinen Liebsten. Schließe die Augen und blende alles andere aus. Gleite in dieses Gefühl von grenzenloser Liebe, hülle dich damit ein wie in einen wärmenden Wintermantel. Bist du soweit?"

Mira nickte.

Sirona schloss gleichfalls ihre Augen und hob ganz langsam ihre Hände. In die Kleiderstapel kam Bewegung. Sie wogten auf und nieder, ähnlich einer Meeresbrandung, schwangen hin und her; wie von Zauberhand lösten sich einige der Kleider aus der Menge, flatterten in die Höhe, rotierten kurz in der Mitte des Raumes, um sich im Anschluss aufzulösen, spurlos zu verschwinden.

Plötzlich flirrte die Luft im Zimmer. Oonagh und Ouna blickten sich an.

Das Gewand, das jetzt um Mira schwebte, leuchtete hell auf, wirbelte um die eigene Achse, bevor es sich wie eine zweite Haut auf ihren Körper legte. Sirona half ihr aus den Tiefen des gepolsterten Sitzmöbels. „Du darfst deine Augen jetzt öffnen", die jüngere Schwester grinste über das ganze Gesicht. „Sieh dich an!"

Mira hatte gespürt, dass sie etwas streifte, doch nun, da sie vor dem Ankleidespiegel stand, war sie sprachlos. Moosgrünes, seidenweiches Gewebe schmiegte sich an ihre Konturen, als wäre sie darin aufgewachsen. Auf den ersten Blick ein ausnehmend schlichtes Kleid. Sah man zuerst unauffällige Sterne, die im sanften Kontrast den Oberstoff von oben bis unten schmückten, kamen bei näherem Hinsehen Schmetterlinge in einer Vielfalt zum Vorschein, die Mutter Natur vor Neid wahrscheinlich erblassen ließe.

Mira drehte sich langsam und der ausgestellte Rock fächerte auf. Die Abendsonne schickte ihre letzten milden Strahlen in die Kammer, und dann geschah etwas so Einzigartiges, das selbst die Königin der Lichtwesen noch niemals gesehen hatte.

All die gestickten Schmetterlinge, vorab nur durch das etwas dunklere Garn abgesetzt, funkelten in den buntesten Farben auf dem braungrünen, changierenden Untergrund. Die winzigen, gestickten Sternchen schillerten bläulich auf mit einem goldenen Punkt in ihrer Mitte. Durch Miras Drehung entstand der Eindruck einer mystischen, blauschimmernden Blumenwiese, übersät mit flackernden, tanzenden Schmetterlingen.

Mira konnte nicht anders, sie klatschte einmal kurz in die Hände. Die Schmetterlinge klappten ihre Flügel hoch, die blauen, kleinen Sternblümchen verloren mit einem Schlag ihre Farbe und das Hochzeitskleid schimmerte wie ehedem im schlichten Grün. Die filigranen Stickereien verflossen mit dem seidenweichen Stoff und wurden im dämmrigen Licht so gut wie unsichtbar. Stille senkte sich über den Raum, bis Oonagh mit einem Fingerschnipsen die aufgestellten Kerzen entzündete. Alle vier setzten sich.

Die Königin der Lichtwesen ergriff als Erste das Wort.

„Sirona, ich danke dir für dein resolutes Eingreifen. Du hast recht getan, mir meine Grenzen aufzuzeigen", sie zwinkerte ihrer jüngsten Enkeltochter verschmitzt zu. Im Anschluss blickte sie versonnen auf Mira. Jene ward zu ihrer Nachfolge auserkoren, nachdem ihre eigene Tochter auf die Unsterblichkeit und demzufolge auf jeglichen Anspruch auf den Thron verzichtet hatte. Jedoch, auch dieses Arrangement galt nicht mehr. Mira war zur Sterblichen geworden. Oonagh wusste davon, bereits lange bevor Mira ihr dies vor einigen Wochen selbst mitgeteilt hatte. In einer besonderen, streng bewachten Kammer ihres Schlosses flackerten eine unbegrenzte Anzahl an Kerzen um die Wette. Bei der Geburt eines jeden Lichtwesens wurde eine neue geformt, entflammte, und kein noch so starker Luftzug konnte dieses Licht zum Verglühen bringen. Verlor jedoch das damit verbundene Wesen seine Unsterblichkeit, sein Leuchten, erlosch die jeweilige Flamme. Verlor es zudem sein magisches Leben, war dies das Ende allen Daseins, bedeutete den Tod. Dann schmolz das Wachs der

Kerze, mischte sich mit all den anderen wieder, wurde eins mit dem globalen Bewusstsein, das ihrem Volk innewohnte; mit der Bestimmung, eines Tages, in anderer Form, zu neuem Leben erweckt zu werden. So war sichergestellt, dass der *ewige Zyklus* nicht unterbrochen wurde, niemals jemand oder etwas verloren ging. Miras Flamme war vor einiger Zeit erloschen und Oonaghs Herz vor Kummer fast gebrochen. Eines der wenigen Dinge, das Elfen und Lichtwesen, trotz ihrer Unsterblichkeit, tatsächlich den Tod bringen konnte. Ein gebrochenes Herz.

Ein Vorteil, den Mira nun als Mensch hatte. Daran konnte sie nicht mehr sterben. So sollte man meinen.

Ouna, einbezogen in die Gedankenwelt von Großmutter und Enkeltöchter, war sich da nicht so sicher. Ihr kamen die blassen Gesichter Miras und Ewerthons und der erschrockene Ausruf Anmorruks in den Sinn – sie bricht eure Herzen!

Trotz allem war Ouna noch immer sprachlos. Selbstverständlich wusste sie als Mutter eines Gestaltwandlers, dass es mehr gab, als Menschen mit bloßem Auge wahrnehmen konnten, mit ihren ganzen Sinnen erfassten. Doch derart hohe Magie auf diese Weise hautnah mitzuerleben, war schon etwas Außergewöhnliches. Sie schätzte Sirona, die so umsichtig und resolut die Wünsche ihrer Schwester gefühlt und durchgesetzt hatte. Auch rang ihr der Umgang der Lichtwesen untereinander Respekt ab. Selbst als Sirona das Zepter ergriff, dieses heranwachsende Mädchen ihre Großmutter und auch sie aus dem Spiel nahm, geschah dies auf eine ungewöhnlich feinfühlige Art und Weise. Wenngleich noch jung, verfügte sie längst über Macht und Empfindsamkeit, die ihresgleichen suchte.

Mira hatte nicht nur ihre Unsterblichkeit aufgegeben. Erst jetzt erkannte Ouna dieses Opfer in ihrer ganzen Tragweite. Sie eilte zu Mira, setzte sich neben sie und umarmte sie voller Zärtlichkeit.

„Ich kann dir nicht die Mutter ersetzen, doch ich will mein Bestes geben, dir eine gute Schwiegermutter zu sein. Wann immer dich Sorgen plagen, so will ich an deiner Seite sein. Und wenn du vor Glück zerspringen willst, dann gib mir Bescheid, damit ich dich zusammenhalte! Du gehörst längst zu meiner Familie und ich schütze dich mit meinem Leben!"

Mira nickte nur, die Worte blieben ihr im Hals stecken. Sie hatte Ouna schon lange in ihr Herz geschlossen und war dankbar für ihre liebevollen Worte.

„Danke Ouna, dein Wohlwollen und deine Fürsorge sind mir lieb und teuer ...", sie räusperte sich „... und natürlich deine ausschlaggebende Unterstützung bei der Auswahl meines Brautgewandes." Die letzten Worte zauberten ein Lächeln auf ihr ernstes Gesicht.

Ja, das mit dem Kleid war verblüffend. Sie hatte fest an Ewerthon und die Liebe zu ihm gedacht, doch es waren die Farben der Moorlandschaft und die Zeit mit Anmorruk, die sich wie ein wohliger Mantel um ihre Schultern gelegt hatten.

„Ich muss euch unbedingt noch erzählen, was es mit meinem Hochzeitskleid auf sich hat!"

Oonagh neigte ihren Kopf. „Gerne Liebes, wir sind gespannt auf deine Geschichte. Nachdem was wir gesehen haben, muss sie einzigartig sein.

So berichtete Mira von ihrem Leben im Moorland, in dem kleinen Dorf am Rande der Welten und ihrer Freundschaft zu Anmorruk. Ouna wusste um die besondere Verbindung zwischen der kleinen Moorfrau und ihrer Schwiegertochter, jetzt vervollständigte sich das Bild einer großmütigen, tapferen Person, die auf *Cour Bermon* ihren Frieden gefunden hatte.

„Du warst folglich im Land der Moorkönigin. Interessant, denn sie war für eine lange Weile unauffindbar, wie vom Erdboden verschluckt. Beachtenswert, dass sie euch anstandslos aufgenommen hat. Soweit ich informiert bin, ist sie äußerst menschenscheu und legt keinen Wert auf Durchreisende oder gar Gäste." Oonagh wunderte sich tatsächlich. Das plötzliche Verschwinden der Herrscherin über das Moorland hatte so hohe Wogen geschlagen, dass jene Nachricht selbst bis zu ihrem Reich ans Ende der Welten gedrungen war. Die wildesten Gerüchte rankten sich um diese seltsame Episode. Und nun erfuhr sie von ihrer Enkelin, dass sie in Gestalt der Moorhexe wiederaufgetaucht war und ihnen sogar Unterkunft gewährt hatte. In Anmorruk dürfte Mira eine gewichtige Fürsprecherin gefunden haben.

Mira seufzte tief. „Sie war eine der letzten *Bewahrerinnen*. Es fand kein Übergaberitual statt und ihr Wissen, ihre Geschichten und Legenden sind für immer verloren."

„Hat sie denn gar nichts hinterlassen?" Sirona rückte neugierig näher.

Die größere Schwester zog eine Truhe unter ihrem Bett hervor und kramte darin. Sorgsam legte Mira ein Bündel auf die Zudecke und wickelte die buntbemalten Blätter aus.

„Das ist alles. Sie übergab sie Alasdair vor ihrem Tod, verbunden mit dem Auftrag, diese mit seinem Leben zu schützen. Er hat sie im Augenblick mir anvertraut, um ihr Geheimnis zu ergründen."

Die Großmutter nahm vorsichtig eine der knisternden Seiten hoch und befühlte sie eingehend. In ihren Händen lag das getreue Abbild einer Hagebuttenfrucht. Rotorange und prall, perfekt von der Künstlerin verewigt. Unter und neben der detailgetreuen Zeichnung standen genaue Angaben über Fundort, Blüh- und Erntezeit und weiterer Verwendung.

Kerzenlicht flackerte über die wundersamen Blätter, die Mira nun wieder sorgfältig ordnete und in die Truhe legte. Obenauf verstaute sie das getrocknete Sträußchen Vergissmeinnicht, das sie am letzten Tag ihrer Abreise von *Cour Bermon* gepflückt hatte. Eine ewige Erinnerung an Anmorruk.

„Ein jedes ein Kunstwerk für sich. Wenn du erlaubst, werde ich mir diese Sammlung bei Tageslicht nochmals genauer ansehen. Vielleicht können wir gemeinsam das Rätsel lösen." Oonagh blickte ihre Enkelin fragend an, denn dass Anmorruks Wissen, ihre Legenden und Geschichten für immer verschwunden waren, wollte sie nicht hinnehmen. Selten verschwand in diesen Welten etwas oder jemand einfach spurlos. Es galt nur, die Fährte zu finden.

Das grünschimmernde Hochzeitskleid lag ausgebreitet über dem Lehnsessel. Mira würde darin eine wunderschöne Braut abgeben. Morgen galt es, den passenden Blumenschmuck auszuwählen.

Doch jetzt gab es noch etwas Wichtiges zu klären! Sie sammelte ihre Gedanken.

Oonagh warf Ouna einen ernsten Blick zu, bevor sie bestimmt das Wort an sie richtete.

„All die Vorkommnisse heute in diesem Zimmer dürfen keinesfalls nach außen dringen. Keine Seele darf je erfahren, dass Sirona über magische Fähigkeiten verfügt. Ich persönlich habe ihre Ausbildung übernommen und wir sind noch lange nicht am Ende. In ihr schlummert Potential, das selbst für mich noch unergründlich ist."

Sie fasste kurz nach Sironas schmaler Hand. „Ich vermute, dass im Augenblick von Schuras Tod deren gesamte Magie an ihr Neugeborenes überfloss."

Sirona senkte den Kopf. Mira hielt den Atem an.

Ouna sah darin nichts Eigentümliches. Sie kannte in großer Zahl Völker, bei welchen in der Stunde des Todes oder bereits vorher Kräfte jeweils an die nächste Generation weitergegeben wurden. Somit war gewährleistet, dass Wissen und Magie niemals endeten.

Oonagh sprach weiter. „Das hieße jedoch auch, dass meine Tochter keines natürlichen Todes gestorben ist!"

Plötzlich fröstelte Ouna. Hauchdünne Eiskristalle überzogen die Möbel im Zimmer, knisterten in den Ohren und zeichneten unheimliche Muster an die Wände.

Oonagh und Sirona sahen sich an. Ihre kobaltblauen Augen sprühten eisig. In diesem Moment wurde Ouna eines klar – friedliebende, fürsorgliche und gutmütige Lichtwesen hatten noch eine andere Seite. Wider ihre Natur, erbarmungslos und tödlich!

Beladen mit gleich drei Geheimnissen machte sie sich auf den Heimweg, quer durch den Burggarten. Zwei galt es zu lösen und eines musste gehütet werden. Tief in Gedanken versunken, achtete sie gerade eben auf den Weg über matschige Wiesen, übersah dabei den dunklen Schatten, der sich aus der Dämmerung löste und ihr folgte.

UNTER UNS V

Zugehörigkeit

Mühsam schleifte die Kreatur den schweren Sessel über den kalten Steinboden. Heftiges Keuchen verriet die Anstrengung, die es kostete, das riesige Ungetüm in den großen Saal zu schleppen. Wiederholt entglitt das glatte, mit Goldschimmer überzogene Holz ihren Fingern, doch sie ließ sich nicht entmutigen. Packte nochmals zu und zerrte den massiven Stuhl weiter, die langen leeren Gänge entlang.

Nachdem sie unendliche Zeit damit verbracht hatte, Auswege aus dem Gefängnis zu suchen, wusste sie heute mit Gewissheit, dass dies vergeudete Zeit gewesen war. Es gab kein reales Entkommen von diesem Ort. Nein, das war nicht gänzlich korrekt. Es gab den einen Weg, den hatte sie gefunden, der war jedoch verschlossen. Im Augenblick. Doch das würde sich ändern. Sehr bald! Ein Kichern durchdrang die Stille, prallte an den grobbehauenen Wänden ab und kam hundertfach als Echo zurück.

Die schwarzgekleidete Gestalt zuckte zusammen, ließ den Sessel fallen und hielt sich die Ohren zu. Der Stuhl kippte polternd vor ihre Füße. Noch mehr Lärm! Noch mehr Schmerz!

Nach einer für sie unendlich langen Weile wurde es wieder ruhig und das Geschleppe ging weiter. Seufzen, Stöhnen und das Knirschen von Holz über Steinfliesen waren für einige Zeit die einzigen Geräusche, die die gespenstische Grabesstille innerhalb dieser meterdicken Mauern durchbrachen.

Grabesstille! Gerade noch konnte das schnaubende Geschöpf sein Kichern zurückhalten. Ja, tatsächlich. Augenscheinlich sollte es hier in diesem Grab verrotten! Aber, es hatte andere Pläne, würde sich wehren, ausbrechen und wiederkehren. Rache nehmen!

Die Sehnsucht nach dem früheren Leben wurde übermächtig, schwappte über das Wesen hinweg, ließ es niederbrechen, auf die staubigen Fliesen sinken. Verlassen, zusammengekrümmt lag es unter dem weiten, schwarzen Cape und hätte am liebsten der Verzweiflung freien Lauf gelassen. Gleichzeitig wusste es, dass selbst das Geräusch seiner auf den Boden tropfenden Tränen ungeheure Qual bedeutete. Das war eine der Fesseln, die man ihm angelegt hatte. Auch wenn es diesem Gefängnis entfloh, draußen vor den Mauern lauerte eine Sintflut von Geräuschen! Das hatte es bei seinem letzten Ausbruchsversuch schmerzhaft zur Kenntnis nehmen müssen. Allein das Flüstern des Windes im Geäst kahler Bäume trieb es in den Wahnsinn.

Doch auch hier an diesem Ort veränderte sich etwas. Die Totenstille wurde unterbrochen von Stimmen. Stimmen, die scheinbar aus dem Nichts kamen, zischelnd, flüsternd von Vorkommnissen raunten, die unverständlich für seinen Geist waren. Nicht nur unverständlich, ... außerdem quälend!

Die dunkle Gestalt richtete sich auf, streckte den Rücken durch, zog und schob das schwere Ungetüm verbissen weiter.

Dann endlich war es geschafft! Der mit prunkvollen Intarsien geschmückte Stuhl stand jetzt auf seinem Platz direkt vor dem Spiegel. Von hier aus konnte sie in aller

Ruhe beobachten, wie der sorgsam geschmiedete Plan immer mehr an Konturen annahm.

Bevor die glänzende Oberfläche das Bild des unglückseligen Geschöpfes zurückwerfen konnte, wischte es mit einer Handbewegung den seidigen Schleier zur Seite. Sein Aussehen war unerheblich, deswegen zog es nicht den Spiegel zu Rate. Von Bedeutung jedoch war, worauf es saß. Es saß genau dort, wo es hingehörte. Auf dem Thron, der ihm zustand. Bald wäre auch sein Volk ihm wieder zugehörig. Die in ohnmächtiger Wut erduldete Isolation hätte ein Ende.

Indes, noch wichtiger war, was gerade auf *Cuor a-Chaoid* vor sich ging. Kohlschwarze Augen blitzten hinter der fratzenartigen Maske auf, während es sich begierig nach vorne beugte.

Die Hochzeitsvorbereitungen waren in vollem Gange. Der Spiegel zeigte quirliges, buntes Treiben, das rund um die Burg zum Leben erwachte. Beinahe zu jeder Stunde trafen Gäste aus aller Herren Länder ein, genauso wie Gaukler und Schausteller aus den entferntesten Ecken des Reiches.

Die ersteren fanden seidige Laken in auf Hochglanz polierten Zimmerfluchten vor, die letzteren siedelten sich im Schatten der Vorburg auf Strohsäcken unter freiem Himmel oder in vielfach geflickten Zelten an. Ebendort entstand gerade der Jahrmarkt in beachtlicher Größe.

Niemand wollte sich diese einzigartige Hochzeit entgehen lassen, vor allem nicht die damit einhergehenden Geschäfte und den erhofften Profit.

Der Turnierplatz war entsprechend erweitert und abgesteckt. Eine riesige Zeltstadt wuchs aus dem Boden, um dem Tross der angereisten Recken Platz bieten zu können. Manch übermütiger Geck versuchte sich bereits vor dem offiziellen Wettstreit in mehr oder minder ernstem Handgemenge, landete zur Ausnüchterung in einer der extra zu diesem Zweck eingerichteten Zellen, wo er bis zum Mittag des nächsten Morgens seinen Rausch ausschlief.

Kenneth hatte alle Hände voll zu tun. Als Hauptmann der Wache oblag es ihm, nicht nur für die Sicherheit des Königs und dessen Familie, sondern auch für die der hohen Gäste zu sorgen. In seiner Verantwortung lag die Erhaltung von Recht und Ordnung innerhalb und außerhalb der gesamten Burganlage. In diesen turbulenten Zeiten kein leichtes Unterfangen. Er war von früh bis spät auf den Beinen. Die Beobachtung der schönen Fremden hatte er momentan hintangestellt, dafür blieb wahrlich keine Zeit. Als er ihr damals im Finstern quer durch den Burggarten folgte, war er schon versucht, sie anzusprechen. Aus ihm heute unerfindlichen Gründen tat er es doch nicht. Im Nachhinein gesehen eine vernünftige Entscheidung, denn wie sich herausstellte, war die geheimnisvolle Dame bereits vergeben, ja verheiratet! Und nicht mit irgendjemanden, sondern mit dem Krähenprinzen höchstpersönlich. Ein Umstand, der wider aller Vernunft seinen Tagträumereien keinerlei Abbruch tat.

Das Geschöpf vor dem Spiegel wurde ungeduldig, fingerte fahrig über den Spiegel, schob den am Bart zwirbelnden Soldaten auf die Seite, wischte weiter.

Starrte in jede Ecke der stattlichen Burg. Beäugte neugierig das grünschimmernde Kleid, das sorgfältig drapiert über einem Lehnstuhl hing. Ein schlichtes, langweiliges

Brautgewand, einer Prinzessin unwürdig, befand es insgeheim.

Musterte den opulenten Blumenschmuck, der bunt und verschwenderisch den Frühsommer in die grauen Burgmauern zauberte, die weitläufigen Räumlichkeiten in einen berauschend duftenden Garten verwandelte. Pah! Welch sinnlose Verschwendung!

Geisterte als unsichtbarer Zuschauer durch Stallungen und Küche, wo eine Schar Bediensteter schweißüberströmt, gleich einem betriebsamen Ameisenheer, an der Umsetzung der opulenten Speisenabfolge schuftete. Wieder wallte unbändige Sehnsucht hoch. Der schwarze Umhang hob und senkte sich. Dieses Mal drang kein Laut durch den stillen Saal. Es hatte dazugelernt. Sein unbändiges Gelächter erheiterte nur das Innerste, lautlos, um die Ohren zu schonen. Dort, im Inneren, jedoch umso heftiger.

Alles lief perfekt! Die Fäden waren gesponnen. Ähnlich einer Spinne in ihrem Netz blieb nur eines zu tun. Zu warten! Abzuwarten, um dann im richtigen Augenblick die tödliche Dosis Gift zu verabreichen.

STELLAS WELT VI

BILDER DER SEELE

Thomas Stein konnte es nicht fassen. Soeben hatte er sich der Lösung nahe geglaubt und nun warf seine Entdeckung von vorhin noch mehr Rätsel auf. Er starrte auf seine Assistentin, die sich verunsichert hinter einem Ungetüm von Tisch verschanzt hatte. Sie ihrerseits war erschrocken aufgesprungen, als die Bürotür mit einem energischen Schwung geöffnet wurde und der üblicherweise zurückhaltende und wortkarge Doktor sie mit einem Schwall von Fragen überfiel.

Ihre Hände zitterten leicht, als sie das Schloss der linken unteren Schublade öffnete. Fast blind fasste sie in das Hängeregister und zog eine Akte hervor. Peinlich genaue Ordnung war eines ihrer obersten Gebote. Jedes Ding hatte seinen Platz. Diese Mappe hätte unter normalen Umständen auch nicht auf der leergefegten Fläche vor ihr gelegen. Dafür war das kleine Tischchen in der gegenüberliegenden Ecke vorgesehen. Doch keine zehn Pferde konnten sie dazu bewegen, aus der sicheren Zone hinter ihrem penibel aufgeräumten Schreibtisch hervorzukommen.

Als könne er Gedanken lesen, schnappte die ihr zugeteilte Koryphäe den Aktendeckel samt Inhalt und zog sich in genau die dafür vorgesehene Ecke zurück. Sorgfältig blätterte Thomas Stein die Unterlagen durch. Es bewahrheitete sich, was seine Assistentin schon anklingen hatte lassen. Die Frau, die das Seerosenbild gemalt hatte, war seit mehr als einem halben Jahr Insassin dieser Klinik und, soweit auf den ersten Blick feststellbar, noch nie mit seiner Patientin in Berührung gekommen. Denn in all den Monaten hatte Erstere weder mit jemanden korrespondiert, noch Besuch erhalten. Kein einziger Besuch in all dieser Zeit?

„Ich will sie sehen!"

Dieser Wunsch ähnelte eindeutig einem Befehl und ließ keinen Widerspruch zu.

Seufzend nestelte seine Sekretärin an einem Schlüsselbund. „Wie ist Ihr Name?"

Die Frage kam so unvermutet, dass der soeben herausgesuchte Schlüssel den zittrigen Fingern wieder entglitt.

„Sie heißt ..."

„Nein, nicht die Patientin. Ich kann lesen! Ihr Name. Wie heißen Sie?"

Er schalt sich selbst für seine Nachlässigkeit und seinen barschen Ton. Früher hatte er jeden seiner Mitarbeiter beim Namen gekannt. Und das waren damals wesentlich mehr als die einzelne graue Maus vor ihm.

„Ich heiße Dolly."

Interessant! Diesen Namen hätte er nicht vermutet. Er musterte sie. Überweiter, weißer Kittel, zirka 1,60 groß, mollige Statur, schulterlanges Haar von undefinierbarem Brünett, achtlos von einem Gummiband gehalten, eine Brille, die die Hälfte des Gesichtes einnahm. Im Gegensatz zu seiner Patientin, deren honigfarbener Blick sich ihm eingeprägt hatte, sahen ihm hier Augen im verwaschenen Braunton eingeschüchtert entgegen.

Nun ja, Schubladendenken hatte noch nie wirklich gut funktioniert.

„Gut, Dolly. Dann gehen wir also!"

Auf dem Weg zur Tür wandte er sich nochmals um.

„Sie können mich gerne Thomas nennen, oder Tom. Wie Sie wollen."

Ihre Wangen röteten sich, während sie ins Stottern kam. „Ddddas geht doch nicht?"

Er hörte wohl den fragenden Unterton, reagierte jedoch nicht wunschgemäß darauf.

„Wie es Ihnen beliebt. Doktor Stein ist auch in Ordnung." Er mochte Mitarbeiter um sich, die fähig waren, eigenverantwortlich Entscheidungen zu treffen. Sie sollten selbst bestimmen, wie sie ihn ansprechen wollten. Das dürfte auch für seine Assistentin keine allzu große Herausforderung darstellen und er hatte sicher nicht vor, dieses Thema zu vertiefen.

Nach einem kurzen Klingelton öffnete sich die Lifttür mit leichtem Surren. Sie befanden sich jetzt in den oberen Stockwerken, und obwohl der Gang jenen der unteren Etagen ähnelte, gab es einen bedeutsamen Unterschied. Das automatisierte Fingerabdruckidentifizierungssystem! Dolly drückte mit ihrem rechten Daumen leicht gegen den Touchscreen, der daraufhin hellblau aufleuchtete. Lautlos glitten die Gitterstäbe auseinander. Die heilige Ruhe, die hier oben herrschte, wurde nur vom Geräusch ihrer leise quietschenden Sohlen unterbrochen.

„Wofür dann die Schlüssel?" Thomas dachte an den Schlüsselbund in Dollys Hand und runzelte die Stirn.

„Falls einmal das System ausfallen sollte." Seine Assistentin nickte unbestimmt und blieb dann vor einer Tür auf der linken Gangseite stehen.

Auch hier wartete ein Fingerprint Sensor und auch hier schwang der metallene Eingang erst auf, nachdem sie ihn bediente.

Sie betraten einen kleinen Vorraum mit mehreren Türen. Zwei davon standen offen, gaben Einblick in den Sanitärbereich und eine kleine Abstellkammer. Das Badezimmer war akkurat aufgeräumt, soweit er feststellen konnte, wohingegen das Kabinett rechts von ihnen fast überquoll. In Regalen stapelten sich leere Kartons, eine Unmenge von Tuben, Blechdosen mit Pinseln in allen Größen, Marmeladengläser mit undefinierbaren Flüssigkeiten, die augenscheinlich eine andere als ihre Originalbestimmung gefunden hatten, so hoffte er zumindest, all das stand wahllos durcheinander. Im hinteren Bereich lehnten eine unüberschaubare Anzahl von bespannten Keilrahmen in diversen Größen, jeder von ihnen reinweiß und leer.

Dolly klopfte an die weiterführende Tür vor ihnen, öffnete diese nach ein paar Sekunden sachte. Der beißende Geruch von Terpentin war das Erste, was ihnen entgegenschwebte. Gefolgt von einem filigranen Körper, der nicht von dieser Welt schien.

Vom Hals bis zu den Sohlen in einen bodenlangen, buntgefleckten Mantel gehüllt, kam das Wesen auf sie zu. Der vormals weiße Mantel war übersät mit massenweise Farbklecksen und schlackerte um die Beine seiner Trägerin. Die Luft war geschwängert mit einem Cocktail aus ...? Thomas hatte keinen blassen Dunst, doch es verschlug ihm den Atem. Aber nicht etwa wegen der intensiven Duftwolke, die die Nase reizte und tief in seine Poren drang, sondern weil er direkt in die rotglühenden Augen einer finsteren Kreatur blickte. Jene starrte ihm von der vis-à-vis liegenden Wand als lebensgroßes Portrait mitten ins Gesicht. Ein weites, schwarzes Cape verhüllte die Gestalt, die ihr Antlitz hinter einer grässlichen Maske verbarg und ein Stoffbündel an sich drückte. Eingewickelt in ein Laken waren die hochgereckten rosa Fäustchen eines Babys zu erkennen. Schwindel erfasste ihn. Hieß es nicht immer, dass Ölfarben giftig wären?

„Doktor Stein? Thomas!?" Die Stimme seiner Assistentin weckte ihn aus seiner Betäubung.

„Darf ich Ihnen Gutrun vorstellen? Gutrun, das ist Doktor Thomas Stein, er arbeitet seit Neuestem hier in der Klinik und bewundert deinen Seerosenteich."

Vor ihm stand eine Frau unbestimmten Alters. Ihre Haare verhüllte ein Turban, der kunstvoll auf ihrem Kopf drapiert gefährlich hin und her wippte, während sie eifrig nickte.

„Willkommen in meinem Reich!", rau und brüchig klang ihre Stimme. Aufmerksam musterte sie ihn, spähte hinter die Fassade, in seine Seele. Dieser Blick ging ihm tief unter die Haut und er wandte sich abrupt ab. Jetzt, ein paar Schritte weiter, bemerkte er erst, dass alle vier Wände des Zimmers von oben bis unten bemalt waren.

Hinter sich vernahm er Dollys sanfte Stimme, die versuchte, die Patientin zu beruhigen. Eine Patientin, die Erinnerungen in ihm aufspürte, die er gut versteckt glaubte. Deren freundliche Begrüßung er soeben kaltschnäuzig übergangen hatte. Die unter Umständen aufgrund einer Heilbehandlung die Blöße auf ihrem Kopf verdeckte und besonderer Achtsamkeit bedurfte.

„Es tut mir leid, wenn ich Sie brüskiert haben sollte." Zwei Augenpaare bedachten ihn mit einem vorwurfsvollen Blick. Er hatte es verdient.

„Ich war und bin überwältigt von Ihrer Kunst", mit einem leichten Schmunzeln fügte er hinzu, „sozusagen sprachlos.... Dürfte ich mich ein bisschen umsehen?" Er wusste, wie man sich zu benehmen hatte. Ab und an vergaß er es. Vor allem dann, wenn jemand seinen Geheimnissen nahekam. Die Patientin, Gutrun, lächelte. Augenscheinlich jemand, der schnell vergessen konnte. Er schalt sich selbst für diese unglückliche Wortwahl. Jemand, der schnell vergeben konnte, korrigierte er sich in Gedanken. Diesen Spleen, Selbstgespräche zu führen, musste er rasch wieder loswerden. Die Frau im überdimensionierten Malerkittel trat auf ihn zu, wies mit einer Handbewegung nach links. An dieser Stelle hatten sich vor der Kulisse einer Burgruine etliche Raben versammelt. Ein Gemetzel musste stattgefunden haben, der Boden war blutbefleckt und übersät mit gefallenen Kriegern. Rauch hing über dem in Schutt und Asche liegenden, vormals stolzen Bauwerk. Einige der schwarzen Vögel kreisten hoch am Himmel und äugten abwärts. Der Arzt war beeindruckt von der Detailgenauigkeit der schaurigen Szene. Er blickte gleichfalls nach unten auf die meterhohe Geröllhalde und bemerkte im Hintergrund, halbverdeckt von eingestürzten Mauern, die Konturen zweier Gestalten. Zwei Menschen, jedoch mit riesigen Flügeln auf dem Rücken, starrten Hand in Hand auf das vor ihnen liegende Chaos in seine Richtung. Finsteren Engeln gleich standen sie da, als sie plötzlich verblassten. Vor seinen Augen lösten sich die beiden mysteriösen Geschöpfe im aufwallenden grauen Dunst auf, der sie gänzlich verschluckte, bis nichts mehr auf ihre Existenz hinwies.

Er blickte zu Gutrun, die ihn konzentriert beobachtete und dann wieder zu der gefallenen Burg. Die zwei Vogelmenschen, Engel oder wie auch immer man sie nennen mochte, waren spurlos aus dem Bild verschwunden. Wie ausradiert, übermalt von unsichtbarer Hand ... einfach weg.

So sehr er sich auch anstrengte, sie waren nicht mehr zu finden. Dafür gab es an anderer Stelle noch genügend zu sehen.

Schlagartig fühlte er sich zurückversetzt in seine Kindheit. In jene Zeit, als er stundenlang damit beschäftigt war, in die Welt seiner übergroßen Panoramabilderbücher einzutauchen. In der Ecke aufgestellt oder an einen Stuhl gelehnt, boten diese detailgetreuen Bände im XXL-Format seinem kindlichen Gemüt Einblick in abenteuerliche Welten, während er am Boden davorsaß und sie betrachtete. Je länger er darin versank, desto mehr noch nie vorher Gesehenes wurde plötzlich sichtbar. Oft entdeckte er Gestalten, Dinge, auf den ersten Blick Unscheinbares, erst beim vierten, fünften Mal hinsehen.

Das selbe Gefühl stellte sich jetzt ein, als er die Wand entlangging. Eine Fantasiewelt sondergleichen tat sich auf, sog ihn in ihren Bann. Herrschte an der einen Stelle noch Tod und Verderben, flatterten ein paar Schritte weiter schillernde, gigantische Schmetterlinge über dunkelgrüne Wiesen, pirschten schwarzgoldene Tiger durch geheimnisvolle Wälder; bot sich ihm ein Ausblick auf ein winzig kleines Dorf. Begrenzt zur einen Seite von hohem Schilf, lagen dessen Häuser mit ihren bunt geschmückten Gärten leer und verlassen da. Sogar die Sonne hatte sich hinter einer mächtigen Wolkenbank verzogen, als ob sie vor drohendem Unheil die Augen verschließen wollte. Ein schmaler Weg säumte den Rand des Bildes, verschwand in den meterhohen Gräsern, deren leises Wispern bis an seine Ohren drang. Thomas Stein fühlte eine schier unwiderstehliche Verlockung, dem ausgetretenen Pfad zu folgen und das Geheimnis des ausgestorbenen Dorfes zu ergründen. Mit Mühe riss er sich los und traf einige Schritte weiter auf einen weitläufigen Park, den er bis zur letzten Hecke gar nicht überblicken konnte, so realistisch wirkte auch hier die Tiefe des Gemäldes. Elfengleiche Wesen schlenderten paarweise oder in Gruppen über samtig weichen Rasen, fanden sich auf gemusterten Decken zum Picknick ein und bewunderten die Farbenpracht der üppigen Blumenrabatte. Im selben Moment als der Arzt vermeinte, den schweren, süßen Duft der Rosen zu riechen, legte sich plötzlich ein dunkler Schatten über die friedliche Idylle. Thomas Stein unterdrückte mit aller Kraft den Impuls, in das Gemälde zu hechten, um die plaudernde, nichtsahnende Gesellschaft zu warnen. Es handelte sich doch nur um ein Bild! Nichts Reales! Und der Schatten war auch schon wieder verschwunden. Wie war das denn möglich? Irritiert fuhr er sich durch seine ohnehin schon wirren Haare, bevor er sich zögernd der letzten Wand widmete. Obwohl er wusste, was ihn erwartete, überfiel ihn der gleiche grausige Schauer wie beim ersten Mal.

Hochgewachsen, gehüllt in den weiten, schwarzen Umhang starrte sie ihn an. Nein! Sie starrte ihn nicht mehr an! Die Kreatur blickte auf das Baby, das sich zwischenzeitlich aus dem Laken freigestrampelt hatte, dessen rosafarbene Ärmchen und Beinchen in die Luft reckten.

Schwindel erfasste Thomas Stein. Es mussten die Ölfarben sein, die solcherart Sinnestäuschungen hervorriefen.

Hatten ihn vorhin noch die rotglühenden Augen hinter der grässlichen Maske entsetzt, war es nun der gierige Blick des Wesens, mit dem es das Neugeborene in seinen Armen betrachtete.

Wie lange hielt er sich bereits in diesem Zimmer auf, betrachtete die gemalten Fantastereien einer tatsächlich begnadeten Künstlerin? ... Die, dessen ungeachtet, eine Insassin dieser Klinik war!

„Es sind nicht meine Träume, die ich male. Und genaugenommen sind es keine Raben, sondern Nebelkrähen."

Das war das Letzte, was Doktor Stein vernahm, bevor er fluchtartig und völlig unprofessionell Gutruns Räumlichkeiten verließ.

Er hastete den Gang entlang und wurde ruckartig eingebremst. Verdammt! Die massive Metalltür versperrte ihm den Weg. Natürlich, er befand sich im geschlossenen Areal einer psychiatrischen Klinik. Da konnte man nicht einfach so hinein- und hinausspazieren, wie es einem beliebte.

Es widerstrebte ihm zutiefst, doch es blieb ihm nichts anderes übrig, als umzukehren.

Gutrun kauerte auf einem Stuhl. Dolly kniete davor und tätschelte behutsam deren buntgefleckte Hände. Sogar darauf waren die Ölfarben verteilt. Er musste einmal mit dem behandelnden Arzt sprechen, scheinbar war das Gemisch aus Farben und Lösungsmittel doch gefährlich. Es würde zumindest seine Halluzinationen erklären.

Beide Frauen schraken auf, als er so plötzlich erneut im Türrahmen stand.

„Ich ...", er fühlte sich ziemlich unwohl in seiner Haut. Wo war sein kühler Sachverstand abgeblieben? Seine Haut kribbelte und seine Nerven vibrierten. Es hätte ihn nicht überrascht, wenn die düstere Gestalt sich zwischenzeitlich von der Wand gegenüber gelöst und im Zimmer gestanden wäre.

Ohne ein Wort zu sagen, kam Dolly auf ihn zu und drückte ihm einen Schlüssel in die Hand. Ein messerscharfer Blick streifte ihn und erst, als sie wieder an der Seite der Patientin stand, öffnete sie den Mund.

„Ich werde hier noch gebraucht", damit wandte sie ihm brüsk den Rücken zu.

Sein Unbehagen wuchs, während er den stillen Flur entlangeilte. Ein derart unhöfliches Benehmen hatte er der grauen Maus nicht zugetraut. Sieh an, diese Malerin war ihr augenscheinlich wichtig. Er musste unbedingt mehr über die mysteriöse Künstlerin in Erfahrung bringen.

Ein weiteres Geheimnis, das es zu lüften gab und eigentlich mit seinem speziellen Auftrag nichts zu tun hatte.

Der Schlüssel glitt widerstandslos ins Schloss. Die schwere Metalltür öffnete sich genauso leise wie vorhin und schloss sich danach sofort automatisch wieder.

Ein Grinsen huschte über sein ansonsten ernstes Gesicht, während er die Taste für den Lift drückte.

Ja, ja, das Wörtchen eigentlich. Er wusste, es würde ihn nicht daran hindern, Nachforschungen über eine weitere Insassin dieser Klinik anzustellen. Als wenn es nicht schon genug Rätsel zu lösen gab.

EWERTHON & MIRA IX

Geheimnisse

Ouna beendete soeben ihren Bericht. Über ihre ernsten Gesichter tanzte das Flackern von Kerzen, aufgestellt auf dem einfachen Holztisch, an dem sie saßen und einer Kommode an der Wand. Jetzt war nur mehr leises Knistern zu hören, flüssiges Wachs fing sich im Untersetzer und der Duft von Honigwaben hing süß im Raum.

Trotz der eindringlichen Warnung der Königin der Lichtwesen hatte sie Alasdair über all die Vorkommnisse des heutigen Tages informiert. Er war der Prinz der Nebelkrähen! Derartige Geheimnisse mochte sie weder vor ihrem Ehemann, noch vor ihrem Anführer verbergen.

Sironas Magie und die sanfte, jedoch kraftvolle Macht, die von ihr ausging, waren beachtenswert. Ouna waren bereits des Öfteren Nuancen in der Stimme der jungen Prinzessin aufgefallen, mit denen sie direkten Einfluss auf ihre Umgebung nahm. Für viele verschleiert, bemerkte sie den teilweisen blinden Gehorsam, mit dem einmal geäußerte Wünsche prompt erfüllt wurden.

Eine der wenigen, an denen diese gut verborgene Beeinflussung wirkungslos abprallten, waren Fia und Ryan, Stiefmutter und Halbbruder. Aus beiden wurde Ouna nicht schlau. Alasdair nickte, auch er konnte sich keinen Reim aus der immer höflichen, stets hilfsbereiten Königin machen. Sie hatte von Beginn an das Zepter über die Organisation der Hochzeitsvorbereitungen an sich genommen und unter ihrer Herrschaft, das musste er ihr neidlos zugestehen, waren bis zum heutigen Tag alle der anspruchsvollen Vorhaben bis ins kleinste Detail perfekt gediehen.

Den Jungen im Schatten der Mutter hatte er derzeit kaum beachtet.

Fia nicht wirklich einordnen zu können war eine Sache. Der ausgesprochene Argwohn in Bezug auf einen gewaltsamen Tod der ersten Königin die andere. Oonagh und auch Sirona waren überzeugt von dieser erschreckenden Möglichkeit, das spürte Ouna ganz deutlich.

Mira musste von diesem Verdacht heute zum ersten Mal gehört haben, so bleich wie sie geworden war.

Alasdair schüttelte ungläubig den Kopf. Er kannte Schura nur aus Erzählungen. Doch so viel war gewiss. Die Königin des Lichtes, wie sie die Bewohner *Cuor a-Chaoid*s noch dieser Tage nannten, war eines der sanftmütigsten und gütigsten Wesen überhaupt gewesen. Ihr Wissen um die Heilkunst und ihr nimmer versiegender Vorrat an Kräutern, Tinkturen und Salben stand jedem offen, wurde weit über ihre Lebenszeit hinaus dankbar genutzt. Wer sollte Interesse daran haben, diese hilfsbereite, edle Seele töten zu wollen?

Ihr Tod hatte nicht nur Ilro und Mira in tiefste Verzweiflung gestürzt. Ein ganzes Land trauerte um diese gute Dame und niemand hatte aus deren Tod Nutzen gezogen. Einzig vielleicht Fia, die zweite Frau und jetzige Königin. Doch jene war erst wesentlich später, nach dem festgesetzten Trauerjahr ins Gespräch gekommen. Als eine von mehreren Vorschlägen des Hohen Rates.

Wie sehr sie es auch drehten und wendeten, es gab keine erkennbare Verbindung zwischen dem Tod der ersten und dem Auftauchen der zweiten Gemahlin. Von zu vielen unbeeinflussbaren Ereignissen wäre ein derartiges Mordkomplott abhängig gewesen. Zufälle, die das Schicksal selbst schmiedete, jedoch in keines Menschen Hand lagen. Bei dieser Gelegenheit kamen sie auf Cathcorina zu sprechen. Sie war nicht zur Hochzeit eingeladen worden.

Ilro, der sich ansonsten nicht in die Belange seiner Gattin einmischte, machte dieses Mal eine Ausnahme, jedoch ohne Erfolg, wie sich im Nachhinein herausstellte. Aber nicht seine Frau kam ihm in die Quere, sondern seine älteste Tochter.

Was war geschehen? Fia hatte Rücksicht auf Miras Wunsch genommen und die Kriegsgöttin von der Gästeliste gestrichen. Sie hatte die Angst in den Augen ihrer Stieftochter aufflackern gesehen und keinerlei Lust auf weitere Komplikationen an diesem besonderen Tag.

Als Alasdair davon erfuhr, tat auch er etwas, entgegen seiner sonstigen Gewohnheiten. Er suchte das Gespräch mit Ilro, in dem er nachdrücklich darlegte, dass eine Nichteinladung der Kriegsgöttin einen unverzeihlichen Affront darstellte.

Ilro wiederum bestand nun auf die persönliche Einladung der Krähenkönigin, deren Missgunst er sich keinesfalls zuziehen wollte.

Mira erfuhr davon, legte ihrem Vater das grünschillernde Hochzeitskleid zu Füßen und weigerte sich, unter diesen Umständen zu heiraten. Zu tief saß noch der Schreck der letzten Angriffe des schwarzen Monstrums in ihren Gliedern. Für sie war eindeutig Cathcorina schuld an Anmorruks Tod.

Besessen von dieser Idee, blind vor Angst oder durchaus berechtigt, wer vermag das schon zu sagen, hielt sie an dieser Entscheidung fest. Weder Ouna, Alasdair noch Ewerthon konnten sie umstimmen.

Ewerthon wünschte sich, nicht zum ersten Male, die Anwesenheit Gillians herbei. Der oberste Lehrmeister der Gestaltwandler war dazu auserkoren, den Bund zwischen ihm und Mira zu segnen. Sowohl Gillian als auch Tanki wurden jeden Tag erwartet. Wie sich sein Sohn wohl entwickelt hatte? Es schien ihm eine Ewigkeit, seitdem er ihn zum letzten Mal auf dem Arm gehalten hatte. Noch heute erinnerte er sich an den Duft von warmer Milch und süßem Naschwerk, der sich bei Tankis Abschied in sein Herz gebrannt hatte. Gillian hatte stets einen beruhigenden Einfluss auf junge, ungestüme Gestaltwandler. Dieser Einfluss war jetzt vonnöten, um Mira umzustimmen. Man mochte es abtun als Hysterie einer jungen Braut. Doch Ewerthon wusste nur zu gut um die Gefahr einer erbosten Kriegsgöttin.

Oonagh und Sirona hielten sich zurück. Ihrer Meinung nach war es ohnehin nicht unbedingt erforderlich, einer so gewaltigen Macht Tür und Tor derart nahe an ihrem Reich zu öffnen.

Keylam, Miras Großvater und Herrscher über *Saoradh*, das Reich der Elfen und Lichtwesen, wurde gar nicht erst in die Diskussion miteinbezogen. Ob beabsichtigt oder versehentlich war im Nachhinein nicht mehr feststellbar. Er hätte das Ruder eventuell noch herumreißen können. Denn zu jeder Zeit barg es eine potentielle Gefahr, die allerhöchste Gebieterin über das Kriegsgeschehen zu verärgern. Unter Umständen auch für seine Welt.

Schlussendlich – Ilro konnte oder wollte seine älteste Tochter nicht vor den Kopf stoßen. Nicht an ihrem Hochzeitstag, nicht, nachdem sie nach langer Zeit zu ihm zurückgekehrt war. Und, ganz von der Hand zu weisen

waren Miras Bedenken ja nicht. Dieser Gedanke beruhigte zumindest ein wenig sein Gewissen. Denn, seine Entscheidung traf er alleine als Vater und gegen jegliche Vernunft als Souverän. Er entsprach Miras Wunsch.

CATHCORINA I

AUF CARRAIG FEANNAG

Gleichwohl die Kriegsgöttin *Cuor Bermon* gewissermaßen fluchtartig verlassen hatte, grübelte sie noch lange über die andauernde Bewusstlosigkeit, vor allem auch über das abrupte Erwachen ihres Sohnes nach. Ihr war bewusst, dass Ouna geistesgegenwärtig alle Anwesenden, außer Mira und Ewerthon, aus dem Zimmer geschickt hatte. Doch ihr Status als allerhöchste Kriegsgöttin gebot Distanz und keinesfalls mütterliche Fürsorge, darum ihre überstürzte Abreise. Genauso unvermutet wie sie angereist kam, war sie wieder weg. Eine allzu reiche Gefühlswelt brachte nur Kummer, hatte sie seit ewigen Zeiten hinter sich gelassen. Außerdem galt es, Wichtigeres zu erledigen. Sie glaubte nicht an einen Unfall ihres Sohnes.

Das Heilungsritual war mitnichten beendet gewesen, und sie konnte sich bis heute nicht erklären, welche Kraft es unterbrochen hatte. Es musste sich um einen äußerst machtvollen Zauber handeln, wenn er Krähenmagie dermaßen beeinflussen konnte. Jedoch, wer von den Anwesenden verfügte über einen solchen? Außer Alasdair, der bewegungslos im Bett lag und sich selbst sicher nicht schadete, gab es nur Ouna, der sie solche Macht zutraute. Sie selbst hatte sie ja mit allen Tributen der königlichen Linie ausgestattet. Was sie aufgrund der mysteriösen Ereignisse rund um die Vorkommnisse in jenem Zimmer gerade zu bereuen begann. Doch trotz allen Misstrauens, das in ihr aufkeimte, die Liebe der beiden zueinander war echt, ersichtlich für alle. Genau diese Liebe hatte sie ja letztendlich dazu bewogen, Ouna wieder zu erwecken. Zumindest war dies eine kluge Entscheidung, um sich der Dankbarkeit ihres Sohnes zu versichern.

Sie dachte an Miras blasses Gesicht. Je näher die junge Frau zum Lager ihres Sohnes trat, desto mehr verspürte Cathcorina eine Kraft, die sie nicht zuordnen konnte. Damals hatte sie dieses Phänomen nicht ausreichend beachtet, war auf die Heilung Alasdairs konzentriert gewesen. Doch jetzt? War die zum Mensch gewordene Lichtprinzessin in der Lage, den Nebelkrähenprinz in tiefe Ohnmacht zu versetzen, ihn tagelang ans Bett zu fesseln und vehementen Einfluss auf uralte Krähenmagie zu nehmen?

Gedankenverloren betrachtete sie den schwarzen ovalen Edelstein an der silbernen Kette, bevor sie ihn wieder um den Hals legte.

Der Stein, der dem heißesten Feuer widerstand, ehern, so gut wie unzerstörbar, aus dem auch *Carraig Feannag*, die schimmernde, schwarze Festung der Nebelkrähen, erbaut war.

Ferner das Symbol der Macht des inneren Kreises der königlichen Familie. Es gab eine Handvoll, die dieses Juwel ihr Eigen nannten. Und Mira zählte definitiv nicht dazu.

Sie würde ihre Nachforschungen verdoppeln, verdreifachen. Alasdair war nicht der Sohn, den sie sich gewünscht hatte, doch er war ihr Fleisch und Blut. Das galt es allemal zu schützen! Außerdem, so unerfreulich der Gedanke auch war, irgendjemand in den Welten besaß die Macht, ihre Magie zu beeinflussen. Das gab nicht unbedingt Anlass zur Sorge, doch zumindest zur Wachsamkeit.

Dies war der Stand der Dinge, als Cathcorina von der königlichen Verfügung, sie von der Gästeliste zu streichen, Wind bekam. Im wahrsten Sinne des Wortes, denn es war der Ostwind, der an der glänzenden, aus Fels gehauenen Burg vorbeistrich und ihr die Neuigkeiten ins Ohr flüsterte.

Sie saß auf dem goldenen, reich verzierten Thron und barst beinahe vor Wut. Die allerhöchste Kriegsgöttin war also unerwünscht! Sogar Kelak, dieser marode Nichtsnutz, hatte eine Einladung erhalten! Jetzt entschied also eine Sterbliche darüber, ob sie zu deren Hochzeit willkommen war oder nicht! Weggewischt waren die Sorgen um Alasdair und einem geheimnisvollen Widersacher.

Nicht, dass es sie einen Deut interessiert hätte, diese lächerliche Verheiratung einer ehemaligen Lichtprinzessin. Doch banal abzusagen oder gelangweilt zu erscheinen, war etwas ganz anderes, als als unerwünschte Person schon im Vorhinein übergangen zu werden!

Ihre Augen sprühten rote Funken. Sie sprang vom massigen Stuhl, rannte vorerst die grauen, kahlen Wände entlang, dass ihr das Echo der eigenen Schritte in den Ohren klang, raffte anschließend mit energischem Griff ihr Cape aus tausenden von schwarzgrauen Federn und flüchtete aus dem Saal.

Dass ihre Macht schwand, seitdem Alasdair die seine nutzte, was er nie beabsichtigt hatte und nun doch tat, war gerade zur Nebensächlichkeit geworden!

EWERTHON & MIRA X

Hoffnungsschimmer

Sirona huschte aus dem Zimmer. Ein liebgewordenes Ritual, entstanden, seit die ältere Schwester zurückgekehrt war, erneut ihre Kammer bezogen hatte. Den Großteil des Tages verbrachte Mira mit Ewerthon, der auf Geheiß des Königs mit seiner Mutter und Alasdair im Gebäude am Ende des Parks wohnte. Weit genug entfernt von der jungen Braut, um auf keine dummen Gedanken zu kommen, wie Ilro befand.

Wie bereits die Nächte zuvor, besuchten sich die beiden Schwestern in ihren Zimmern, kuschelten sich unter eine riesige Decke und blieben hellwach bis zur Mitternachtsstunde, um die Ereignisse der letzten Jahre Revue passieren zu lassen.

Die jüngere Schwester hing an den Lippen der älteren, als ihr jene von Oskar, seinen fantastischen Erlebnissen und schlussendlich den Vorkommnissen am Herzstein erzählte.

„Und Ewerthon war wirklich ahnungslos?", Sironas Wangen glühten beim Gedanken der gegenseitigen Aufopferung, der Macht der reinen Liebe, wie sie für sich befand. Fassungslos schüttelte sie den Kopf, als sie hörte, dass Ewerthon ihre Schwester während all der überstandenen Abenteuer nicht erkannt hatte. Die Geheimnisse der *wirklichen Körperwandlung* waren ihr bislang verwehrt geblieben. Mira hätte ihr gerne bewiesen, dass sie in Oskars Gestalt selbst für die eigene Familie unkenntlich gewesen wäre, doch ihre gesamte Magie war dahin.

So sehr sie ihre jüngere Schwester liebte, verspürte sie stets den bitteren Geschmack der Missgunst auf ihrer

Zunge, wenn die Sprache auf deren Kräfte und Ausbildung kam. Strahlend und voller Stolz präsentierte Sirona ein ums andere Mal ihre Kunstfertigkeit. Stand Mira in täglichen Belangen keinerlei Zauberkraft mehr zur Verfügung, war dazu verurteilt, eine Kerze um die andere zu entzünden, schnippte Sirona mit den Fingern, und ein kompletter Kronleuchter erhellte das Zimmer.

Sirona war es auch, die Mira und Ewerthon das erste Mal aus den Klauen der schwarzgefiederten Bestien gerettet hatte. Die nämlich eines Nachts schweißgebadet aufgewacht war, weil ein fürchterlicher Alptraum sie Mira in Lebensgefahr vermuten ließ. Heimlich schlich sie in deren Kammer und musterte die säuberlich aufgereihten Schnitzfiguren. Nach einer Weile öffnete sie das Fenster, stellte die grauschimmernde Stute auf das Sims und zog mit einer Handbewegung eine glänzende Brücke vom funkelnden Firmament bis zur Erde. Wartete, bis Alba auf den Bogen aus Silbersternen sprang, dort zur natürlichen Größe wuchs und im nachtblauen Himmel entschwand. Ein äußerst gefährliches Unterfangen, denn im selben Moment, als die Stiefmutter den Raum betrat, konnte die junge Prinzessin gerade noch das *Teleportatum* anwenden und in ihrem Zimmer blitzschnell unter die Decke schlüpfen; bevor auch hier die Tür geöffnet wurde und Fia einen prüfenden Blick auf das Bett warf. Sirona wusste demzufolge, dass Fia das offene Fenster nicht erst am kommenden Tag entdeckt hatte, obgleich sie es so darstellte. Auch die Unordnung in Miras Zimmer kam nicht von dem behaupteten Luftzug. Fia kehrte das Unterste zuoberst und fragte sich, wie bereits mehrmals zuvor, welchem Schatten es möglich war, durch verschlossene Türen zu gelangen. Es war nicht das erste Mal, dass diese stets besonnene Frau selbst wie ein Gespenst durch die nächtliche Burg geisterte, auf der Suche nach einem unsichtbaren Wesen, dessen Vorhandensein sie ahnte und in Unruhe versetzte.

Ein Grund mehr, die erwachende Magie vor der Stiefmutter zu verbergen, ihr nicht blindlings zu vertrauen, auch wenn Sirona das die ersten Jahre ihres Lebens gemacht hatte. Gleich nach der Abreise ihrer großen Schwester vergnügte sie sich in dieser ersten einsamen Zeit mit allerlei Schabernack. Ließ Stühle wackeln, Vasen kippen, Teller und Tassen klirren, Kerzenflammen aufflackern, malte mit Schattenfarben furchteinflößende Kreaturen an die grauen Wände. Kurzum, versetzte mit ihrem Hokuspokus das Personal in Angst und Schrecken. Als jedoch Oonagh und Keylam die unerklärlichen, doch heranwachsenden Kräfte ihrer jüngsten Enkeltochter wahrnahmen, zauderten sie keinen Augenblick. Von diesem Zeitpunkt an nahmen sie Sirona unter ihre Fittiche. Sahen zu, dass das Ebenbild ihrer geliebten Tochter tunlichst im Reich der Lichtwesen weilte. Der Begründung, die junge Prinzessin auf ihre zukünftigen Aufgaben als Gebieterin über ihre Welt vorzubereiten, konnte Fia nichts entgegensetzen, wollte sie auch nicht. Denn wer suchte schon Streit mit den obersten Herrschern der Lichtwesen? Der kleine Wirbelwind schien dort gut aufgehoben und sie hatte mehr Zeit für eigene Pläne. Es galt, einen weiteren Thronfolger auf zukünftige Aufgaben vorzubereiten. Ryan, ein Kleinkind soeben der Wiege entwachsen, tat gerade die ersten Schritte, doch man konnte wohl nie früh genug mit Zucht und Ordnung anfangen.

So lag Ryans Ausbildung in den Händen seiner unnachgiebigen, strengen Mutter, die Sironas in den weisen und gütigen der Großeltern.

Wurde dem einen das Tor zur unbeschwerten Kindheit verschlossen, wurde der anderen eines geöffnet, betrat Sirona eine zauberhafte Welt.

Oonagh und Keylam ließen ihr das Wissen angedeihen, das erforderlich war, um der erwachenden Magie den rechten Weg zu weisen. Bereits wie Schura vormals bei Mira, wiesen sie darauf hin, Zauberei und Magie nicht unüberlegt und unnütz einzusetzen. Stets respektvoll darauf zu achten, niemandem zu schaden, nicht eigene Begierden voranzustellen. Den Firlefanz und das Erschrecken der Dienstboten mit sofortiger Wirkung einzustellen, fügte Oonagh an dieser Stelle mit einem Lächeln hinzu.

Vor allem anderen aber galt es, dieses Geheimnis zu hüten. Niemals und unter keinen Umständen durfte Sirona ihre Magie in der Öffentlichkeit nutzen. Das würde nicht nur ihr Leben, sondern auch das Leben aller Lichtwesen in Gefahr bringen. Zu groß war auch hier, am Rande ihres Territoriums, die Gier manch fehlgeleiteter Menschen nach den unermesslichen Reichtümern der Lichterwelt.

Gerade wenn die Sprache auf die Stiefmutter kam, warnte Oonagh ihre Enkeltochter im Besonderen. Fia kümmerte sich nach wie vor in ihrer eigenen Art liebenswürdig um Sirona. Erkundigte sich nach Fortschritten in der Ausbildung, bot ihre Begleitung ins Reich der Großeltern an, was diese jeweils dankend ablehnten, sah zu, dass der Kontakt zwischen den Halbgeschwistern aufrecht blieb. Dies waren übrigens die einzigen, wenigen Stunden, in denen beide Thronfolger das sein konnten, was sie trotz allem noch waren. Kinder! Einfach nur Kinder, die im Garten tollten, in der Sonne bunten Schmetterlingen nachjagten, die höchsten Kirschbäume erklommen und mit vollen Backen Kerne nach unten spuckten; mit saftverschmierten, roten Wangen, Hand in Hand ihren Träumen nachhingen und sich erst spätabends wieder in den kühlen Gängen der Burg einfanden. Natürlich über Gebühr zu spät, wie Fia befand und sie ohne Abendbrot in ihre Betten schickte. Bei dieser Gelegenheit zwinkerten sich Sirona und Ryan unmerklich zu. Zumindest im Sommer verfügten sie über ausreichend Vorrat an Beeren und Kirschen, um trotz der verhängten Strafsanktionen keinen Hunger leiden zu müssen. Auch wenn dieser Vorrat über den Tag hinweg eher zerquetscht und unappetitlich in den Rock- und Hosentaschen klebte.

Mira folgte interessiert den Erzählungen ihrer Schwester. Vor allem was Ryan betraf hegte sie ihre Zweifel, konnte die Zuneigung, die ihm Sirona entgegenbrachte, keinesfalls nachvollziehen. Sie berichtete vom Erlebnis am Tag ihrer Ankunft, dem gespannten Bogen, der Drohung, sie zu töten und es wie einen bedauerlichen Unfall aussehen zu lassen. Sirona schüttelte ungläubig den Kopf. „Du hattest eine ausgerenkte Schulter, fürchterliche Schmerzen, sicherlich hast du dich verhört. Deine Fantasie hat dir diesen makabren Streich gespielt!", sie tat dies mit einer Handbewegung ab.

Zwiespältige Gefühle übermannten Mira. Auf der einen Seite kam sie ihrer Schwester in diesen Wochen so nahe wie noch nie, auf der anderen Seite nistete sich Neid in ihr Herz, ließ sie mit ihrem Schicksal hadern.

Wie ehedem ihre Mutter, verzichtete auch sie auf ihre Unsterblichkeit. Doch Schura hatte, im Gegensatz zu ihr, weiterhin über ihr gesamtes Repertoire an Zauberkräften und Magie verfügt.

Mira hatte keine Ahnung von dem Kartenspiel, das nicht nur ihr Leben und das Ewerthons beeinflusste, sondern darüber hinaus weitere Jahrtausende dieser Welt ordnen sollte.

Wariana als Hüterin der Zeit, gebot über das Sternenrad und den Sonnenwagen. Zahllose Lebenspläne lagen in ihren Händen. In dieser denkwürdigen Nacht, damals am Herzstein, bedachte sie Vergangenheit, Gegenwart und Zukunft, mischte die Karten neu, spann nicht selbst den Faden, sondern unterwarf Miras Schicksal dem großen Ganzen. Einzig und allein deswegen genügte es nicht, dass die Prinzessin aller Lichtwesen auf ihre Unsterblichkeit verzichtete. Der Gestaltwandler und die Lichtprinzessin mussten zu Menschen werden, bar jeglicher Magie. Doch wie gesagt, das alles entzog sich Miras Bewusstsein.

Fia stieß deshalb auf offene Ohren, als sie ihrer Stieftochter die Lösung all deren Probleme unterbreitete.

Der Wahrheit zuliebe, sie war der jungen Braut nicht ungeplant in die Hände gelaufen. Bereits des Öfteren beobachtete sie Miras täglichen Spaziergang durch den Park zu deren Verlobten. Es fiel leicht, zur selben Zeit von einer anderen Seite kommend, den Weg der Prinzessin zu kreuzen und überrascht „Was für ein willkommener Zufall!" auszurufen.

Eine gemütliche Sitzgelegenheit, gleich in unmittelbarer Nähe, lud zum Verweilen ein und ein Gesprächsthema war schnell gefunden. Die Hochzeitsvorbereitungen liefen wie geschmiert, und Mira zeigte sich äußerst dankbar für die großmütige Unterstützung der Stiefmutter. Vielleicht hatte sie Fia doch falsch eingeschätzt? Es war nie leicht, in die Fußstapfen einer verstorbenen Liebe zu treten, eine solche Lücke zu füllen. Was den Tod ihrer Mutter anging, begegnete Mira der Königin ohne Argwohn. Noch immer war sie geschockt von der Vermutung, die ihre Großmutter ausgesprochen hatte. Obwohl, aus deren Mund hatte dieser Verdacht schon eher nach Gewissheit geklungen. Dennoch, Fia gehörte nicht zum Kreis der Verdächtigen. Sie war zum Todeszeitpunkt meilenweit entfernt und ahnte kein bisschen, dass sie jemals auf einer Liste geeigneter Heiratskandidatinnen für den Herrscher von *Cuor a-Chaoid* aufscheinen würde.

Mira seufzte. Eine kühle Hand griff nach der ihren. Blasse, glatte Haut, gepflegte Nägel, weiche Hände. Sie sah auf, in das Antlitz ihrer Stiefmutter. Das makellose Gesicht wurde umrahmt von einer blonden, kunstvoll hochgesteckten Frisur. Mira wusste von ihrer Zofe, und diese wiederum von Fias Bedienerin, dass die Königin bereits im Morgengrauen Stunden vor dem Spiegel verbrachte, um endlich mit der Arbeit ihres Kammermädchens zufrieden zu sein. Ein junges Ding, neu eingestellt, mit geschickten Händen, doch losem Mundwerk. Das noch nicht wusste, dass die Weitergabe von Informationen über ihre Herrin oft nicht nur den Hinauswurf aus deren Diensten nach sich zog. Keine sichtbaren Fältchen um den wachen smaragdgrünen Blick; Augen, die leuchteten wie die einer Katze und sie ernst musterten. Ihre Stiefmutter war eine Schönheit, wieso war ihr das vorher nie aufgefallen? Sie wusste nicht einmal, wie alt diese Frau war, die in derartiger Vollendung neben ihr Platz genommen hatte.

„Willst du mein allergrößtes Geheimnis wissen?" Ein unmerkliches Lächeln huschte über das Gesicht, zeigte perfekte Zähne, verschwand gleich wieder.

Mira zögerte. Wollte sie tatsächlich eine dermaßen vertraute Unterhaltung mit ihrer Stiefmutter führen? Geheimnisse austauschen?

Fia sprach weiter, ohne ihre Antwort oder zumindest ein zustimmendes Nicken abzuwarten.

„Ich vergieße keine unnützen Tränen, ich halte mir Sorgen vom Leib und ich lächle selten. Lachen ist sowieso tabu!"

Mira blickte sie verständnislos an.

„Das alles ist Nährstoff für Falten, mein Kind! Wusstest du das nicht?"

Mira kamen spontan Situationen mit Oskar und dem Tiger in den Sinn. Auf dem Floß, nach der üppigen Mahlzeit, an die vollgefressenen Bäuche, die sich vor hemmungslosem Lachen nur so schüttelten; an die irrwitzige Fahrt mit dem Schlitten den eisigen Steilhang hinab, wo sie tatsächlich die Befürchtung hegte, vor Tollheit zu bersten. Sie dachte an die Tränen, die sie beim Tod von Schura und Anmorruk, von Herzen geliebter Menschen, vergossen hatte. Erinnerte sich an das Lächeln, das Ewerthon ihr ins Gesicht zauberte, wenn er sie nur ansah, ja, wenn sie nur an ihn dachte.

Fia bemerkte sehr wohl das Strahlen, das Mira von innen her leuchten ließ. Sie mochte keine Lichtprinzessin mehr sein, dieser einzigartige Schimmer war ihr jedoch geblieben. Was sie wieder an ihren Plan denken ließ.

„Nun es mag sein, dass dies kein Weg ist, den du einschlagen willst. Wenn du in ein paar Jahren faltenübersät vor dem Spiegel sitzt, sage nicht, ich hätte dich nicht gewarnt."

Fia machte eine kurze Pause, runzelte, entgegen ihrer vorherigen Ratschläge, gedankenverloren die Stirn.

„Was ich dir allerdings unbedingt noch mitteilen möchte ...", sie zögerte tatsächlich und sprach erst weiter, als sie Miras Aufmerksamkeit gewiss war, „... es besteht durchaus die Hoffnung, deine Magie wieder zu erlangen. Und auch den Gestaltzauber Ewerthons. Ich frage mich, wieso du d-i-e-s-e-n Weg nicht einschlägst?"

Mira erstarrte zur Salzsäule. Trotz des lauen Wetters kroch es ihr eiskalt durch die Adern.

„Diesen Weg? Das ist ein übler Scherz!", presste sie zwischen ihren Zähnen hervor. Sie hätte es besser wissen müssen, ihre Stiefmutter war eine böswillige Person, streute Salz in Wunden, die verheilen wollten.

„Es gibt keinen diesen Weg, und auch keinen anderen!" Mira fühlte bei jedem Wort einen heftigen Stich in ihrer Brust, so sehr schmerzte die unumstößliche Wahrheit.

„Ich wunderte mich schon eine ganze Weile, dass du dein tragisches Schicksal so ergeben erfüllst. Doch anscheinend hat es dir bis jetzt noch niemand mitgeteilt, Ewerthon und du, ihr könntet beide eure Kräfte wiedererlangen." Fia tat, als hätte sie Miras letzte Worte nicht gehört, tätschelte bekräftigend deren Hand, die sie noch immer hielt.

„Ich unterstützte dich bei deinem Ansinnen, die Kriegsgöttin von deiner Hochzeit fernzuhalten. Ehrlich gesagt, es ist mir einerlei, ob die Königin der Nebelkrähen eingeladen wurde oder nicht." Beiläufig verschwieg Fia, dass ihr das Fernbleiben dieser gefährlichen Kreatur ganz gelegen kam.

„Aber, für dich gibt es momentan Wichtigeres zu tun. Ich sehe doch, wie du leidest. Und auch Ewerthon ist nicht so glücklich, wie er eigentlich sein sollte."

Mira dachte an die stundenlangen Spaziergänge mit Ewerthon. Sicher, die Freiheiten, die sie im kleinen Dorf im Moor genossen, gab es hier selbstredend nicht. Ein strenges Reglement bestimmte bis ins kleinste Detail, was noch als statthaft zwischen Verlobten galt und was nicht. In diesem Sinne fiel einiges an Vertraulichkeiten der strengen Zensur zum Opfer, worauf im Moor keine Menschenseele geachtet hatte. Umso mehr sehnte sie den Tag ihrer Hochzeit herbei, damit sie wieder in Ewerthons Armbeuge geschmiegt einschlafen und aufwachen konnte.

Fia sprach weiter. „Es wäre eine wunderbare Überraschung, ihm seine Gabe quasi als Hochzeitsgeschenk zu überreichen!" Sie redete sich in Begeisterung.

Noch immer misstrauisch entzog Mira ihre Hand, verflocht die Finger ineinander, wie sie es immer tat, wenn sie angestrengt nachdachte.

Falls das tatsächlich stimmte, was ihre Stiefmutter behauptete …? Sie getraute sich nicht, den Faden weiterzuspinnen und fragte dennoch.

„Wie soll das funktionieren?" Wariana selbst hatte ihrer beiden Kräfte genommen und die Wandlung zum Menschen vollzogen.

Fia blickte auf den goldenen Schmuck, den ihre Stieftochter wie alle Tage um den Hals trug. Instinktiv griff

Mira danach, spürte die feingearbeiteten Symbole unter ihren Fingerspitzen. Die Wunden darunter waren gut verheilt, die Kette hatte nie wieder zu glühen begonnen, doch Mira hatte sie bis heute bei Tag und Nacht getragen, niemals abgelegt.

„Was ist damit?", ihr Misstrauen wuchs.

„Du solltest sie zur Moorhexe bringen. Die wird dir deine Fragen beantworten!"

Mira war verblüfft. „Woher weißt du von der Moorhexe?"

Ihre Stiefmutter zögerte den Bruchteil eines Augenblicks, bevor sie erwiderte: „Bitte erwähne nicht, dass ich es dir verraten habe. Sirona hat mir von ihr erzählt, sie wollte nicht, dass du davon weißt."

„Ich soll die Kette zur Moorhexe bringen? Und dann?"

Mira war nicht wirklich angetan von dieser Idee.

„Das ist alles, was sie mir gesagt hat. Mehr weiß ich auch nicht."

„Du hast mit ihr gesprochen?"

„Ja, natürlich. Nachdem ich von Sirona erfahren habe, dass ihr eine Zeitlang in ihrem Dorf gelebt habt, war ich ..."

Mira unterbrach sie schroff. „Das Dorf ist meilenweit entfernt von hier. Am Ende der Welten!"

Sie dachte an ihre lebensgefährliche Flucht, an den Aufenthalt in *Cuor Bermon*, die seltsame Reise von dort hierher, in eine ganz andere Ecke ihrer Welt, nahe am Reich der Lichtwesen. Niemals würde sie in das Dorf im Moor zurückfinden.

„Ähm, ja. Die Moorhexe meinte, dass dies eigentlich der leichteste Teil für dich sein sollte. Sie brabbelte irgendetwas von einem silbergrauen Pferd, das den Weg kennt", erwartungsvoll blickte Fia ihre Stieftochter an.

Sollte das tatsächlich so leicht sein? Mira zögerte. Und was dann? Würde sie sich wirklich von diesem Kleinod trennen? Die Kette, die so plötzlich nach ihrer Verwandlung um ihren Hals lag, hatte bis jetzt nur Schmerzen verursacht. Ob sie einen Schutzzauber besaß, wie Ewerthon glaubte, oder nicht, wer wusste das schon? Musste sie sich überhaupt von ihr trennen? Bis jetzt war nur die Rede davon gewesen, sie zur Moorhexe zu bringen. Was diese vorhatte ...?

Die Schultern der Prinzessin strafften sich. Jetzt legte sie ihre Hände auf die kühlen der Stiefmutter.

„Richte bitte Ewerthon aus, ich muss noch etwas Dringendes erledigen. Unseren täglichen Spaziergang holen wir später nach!"

Beschwörend blickte sie in Fias smaragdgrüne Augen, die vor Aufregung glühten. „Du wirst ihm keinesfalls von unserer Unterhaltung erzählen. Niemandem wirst du davon berichten, bevor ich nicht wieder zurück bin. Ich möchte keinerlei falsche Hoffnungen wecken, die ich letztendlich nicht erfüllen kann!"

Damit erhob sie sich abrupt, ließ die blonde schöne Königin auf dem Bänkchen im Park zurück. Ein Teil von ihr ärgerte sich über den Vertrauensbruch Sironas und wollte diese augenblicklich zur Rede stellen. Doch der weitaus größere Teil wünschte sich die für immer verloren geglaubte Magie zurück, wischte eventuell vorhandene Bedenken bezüglich der Stiefmutter hinweg, wollte an die Behauptungen Fias glauben.

Mira wusste, dass sie sich an einen Strohhalm klammerte. Nichtsdestotrotz eilte sie zu den Stallungen. Alba musste her!

Tausch & Händel

Sie hielt die Zügel locker, überließ es der Stute, die Richtung zu bestimmen. Tief in Gedanken versunken achtete sie kein bisschen auf den Weg und blickte erst auf, als das Pferd unvermittelt stoppte. Schnaubend setzte das edle Tier ein paar Schritte zurück, schüttelte widerwillig seine schwarzgraue Mähne. Beruhigend strich Mira über den muskulösen Pferdehals, bevor sie sich gekonnt aus dem Sattel schwang, dicht neben Alba auffederte. Alba, ihre einmalige silberglänzende Schöne tänzelte nervös, die Hufe versanken schmatzend im schwammigen Boden neben der sicheren Spur. Mira wusste nicht, wieviel Zeit vergangen war, seitdem sie sich spontan auf die Suche nach der Moorhexe gemacht hatte. Schon gar nicht, wie sie hierher, an den Randsaum des finsteren Waldes gekommen war. Sofort nach dem Gespräch mit Fia lief sie zu den Stallungen, scheuchte den Stalljungen fort, sattelte Alba selbst. Trieb das Ross durch die stetig anwachsende Menschenmenge im vorderen Burghof, durch das offene Tor und über die Zugbrücke, um ihm dann die Führung zu überlassen. Handelte es sich nur um die aberwitzige Idee einer bösartigen Stiefmutter, die sie im allerletzten Augenblick doch noch loswerden wollte? Die mit ihrem Sohn unter einer Decke steckte und sie lieber tot als lebendig sah? Mira wusste es nicht.

Ein schmaler, kaum sichtbarer Pfad schlängelte sich durch die weite Sumpflandschaft. Kleinwüchsige Birken mit gräulich weißen Stämmen, hellgrünes Torfmoos, späte, weiche Schöpfchen von weißem Wollgras, Gruppen von rosafarbenen Blüten der Moosbeeren und natürlich blaues Hexengras, all dies weckte Erinnerungen an unbeschwerte Tage. Doch heute interessierte sie sich nicht für das Sammeln heilsamer Blüten, Wurzeln und Rinden, sie hatte anderes im Sinn.

Nun gut, dann ging es eben zu Fuß weiter. Behutsam setzte sie einen Schritt vor den anderen, konzentriert den Blick auf den Boden geheftet. Gesäumt von Schilfrohr und Binsen führte der enge, vielleicht trügerische Steig immer weiter in die Tiefe des düsteren Erlenbruchwaldes, mit modrigem Totenholz und beunruhigenden Geheimnissen. Sie wäre sicherlich nicht die Erste, die spurlos in diesem feuchten, nebelverhangenen Urwald verschwand.

Morsche, querliegende Stämme, mannesdick, behinderten ihr Fortkommen, zwangen sie, einen Bogen zu schlagen, auf schlammiges Gelände zu wechseln, wo sie oft bis zu den Knien durch Tümpel watete.

Gerade als sie sich mit dem unerfreulichen Gedanken beschäftigte, in die Irre gegangen zu sein und eine Umkehr in Erwägung zog, spürte sie festeren Grund unter ihren Füßen.

Von hier an führte eine Schneise durch das grünbraune Gewirr von Pflanzen und mündete direkt auf einer sonnenbeschienenen Lichtung.

Struppiges Weidenfaulbaumgebüsch hielt den Nebel zurück und begrenzte das einigermaßen trockene Fleckchen hin zum sumpfigen Auwald. Etliche elegante Grauweiden hatten eine windschiefe Bude aus Holz in ihre Mitte genommen. Fast schien es, als wollten sie das winzige Häuschen aus groben Brettern stützen.

Die Zügel strafften sich. Immer widerstrebender folgte ihr die Stute.

Mira überlegte. Die Hütte ähnelte der Behausung der Moorhexe, so wie sie sie kannte, in keinster Weise. Auch die Umgebung schien anders und wo waren all die kleinen Torfhäuschen der Moorbewohner? Diesen gespenstischen Ort hatte sie noch nie vorher gesehen und er verursachte ihr Gänsehaut.

Lautes Knarren der sich öffnenden Tür durchbrach die gespenstische Stille. Alba stieg mit einem erschrockenen Wiehern hoch. Gleichzeitig flatterte ein Schwarm Vögel aus dem Dickicht der umliegenden Gebüsche und den Wipfeln der gewaltigen Baumriesen, flüchtete mit erbostem Krächzen durch fransige Nebelfetzen der bleichen Sonne entgegen.

Plötzlich stand sie da. Leibhaftig, im Rahmen der Tür und winkte Mira freundlich zu. „Ich habe schon auf dich gewartet, mein Kind", so sprach die Moorhexe.

Die Stute weigerte sich schlichtweg noch einen Schritt vorwärts zu machen. Mira schlang die Zügel lose um den Stamm einer schlanken Zwergbirke am Rande der Lichtung.

„Warte hier auf mich!" Eindringlich flüsterte sie diese Worte in nervös zuckende Pferdeohren, bevor sie sich umdrehte und in Richtung der windschiefen Hütte losging. Der Boden unter ihr gab nach, ihre Füße sanken bis zu den Knöcheln in morastige, dunkle Erde. Hier war es doch nicht so trocken, wie es den Anschein hatte.

Die Königin des Moorlandes indes hatte sich nicht wesentlich verändert. Gewandet in den gedämpften, jedoch vielfältigen Farben ihres Reiches, auf einen knorrigen Ast gestützt sah sie Mira entgegen, schob die ächzende Tür auf und ließ der Prinzessin den Vortritt. Im Inneren der Hütte herrschte schummriges Zwielicht. Vorsichtig tastete sich Mira nach vorne. In der Mitte stand ein wackeliger Holztisch mit zwei ebensolchen Sesseln. Mehr Möbelstücke hätten auch nicht Platz gefunden in diesem winzig kleinen Raum. Staub wirbelte auf, als die Moorhexe mit einer Hand über den Tisch fegte.

„Bitte, Mira, nimm Platz. Ich kann dir leider keine Erfrischung anbieten", sie kicherte, „wie du siehst, handelt es sich hierbei um ein Ausweichquartier", ihre Arme öffneten sich, umfassten weitläufig die heruntergekommene, augenscheinlich seit langem nicht mehr genutzte Örtlichkeit.

Da saßen sie sich nun gegenüber und Mira fehlte jegliche Vorstellung, was sie sagen sollte. Die Moorhexe musterte sie aus dunklen Augen. Ihr Blick war weder freundlich, noch unfreundlich, Mira grübelte. Unergründlich, das war das Wort, das sie gesucht hatte. Der Blick ihres Gegenübers war unergründlich, genauso wie die ganze Person. Nun, ohne Grund war sie ja nicht in diese Wildnis losgezogen, und den konnte sie jetzt genauso wie später nennen. Immerhin musste sie zurück zu Ewerthon, es galt, bald eine Hochzeit zu feiern. Niemand wusste, wo sie sich momentan aufhielt, Alba alleine hatte den Weg bestimmt. In ihrem Kopf wirbelten die Gedanken wie trockene Herbstblätter durcheinander. Die dunklen Augen vor ihr wurden größer und größer, schienen ins Unermessliche zu wachsen, dehnten sich aus und verdunkelten das sowieso dämmrige Zimmer noch mehr, sogen sie in unergründliche Tiefen.

Ein durchdringendes Wiehern von draußen drang an ihr Ohr. Sie schrak hoch, riss ihren Blick aus der Finsternis, die sie gerade zu verschlingen drohte, sah auf.

Die Moorhexe saß noch immer ihr gegenüber, hatte sich keinen Deut verändert. Wartete geduldig darauf, was Mira sagen wollte. Was war bloß los mit ihr? Diese Frau hatte Ewerthon und sie damals im Moorland gewarnt. Nach wie vor war Mira überzeugt davon, dass diese Warnung in wirklicher Sorge um sie entsprungen war. So wie sie gleichfalls heute noch rätselte, wie ihnen die Königin des Moorlandes weitab ihrer Hütte erscheinen konnte, wo sie scheinbar zur selben Zeit tief und fest schlief. Das war vielleicht das einzig Geheimnisvolle an dieser Frau. Und, dass man ihr Alter unmöglich einschätzen konnte. Über Letzteres zerbrach sich Mira jedoch nicht den Kopf. Diese Eigenschaft kannte sie von Wariana. Noch heute erheiterte sie der Gedanke an die zahnlückige Vettel im Waldhaus. So wie Anwidar und Wariana nannte es wohl auch die Moorhexe ihr Eigen, Alter und Aussehen den jeweiligen Gegebenheiten anzupassen.

„Ich habe gehört, Ihr könntet mir meine Magie zurückbringen." Jetzt war es gesagt!

Die Moorhexe nickte. „Wenn das dein Anliegen ist, kann ich dir aller Wahrscheinlichkeit nach behilflich sein." Ihr Blick fiel auf die goldene Kette. „Von der müsstest du dich freilich trennen."

„Das wäre alles?" Mira war irritiert. Sollte es tatsächlich derart simpel sein?

„Ja, mehr ist es nicht", erneut nickte die Hexe zustimmend.

Mira dachte an all die Möglichkeiten, die ihr wiederum zur Verfügung ständen. Dann dachte sie an Ewerthon.

„Was ist mit Ewerthons Gestaltwandler-Magie?"

„Mira, es handelt sich um ein einfaches Tauschgeschäft. Die Kette im Tausch gegen deine Fähigkeiten. Für Ewerthon benötigen wir einen weiteren Gegenstand."

„Alba?", erschrocken kam die Frage über ihre Lippen. Sich von Alba zu trennen, fiel ihr ungleich schwerer, als die Kette abzulegen.

„Nein! Es muss schon etwas von ihm sein", ihr Gegenüber schüttelte den Kopf.

Mira fiel ein Stein vom Herzen. Doch, was konnte sie für Ewerthons Magie im Gegenzug anbieten?

„Der Lederbeutel?", mitsamt seinem kuriosen Inhalt, fügte sie in Gedanken hinzu.

„Der ist interessant, jedoch nicht kostbar genug für einen dermaßen machtvollen Tausch", bedächtig schüttelte die Moorhexe ihr Haupt.

Stille füllte den Raum. Verzweiflung legte sich auf Miras Gemüt. Wenn Ewerthon seine Kräfte nicht zurückerhielte, wollte sie die ihren auch nicht! Das konnte sie ihm nicht antun. Der Traum, der sie hierher in die Einöde geführt hatte, zerplatzte soeben wie eine hauchzarte Blase aus Seifenschaum.

„Eines gäbe es, das annähernd den Wert besäße, um auch Tiger-Magie wieder aufleben lassen zu können", dunkle Augen bohrten sich in Miras Gedanken.

Als hätte ein fremdes Wesen von ihr Besitz ergriffen, hörte sie sich fragen.

„Sagt mir, was Ihr wollt."

„Seinen dritten Namen! Das wäre ein ebenbürtiger Tauschhandel", beschwörend blickte die Königin des Moorlandes auf die junge Frau. Mira befand sich im Zwiespalt. Es war offensichtlich, dass in ihrem Inneren ein Kampf tobte.

Langsam nahm sie die goldene Kette ab, legte das Kleinod auf den verstaubten Holztisch und stand auf. Wie eine Marionette umrundete sie das wackelige Tischchen, beugte sich vor, ihr Atem streifte das Ohr der Moorhexe.

Dröhnend flog die winzige Tür aus den Angeln, gellendes Wiehern ertönte. Alba trat mit voller Wucht gegen die Seitenwand der ohnehin schon windschiefen Hütte. Krachend stürzte das morsche Holz in sich zusammen, die übrigen drei baufälligen Wände wankten bedrohlich. Schnaubend schob das wildgewordene Ross die Moorhexe beiseite, stand plötzlich vor Mira und drängte sie aus dem auseinanderfallenden Häuschen.

AHNUNGSLOSIGKEITEN

Sonnenstrahlen flirrten vor Miras Augen. Sie lag auf dem Rücken. Über ihr dichtbelaubte Äste, zwischen denen strahlend blauer Himmel hindurch blitzte. Langsam richtete sie sich auf.

Was war geschehen?

Alba graste friedlich in der Nähe und Mira fehlte jegliche Erinnerung, wie sie hierhergekommen war.

Das Letzte, woran sie sich entsinnen konnte .... Erschrocken griff sie an ihren Hals. Die Kette! Sie war weg!

Richtig! Sie hatte die Kette eingetauscht. Eingetauscht für ihre magischen Fähigkeiten. Konzentriert betrachtete sie ihre Hände, dachte an einen Krug Wasser, der ihrem brummenden Schädel sicher guttäte und ... es passierte nichts!

„Natürlich braucht deine Magie ihre Zeit, um zu dir zurückzukehren." Diese Worte kamen ihr nun in den Sinn.

„Doch spätestens am Hochzeitstag sollte auch Ewerthons Tiger-Magie wiedererwachen. Ein zauberhaftes Geschenk an den Bräutigam", hatte die Moorhexe mit sanftem Lächeln gemeint.

In Miras Kopf hämmerte es. Es entzog sich ihrer Vorstellungskraft, Ewerthons dritten Namen preisgegeben zu haben. Die damit verbundene Gefahr, wenn jener geheime Name in falsche Hände geriete, wäre einfach zu groß, keinen Preis dieser Welt wert. Sie konnte es sich nicht vorstellen, doch sie konnte sich auch nicht erinnern.

Angestrengt dachte sie nach. Was sich in ihr Gedächtnis eingeprägt hatte, war die goldene Kette auf dem wackeligen Tisch und ein fürchterlich lauter Knall. Danach war sie hier auf diesem Flecken grüner Wiese aufgewacht. Was dazwischen geschehen sein mochte, entzog sich ihrer Kenntnis.

Alba rupfte noch an einem Grasbüschel und blickte auf. Sie wusste, wie die Moorhexe blitzschnell mit einem Satz, den man ihr gar nicht zugetraut hätte, aus der in Trümmer zerfallenden Hütte gesprungen war.

Die Stute dachte an den leeren Blick ihrer Herrin, als sich diese apathisch in den Sattel zog und die Zügel in ihre schmalen Hände nahm.

Bevor sich das silberschimmernde Ross in Bewegung setzte, sah es nochmals zurück. Die Nebelschwaden hatten die Lichtung zurückerobert, türmten sich über dem quer übereinanderliegenden Bretterhaufen auf.

Hinter der Begrenzung aus struppigem Weidenfaulbaumgebüsch wurde der Nebel durchlässiger, gab den Blick frei auf dicht aneinander gedrängte Häuschen. Runde Hütten mit sorgsam gedeckten Dächern aus Binsengeflecht. Übergroße Insekten surrten durch die leergefegten Gärten und Wege. Fast schien es so, als wäre dieses kleine Dorf ausgestorben. Einzig zeitweiliges Klappern von Töpfen, Pfannen und anderem Zierrat, eng aneinandergehängt in den Bäumen und an Zäunen, war zu hören.

Die Nebelwand wurde wieder dichter, verschluckte das Bild und alle damit verbundenen Geräusche. Kalter Dunst legte sich auf Albas Fell.

Die Stute sah zu, dass sie von diesem unheimlichen Ort wegkam. Vorsichtig setzte sie einen Schritt nach dem anderen, um ihre Reiterin nicht zu gefährden, die noch immer teilnahmslos im Sattel saß, nicht das gesehen hatte, was sich in ihrem Rücken abspielte. Brachte Mira zurück in den Schatten der Baumriesinnen und ließ sie dort in weiches, grünes Gras gleiten. Mira wachte im Innenhof von *Cuora-Chaoid* auf, wo Fia sie eben in diesem Moment unter den uralten Bäumen sitzend fand, sich wie eine besorgte Glucke auf sie stürzte.

„Ich habe mir schon die größten Vorwürfe gemacht! Was habe ich mir dabei gedacht?" Die Stiefmutter half ihr fürsorglich hoch, klopfte Staub und Schmutz von Miras Gewand.

„Was ist passiert? Geht es dir gut?" Aufmerksam betrachte sie ihre Stieftochter, die noch immer mit leerem Blick vor sich hinstarrte.

Miras Kopf schwirrte. „Ich brauche nur ein klein wenig Ruhe. Scheinbar war ich etwas zu lange in der Sonne."

Fia griff auf Miras Stirn. „Du fühlst dich tatsächlich heiß an. Ab ins Bett mit dir. So kurz vor deiner Hochzeit solltest du mit keinerlei Unpässlichkeit ringen!" Sie geleitete Mira bis in ihre Kammer, half ihr beim Entkleiden, sammelte das schmutzige Gewand auf, flößte ihr Schluck für Schluck kühles, frisches Wasser ein und deckte sie dann bis zur Nasenspitze zu.

„Ruhe dich aus, Mira." Das waren die Worte, die Mira noch vernahm, dann übermannte sie grenzenlose Müdigkeit. Wirre Alpträume plagten sie, marterten ihren Geist und ließen sie immer wieder hochschrecken. Beharrlich lag ein undurchsichtiger Schleier über den Vorkommnissen in der Hütte, gewährte keinen Blick darunter.

Mira war nicht die einzige, die in dieser Nacht unruhig schlief.

Ewerthon wälzte sich am anderen Ende des Burggartens unruhig auf seiner Liegestatt von einer Seite auf die andere. Nachdem er den ganzen Tag von seiner Braut weder etwas gesehen noch gehört hatte, außer Fias kurzer Botschaft, diese hätte noch etwas Wichtiges zu erledigen, hatten seine Mutter und Alasdair ihn unter ihre Fittiche genommen.

Ewerthon war nervös. Nicht so sehr wegen der Hochzeit, auf diese freute er sich, seit er um Miras Hand angehalten hatte. Nichts sehnte er so herbei, als den nächsten Abend, an dem Mira und er endlich wieder Herz an Herz einschliefen und des Morgens aufwachten. Die Zeit der Trennung, verursacht durch dutzende von Anproben, endlose Diskussionen um, in seinen Augen völlig unnützer Dekorationsbelange, und unüberwindbare Barrieren eines Heeres von Anstandsdamen, war endlich vorbei. Alles absolut erfreuliche Aussichten.

Aber, morgen sollte er Gillian wiedersehen und vor allem seinen Sohn in die Arme schließen! Wie es ihnen wohl ergangen war? Sie hatten sich jetzt über zwei Jahre nicht gesehen, ob Tanki ihn überhaupt noch erkannte? Oder war ihm sein eigener Vater ein Fremder?

Also setzten sich Ouna und Alasdair an Ewerthons Seite, schwelgten in Erinnerungen und freuten sich gemeinsam auf die Ankunft Tankis, seines Lehrmeisters und das zukünftige Eheleben Ewerthons und Miras.

Bevor sie zu Bette gingen, zupfte die Mutter ihren Sohn schelmisch an den Haaren. „Mich befällt soeben eine Ahnung, dass Tanki bald ein Geschwisterchen haben wird!"

Morgen sollte ein neues Kapitel aufgeschlagen werden.

Während sich jeweils Braut und Bräutigam unruhig von

einer Seite auf die andere wälzten, fanden desgleichen weitere aufgewühlte Seelen keine Ruhe.

Ilro saß in seinem Lehnstuhl alleine im Zimmer, dachte an Mira und Ewerthon. Er mochte den jungen Mann, auch wenn dieser stets ein wenig zurückhaltend in seiner Gegenwart war. Der König war sich seines barschen Tons nicht immer bewusst, obwohl ihn seine Töchter das eine oder andere Mal darauf hinwiesen. Doch, jeder, der Augen im Kopf hatte, sah, dass Ewerthon und Mira sich über alles liebten.

Ilro dachte zurück an den Tag seiner Hochzeit. An den Tag, an dem er die Liebe seines Lebens heiratete. Ahnungslos, dass dieses vermeintliche Glück letztendlich das Leben seiner Liebsten einforderte, unerbittlich beendete. Seit Mira zurück am Hof war, wehte erneut der Duft von sonnengereiften Kirschen durch die Gänge und oft genug schien ihm, als wanderte Schura durch die Kammern der Burg, hielt Ausschau nach ihm und ihren beiden Mädchen. Er hoffte mit all seinem Sehnen, dass die Hochzeit morgen unter einem besseren Stern stände, das Eheglück länger andauerte als sein eigenes. Mit diesen Gedanken nickte er, so wie er war, in seinem wuchtigen Sessel ein. Morgen würden ihn steife Glieder und das Knacken seiner Knochen daran erinnern, dass eine Liegestatt durchaus eine angemessenere Form der Nachtruhe darstellte.

Oonagh und Keylam trafen sich in ihrem zauberhaften, schimmernden Lichtergarten. Vor ewigen Zeiten hatten sie sich füreinander entschieden und dies noch keinen einzigen Tag bereut. Auch wenn sie nicht immer einer Meinung waren, ja zwischen ihnen das eine oder andere Mal im wahrsten Sinn des Wortes Funken stoben, spätestens zur Nachtruhe kehrte Frieden ins Eheleben ein. Natürlich galt es, die Herausforderung zu meistern, gleichzeitig Ehepaar und Herrscher über ein gemeinsames Reich zu sein. Wenn auch die Übereinstimmung auf Herrscherebene erst verhandelt werden musste, oftmals Tage auf sich warten ließ, vor dem Zubettgehen herrschte Einvernehmen als Mann und Frau. Das war ihre goldene Regel, vor allem anderen. Und sie hatte sich über Jahrhunderte hinweg bewährt.

In stiller Eintracht saßen sie heute beieinander. Die Wachen hielten sich diskret im Hintergrund. Nicht nur sie beide bildeten eine Symbiose. Das ganze Reich fußte auf der Konkordanz zwischen Lichtwesen und Elfen. Obwohl Oonagh und Keylam bereits seit langer Zeit an der Spitze der beiden Nationen standen, den Grundstein für ein friedliches Miteinander hatten vor Jahrtausenden weise Ahninnen und Ahnen gelegt. Ein Rat mit zwei Dutzend Plätzen wurde in grauen Vorzeiten gegründet, mit dem Ansinnen, die jeweiligen Stärken der Völker zu vereinen, sich gegenseitig zu achten und zu schützen. Beide Völker stellten exakt die Hälfte dieser Ratsvereinigung, bedacht darauf, die Stimmen auch innerhalb der eigenen Reihen gerecht aufzuteilen. Die Plätze wurden nach Alter, Geschlecht und Stand verlost und alle paar Jahre neu geordnet. Dieses Bündnis hatte die Aufgabe, mit Kopf und Herz die Übereinstimmung mit dem Herrscherpaar zu finden, zu gewährleisten. Das hieß, um den runden Tisch im Verhandlungssaal standen insgesamt vierzehn Stühle im *Inneren Kreis* und die restlichen zwölf, etwas abgerückt, im Äußeren Kreis. Was nicht hieß, dass die Stimmen der Letzteren minderer zählten. Nein, der Äußere Kreis hielt bewusst Distanz, verfügte über eine andere Perspektive, fungierte vorab als Beobachter. Während es durchaus vorkam, dass sich das *Innere Dutzend* scharfe Wortgefechte lieferte. König und Königin nahmen traditionsgemäß an den Sitzungen teil, gaben ihre Meinung, so wie der Äußere Kreis meist gegen Ende ab, und konnten sich, zumindest dem Papier nach, über die Empfehlungen des Rates hinwegsetzen. Was jedoch äußerst unklug gewesen wäre und bis zum heutigen Tag auch noch nie geschehen war. Die in diesem Saal Anwesenden, von der jüngsten bis zur ältesten Person waren gleichermaßen an der Regierung beteiligt, stellten sich ihrer Verantwortung und zogen vereint an einem Strang. Denn letztendlich herrschte ein friedliches und produktives Miteinander in diesem Reich jenseits anderer Welten. Einem Reich, um dessen unermessliche Schätze sich seit Anbeginn Legenden rankten, von denen man bis heute nicht genau wusste, ob es sich um Hirngespinste verwirrter Geister oder die Wahrheit handelte. Wertvolle Geheimnisse, die es zu schützen gab.

Darum war es auch nur einigen Auserwählten gestattet, ihr Hoheitsgebiet zu betreten. Das alles war jedoch im Moment nicht Oonaghs und Keylams Gesprächsthema. Entscheidungen wollten getroffen werden.

Schura, ihre geliebte Tochter, war keines natürlichen Todes gestorben. Die Ahnung, die sie seit Jahren begleitet hatte, war zur Gewissheit geworden. Es musste sich um einen besonders durchdachten und von langer Hand geplanten Anschlag gehandelt haben, denn der Mörder oder die Mörderin hatte so gut wie keine Spuren hinterlassen.

Nein, er oder sie hatte gar keine Spuren hinterlassen. Es war reiner Zufall, dass Schuras Tod als Verbrechen enttarnt worden war. Dazu muss man wissen, dass alles Bewusstsein verstorbener Lichtwesen nach ihrem Ableben, im wahrsten Sinne des Wortes, wie Wachs schmolz und in dieser Form in die globale Weisheit ihres Volkes heimkehrte. Somit war gewährleistet, dass nichts und niemand jemals vergessen wurde oder verloren ging. Diese friedvolle Rückkehr passierte automatisch im Augenblick ihres Todes.

Schura musste diesen Ablauf willentlich und mit all ihrer Kraft unterbrochen haben. Denn ihre gesamten Fähigkeiten und auch Erfahrungen lebten in Sirona weiter. Dies wiederum offenbarte sich erst Jahre später nach ihrem Tod, als sich bei dem kleinen Mädchen Wissen und Kräfte zeigten, die eindeutig Schuras waren. Nun stellte sich die Frage, wieso ein Lichtwesen, noch dazu ein königliches, so wie ihre Tochter eines war, diesen heiligen Prozess unterbrochen hatte. Niemals vorher gab es einen derartigen Affront, denn alle Verschiedenen begaben sich freudig in das universelle Bewusstsein, als Gewähr dafür, für immer in der Erinnerung ihrer Lieben und ihres Volkes weiterzuleben.

Als Oonagh mit Mira über ihren Verdacht sprach, kam noch ein weiteres Indiz zu Tage. Denn Mira erzählte ihrer Großmutter von der Beobachtung am Fenster. Damals, als sie die diamantenbesetzten Flügel ihrer Mutter sah. Diese ein allerletztes Mal ihre Schwingen ausbreitete, um ihre Seele in den Sternenhimmel zu tragen. Und nicht, wie vorgesehen, in der Kammer der Kerzen zu vergehen. Oonagh war erschüttert. So ein Akt des Widerstandes passte nicht zu ihrer Tochter, die stets sanftmütig ihr Schicksal angenommen und niemals rebellische Züge gezeigt hatte.

Mira lächelte, als die Großmutter auf die Sanftmut Schuras hinwies. „Nun, war es nicht sie, die darauf beharrte, meinen Vater zu heiraten und auf ihre Unsterblichkeit zu verzichten?"

Für Oonagh ein Grund mehr, das Handeln ihrer Tochter zu hinterfragen. Durch den Flug der Seele in den Himmel, entkoppelte sich Schura ein weiteres Mal bewusst aus der Lichterwelt, mit der Hoffnung, in Sirona weiterzuleben. Und dafür konnte es nur einen Grund geben.

Doch wozu war sie Königin aller Lichtwesen und Elfen? Sie verfügte über Hundertschaften von, nun, nennen wir sie unsichtbare Späher, verteilt auf allen Welten. Jede duftende Blume am Wegesrand, jeder Baum, belaubt oder benadelt in großzügigen Parkanlagen oder finsteren Wäldern, alle Sträucher und Gehölze bis hin zu deren Beeren und Wurzeln, sogar die vornehmen, kultivierten Pflanzen in irdenen Töpfen, aufgestellt in prunkvollen Räumlichkeiten, sie alle sperrten von nun an Augen und Ohren auf. Hörten auf das Flüstern von Wind und Wolken, auf das Summen der Bienen, beobachteten das Geschehen des Tags und des Nachts, trugen Geheimnisse aus den entferntesten Ecken der Welten zu ihrer Herrin.

Oonagh war allerdings ahnungslos, was die Hintergründe des Mordkomplotts bezüglich ihrer Tochter betraf. Inzwischen war sie mehr denn je davon überzeugt, dass es einen ausgetüftelten Plan gab. Eine Zeitlang folgte sie vielversprechenden Hinweisen, die jedoch bald im Sande verliefen. Und obwohl sie bereits einen Verdacht gehabt hatte, war dieser gewissermaßen absurd und da sie nebenbei absolut keine Beweise dafür fand, verwarf sie ihr fantastisches Konstrukt. Vertraute sich weder Keylam, geschweige denn Mira oder Sirona an.

Sie seufzte. Keylam griff nach ihrer Hand und lächelte ihr zu. Sie mussten keine langwierigen Gespräche führen, um zu wissen, was den anderen beschäftigte.

„Liebste Schöne! Sobald Miras Hochzeit vorüber ist, verstärken wir unsere Nachforschungen. Das entscheiden wir heute und jetzt. Doch morgen heiratet unsere Enkeltochter, und darauf wollen wir uns freuen!"

Oonaghs Herz hüpfte. Nach so langer Zeit nannte ihr Ehemann sie noch immer „liebste Schöne". Einst, vor hunderten von Jahren, war sie zauberhaft schön gewesen. Eine Schönheit, um die sich eine beträchtliche Anzahl von Bewunderern geschart hatte. Sie hatte sich für Keylam entschieden. Nun zogen erste Fältchen durchs Gesicht und er fand sie noch immer schön. Eine gute Wahl hatte sie getroffen! Andererseits, was waren schon erste Fältchen bei ihrem Alter! Und er hatte recht, morgen war Miras Hochzeitstag, den wollten sie gebührend feiern.

Ihre Enkelin, die nicht ahnte, dass sie sehr wohl noch über ihre magischen Fähigkeiten verfügte. Oonagh war in der *Kammer der Reinkarnation* gewesen und hatte Miras Kerze beobachtet. Die Flamme war erloschen, das Zeichen für die aufgegebene Unsterblichkeit Miras. Doch die Kräfte waren nicht zur Kerze zurückgekehrt. Ein untrügliches Zeichen dafür, dass sie der Trägerin noch innewohnten. Wariana hatte sie ihr nicht weggenommen, höchstwahrscheinlich nicht wegnehmen können. Lichtwesen-Magie war, gegen den Willen der Inhaber, nicht einfach so zu entwenden. Nicht einmal für die allerhöchste Zauberin der Welten. Doch anscheinend wurde dieses Geheimnis durch einen machtvollen Zauber geschützt. Sodass die eigene Magie selbst vor Mira verborgen blieb. Dies alles hatte Oonagh die letzten Tage herausgefunden und wollte es Mira morgen, an ihrem Hochzeitstag, mitteilen. Ein schöneres Geschenk konnte sie ihr wohl nicht überbringen.

Noch jemand fasste zur selben Stunde einen Entschluss. Nämlich die Königin aller Nebelkrähen, Nacht- und Spukgeister. Nachdem sie stundenlang in ihrem riesigen Thronsaal von einer Ecke in die andere gerannt war, auf kalte, graue Felswände gestarrt hatte, konnte sie keine Macht der Welt davon abhalten, bei dieser Hochzeit zu erscheinen. Noch mitten in der Nacht wählte sie eine Handvoll Kriegerinnen aus, die ihre Begleitung sein sollten. Mehr war nicht vonnöten, sie wollte mit kleinem Gefolge reisen, niemanden zu Tode erschrecken oder versehentlich einen Krieg anzetteln. Mit einem Lächeln auf den Lippen traf sie die Entscheidung für den weiblichen Part ihrer Garde. Ihre Kriegerinnen waren mindestens genauso gefährlich wie die Männer ihrer Elite Truppe. Doch in diesem Fall war es sicherlich besser, behutsam vorzugehen, sollte sie je Gillian und Tanki persönlich gegenüberstehen. Bis zum Morgengrauen war sie noch damit beschäftigt, sich über ein adäquates Hochzeitsgeschenk den Kopf zu zerbrechen. Was wusste sie schon, was Brautleuten Freude bereiten könnte, doch letztendlich lag ein kleines, unscheinbares Päckchen vor dem Spiegel im Thronsaal. Alles war bereit für ihren Abflug nach *Cuor a-Chaoid*.

Ein weiterer Gast traf diese Nacht noch auf der Burg ein. Zerschlissenes, grobes Gewand verhüllte eine dürre Gestalt, die sich mühselig Richtung inneres Burgtor schleppte. Weit kam sie nicht, denn so umfangreich sich auch die Gästeliste der Brautleute darstellte, diese erbärmliche Kreatur stand sicher nicht darauf. Obwohl sie es unverständlich brabbelnd und mit Vehemenz behauptete. Die diensthabenden Wachen gaben dem morbiden Gestell einen Stoß, der es einige Fußlängen zurückbeförderte. „Verziehe dich zu deinesgleichen!", hämisches Gelächter begleitete diesen Rat.

Unbeholfen rappelte sich das malträtierte Wesen hoch, erhob die zittrige Faust gegen die feixenden Männer. „Das werdet ihr noch bereuen, ihr habt keinen blassen Schimmer, wen ihr vor euch habt! Ahnungslose Tölpel!" Finstere Flüche ausstoßend schlurfte das ausgemergelte Geschöpf in den Schatten der Burgmauer. Dort, wo die geflickten Zelte der Schausteller zu seinem Äußeren passten und es düsteren Plänen nachhängen konnte. Auch wenn seine Burg eher einer Ruine glich, als einem herrschaftlichen Sitz, er war noch immer der König von *Caer Tucaron!* Hatte sein verfallenes Häuschen am Schlachtfeld verlassen und wollte den Brautleuten Glückwünsche und seinen Segen überbringen. Boshaftes Grinsen huschte über sein Antlitz. Ja, seinem Sohn zur Hochzeit gratulieren, das wollte er! Konnte sein, dass ihm auch Ouna über den Weg lief? Oder Cathcorina? Beide hatte er seit ewigen Zeiten nicht mehr gesehen und mit beiden gedachte er ein Hühnchen zu rupfen. Mit geckendem Glucksen lehnte er sich an die graue Mauer hinter ihm, zog den halbverrotteten Umhang enger und schloss die Augen. Kübelweise schwarze Federn segelten durch seine Träume, als er Hühnchen mit den Frauen rupfte, die er am meisten in seinem verlotterten Leben hasste.

Fia wieselte noch bis zum Morgengrauen quer durch die Burg. Erst als sie hundertprozentig überzeugt war, alles bedacht, geplant und organisiert zu haben, auf alle Eventualitäten vorbereitet zu sein, fiel sie völlig erschöpft in einen traumlosen Schlaf.

Sie vergönnte ihrer Stieftochter aufrichtig alles Glück dieser Erde. Sicher auch deshalb, um einen Teil ihrer Schuld abzutragen, ihr schlechtes Gewissen zu beruhigen. Morgen würde sich alles zum Guten wenden. Dessen war sie sich gewiss.

REICH AN TRADITIONEN

Als Mira am nächsten Morgen erwachte, erinnerte sie sich an keinen Alptraum, keine unruhige Nacht. Frisch und munter sprang sie aus dem Bett. Heute war ihr Hochzeitstag!

Und es war der Tag, an dem die Magie zu ihr zurückkehrte. Ein Schatten huschte über ihr bislang strahlendes Gesicht. Was war mit Ewerthon? Bis zum jetzigen Zeitpunkt verfügte sie nur über bruchstückhafte Erinnerungen an den gestrigen Tag.

Bevor sie ins Grübeln verfallen konnte, wurde schwungvoll die Tür geöffnet und Sirona stürmte auf sie zu, umarmte und herzte sie. Die beiden jungen Frauen fassten sich an den Händen und wirbelten durch das Zimmer. Wie in jenen Zeiten, als sie die Welt rundherum noch mit kindlicher Unschuld betrachteten.

„Heute ist dein großer Tag, liebste Mira!" Sirona freute sich von Herzen für ihre Schwester. Die Schwester, die sie verloren glaubte und die gerade eben leibhaftig als angehende Ehefrau vor ihr stand.

Das war das Stichwort. Energisch schob sie Mira auf einen Hocker und begann, sich durch deren Mähne zu kämpfen. Mira hatte sich den üblichen Gebräuchen folgend dazu entschlossen, ihre Haare tagsüber offen zu tragen. Erst nach dem Treueeid bei Sonnenuntergang wollte Sirona für das Fest am Abend die Frisur flechten und hochstecken. Beiden war bewusst, dass dieses Vorhaben auf wackeligen Beinen stand. Denn die kupferbraunen Locken hatten sich bis zur Stunde jedem

Bändigungsversuch erfolgreich widersetzt. Doch vorab hantierte Sirona tapfer mit Bürste und Kamm, knüpfte Bänder in den Farben *Cuor a-Chaoids* in die widerspenstige Lockenpracht. Sie wollte es sich nicht nehmen lassen, heute Mira als persönliche Kammerzofe zur Verfügung zu stehen.

Ein aufregender und anstrengender Tag stand der jungen Braut bevor.

Jedoch erst gegen Abend sollte sich das volle Ausmaß dieses besonderen Tages offenbaren. Das wussten allerdings weder die Hochzeitsgesellschaft, noch die Schwestern. Momentan waren sie damit beschäftigt, Mira für den ersten Programmpunkt des Tages einzukleiden. Ein schlichtes Gewand lag bereit für den obligaten Rundgang durch die Burganlage.

Davor trafen sich Mira und Ewerthon zu einem kleinen Frühstück. Die erste und einzige Zeit, die sie heute ohne Schaulustige oder Begleitung nur für sich hatten. Ewerthon war hingerissen von seiner wunderschönen, zukünftigen Gemahlin. Selbst das einfachste Kleid wurde an ihr zu einem Kunstwerk. Mira schob ihren Teller beiseite. Sie hatte nur deswegen ein paar Happen zu sich genommen, um nicht irgendwann während des langen Tages ohnmächtig niederzusinken. Sie erhob sich. Es war Zeit für die erste Aufgabe. Auf dem Weg zur Tür holte Ewerthon sie ein, fasste ihre Hand und zog sie an sich.

„Mira, mein Wirbelwind. Warte einen Augenblick!"

Er zog ein kleines Päckchen aus seiner Brusttasche und überreichte es seiner Braut. Das obligate Geschenk! Doch anstatt des erwarteten Siegelrings befand sich ein bunt geknüpftes Geflecht in dem Schächtelchen.

„Du erlaubst?" Ernst knüpfte Ewerthon das Bändchen um Miras Handgelenk. „Es sind die Farben meiner Mutter. Die der *Cuor an Cogaidh*, der Kriegerherzen." Zärtlich küsste er ihre schmale Hand. „Sie hat es selbst für dich gefertigt und heißt dich nochmals in aller Form willkommen." Mira war zutiefst gerührt. Ouna war eine wünschenswert feinfühlige Frau und liebevolle Schwiegermutter. Und eine starke Verbündete. Ein leichter Schauer überfiel sie. Noch immer wussten sie nicht mit Sicherheit, wer ihnen Übles wollte. Doch hier auf *Cuor a-Chaoid* war bis jetzt alles ruhig geblieben. Keine schwarze Gestalt, die ihnen nach dem Leben trachtete, kein heimtückischer Überfall. Nach dem Eintreffen von Alasdair und seinen Gefolgsleuten hatte nicht nur Ilro kurzfristig die Wachen verdoppeln lassen. Auch die Elfen taten es ihm gleich. Doch in beiden Reichen, diesseits und jenseits der Grenze, gab es keine Auffälligkeiten.

Mira blickte auf. Sie hing schon wieder viel zu viel in der Vergangenheit. Sie lebte im Hier und Jetzt! Heute war ihr Hochzeitstag!

„Ich weiß nicht, ob die Ringe aus *Caer Tucaron* jemals von uns getragen werden. Vielleicht sind sie für immer unter Schutt und Asche vergraben", Ewerthon dachte an die stolze Burg, die nach seiner Befreiung aus dem Kerker als Ruine zurückgeblieben war. „Auch weiß ich nicht, falls mein Vater wider Erwarten bei unserer Vermählung anwesend sein sollte, ob er diese Ringe bei sich trägt" – und ob er sie überhaupt an mich übergeben will – fügte er lautlos hinzu.

„Ewerthon, Liebster! Ich danke dir und auch deiner Mutter für diesen wunderbaren Willkommensgruß! Dir ist schon bewusst, dass ich nach wie vor deine Gedanken lesen kann?"

Sie barg ihren Kopf an seiner Brust. Hier war ihre Heimat. Egal, wo auch immer sie ihre Zelte in Zukunft aufschlugen, in seinen Armen fühlte sie sich zuhause ... und sicher.

„Und ich muss mich entschuldigen. Dein Geschenk ist unterwegs. Doch bin ich mir nicht sicher, wann genau es eintreffen wird!" Sie gestattete sich, nicht zu denken – und ob es überhaupt jemals eintreffen wird. Ihr fehlten noch immer wichtige Details vom gestrigen Treffen mit der Moorhexe. Und ... sie spürte noch keinerlei Veränderung an sich selbst.

Sie rückte ein wenig ab von ihrem Bräutigam und betrachtete ihn aufmerksam.

„Wie fühlst du dich?"

„Na ja, ich heirate heute!" Ewerthon grinste. „Mein wildes Lotterleben geht zu Ende!"

Seine holde Maid boxte ihn in die Rippen und er öffnete ihr höflich die Türe.

Braut und Bräutigam brachen nun auf, um die Glückwünsche aller Dienstboten und des Gesindes entgegenzunehmen. Bei dieser Runde wurden sie, neben der königlichen Garde, tatsächlich von einem Ochsenkarren begleitet, auf dem sich Berge von größeren und kleineren Päckchen für die unüberschaubare Menge der Gratulanten befanden. Fia hatte wirklich an alles gedacht, sogar an die althergebrachte Sitte, Geschenke unter den Bediensteten zu verteilen. Dankbar nickte Mira. Ihre Schultern schmerzten vom dauernden Händeschütteln, und die Sonne stand bereits im Zenit, als die Brautleute endlich durch den weitläufigen Jahrmarkt wieder zum Innenhof schritten. Hier gebot es der Brauch, den einen oder anderen Tand käuflich zu erwerben. Zu unverschämt überzogenen Preisen natürlich, wie Ewerthon grinsend feststellte, während er halbherzig handelte. Selbstverständlich durfte er sich hier nicht lumpen lassen. Das hätte dem Ansehen seiner Verlobten geschadet. Gleich wäre er als knickerig dagestanden, die Braut bemitleidet worden, ob ihres traurigen Schicksals mit einem Geizhals von Ehemann gesegnet zu sein. So wanderte eine Münze um die andere in die Hände von hocherfreuten Budenbesitzern und säckeweise unnützer Zierrat auf den von Päckchen fast leergefegten Ochsenkarren.

Erschöpft kehrten sie in den Schatten der Burg zurück. Auch hier galt es, noch dem Rest der Bediensteten die Hände zu schütteln, die letzten Präsente zu überreichen und Segenswünsche entgegenzunehmen, doch es war wesentlich kühler als draußen in der prallen Sonne.

Ewerthon fragte sich zum wiederholten Male, wann Gillian und Tanki einträfen. Der Treueschwur wurde zwar erst am Abend gesprochen, doch er hatte gehofft, seinen Sohn vorher in die Arme schließen zu können, noch etwas Zeit abseits des Trubels mit ihm zu verbringen.

Kaum hatten Mira und Ewerthon sich umgezogen und eine Kleinigkeit zu sich genommen, wartete bereits ihre nächste Aufgabe.

Doch zuvor beugte sich Ewerthon galant über Miras Hand und hauchte einen Kuss auf ihre zarte Haut. Graublaue Augen strahlten sie bewundernd an. Auch wenn ihr der ständige Garderobenwechsel über den Tag hinweg jetzt schon auf die Nerven ging, für diesen Blick hatte es sich jedenfalls gelohnt. Sie standen vis-à-vis, hielten sich an beiden Händen und legten Stirn an Stirn.

„Du bist fantastisch, Mira! Auch ohne Magie wohnt dir ein Zauber inne. Ich weiß nicht, ob es mir gelingen wird, mich bis zum Abend zu beherrschen. Am liebsten würde ich dich jetzt schon küssen!" Lautlos sandte er seine Liebesbotschaft, hob ihr Kinn und versank in moosgrünen Augen, die ihn soeben entsetzt anblickten. Bevor Mira noch einen Pieps machen konnte, berührte er sanft ihre Lippen mit den seinen, sog den Duft roter Kirschen ein.

Fia, die das Techtelmechtel mit strengem Blick und glühenden Wangen beobachtet hatte, schob sich energisch zwischen sie und beide beim Tor hinaus, ins gleißende Sonnenlicht.

Der gesamte Innenhof, bis weit hinaus in die Vorburg war besetzt mit Soldaten in glänzenden Rüstungen.

Kaum waren die Verlobten aus dem kühlen Schatten des Saals getreten, brach tobender Lärm aus. Mit ihren Schwertknäufen trommelten die versammelten Krieger auf ihre Schilde, dass die Erde unter ihnen bebte.

Die Klänge der Spielleute und begeisterte Hochrufe begleiteten Ewerthon und Mira, die nun inmitten des Heeres durch ein Spalier von gezogenen Schwertern schritten. Ihre Prinzessin hielt heute Hochzeit, das hieß Freibier für alle und gehörte gebührend gefeiert!

Halb taub vom Gedröhne und Gedudel der angetretenen Soldaten und Musiker, traf das Brautpaar auf dem Turnierplatz ein. Dort wurde das Getöse abgelöst von mindestens genauso durchdringenden Fanfarenklängen, die sie hier empfingen.

Heute gab es keinen König, der im Schatten des Baldachins die Wettkämpfe eröffnete. Dieser Tag gehörte nur den Brautleuten. Darum standen zwei vergoldete, riesige Stühle bereit, gesäumt von Fahnen mit den persönlichen Wappen von Braut und Bräutigam. Auf der Seite Miras wehten die verschlungenen Herzen von *Cuor a-Chaoid* im Wind, auf der Seite Ewerthons setzte der golden gestreifte Tiger von *Cuor an Cogaidh* zum Sprung an. Ouna hatte es sich nicht nehmen lassen, ihr Emblem zur Verfügung zu stellen. Noch immer war nicht klar, ob Kelak der Hochzeit beiwohnen wollte und wie er zu seinem Sohn stand. Kenneth hatte ganze Arbeit geleistet. Die besten Recken des Landes waren dem Ruf gefolgt, um sich die nächsten Tage in den herkömmlichen Disziplinen zu messen. Sobald das Brautpaar Platz genommen hatte, kündigte der Herold die ersten Kämpfer an.

Begonnen wurde mit dem Buhurt. Hiebei sprengten zwei Reiterformationen in hohem Tempo gegeneinander und die zu allem entschlossenen Teilnehmer versuchten, sich gegenseitig aus dem Sattel zu stoßen.

Die Menge jubelte den Kriegern zu, egal, unter welcher Farbe sie ritten. Jedes Mal, wenn sich ein weiterer Bewerber im Sattel hielt, respektive der andere sich im Staub wälzte, war dies Grund genug für die Zuschauer, begeistert zu johlen.

So zogen Kämpfer um Kämpfer an Mira und Ewerthon vorbei, die gleichfalls beflissen applaudierten. Das Protokoll sah auch in diesem Falle eine genau bemessene Zeitspanne vor, um dann zum nächsten Programmpunkt ihres besonderen Tages überzugehen. Zumindest befanden sie sich jetzt im Schatten des gewaltigen Baldachins.

Wobei zu diesem Zeitpunkt niemand ahnte, dass das nächste Ereignis das streng geregelte Protokoll und den perfekt organisierten Tag vehement unterbrechen würde.

Denn dieser Programmpunkt war auf keiner Tagesordnung verzeichnet.

Währenddessen drückte Ewerthon liebevoll Miras Hand, die auf seinem Arm ruhte und das Volk jubelte entzückt.

UNTER UNS VI

Disziplin

Weit weniger Entzücken empfand die finstere Figur vor dem Spiegel.

Angewidert betrachtete sie die nicht enden wollenden Festivitäten, die sich auf *Cuor a-Chaoid* abspielten. Zum Glück zeigte die schimmernde Oberfläche nur die Bilder des Geschehens, ansonsten blieb der Spiegel stumm. Alleine beim Anblick der posierenden Spielleute mit ihren zahllosen Instrumenten, der weit aufgerissenen Münder des närrischen Publikums, beim Aufeinanderprallen von Schilden und Schwertern der Turnierkämpfer, schmerzten ihre Ohren. Obwohl zu ihrem Glück kein Laut in den kühlen abgeschotteten Saal drang.

Das Geschöpf wollte sich bereits abwenden. Bevor der Tag zu Ende ging wäre es ohnehin wieder auf seinem angestammten Platz. Was wollte es hier sinnlos seine Zeit vergeuden?

Einige Aufgaben harrten noch der Erledigung. Das Schicksal, von ihm gelenkt, hatte seinen Lauf genommen, und nichts und niemand konnte ihm noch Einhalt gebieten.

Doch jetzt gerade fiel sein Blick auf eine in Lumpen gehüllte Gestalt. Plötzlich stutzte es. Wer schlich da die Mauer entlang und kam seinem Geheimnis gefährlich nahe?

Peinigendes Hämmern machte sich in seinem Schädel breit. Das Netz, durchdacht und sorgfältig gesponnen, drohte zu zerreißen. Es musste sich schnellstens etwas einfallen lassen! Immer lauter dröhnte der Kopf. Nicht blindes Wüten, sondern Disziplin hatten es bis hierher gebracht! Ein klarer Gedanke musste her!

EWERTHON & MIRA XI

Lang lebe der König

Die Kriegsgöttin samt ihrem Gefolge landete fernab vom Zentrum des Geschehens, am Ende einer weitläufigen Parkanlage an der schroffen, an dieser Stelle mit grünen Ranken übersäten Burgmauer von *Cuor a-Chaoid*. Um kein Aufsehen zu erregen, marschierten sie, nachdem sie ihr Krähenkleid abgeworfen, sich gewandelt hatten, zu Fuß weiter. In Richtung Getöse, Volksgebrüll und Spielmusik. Am Jahrmarkt angekommen trennte sie sich von ihrer Leibgarde. In diesem Getümmel war sie so gut wie unsichtbar für eventuelle neugierige Blicke. Und wer sollte ihr schon Böses wollen? Ihr Ziel kannte sie und steuerte energisch darauf zu.

Fanfarenklänge schreckten auch Kelak auf, kündigten den Beginn des Turniers an, das unter der besonderen Schutzherrschaft der Brautleute stand.

So schnell ihn seine Füße trugen, schleppte er sich den bereits zurückgelegten Weg wieder zurück. Er war den ganzen Vormittag erfolglos damit beschäftigt gewesen, ein Schlupfloch in den Innenhof respektive zu seinem Sohn auszuspionieren. An den Turnierplatz hatte er nicht gedacht. Dieser bot die ideale Gelegenheit, auf Ewerthon zu treffen, denn er war für alle frei zugänglich und nicht sonderlich abgeschirmt. Er hielt inne. Im Eifer des Gefechts war ihm anscheinend nicht aufgefallen, wie lange er schon unterwegs gewesen war. Oder ging er in die falsche Richtung? Das Jubeln der Menschenmenge entfernte sich. Verunsichert blickte er auf das unüberwindbare, efeubewachsene Mauerwerk vor seiner Nase, dann nach links und nach rechts. Bis hierher langten weder die bunten Jahrmarktbuden noch die geflickten Zelte der Schausteller. Wie war er bloß hierhergekommen? Er hatte die Orientierung verloren.

Das alarmierende Knacksen eines Astes ließ ihn hinter das nächststehende Gebüsch humpeln, gerade noch schnell genug, um für die herannahende Person unsichtbar zu werden.

Vergeblich versuchte er, seinen rasselnden Atem zu beruhigen. Zu lange war er in der prallen Sonne herumgeirrt, ohne Nahrung und vor allem ohne Wasser. Man musste ihm zugestehen, dass er nicht mehr der Jüngste war und das Ausharren in einer zerstörten Burg war seinen alten Knochen gleichfalls nicht zuträglich gewesen. Die Reise hierher, an die Grenze der Welten, hatte sich in seiner momentanen Situation als mühevoller und kräfteraubender erwiesen als angenommen.

Vorsichtig späte er durch das dichte, grüne Buschwerk.

Auf seinen knorrigen Stock gestützt, schlurfte ein gebücktes Weib näher, knapp am Versteck des alten Königs vorbei. Kelak hätte die Luft angehalten, wäre da nicht die Angst gewesen, hinterher an einem Hustenanfall zu ersticken. Doch die Alte war zum Glück damit beschäftigt, die Quader in der rissigen Mauer abzutasten und achtete keinen Deut auf ihre Umgebung. Sie schien gefunden zu haben, was sie suchte. Denn plötzlich richtete sie sich auf, sah wesentlich größer aus als noch kurz zuvor. Hatte sie mit ihrem Stock auf loses Mauerwerk geklopft oder nicht, das konnte Kelak aus dieser Entfernung nicht feststellen. Jedenfalls lehnte, wo vorher nichts gewesen war, plötzlich eine windschiefe Hütte an den grobbehauenen, grauen

Ziegeln. Die Vettel öffnete deren knarrende Tür und verschwand in der nachlässig gezimmerten Bretterbude.

Kelak verharrte unschlüssig. Er könnte näher zur Hütte schleichen, einen kurzen Blick durch die winzige Fensterluke werfen und dann rasch verschwinden. Oder er suchte gleich das Weite, ohne je zu erfahren, was in diesem geheimnisvollen Gebäude vor sich ging. Die Neugier siegte. Vorsichtig kroch er aus dem Gebüsch und reckte sich. Sieht man dem Tod tatsächlich ins Angesicht, ist man darauf oft nicht vorbereitet.

So erging es jedenfalls Kelak. Genau in dem Moment, wo er sich ohne jeglichen Schutz vor seinem Versteck aufrichtete, hörte er das Knarren der Tür.

Erschrocken blickte er auf und sah in der Ferne die düstere Gestalt ihren Bogen spannen. Noch nie hatte Cathcorina ihm so wutverzerrt in die Augen gesehen. War das wirklich seine geliebte dunkle Königin? Der er trotz allem nicht gram sein konnte.

Doch da war es bereits zu spät. Ein funkelnder, schwarzer Pfeil steckte mitten in seiner Brust. Da lag er, mit dem Rücken auf der Erde, ächzte im Todeskampf und starrte mit offenen Augen in den wolkenlosen Himmel über ihn. Der König von *Caer Tucaron* starb mit Worten auf den Lippen, die er zu Lebzeiten nie gesagt hatte, für die nun keine Zeit mehr blieb, einsam und allein.

Ein Schatten huschte aus der Hütte, warf einen kurzen Blick auf den Leichnam und verschwand so schnell, wie er gekommen war.

Der Zug der grauschwarzen Kriegerinnen war nur mehr einen Steinwurf vom einladend geöffneten Tor entfernt, die Königin wieder in ihrer Mitte, als Letztere gequält aufstöhnte. Ein stechender Schmerz erfasste sie, ließ sie taumeln.

Einen Augenblick später rannte sie los, ihre Elitetruppe hinterher. Tumult entstand, wachsame Soldaten blickten alarmiert in ihre Richtung, doch es war unerheblich, was die umstehenden Gaffer dachten, sie hatte bereits ihren Rock gerafft und hetzte die Burgmauer entlang. Schon aus der Ferne sah sie das schwarze Bündel am Boden. Unter den Fetzen seiner überweiten Kleidung lag der König von *Caer Tucaron* auf der Erde und stierte ins Leere.

Cathcorina kniete neben ihm nieder. Behutsam schloss sie die weit geöffneten Augen, die noch immer sprachloses Erstaunen spiegelten. Was hatte er zuletzt gesehen? Eine äußerst bizarre Beziehung fand hier sein Ende. Anfangs erfreute sie dieser mächtige Herrscher, der in der Blüte seines Lebens stand. Seiner unbegründeten Eifersucht, der Verbannung seiner Ehefrau und der Ächtung seines Sohnes verdankte er, dass sie überhaupt auf ihn aufmerksam wurde. In jenen Tagen fesselte sie ihn mit ihrem glitzernden Kleinod an sich. Sie teilte nicht gerne. Mit der Zeit wurde er ihr langweilig, zur Last. Sie ließ ihre Wut an ihm aus, lud ihren Frust an ihm ab, doch zuletzt empfand sie nur mehr Mitleid für das Häufchen Elend an ihrer Seite. Kein schönes Ende für diesen einst so stattlichen Mann. Zu stolz, zu engstirnig, um seine Fehler zu Lebzeiten wiedergutzumachen. Der silberne Kamm blitzte aus den Tiefen der zerlumpten Kleidung. Bis zum Schluss trug ihn der König über seinem Herzen, ein unzertrennbares Band, das nun gekappt war. Glänzend lag der Haarschmuck in ihrer Hand.

Ihr Blick musterte den tiefschwarzen Schaft. Wer außer ihr verfügte über die Macht, einen Wiedererweckten zu töten? Vor allem, wer außer ihr besaß genau dieses Geschoß, das ihren Pfeilen zum Verwechseln ähnelte? Anspannung lag plötzlich in der Luft. Ihre Garde schloss einen Ring um sie, begab sich in Verteidigungsposition. Der Boden bebte unter den Hufen von heranpreschenden Pferden, die vor dem Schutzring der Krähenkriegerinnen abrupt stoppten. Soldaten des Königs zügelten ihre nervös tänzelnden Rösser.

„Hier soll es einen Toten geben?", der Hauptmann der Wache führte die Truppe an.

Cathcorina erhob sich, den gleißenden Steckkamm noch in der Hand. Der Kreis öffnete sich und Kenneth warf einen Blick auf den am Boden liegenden Leichnam und dann auf die hochgewachsene Kriegerin. Er erkannte auf den ersten Blick die geschmeidigen Bewegungen und die Kraft, die dieser Person vor ihm innewohnte, wenn dies alles auch unter einem fließenden Umhang und einem angedeuteten Lächeln geschickt verborgen war.

„Wart Ihr das?"

„Nein, natürlich nicht!", die Stimme der Fremden klang rau, fremd in seinen Ohren.

Er gab einen knappen Befehl an eine Handvoll seiner Soldaten, die daraufhin ihre Pferde wendeten und von dannen galoppierten. Der Hauptmann glitt aus dem Sattel, beugte sich nach unten und mit einem Ruck zog er am Schaft des Pfeiles. Kenneth hatte bereits eine Unmenge an Bogengeschoßen gesehen, ein solches jedoch noch nie. Spitze und Heft, gefertigt von Meisterhand aus einem ihm unbekannten Material, funkelten geheimnisvoll. In seinen Händen lag ein tiefschwarzer Pfeil, der wie ein Ei dem anderen jenen im Köcher der Befragten glich.

Fragend hob er die Augenbrauen. „Ein sonderbarer Zufall, meint Ihr nicht auch?"

Langsam neigte Cathcorina ihren Kopf, fasste ein paar ihrer glänzendschwarzen Strähnen, die ihr ins Gesicht fielen, um sie mit einem Kämmchen festzustecken. Dabei stellte sie sich so ungeschickt an, dass ihr der silberne Schmuck aus den Händen glitt.

Höflich bückte sich Kenneth und reichte ihr das funkelnde Kleinod. Sie lächelte, sah ihm direkt in die Augen, tief in seine Seele.

„Behaltet ihn, als Andenken. Ich habe noch genügend andere!"

Just in diesem Moment ertönte eine geifernde Stimme.

„Sie war es, die schwarze Hexe! Sie hat ihn umgebracht!" Eine der verruchten Weibspersonen, die immer dort waren, wo sich leicht Geld verdienen ließ, zeigte mit dem Finger auf Cathcorina.

„Ich hab se genau gesehn. Schon eine ganze Weil beobachtet hab ich de!" Mit fahrigem Blick vergewisserte sie sich der vollen Aufmerksamkeit aller Umstehenden und fuhr in schrillem Ton fort. „Kam aus dem Nichts. Einfach so. Und dann versteckte se sich in de Hüttn und dann schoss se mit ihrm Pfeil die arme Leich übern Haufn!"

Cathcorinas Augen begannen zu glühen. Zornig wandte sie sich dem enervierenden Weibsbild zu.

„Was bildest du dir ein?! Weißt du überhaupt, wer vor dir steht?"

Ihre Amazonen schlossen sich enger um sie, die königlichen Wachen griffen nach den Schwertern. Die Situation wurde brenzlig.

„Mutter! Was machst du hier?" Alasdairs Stimme ließ alle herumfahren.

In der Zwischenzeit hatten sich weitere Schaulustige eingefunden. Einen Mord gab es nicht alle Tage in diesem Königreich. Eigentlich so gut wie nie. Diese Neuigkeit verbreitete sich wie ein Lauffeuer, verdrängte sogar das Interesse an den pompösen Hochzeitsfeierlichkeiten, zumindest kurzfristig.

Alasdair stand ihr gegenüber, mit Ouna an seiner Seite.

In diesem Moment trabten Ewerthon und Mira bereits heran, von Kenneths Nachricht alarmiert. Jener hatte, aufgrund der gegenwärtigen Vorkommnisse, alle königlichen Familienmitglieder in Windeseile unter besonderen Schutz gestellt.

Kaum angekommen sprang Ewerthon aus dem Sattel und stürzte zum Toten.

Leichenblass blickte er zu Ouna. „Es ist mein Vater!" Die Worte, obwohl nur für seine Mutter gedacht, entsetzt ausgerufen, machten die Runde. Plötzlich wurde es still. So still, dass nur mehr das Schnauben der Pferde zu hören war.

Des Bräutigams Vater war gestorben! Auch wenn denjenigen keine Menschenseele kannte, für das gemeine Volk rundum bot es Anlass genug, ab sofort noch gespannter die weiteren Geschehnisse zu verfolgen.

Ouna fasste nach Alasdairs Arm. Sie war schon lange nicht mehr die Gemahlin des Mannes dort auf der Erde. Doch gemeinsam hatten sie fünf Kinder und nun lag er tot zu ihren Füßen. Kelak war extra zur Hochzeit seines

Sohnes gekommen, um Frieden mit ihm zu schließen, ihm den Siegelring seines Reiches zu bringen. Vermutete sie. Doch das würden sie niemals erfahren.

Der König war tot.

Sie kniete vor Ewerthon nieder.

„Der König ist tot. Lang lebe der König!"

Ewerthon schritt auf sie zu und zog sie hoch, umarmte sie. Seine geflüsterten Worte streiften dieses Mal wirklich nur ihre Ohren. „Wir wissen nicht, was er vorhatte, Mutter! Ist das nicht etwas voreilig?"

„Du bist der rechtmäßige Erbe. Egal, was dein Vater plante!", antwortete sie ebenso leise. Die Mutter löste sich aus der Umarmung des Sohnes, kniete neben dem Leichnam nieder und tastete seine Taschen ab. Ihre Finger fühlten den Ring, bevor sie ihn sah.

Der Siegelring von *Caer Tucaron* funkelte in ihren Händen. Letztendlich wollte Kelak diesen doch noch seinem Sohn übergeben. Den Ring und die damit verbundene Herrschaft über sein Reich. Sein Nachfolger sollte Ewerthon sein! Wieso sonst hätte er ihn in seinen schäbigen Fetzen so lange aufbewahrt und hierhergebracht?

Ouna erhob sich, noch immer den Ring in ihrer linken Hand. „Du trägst Schuld an seinem Tod! Kann sein, nicht heute, doch schon seit ewigen Zeiten!"

Sie blickte zuerst auf die Königin der Nebelkrähen, dann auf den Hauptmann der Wache. Sie ahnte um die stille Verehrung dieses wortkargen Mannes. Wusste um die heimlichen Stunden, in denen er über ihre Schritte wachte. Darum ging sie jetzt auf ihn zu, legte ihre rechte Hand auf sein Herz und langte in seine Brusttasche, zog den silbernen Kamm hervor.

„Ich glaube, du hast etwas verloren", meinte sie mit einem finsteren Lächeln zu ihrer Schwiegermutter, gab das glänzende Schmuckstück zurück.

Kenneth erwachte aus seiner Trance, schüttelte verwirrt den Kopf, während Ouna ihn gedankenverloren ansah. Zumindest diese Seele blieb verschont. Der Hauptmann befand sich in der Zwickmühle.

Auf der einen Seite gab es eine Zeugin, die Zeter und Mordio schrie, lauthals und in aller Öffentlichkeit behauptete, die Mörderin des vor ihnen liegenden Toten zu kennen. Auf der anderen Seite war er bis vor wenigen Augenblicken noch fest davon überzeugt gewesen, die fremde Unbekannte sei unschuldig.

Doch irgendwer trug die Verantwortung am Tode dieses Mannes, der, wie sich herausstellte, der König von *Caer Tucaron* und der Vater des Bräutigams war. Eine komplizierte Situation, die äußerstes Fingerspitzengefühl erforderte.

„Ich werde Euch bitten müssen, mir zu folgen", er wandte sich an die schwarzgekleidete Kriegerin und gab seinen Leuten einen Wink. „Und ich hoffe, Ihr macht das ohne viel Aufhebens", meinte er mit einem Blick auf ihre kampfbereiten Begleiterinnen.

Die Fremde gebot ihrer Garde Einhalt und lächelte ihn an. „Kein Gefängnis der Welten kann mich halten!"

„Unseres schon!" Oonagh, die Königin der Lichtwesen war von allen unbemerkt herangetreten, berührte sanft den Arm von Cathcorina. So mächtig diese auch sein mochte, die durchdringende Kraft der Lichtwesen, direkt an der Grenze zu deren eigenem Reich, schränkte sogar die Kriegsgöttin, zumindest in ihrer jetzigen Gestalt, ein. Ein triftiger Grund, warum sie die Nähe zu diesem Herrschaftsgebiet immer gemieden hatte. Zu Recht, wie sich nun herausstellte.

Cathcorina loderte vor Zorn. Sie beherrschte sich mit aller Gewalt. Irgendwie wurde sie das Gefühl nicht los, in eine Falle getappt zu sein.

„Ich habe Kelak nicht getötet!" Sie blickte zuerst auf ihren Sohn, dann auf Ewerthon. „Bevor ich ihn hier tot auf der Erde fand, wusste ich nicht einmal, dass er hier war."

Mira, die bis jetzt blass und still auf den Leichnam zu ihren Füßen gestarrt hatte, hob ruckartig ihren Kopf.

„Seitdem Ewerthon aus dem Kerker geflohen ist, verfolgt Ihr uns mit Eurem unbegründeten Hass! Damit ist jetzt ein für alle Mal Schluss. Meine Großmutter verfügt über ausreichend Macht, um Euch auf ewig wegzusperren!", ihre Stimme überschlug sich und ihre Worte drangen bis zur letzten Reihe der Schaulustigen.

Ewerthon zog Mira an sich. Verdammt! Es sollte ihr schönster Tag werden und gerade drohte er, in Chaos zu versinken.

Die hochgewachsene Gestalt der Nebelkrähenkönigin straffte sich. Sie fasste die Herrscherin der Lichtwesen ins Auge. „Ich werde hier weder Streit noch Kampf heraufbeschwören." Mit einem Blick auf Kelak. „Jener Mensch ist nicht durch meine Hand gestorben und ich vertraue auf Eure Klugheit, dies zu beweisen."

Damit wandelte sie sich von einer beeindruckenden Kriegerin in die Kriegsgöttin selbst, drehte sich nochmals um und richtete nachfolgende Worte an die versammelte Menschenmenge.

„Niemand kann mich endlos gefangen halten, denn ohne mich wird Elend in den Welten herrschen. Ich bin die, die alles in Balance hält. Ohne mein Wirken gedeihen Tod und Verderben!"

Manch einer duckte sich unter der donnernden Stimme, die über sie hinwegfegte.

Etwas leiser und mit einem Seitenblick auf Oonagh: „Bedenkt das wohl!"

Alle Versammelten sollten Zeugen sein, die Geschichte weitererzählen. Und die Menschen sahen und bezeugten, noch Jahrzehnte später, vor Kindern und Kindeskindern, dieses einzigartige Ereignis.

Niemals wurde der Tag vergessen, an dem Cathcorina, gehüllt in ihren schimmernden Mantel aus tausenden von schwarzgrauen Federn, ihre Leibgarde zurückließ und flankiert von der Wache der Elfenkrieger in die Welt der Lichtwesen schritt.

Alasdair stand da wie vom Donner gerührt.

Seine Mutter begab sich freiwillig in Gefangenschaft?! Wenn sie gewollt hätte, wäre es ihr trotz allem ein Leichtes gewesen, diesem Ort zu entkommen.

Er dachte an Oonaghs Hand auf dem Arm seiner Mutter. Welch machtvoller Zauber hatte die Königin der Nebelkrähen zu solch einem Schritt bewogen?

Die beiden königlichen Anführerinnen wussten, es war kein spezieller Zauber, der Cathcorinas Macht einschränkte, sondern reine Vernunft. Sie als Kriegsgöttin entschied über den Ausgang von Scharmützel und Schlachten. Doch niemals sollte sie selbst Ursache unnötigen Blutvergießens sein.

Leicht neigte Oonagh den Kopf. „Ich danke Euch. Nachdem ich von Eurer Unschuld überzeugt bin, wird diese ... nennen wir es Scharade, nicht allzu lange andauern. Zum

Treueschwur der Brautleute werdet Ihr sicherlich rechtzeitig zurück sein."

Oonagh wollte die Königin der Nebelkrähen weg aus der Gefahrenzone knapp neben der Leiche, in Sicherheit wissen. Die Elfenkrieger hatten die versammelte Menschenmenge genau beobachtet. Niemand von den teilweise unter Alkoholeinfluss stehenden Männern und Frauen war dem toten König an der Burgmauer je vorher begegnet. Doch ein Mord war geschehen und ein Mörder musste gefunden werden. Selbst die Prinzessin des Landes war von der Schuld der Fremden überzeugt, hatte sie gleichermaßen lauthals hinausgerufen. Aufgebrachter Mob war schon des Öfteren der Zündfunke für noch größeres Unheil gewesen. Mit der Gefangennahme der Verdächtigen war die Situation entschärft, das Volk der Menschen vertraute auf die Weisheit und vor allem Gerechtigkeit der Lichtwesen. Mit dem Rest von Zweiflern sollte der Hauptmann der Wache wohl fertig werden.

Cathcorina wurde in einen leeren Saal geleitet. Graue, kahle Wände, ein Tisch, ein Sessel, viel mehr Inventar gab es nicht. Nach einem kurzen Rundgang ging sie auf die verschlossene und einzige Tür zu und versuchte, diese zu öffnen. Kaum lag ihre Hand auf der Klinke, befiel sie eine totenähnliche Starre. Mit äußerster Kraft löste sie sich vom metallenen Griff und setzte sich auf den einsamen Stuhl. Unüberwindbarer Elfenzauber fesselte jedes Wesen an diesen Ort! Zumindest eine Weile. Nun gut, dann wollte sie sich dieser neuen Erfahrung stellen und der Dinge harren, die da kommen wollten.

VERWORRENE AUSSICHTEN

Der flüchtende Schatten war in der Burg angekommen. Fast wäre seine Deckung aufgeflogen. Schwer atmend kniete er vor der geschnitzten Truhe, öffnete den schweren Deckel und langte nach dem Bündel. Rasch verbarg er das in Leinentücher gehüllte Päckchen unter dem weiten Umhang. Ein gebundener Strauß himmelblauer Blumen löste sich und segelte auf blankpolierten Boden. Achtlos trat der Dieb auf die getrockneten Blüten und eilte aus der Kammer.

Sirona hielt den Atmen an, als die geheimnisvolle Gestalt leise aus Miras Zimmer huschte, nur eine Handbreit am geknüpften Wandteppich vorbei, hinter dem sie sich verborgen hielt. Ihr Herz pochte wie verrückt und ihre Gedanken wirbelten zurück, an den Beginn ihres soeben überstandenen Abenteuers.

Sie hatte bis zuletzt gewartet, um ein paar der Lieblingsblumen ihrer Schwester frisch zu pflücken. Mira liebte die winzigen Kletterrosen und sie würden vorzüglich zur Hochsteckfrisur der Braut passen. Sirona wusste, wo die schönsten dieser zarten Blüten wuchsen und beschloss, einen der Elfenpfade zu nehmen, um dem Gewimmel der Hochzeitsgesellschaft auszuweichen. Am Ende des Stollens angelangt, wollte sie soeben aus dem kühlen Schatten der Mauer treten, da humpelte eine dürre Gestalt im wallenden Umhang näher, hielt geradewegs auf sie zu. Doch bevor sie noch reagieren konnte, duckte sich das in Lumpen gehüllte Geschöpf plötzlich hinter dichtem Gebüsch.

Zuerst meinte Sirona, sie wäre entdeckt geworden, doch nun bemerkte auch sie die Moorhexe. Es konnte sich nur um die Moorhexe handeln, denn sie entsprach haargenau Miras Schilderungen. Gestützt auf einen knorrigen Ast, schlurfte jene langsam in ihre Richtung und betastete prüfend die grobbehauenen Steine der Burgmauer links von ihr. Sirona zog sich leise in das Dunkel des Ganges zurück. Schlagartig schob sich etwas Großes vor den Tunneleingang, versperrte diesen und Sirona stand im Finstern. Durch das *Teleportatum* transformierte sich die jüngere Schwester blitzschnell nach draußen, mitten in einen dichtverwachsenen Himbeerschlag, der zwar ausreichend Deckung bot, dessen behaarte Ranken sich jedoch sogleich in ihrem blonden Haar verfingen. Mit einem heftigen Ruck befreite sie sich, ignorierte den Schmerz, als ein Haarbüschel in den Zweigen zurückblieb, und blickte gebannt zur Burgmauer. An dieser lehnte, aus dem Nichts aufgetaucht, eine Hütte aus Holz, blockierte den Weg zu den duftenden, in der Mittagssonne weit geöffneten, rosigen Blüten und dem dahinterliegenden versteckten Eingang zum Elfenpfad.

Zudem versperrte das windschiefe Häuschen die Sicht auf die Moorhexe, die in der Zwischenzeit sicher schon ebendort angelangt sein musste. Sirona hörte das Knarzen einer Tür, sondierte die Umgebung und teleportierte sich an die Rückseite der Hütte. Leises Gemurmel drang durch die lückige Bretterwand. Die junge Prinzessin schob sich hoch, um einen Blick durch ein etwas größeres Astloch in das Innere zu werfen. Bevor sie jedoch dazu kam, vernahm sie einen Warnruf und die Holztür knarrte abermals.

Das Nächste, was sie hörte, war ein Stöhnen und ein weiteres Öffnen der Tür. Danach herrschte Stille. Bedächtig, Schritt für Schritt glitt sie entlang der Holzwände bis knapp zur Vorderseite und warf einen Blick um die Ecke. Gerade noch sah sie einen Schatten entlang der Burgmauer verschwinden und einen weiteren sich in Luft auflösen. Dann lag da nur noch ein schwarzes Bündel am Boden, ächzte ein letztes Mal und jetzt war es wirklich totenstill. Bis ein weiterer Schatten, oder war es derselbe von vorhin, heranstürzte, neben dem augenscheinlich Leblosen auf die Knie ging und seine Taschen durchsuchte? Sironas Gedanken überschlugen sich. Die Hütte aus Holz wurde durchscheinend, löste sich in Windeseile vor ihren Augen auf, als hätte es sie nie gegeben. Im allerletzten Augenblick nutzte sie das *Teleportatum* und befand sich wiederum am Elfenpfad, knapp hinter dem durch dichte Rosenranken versteckten Durchlass. Sie wurde nicht schlau aus dem, was sie gesehen hatte. Waren alles nur Trugbilder gewesen? Doch der Tumult draußen auf der Wiese zeigte, dass dort tatsächlich eine Leiche lag. Wer auch immer der zweite Lauscher gewesen war, jetzt war er tot. Tatsächlich tot, nach dem Aufgebot an Soldaten und der inzwischen versammelten Menschenmenge zu schließen.

Hier konnte sie nichts mehr ausrichten, ohne ihre Deckung zu verlassen. Rasch eilte sie den geheimen Pfad entlang zurück zu ihrer Kammer, um gerade noch rechtzeitig hinter dem Wandteppich ihrer Mutter zu stoppen. Denn ihr Abenteuer war noch nicht zu Ende!

Eine vermummte Gestalt schlich soeben aus der Kammer ihrer Schwester, mit einem Bündel unter dem weiten Umhang.

Sirona hielt den Atmen an, als das mysteriöse Wesen nur ein paar Fingerbreit an ihrem Versteck vorbeihuschte. Und mit ihr ein feiner Hauch von Minze. Ihre Gedanken überschlugen sich. Was hatte das alles zu bedeuten? Sie musste dringend mit ihrer Großmutter sprechen. Der Haarschmuck aus rosa Blüten für Mira war vergessen. Die jüngere Schwester begab sich auf die Suche nach Oonagh, der Königin der Lichtwesen, welche unter jeglichen Umständen ihr Volk und ihre Familie vor allem Übel schützte, stets weise entschied und fair handelte, die sicherlich wusste, was zu tun war.

UNTER UNS VII

WAHRHEIT UND VERGNÜGEN

Es war so leicht gewesen! Das schwarzgekleidete Monstrum wischte mit fahrigen Bewegungen über den Spiegel. Seine Schultern zuckten jetzt noch vom verhaltenen Lachen, das sich tief aus seinem Inneren nach außen kämpfen wollte. Doch heute achtete es besser auf sich. Bändigte das Frohlocken, erstickte es im Keim. Kein Laut kam über seine Lippen.

Doch eines konnte es nicht unterbinden. Seinen Bewegungsdrang! Fast hüpfte es die felsigen, kahlen Wände entlang, rannte von einer Ecke des spärlich möblierten Saals in die andere. Dachte an seine Kindheit, als es noch unbeholfen den Geschwistern hinterhergesprungen war. Versuchte, die Füße vorsichtig aufzusetzen, um so wenig Lärm wie möglich zu verursachen. Es war so aufwühlend, so herrlich! Der schwarze Umhang flatterte um den schlaksigen Körper, wickelte sich um die Beine, fast wäre es gefallen. Gerade konnte es den Sturz noch verhindern und beendete abrupt das mit einem Male sinnlos erscheinende Hin- und Her-Gehopse.

Ein breites Grinsen huschte über das verzerrte Gesicht. Es war noch einfacher gewesen, als in jeglicher Vorstellung!

Nun verfügte es über alles, was es brauchte, um den perfekten Plan zu Ende zu bringen.

Als der ungebetene Gast plötzlich auftauchte, schien es kurzfristig, als sei alles verloren. Doch der Zufall hatte es gut gemeint. Nicht mit dem unverhofft aufgetauchten Zuschauer. Der war jetzt tot! Doch mit ihm selbst.

Denn das Schicksal jedes Einzelnen war sorgsam geplant und es ließ sich auch nicht vom Zufall in das Handwerk pfuschen. Es hieß, flexibel sein und die Gunst der Stunde nutzen.

Der Sonnenuntergang rückte näher und die Falle war nach wie vor aufgestellt! Ahnungslos und stetig näherte sich sein Opfer wie ein unschuldiges Lämmchen der Grube. Bald schon würde der Boden nachgeben, das arglose Wesen in die Tiefe stürzen. Zartes Fleisch, aufgespießt auf messerscharf zugespitzten Speeren, getunkt in tödliches Gift. Und die ganze Herde dumm blökend gleich hintendrein.

Alle gehörten vernichtet!

Alle Macht wäre wieder sein!

Die Gestalt im weiten Cape lächelte in den Spiegel. Sein groteskes Zerrbild verblich auf der mattschimmernden Oberfläche. Wurde eins mit den sensationslüsternen Blicken der Menschenmenge auf *Cuor a-Chaoid*, dem Leichnam gehüllt in Fetzen, der starr auf der Erde lag, mit der Braut, die sich soeben in die Arme des Bräutigams flüchtete und den Kriegerinnen der Nebelkrähen, die etwas abseits standen. Unschlüssig, ob ihrer nächsten Schritte.

In Wahrheit waren sie alle Marionetten ... und es bereitete unsagbares Vergnügen, an den Fäden zu ziehen.

Die Figur im schwarzen Umhang straffte sich, richtete sich auf. Ihre eigenen Fäden lockerten sich von Stunde zu Stunde. Bald schon bestimmte niemand mehr über sie!

Bald schon war sie frei!

Das Wispern, bis jetzt verhalten und im Hintergrund, schwoll an, zog durch den Saal mit immer lauter werdendem Getöse. Hysterisches Stimmengewirr drang durch Mauerritzen und überschwemmte den Raum. Vorab noch im Siegesrausch wand sich die Gestalt nun vor Schmerzen. Es half nichts, wenn sie sich die Ohren zuhielt, das Geschrei aus tausend Mündern tobte jetzt in ihrem Inneren. Ließ sie zu Boden sinken. Da lag sie auf den blanken Steinfliesen, erstarrte zur Bewegungslosigkeit. Einzig die heiße Flamme der Vergeltung hielt den eiskalten Körper am Leben.

STELLAS WELT VII

FEUER AM DACH

Thomas Stein hatte ausgezeichnet geschlafen. Schon immer war es ihm gegeben, all die beruflichen Belange, die ihn tagsüber beschäftigten, mochten sie auch noch so bewegend oder in diesem Fall bizarr sein, spätestens vor dem Zubettgehen abzuschließen.

Nur einmal im Laufe seines Lebens litt er unter schlaflosen Nächten und quälenden Alpträumen. Doch diese Erinnerung schob er rasch zur Seite und sprang mit einem Satz aus dem Bett. Es galt, viel zu erledigen.

Eine der Annehmlichkeiten, die seine Position mit sich brachte, waren der Kühlschrank und die Kaffeemaschine in seinem Zimmer. Während der tagelangen Aufwachphase seiner Patientin hatte er in der Klinik seine Zelte aufgeschlagen und bis heute noch nicht abgebrochen. Es gab in diesem Sinne keine Gästezimmer, doch Rückzugsmöglichkeiten für das diensthabende Personal. Einen dieser Räume hatte er bezogen und Dolly sorgte für ein Mindestmaß an Annehmlichkeit; in Form einer eilig installierten Küchenzeile, einem Wasch- und Putzdienst und einem Schild an seiner Tür, auf dem in Großbuchstaben Privat stand. Letzteres war vonnöten, da natürlich alle Angestellten über einen Generalschlüssel für die zur Verfügung stehenden Ruheräume verfügten. Wovon seiner einer davon war. Doch auch dieser Umstand beeinträchtigte seine Privatsphäre nicht in dem Maße, dass er es ernsthaft in Erwägung zog, in das für ihn reservierte Apartment zu wechseln. Eine Weile wollte er noch hier ausharren, für alle Notfälle vor Ort sein und nicht erst quer durch die Stadt vom Hotel zur Klinik hasten müssen. Was natürlich eine völlig absurde Überlegung darstellte, denn welcher Notfall sollte denn bei seiner Patientin eintreten? Währenddessen er schluckweise den heißen Kaffee trank, schwarz und ohne Zucker, legte er sich eine Strategie zurecht. Zuallererst musste er mehr über die ominöse Malerin im oberen Stockwerk in Erfahrung bringen. Hier konnte er noch auf die Mithilfe seiner Assistentin hoffen. Wobei sie ihn voraussichtlich nicht unterstützen würde, wären sodann die Recherchen über sie selbst. Gerade in diesem Moment hatte nämlich Thomas Stein beschlossen, auch über seine scheue Mitarbeiterin Erkundigungen einzuziehen. Die graue Maus hatte sich am gestrigen Abend doch ziemlich seltsam benommen. Höchstwahrscheinlich eine überfürsorgliche Reaktion der Patientin gegenüber. Doch der messerscharfe Blick, mit dem sie ihn bedacht hatte, passte so gar nicht in das Bild einer bis zu diesem Zeitpunkt ihm gegenüber stets hilfsbereiten, fast schüchtern wirkenden Person.

Seine Augen begannen zu tränen. Bitterer Geruch stieg ihm in die Nase. Es roch nach ... verbrannten Spiegeleiern! Der Arzt sprang hoch, eilte zum Herd und packte die Pfanne, wobei er mit der anderen Hand gleichzeitig das Fenster blitzschnell öffnete. Frische Morgenluft vertrieb den aufsteigenden Qualm und verhinderte gerade noch das Anschlagen des Rauchmelders.

Nun, den vor ein paar Minuten relativ unrealistisch scheinenden Notfall in der Klinik, hätte er jetzt fast selbst verursacht. Er mochte sich gar nicht vorstellen, welche Panik ein Alarm unter den Insassen ausgelöst hätte. Ihm kam das Misstrauen, das ihm nicht nur vom Leiter der Anstalt heute noch entgegenschlug, in den Sinn. Das Personal bedachte ihn nach wie vor mit scheelen Blicken. Wäre da nicht der Anruf und die damit einhergehende Erinnerung an ein gegebenes Versprechen gewesen ... niemals wäre er hier gelandet. Zumindest waren alle Wege für ihn geebnet und niemand fragte großartig nach .... Er dachte den Gedanken nicht zu Ende.

Jetzt war er hier, und jetzt war sein Jagdinstinkt geweckt. Verdrossen sah er auf die verkohlten Eier in der Pfanne, die er in Folge mit Schwung in den Abfalleimer beförderte. Befördern wollte. Die Masse war anscheinend am Boden des Kochgeschirrs festgewachsen und zeigte auch nach minutenlangem Schaben keinerlei Ambitionen loszulassen. Nun gut, darum konnte er sich jetzt nicht kümmern. Seine Sitzung mit Stella rückte näher und er stand noch ungewaschen und in Boxershorts herum.

Nach einer schnellen Dusche, Zähneputzen und einem prüfenden Blick in den Spiegel, beschloss Thomas Stein, dem Drei-Tages-Bart noch einen vierten Tag zu gönnen und machte sich auf den Weg zu seiner Praxis.

Er schaffte es tatsächlich, einige Augenblicke vor dem Eintreffen seiner Patientin dort anzukommen und Platz auf dem bequemen Bürostuhl hinter dem Schreibtisch zu nehmen. Als es leise an der Tür klopfte, kam er Stella bewusst auf halbem Wege entgegen. Kühl lag ihre Hand in der seinen und ebenso kühl war ihr Blick. Vielleicht war es die Art, wie sie ihn prüfend musterte, vielleicht ihre offensichtliche Unnahbarkeit, vielleicht wollte er ihre Reaktion testen. Im Nachhinein wusste er es nicht mehr genau. Jedenfalls lächelte er sie an und lud sie zu einer Besichtigung der vorbereiteten Kunstobjekte ein.

Stellas Herz schlug ein paar Takte schneller, als Doktor Steins entwaffnendes Lächeln sie dermaßen unvorbereitet traf. Bis jetzt hatte sie bewusst ausgeblendet, wie attraktiv ihr Gegenüber war, zumindest, wenn dieser seine ewig ernste Miene ablegte. Schweigend nickte sie und stumm fuhren sie mit dem Lift ins Erdgeschoss. Die Ausstellung war noch nicht offiziell eröffnet und so war niemand anwesend, außer einem emsigen Angestellten, der für den letzten Schliff sorgte, und dem einen oder anderen Reporter der hiesigen Zeitungen. Zuallererst leuchtete ihnen Töpferware in den knalligsten Farben entgegen. Schlanke Vasen wechselten sich ab mit klobigen Übertöpfen und anderem Krimskrams. Stella betrachtete alles genau und schritt langsam die Tische entlang. Als Nächstes waren geflochtene Teppiche aufgelegt, der typische Geruch von Sisal und Kokosfasern lag in der Luft; gleich im Anschluss türmten sich Bastuntersetzer in vielerlei Schattierungen zu einem Turm von Babel, während Weidenkörbe in allen Größen eine Art Armada bildeten und den Weg zur nächsten Sehenswürdigkeit säumten.

Beiläufig nahm sie die Blitzlichter der Fotografen wahr, zu hören waren nur das Klicken der Kameras und ihre eigenen Schritte auf dem frisch gebohnerten Boden.

Fast übergangslos fand sich Stella in einem weitläufigen Tiergarten wieder. Erfreuten vorerst noch zierliche Seepferdchen, grobschlächtige Rösser und edel geschmückte Elefanten das Auge, tauchten, je länger sich die Zoolandschaft erstreckte, mehr und mehr Abstrusitäten auf. Ihr Magen verkrampfte sich und sie blickte auf, versank direkt in meergrünen Augen, die sie forschend beobachteten. Was bezweckte Thomas mit diesem Ausflug? Insgeheim nannte auch sie ihn beim Vornamen. Wollte er sie testen? Abrupt wandte sie sich ab und erstarrte zur Salzsäule.

Direkt vor ihr, in der dunklen Ecke gegenüber, stand ein Gespenst und glotzte sie an. Lebensgroß löste es sich in diesem Augenblick aus dem schummrigen Dunkel, flatterte auf sie zu, kam näher und näher. War das die Prüfung? Wollte ihr behandelnder Arzt tatsächlich wissen, wie sie auf einen Geist reagierte ... auf einen als Geist verkleideten Menschen! Denn, was ihnen da entgegen schwebte war definitiv kein fantastisches Wesen, sondern eindeutig von dieser Welt. Eine Frau im weißen Kittel! Vormals weißen Kittel, aktuell übersät mit Blutflecken. Was hatte Doktor Stein doch für eine makabre Fantasie? Soeben beschloss sie, vom Vornamen wieder abzurücken.

Gut, wenn er das so haben wollte! Sie packte die nächststehende Skulptur, eine mittelschwere Säule aus Stein gearbeitet, um die sich eine Schlange nach oben wand. Das nun zweckentfremdete Kunstobjekt lag gut in der Hand und sollte reichen, um die Irre vor ihr in Schach zu halten. Sie wollte nie wieder Opfer sein, dann schon lieber Angreiferin.

Exakt in dem Moment, als sie ihren Arm hob, um die steinerne Plastik als Schlagwaffe zu benutzen, schlossen sich fünf Finger um ihr Handgelenk und hielten dieses eisern fest.

Thomas Stein musste schnell handeln. Er sah ebenfalls die weißgekleidete Gestalt auf sie zukommen, sah Stella, die sich verblüffend schnell bewaffnete, doch im Gegensatz zu seiner Patientin wusste er um die Identität der auf sie zuflatternden Person.

„Wir wollen doch niemanden verletzten!" Eindringlich flüsterte er Stella diese Worte ins Ohr, entwand ihr dabei vorsichtig die äußerst realistisch gearbeitete Bildhauerei – tatsächlich standen Schlangen auf seiner Skala beliebter Tiere ziemlich weit unten – und stellte die Skulptur vorsichtig auf ihren Platz zurück. Heute hatte Stella die goldblonden Haare zu einem losen Knoten hochgesteckt, gab damit den Blick frei auf ihren Hals, ein perfektes Dekolleté und eine feingliedrige Kette mit goldenem Anhänger. Soweit Doktor Thomas Stein erkennen konnte, handelte es sich hierbei um eine goldene Sonne. Allerdings, so genau war das nicht feststellbar, denn dazu hätte er noch länger auf den Ausschnitt seiner Patientin starren müssen. Direkt unter der sanft getönten Haut pochte ihre Halsschlagader wie verrückt und sein Atem streifte ihren Nacken. Beide waren für einen kurzen Augenblick abgelenkt, den die heranwehende Gestalt in der Person Gutruns nutzte und sich auf Stella warf.

„Endlich habe ich dich wieder gefunden", rief sie voller Entzücken und umarmte begeistert die junge Frau.

Stellas Körper versteifte sich, und sie rückte näher zu Thomas. Sie, der jeglicher Körperkontakt zuwider war, fand sich nun eingeklemmt zwischen einer völlig Fremden, die sie mit jemandem zu verwechseln schien, und ihrem Therapeuten, in dessen Arme sie gedrückt wurde. Sie wusste gerade nicht, was ihre Sinne mehr verwirrte. Der beißende Geruch von Terpentin vor ihr oder der dezente Hauch von Davidoff Cool Water hinter ihr.

Doch sie war nicht die Einzige, deren Gefühlswelt soeben aus den Fugen geriet.

Thomas Stein fühlte Stella mit jeder Faser seines Körpers, worauf sich ein beängstigender Wirbelsturm im Gehirn des Neuropsychologen, respektive Neurophysiologen entfesselte; Empfindungen hervorrief, die er lange Zeit unter Verschluss gehalten hatte, die keinesfalls aus der Tiefe auftauchen durften, schlichtweg in diesem Kontext absolut fehl am Platz waren.

Gutrun hingegen, die vorab noch voller Freude Stella umfangen hielt, rückte von ihr ab und betrachtete sie misstrauisch.

Das war der Zeitpunkt, in dem drei Personen gleichzeitig ausatmeten und nach Luft schnappten. Da jeder aufs Intensivste mit sich selbst beschäftigt war, fiel dies nicht weiters auf.

Die Malerin, heute mit dutzenden roten Farbklecksen auf dem vormals weißen Kittel, fand ihre Sprache als erstes wieder.

„Wieso sind deine Augen braun?"

Stille breitete sich aus.

Gutrun nahm sachte Stellas Hände in die ihren und fragte nochmals, mit Nachdruck.

„Wieso sind deine Augen braun?"

Stella hatte keinen Schimmer, wovon die Unbekannte sprach. Gleichzeitig spürte sie, dass von dieser Frau keine Gefahr ausging. Im Gegenteil, durch deren Hände floss ein Strom von unbeschreiblicher Energie, bahnte sich einen Weg durch ihren Körper und beruhigte sie auf eine Art und Weise, wie es noch niemandem zuvor gelungen war. Seit ihren zeitlichen Aussetzern, Blackouts, wie Stella selbst ihre Erinnerungslücken nannte, befand sie sich ständig auf der Hut, hatte laufend das Gefühl, beobachtet und von außen ferngesteuert zu werden. In Sicherheit fühlte sie sich eigentlich nur in Kliniken, wie diese eine war, so sonderbar das auch klingen mochte. Verschlossene Türen und energisches Pflegepersonal stellten als Barrieren einen Schutzschild gegen die gefährliche Außenwelt dar. Es war nicht leicht, aus einer psychiatrischen Anstalt abzuhauen, das wusste sie am besten. Im Gegenzug war es aber auch nicht leicht, mir nichts, dir nichts, hineinzukommen. Gutrun hatte in der Zwischenzeit ihre Hände losgelassen und fasste sie am Ellbogen. Sanft dirigierte sie die junge Frau, von der sie dachte, sie kenne sie schon seit ewigen Zeiten, zu einer Staffelei in nächster Nähe.

„Sieh selbst", meinte sie und deutete auf das Ölgemälde vor ihnen.

Stella und auch Thomas, der ihnen unmittelbar gefolgt war, starrten wortlos auf die Erscheinung eines Engels. Seidiges Gewand, über und über geschmückt mit funkelnden Sternen, schmiegte sich an eine zarte Gestalt, die in ihren Händen eine mit Schnitzereien verzierte Sanduhr aus dunklem Holz hielt. Langes, blondes Haar umschmeichelte ein elfengleiches Gesicht, floss in goldenen Kaskaden den Rücken entlang hinunter bis zum Boden. Dort, wo es die Erde berührte, drängten sich scharenweise bunte Blümchen aus der braunen Kruste und bildeten einen Teppich für die filigrane Schönheit, die barfuß inmitten der Blütenpracht stand und sie lächelnd betrachtete.

Nun war es der Psychiater, der zuerst seine Verblüffung überwand.

„Sie sieht dir zum Verwechseln ähnlich! Deine Haare sind nicht so lang, aber ...", in der Aufregung duzte er Stella.

„Die Augen! Sie hat blaue Augen!", Gutrun meldete sich energisch zu Wort.

Stella löste indes ihren Blick von dem Bildnis und stöhnte erschrocken auf.

„Der Seerosenteich!" Still und smaragdgrün schillernd lag er vor ihr. Nicht nur, dass sie haargenau vor dem Mädchen aus ihren Träumen stand, das ihr tatsächlich ähnelte; nun fand sich jedes Detail der ihr erzählten Geschichte auf der gegenüberliegenden Leinwand, als naturgetreues Abbild wieder.

Thomas Stein, der in seinen Hosentaschen nach einem Feuerzeug gesucht hatte, sah überrascht auf. Er hatte ganz vergessen, aus welchem Grund er seine Patientin hierhergeführt hatte. Ihre Reaktion auf den Teich sprach Bände. Es war Verblüffung, die sich in ihren Augen spiegelte. Sie hatte dieses Gemälde tatsächlich noch nie vorher gesehen, zumindest nicht wissentlich.

Die Augen! Er näherte sich Stellas Spiegelbild. Zu blöd, dass er vor Jahren zu rauchen aufgehört hatte. Ein Heftchen Streichhölzer war seine magere Ausbeute. Offenes Feuer war in allen Teilen der Klinik verboten. Nicht einmal die Teelichter, die überall als Dekoration herumstanden, durften angezündet werden. Doch es musste sein, er wollte Gewissheit haben. Ein leises Raspeln, zischend flammte eine kleine Feuersäule hoch, gab den Blick auf kobaltblaue Augen frei. Augen, von einer Intensität, dass er fast das Bild samt Staffelei abgefackelt hätte, so nahe war er herangetreten.

Wie war so etwas möglich? Er sah sich nach Gutrun um. Sicher wusste sie um die Entstehungsgeschichte dieses Gemäldes. Es handelte sich vermutlich um eines ihrer Werke. Aber er konnte die geheimnisumwobene Malerin nirgends entdecken. Sie war wie vom Erdboden verschluckt. Gerade noch erhaschte er einen Blick auf den Rücken einer pummeligen Gestalt, bevor diese aus dem Saal huschte. War das Dolores? Was hatte seine Assistentin hier zu suchen? Mit einem raschen Blick versicherte er sich der Anwesenheit Stellas. Diese stand noch immer zur Salzsäule erstarrt an derselben Stelle. Augenscheinlich wusste sie nicht, welches Gemälde sie mehr erschütterte. Ihr blondes Ebenbild oder der Seerosenteich. Doch wo war Gutrun?

Seine Überlegungen wurden jäh von schrillem Pfeifen und Piepsen zerrissen. Der Alarm mehrerer Brandmelder gellte durch die gesamte Klinik und in seinen Ohren. Fast verbrannte er sich die Finger an der verlodernden Flamme. Hatte er den Alarm verursacht? Auch hier im Gemeinschaftsraum befanden sich Rauchmelder, doch diese blieben still. Der Lärm kam aus einer anderen Richtung, irgendwo aus den oberen Stockwerken, soweit er das feststellen konnte.

In kürzester Zeit herrschte Hochbetrieb auf dem Weg zum Ausgang. Das Klinikpersonal hatte alle Hände voll zu tun, die Stationen zu räumen, für eine geordnete Evakuierung des Gebäudes zu sorgen. Selbstverständlich gab es für derartige Fälle Brandschutzpläne und Schulungen. Doch es machte einen gewaltigen Unterschied, eine im Vorhinein bekanntgemachte Übung zu absolvieren, oder im wirklichen Notfall kühl und überlegt, ohnehin instabile Patienten in Sicherheit zu bringen.

Auch die wenigen Presseleute hatten fluchtartig den Ausstellungsraum verlassen. Sie waren allein. Thomas blickte sich um und entdeckte Stella erst nach längerem Suchen. Kauernd am Boden, hielt sie sich mit beiden Händen die Ohren zu.

Was musste dieser Höllenlärm für sie bedeuten? Hatte sich doch im ersten Augenblick des Alarms sein eigener Pulsschlag fast verdoppelt.

Langsam ging er auf sie zu, berührte sie sachte an der Schulter, was sie noch mehr erschreckte. Behutsam zog er die junge Frau hoch. Er konnte nicht anders, er nahm sie in seine Arme. Nicht wie ein Mann seine Geliebte, ermahnte er sich, sondern wie ein Vater sein Kind. Was hatte er bloß für seltsame Gedanken? Tröstend strich er über ihren Rücken.

Das eine oder andere Mal in seiner Laufbahn hatte er sich in eben solchen Situationen befunden. Als Fels in der Brandung für Patienten, die in jenen Augenblicken unter der Wucht ihres Leids zusammenbrachen, welches nur mehr die sorgsame Umarmung eines wohlwollenden Menschen linderte. Doch stets hatte er auf die notwendige Abgrenzung geachtet, um sein Inneres einen Schutzring gezogen. Ohne diese erforderliche, professionelle Distanz konnte es brandgefährlich werden. Was zog er denn jetzt wieder für Vergleiche! Im Moment hieß es tatsächlich Feuer am Dach oder zumindest in den oberen Stockwerken.

Gerade donnerte sein Herz gegen die Rippen, sodass er Bedenken hatte, Stella könnte diesen Gefühlssturm mitbekommen. Spontan schob er sie von sich und sah ihr in die Augen. Das war ein Fehler!

Ein noch gröberer Fehler war, zu wenig auf seine Umgebung zu achten. Im dunklen Honigbraun ihres Blickes spiegelte sich nicht nur die pure Angst, sondern auch ein Schatten hinter ihm. Er fühlte einen rüden Schlag auf den Kopf und seine Beine knickten ein.

Das Letzte was er wahrnahm, war Stellas schriller Schrei und beißender Brandgeruch in der Nase, dann umfing ihn Dunkelheit.

DER
GESCHICHTENERZÄHLER III

Die Schicksalswende

Sinnend blickte Alexander auf das besondere Wesen, das da zu seinen Füßen lag. Undeutlich zeichneten sich Konturen unter mehreren Lagen Decken ab. Doch er wusste so und so um jeden Zentimeter dieser einzigartigen Frau. Behutsam legte er sich an ihre Seite und umfing den warmen Körper mit all seiner Zärtlichkeit. Olivia rückte im Halbschlaf näher und er genoss diese sorglose Geste mit allen Sinnen. Sie vertraute ihm. Endlich! Dennoch, so lange sich Olivias Erinnerungen als trügerisch erwiesen, wollte und konnte er den nächsten Schritt nicht tun, auch wenn die Sehnsucht mehr verlangte. Ihm blieb nur, in ihrer Nähe zu bleiben, um den rechten Zeitpunkt zu erkennen; die Sekunde, in der sie sich der vollen Tragweite ihres Schicksals bewusst wurde. Sollte dies geschehen, wollte er sie auffangen. Wiederum! Denn in diesem Augenblick fielen die Würfel neu. Es stand in den Sternen, ob sich dann sein Sehnen bewahrheitete, oder ins Gegenteil kehrte.

Obwohl der Frühling nahte, herrschten des Nachts überaus frostige Temperaturen im Freien. Es tat gut, seine kalten Knochen auf eine derart verheißungsvolle Weise, einzig getrennt durch ein paar Millimeter Stoff von der Erfüllung seines Wollens, aufzuwärmen. Er hatte es sich nicht nehmen lassen, selbst noch eine Runde um das Lager zu drehen, sich zu vergewissern, dass von keiner Seite Gefahr drohte. Nun fühlte es sich so an, als ob Eiskristalle seine Adern durchflössen. Manches Mal wünschte er sich das dichte Fell einiger seiner Gefährten, das es ihnen ermöglichte, auch im strengsten Winter draußen Wache zu halten, ohne den Erfrierungstod fürchten zu müssen. Olivia schlief tief und fest. Es war nicht immer so gewesen. Ihm kamen ungezählte Nächte in den Sinn. In denen sie, von Alpträumen geplagt, mit Dämonen der Vergangenheit kämpfte; schweißgebadet nur in seiner Umarmung Ruhe fand.

Es gab eine Zeit, an der niemand an seiner Seite lag. Ewig lange, einsame Jahre, deren grenzenlos scheinende Trostlosigkeit ihn noch heute erschaudern ließ. Grau in Grau verrannen dereinst die Tage zwischen den Fingern. Ein nimmer endender Strom von Tristesse begleitete ihn von frühmorgens bis spätabends. Selbst die Hoffnung, als letzter Rettungsanker, hatte ihn verlassen.

Immer noch kam es ihm vor, als sei es gestern gewesen, dass sich Olivias und seine Wege gekreuzt hatten. In ihrer Gegenwart war ihm das Gefühl für Zeit völlig abhandengekommen. War das Liebe?

In Kürze erreichten sie jenen Ort, an dem die Vorhersehung damals Einsicht gezeigt hatte. Olivias Schicksal in seine Hände legte. Mit den darauffolgenden Abenteuern könnte man ganze Bände füllen, obwohl es ihm, wie gesagt schien, als tickten seit jener Zeit die Uhren anders.

Gerade eben war es um seinen Schlaf geschehen. Vorsichtig schälte sich Alexander aus der Decke, richtete sich auf. Im Zentrum des Zeltes schimmerte orangefunkelnde Glut vom umfriedeten Feuerplatz. Sie wärmte die kleinen Körper rund um sie, sorgsam eingehüllt in flauschige Felle und wohl behütet in ihrer Mitte. Das Leuchten reichte aus, um sich zurechtzufinden. Zielsicher steuerte er eine der wuchtigen Truhen in der Ecke ihrer Unterkunft an. Dort ließ er sich auf einen Hocker nieder, öffnete blind das

Nummernschloss und hob vorsichtig den Deckel. Widerwillig knarrend hob sich das schwere Teil. Der eine oder andere murmelte im Halbschlaf, wälzte sich auf die andere Seite, munter wurde jedoch niemand. Die Feuerwache hatte ihn längst bemerkt und nickte ihm unmerklich zu. Alexander griff ins Dunkle, ertastete auf Anhieb, wonach er suchte. Sorgsam zog er ein schmales Bändchen hervor und verschloss das hölzerne Ungetüm wieder. Nun war doch etwas mehr Licht von Nöten und er knipste seine Taschenlampe an. Ein sanfter Strahl erhellte mehrere geheftete Seiten und einen Zeitungsausschnitt. Bei ersterem handelte es sich um Fotos von etlichen Kunstwerken, zweiteres zeigte das Abbild eines engelgleichen Wesens mit langem, blonden Haar, scheinbar bis zum Boden, das mit ernster Miene in die Kamera blickte. Erst bei genauerem Hinsehen erkannte man, dass es sich um keine Aufnahme, sondern um das naturgetreue Gemälde eines augenscheinlich begnadeten Künstlers handelte. Ein kurzer Text darunter wies auf die Eröffnung einer Ausstellung hin, in der unter anderem auch jenes Werk zur Versteigerung kommen sollte.

Genau diese Meldung war es, die Alexander damals inspirierte, die im Artikel erwähnte Vernissage zu besuchen. Er dachte zurück. An jene Tage, an denen noch keine farbenfrohen Zirkuswägen ihr Lager säumten, an denen der leere Platz an seiner Seite sich kalt, jedoch gerechtfertigt anfühlte, die Suche nach der Liebe seines Lebens einen längst aufgegebenen Traum darstellte.

Dann, am nächsten Morgen in der Klinik angekommen, schlug das Schicksal einen Haken und ein neues Kapitel seines Lebens auf.

EWERTHON & MIRA XII

Freudvolle Neuigkeiten

Als es nichts Besonderes mehr zu sehen gab, zerstreute sich auch die Menschenmenge rasch. Die Königin der Lichtwesen hatte Recht behalten. Jeder wollte wieder zu Freibier und Vergnügen zurückkehren. Ausreichend Sitzgelegenheiten um die Schänken waren vorhanden und an Gesprächsstoff sollte es auch nicht fehlen ... und die Mörderin befand sich in sicherem Gewahrsam. Kenneth gab gerade seinen Männern die Anweisung, den Leichnam in ein Tragetuch zu legen und abzutransportieren, als Ouna auf ihn zutrat.

Sie hielt noch immer Kelaks Siegelring in der Hand.

„Besteht vorher die Aussicht, nach meinem Ring zu suchen?"

Kenneths Herz schlug schneller. Er vermutete, dass ihm die aus der Ferne Angebetete seinen Verstand gerettet, seine Seele aus den Klauen der Kriegsgöttin befreit hatte. Noch jetzt brach ihm kalter Schweiß aus, wenn er daran dachte, wie knapp davor er gewesen war, ein willenloses Geschöpf der furchteinflößenden Königin zu werden. Wer rechnete denn damit, dass die Herrscherin über alle Nebelkrähen hierher zur Hochzeit der Prinzessin kam? Als wenn es nichts Wichtigeres in diesen Welten für die allerhöchste Heerführerin zu tun gäbe.

„Hchm!", er räusperte sich, „Selbstverständlich steht es Euch frei nach Eurem Ring zu sehen."

Ouna bückte sich. Ihr grauste davor, den leblosen Körper zu berühren. Mit zusammengepressten Lippen tastete sie trotz ihres Unbehagens sorgsam die Taschen des Toten ab. Den zweiten Ring, ihren Ring, fand sie nicht.

„Meinen Dank, Kenneth. Falls er doch noch auftaucht, hoffe ich auf eine Verständigung."

Der Hauptmann der Wache neigte knapp den Kopf. „Selbstverständlich, es ist mir eine Ehre, Euch zu Diensten zu sein!"

Versonnen zwirbelte er an seinem Schnurrbart, während er den vieren nachsah. Die Dame seines Herzens hatte ihn heute gerettet ... und kannte überdies seinen Rufnamen!

Nachdem sie außer Hörweite waren, hielt Ouna an und umarmte ihre Schwiegertochter.

„Mira, ich würde dir sehr gerne meinen Ring als Hochzeitsgeschenk überreichen." Mit einem Seitenblick auf Ewerthon fuhr sie fort. „Damals konnte ich ihn nicht an Yria übergeben, da er sich noch in Kelaks Besitz befand. Doch nach den heutigen Ereignissen hat sich alles geändert."

Sie umhalste auch ihren Sohn und übergab ihm den Siegelring von *Caer Tucaron*. „Ich bin mir sicher, es ist zu unser aller Wohl, wenn du ihn trägst! Letzten Endes hätte das dein Vater so gewollt."

Ewerthon streifte den Ring mit dem Wappen der *Tucarons* über. Eine sonderbare Ahnung befiel ihn. So, als wäre das heute lange nicht alles an Überraschungen gewesen, was auf sie zukommen sollte. Vermutlich spürte er aber auch bloß die Verantwortung, die mit diesem goldenen Machtsymbol einherging.

Währenddessen hatten Alasdair und Ouna in stiller Übereinkunft einen Entschluss gefasst.

„Wir werden nach *Caer Tucaron* fliegen und den Ring deiner Mutter suchen. Als Vögel sind wir schnell wie der Wind und in der Gestalt der Nebelkrähenkrieger kann ich uns in der Kürze eines Wimpernschlags wieder hierherbringen. Bis zu eurem Gelöbnis sind wir gewiss zurück." Ouna umarmte ihren Sohn und Mira zum Abschied noch einmal. Die beiden schlenderten Arm in Arm auf die Burg zu. Bis hierher wogte der Lärm unbändiger Festtagslaune, wehte der Bratenduft von zahllosen Ochsen und Schweinen in krosser Schwarte, hörte man das Grölen aus mehr oder weniger begnadeten Kehlen, das sich vermischte mit den lustigen Weisen der Spielleute, die tapfer gegen die lauthalse Konkurrenz der Laiensänger ankämpften.

Der nächste Programmpunkt wartete bereits. Doch die kurze Zeitspanne nur zu zweit wollte das Brautpaar kurz genießen. Ewerthon zögerte. Der Tag war angefüllt mit Aktivitäten jeglicher Art, und er mochte Mira nicht zusätzlich belasten. Es gab jedoch eine Frage, die er unbedingt noch vor Sonnenuntergang stellen musste.

„Mira!"

Sie war so in Gedanken versunken, dass sie erschrak, als er sie plötzlich ansprach und abrupt stehen blieb.

„Entschuldige. Ich wollte dich nicht ängstigen. Jedoch ...", er räusperte sich.

Eine eiskalte Klaue griff nach ihrem Herzen. Er hatte es herausgefunden, wollte sie zur Rede stellen! Aber sie wusste doch selbst nicht, was in dieser verfluchten Hütte wirklich passiert war.

„Ich.... Mir tut es leid ..." Mehr brachte sie nicht zustande. Die Worte blieben mitten im Halse stecken.

Zärtlich nahm er ihre Hände in die seinen, küsste sanft jede Fingerspitze.

„Hör mir zu. Später wird sich keine Gelegenheit mehr ergeben, dir diese Frage zu stellen."

„Du willst mir eine Frage stellen? Haben wir das nicht schon hinter uns?" Ein Lächeln huschte über ihr blasses Gesicht, das langsam wieder an Farbe gewann. Er musste sie wirklich erschreckt haben.

Ernst blickte Ewerthon in ihre wunderschönen Augen, in denen sich all seine Träume widerspiegelten.

„Damals im Moor ... wir haben uns die Vergangenheit erzählt, haben die Gegenwart vereint gemeistert, doch wir sprachen nie über die Zukunft!"

Mira sah fragend zu ihm hoch.

„Willst du mit mir *Caer Tucaron* wieder auferstehen lassen? An meiner Seite als Königin über dieses wunderbare Land herrschen? Ich weiß, es kann sich auf keinen Fall mit *Cuor Cogaidh* und seinen Ländereien messen ..."

Mira unterbrach seinen Redeschwall mit einem Kuss.

„Natürlich will ich das, Liebster. Was ist das für eine Frage?", bekam er zur Antwort, als sich ihre Lippen von den seinen lösten.

Ewerthon stand die Erleichterung ins Gesicht geschrieben. Tatsächlich war es so, dass er in seinen schlimmsten Fantasien befürchtet hatte, als Prinzgemahl am Hofe seiner Zukünftigen ein Schattendasein bar jeglicher Verantwortlichkeiten zu führen.

Mira lächelte. „Wollen wir uns versprechen, dass wir über alles reden können, was uns auf der Seele liegt? Egal, ob es wichtig oder unwichtig erscheint?" Denn, auch wenn sie jeweils die Gedanken des anderen lesen konnten, taten sie das niemals ohne gegenseitiges Einvernehmen.

So schworen sie feierlich, abseits des Trubels und ohne Zuschauer, sich Sorgen und Nöte anzuvertrauen, immer frank und frei die Wahrheit zu sagen. Der Weg war geebnet, um Ewerthon von der kürzlich erlebten höchst sonderbaren Begebenheit im Moor zu berichten. Doch noch bevor Mira dazukam, den soeben abgelegten Schwur in die Praxis umzusetzen und Ewerthon ihr rätselhaftes Abenteuer zu erzählen, fanden etliche Hochzeitsgäste zu ihrem ruhigen Fleckchen inmitten des Rummels, umrundeten sie mit Jubelrufen und führten sie zurück zu den Festivitäten.

Miras Großmutter wartete bereits auf ihre Enkelin.

Ouna blickte sinnend Sohn und zukünftiger Schwiegertochter nach.

Sie konnte es noch immer nicht fassen. Kelak war tot! Seit langem getrennt, war er doch noch immer der Vater ihrer Kinder. Obwohl er verantwortlich für den schlimmsten Tag ihres Lebens war, sie der Untreue bezichtigt und mitsamt den gemeinsamen Töchtern vom Hof gejagt hatte, stand sie genau deswegen gerade neben der Liebe ihres Lebens. Das Schicksal schlug oft verschlungene Pfade ein, machte unverständliche Kehrtwendungen. Zu einem späteren Zeitpunkt, wenn das tiefe Tal durchwandert, man wieder auf der Spitze des Berges stand und von dort nach unten sah, dämmerte die Erkenntnis, keimte hin und wieder Verständnis für einen tieferen Sinn hinter all dem Leid und Unglück. Denn das eine oder andere Mal entstand auch Gutes, folgte Besseres. Gedankenverloren strich sie über den weichen Samt ihres Festtagskleides. Hätte demzufolge dieses schreckliche Ereignis in der Vergangenheit nicht stattgefunden, wäre sie heute nicht ....

Alasdair blickte ihr tief in die Augen. „Du solltest ihm keine Hoffnungen machen!"

„Du meinst, er wird im Reich seines Vaters nicht anerkannt? Ich denke, alle werden froh sein, wenn mit einem jungen König wieder Recht und Ordnung einkehrt."

„Nein, nicht Ewerthon. Ich meinte Kenneth, den Hauptmann der Wache. Selbst ein Blinder sieht, dass er dich anbetet."

Ouna lachte hellauf. „Nun ja, erstens kann es nie von Nachteil sein, den obersten Befehlshaber auf seiner Seite zu haben. Und zweitens ...", sie kam ins Stocken.

„Ja, und zweitens?" Alasdair hakte nach.

„Hchm", jetzt räusperte sie sich. „Und zweitens ... was finge er mit einer werdenden Mutter an?"

Alasdair erstarrte. „Ähm?! Wie soll ich das verstehen?" Fragend blickte er auf seine Frau, deren Wangen sich leicht rosa färbten.

„Wir bekommen ein Baby!?", er schrie es fast heraus.

„Schscht! Das weiß noch niemand und muss auch niemand wissen!", sie deutete zu den Hochzeitsgästen, die jubelnd um das Brautpaar tanzten, trat zu Alasdair und legte ihren Zeigefinger auf seine Lippen.

„Bist du dir ganz sicher?", flüsterte er.

„Nein, und darum wollte ich es auch noch für mich behalten. Doch, ja, irgendwie ... alle Anzeichen deuten darauf hin", ihre graublauen Augen blitzten. „Anscheinend bin ich als Nebelkrähe durchaus noch in der Lage ...", sie verschluckte sich an den letzten Worten, denn der Krähenprinz zog sie eng an sich heran, küsste sie unendlich zart und unendlich lange.

„In der Krähenwelt vergeht die Zeit anders. Da bist du gerade mal ein junges Mädchen", er grinste von einem Ohr zum anderen und legte seine Hand auf ihre Hüfte. „Ein sehr anziehendes noch dazu, wie ich behaupten möchte", turtelte er verliebt.

„Dann lass uns jetzt den Ring finden und zu Mira bringen", damit schob Ouna ihren vernarrten Ehemann resolut auf Armeslänge von sich.

„Wenn du das unter diesen Umständen noch immer willst? Hinterher werden wir uns einen hübschen Namen für unser Mädchen überlegen!" Das Grinsen des Krähenprinzen vertiefte sich. Er wurde Vater! Was für eine Neuigkeit! Die Dynastie wurde fortgesetzt. War das der insgeheime Plan seiner Mutter gewesen? Damals am Felsen, als sie Ouna in den inneren, königlichen Kreis holte?

„Oder für unseren Jungen. Es kann genauso gut ein Junge werden", berichtigte ihn seine wundervolle Gattin.

Sie verstummte. Plötzlich, ohne Vorwarnung, tauchten Bilder aus der Vergangenheit an die Oberfläche. Sie sah Ewerthon, der sich vor vielen Jahren verzweifelt an sie geklammert hatte. „Verlass mich nicht", hallte es noch immer herzzerreißend durch ihre Erinnerungen.

Ewerthon wurden im zarten Kindesalter seine Mutter und Schwestern genommen, er wurde vom eigenen Vater seiner Sohnesrechte beraubt und geächtet, musste sich in einer neuen, ihm bis dahin völlig fremden Welt zurechtfinden, als junger Mann von der geliebten Ehefrau Abschied nehmen, und sich dann vom eigenen Sohn trennen. Sie wusste, welchen Kampf er gefochten hatte. Denn vermeintlich ließ er Tanki genauso im Stich, wie sie ihn damals, vor langer Zeit. Schlussendlich hatte er ihren Tod mitangesehen und seine Magie verloren.

Traurig blickte sie auf. „Ewerthon hat bereits so viel Schmerz erlebt. Nach außen hin überstanden, natürlich. Doch ich befürchte, in seinem Inneren liegt noch einiges in Scherben. Alles kann Mira nicht heilen, und es sollte auch nicht ihre Aufgabe sein."

Alasdair nickte. „Wenn wir zurückkommen, lasse ich ihn nochmals wissen, dass er mit mir über alles reden kann, was ihm auf dem Herzen liegt, seine Seele belastet."

Dankbar legte Ouna ihre Hand an seine Wange. „Du wirst ein wunderbarer Vater werden".

„Ich weiß!" Er konnte sich ein Grinsen nicht verkneifen, bevor sie sich wandelten und als Nebelkrähen über den blitzblauen Sommerhimmel Richtung *Caer Tucaron* fegten.

Über Allem

Oonagh saß ihrer Enkeltochter direkt gegenüber. Hier oben am höchsten Turm von *Cuor a-Chaoid* verloren sich der Lärm und die Betriebsamkeit des heutigen Tages weit unter ihnen, wehten einzig als geschäftiges Säuseln herauf zu den Zinnen. Ein einsamer Raubvogel zog im Sinkflug über sprießende Wiesen und äugte auf die zwei Frauengestalten. Offenkundig gab es Wichtiges zu besprechen, denn sie würdigten ihn keines Blickes. Mit einem heiseren Schrei driftete er Richtung königlichen Forst ab und ließ sich dort auf der Spitze einer schlanken, hochgewachsenen Tanne nieder. Das spitzbenadelte Geäst wippte kurz unter dem Gewicht des braungefiederten Vogels, dann kehrte Ruhe ein. Einen Wimpernschlag später landete ein weiterer Vogel auf dem dunkelgrünen Baum, brachte den selben Zweig abermals in Schwingung. Er war von ähnlicher Statur, doch wesentlich kleiner. Der zarte Flaum des Federkleids ließ auf ein jüngeres Exemplar seiner Gattung schließen. Aufmerksam sahen sich beide um. Von hier aus hatten sie die Prinzessin im Blick und auch sonst entging ihnen nichts.
Üblicherweise säße jetzt Schura bei Mira. Denn von jeher war es Sitte, dass sich Mutter und Tochter vor dem Treuegelöbnis an einem ruhigen Ort fanden, sich austauschten über das Gewesene und das Kommende.
Der heutige Tag wurde zum Anlass genommen, die Vergangenheit, bisher gemachte Erfahrungen, bereits erreichte Ziele und noch vorhandene Träume und Pläne des Mädchens, das sich nun auf dem Weg zur Ehefrau befand, vertrauensvoll zu betrachten.

Mira war zur Hälfte Mensch, zur Hälfte Lichtwesen. Gerade im Reich der Lichtwesen herrschte Gleichklang zwischen Frau und Mann. Niemand war dem anderen über- oder unterstellt. Was in der Menschenwelt Misstrauen hervorrief, war in der Lichterwelt gang und gäbe. Gleichberechtigt entwarfen Liebespartner ihr gemeinsames Sein.

Oonagh hatte dieses Gespräch, wenn auch mit Traurigkeit im Herzen, gerne für Schura übernommen.

„In jeder Beziehung geht es ums bewusste Zuhören. Um das Wahrnehmen von Wünschen, Bedürfnissen und Visionen des anderen, jedoch auch der eigenen. Achte den anderen und dich selbst gleichermaßen." Sie liebte ihre beiden Enkelinnen über alles und gerade bei Mira war sie sich gewiss, dass ihre Worte auf fruchtbaren Boden fielen. Zweisamkeit bedeutete ein Wir und Uns, doch kein spurloses Auflösen des Ichs.

„Wenn dir jemand oder etwas wichtig ist, erfasse das wirkliche Wesen deines Gegenübers. Erst dann kannst du dich dafür oder dagegen entscheiden. Gehe mutig und offen auf Neues zu. Lerne es in all seinen Facetten kennen, um dann zu wissen, willst du weiterhin deine Energie in diese Richtung fließen lassen oder ziehst du dich zurück." Hierbei ging es um eine wichtige Grundregel der Lichtwesen. Niemand wurde gezwungen, mit jemandem Kontakt zu halten oder gar in einer lieblosen Beziehung zu verharren. Es kam nicht oft vor, doch ab und an entstand, aus welchen Gründen auch immer, grobe Disharmonie, tat sich eine frostige Kluft auf zwischen vormals vertrauten Wesen. Konnten Differenzen trotz klärender Gespräche und neutraler Unterstützung von außen nicht behoben werden, war es oft besser, auf Distanz zu gehen, zumindest für eine Weile. Eventuell zu einem späteren Zeitpunkt einen Neubeginn abzuwägen. Dies betraf nicht nur die Ehe, sondern grundsätzlich alle Arten von Beziehungen. Häufig waren mangelnde Wertschätzung und Achtsamkeit der Auslöser für Streit, Trennung, Wut und Trauer.

„Nimm niemals Freundschaft, Vertrauen oder Liebe als selbstverständlich hin. Es sind allenfalls Geschenke, die Sorgfalt und Aufmerksamkeit erwarten, sollen sie gedeihen. Pflanzen gedeihen am besten mit Licht und Wasser, jedes zur rechten Zeit!"

Mira nickte. Den Codex der Lichtwesen hatte sie bereits als kleines Mädchen verinnerlicht.

Oonagh lächelte in Gedanken an ihre verstorbene Tochter. Schura war eine gute Lehrerin gewesen. Sie kam zur nächsten Angelegenheit.

„Redet miteinander. Erwarte nicht, dass dein Mann deine Gedanken lesen kann, deine Wünsche erfüllt, wenn du sie nicht aussprichst, ihn nicht in deine Überlegungen miteinbeziehst." Mira, die bis jetzt ernst und aufmerksam allen Ausführungen gefolgt war, musste hellauf lachen. Sie zwinkerte ihrer Großmutter zu. „Er kann meine Gedanken lesen! Glaube mir, und nicht immer ist es von Vorteil."

Die Zukunft an der Seite des geliebten Mannes barg noch weitere neue Erfahrungen, wie die Liebe auf körperlicher Ebene. Oonagh beendete mit diesem letzten Punkt ihre Ausführungen.

„Wie kleine Lichtwesen entstehen, darüber wurdest du bereits aufgeklärt." In *Saoradh* herrschte große Offenheit über alle Aspekte des täglichen Lebens. Weder die Verschiedenheit der Geschlechter, noch die Art der Fortpflanzung oder deren Verhütung, waren ein Tabuthema. Wie es zu diesen Zeiten in der Menschenwelt der Fall war. Eine der liebsten Freizeitbeschäftigung für Groß und Klein war das Herumtollen um und in den grünen Seen ihrer Heimat. Und das ohne beklemmende Bekleidung, nur mit dem Wind auf ihrer Haut. Ohne Rücksicht auf Rang und Namen flitzten Kinder und Erwachsene stundenlang um die Wette, tankten sich mit Sonne voll.

„Doch merke, das Liebesleben mit deinem Ehemann sollte nicht zum einseitigen Vergnügen werden", jetzt schmunzelte die Großmutter. „Nun ja, wenn er soundso deine Gedanken lesen kann, wird er sicherlich ein gutes Gespür dafür entwickeln, was dein allgemeines wie auch dein spezielles Wohlbefinden betrifft." Prüfend sah sie Mira an. „Ich nehme an, das funktioniert auch umgekehrt?"

Mira nickte mit glühenden Wangen.

„Dann bist auch du im Vorteil. Ein Konfliktstoff weniger in eurer Beziehung. Denn nicht immer fällt es leicht, auf diesem Gebiet seine Wünsche zu offenbaren."

Sie nahm Miras Hand in die ihre.

„Wann immer du Fragen hast, Probleme auftreten oder du einfach jemanden zum Reden oder Zuhören brauchst, du weißt, wo du mich findest."

Kurz hielt sie inne, bevor sie fortfuhr.

„Allerdings, ein Teil des Erwachsenwerdens beinhaltet, selbst Wege einzuschlagen, eigene Fehler zu begehen, individuelle Lösungen zu entwickeln und dadurch persönliche Erfolge zu feiern. Entscheidungen zu treffen erfordert

Mut und Selbstvertrauen. Du bist vielleicht das eine oder andere Mal unsicher und orientierungslos, doch auch du wirst deinen eigenen Platz in diesem Universum finden. Ist das nicht ein wunderbares Gefühl von Freiheit?"

Mira senkte den Kopf. Seit dem Tod ihrer Mutter war über ihr Leben entschieden worden. Auch die Jahre bei Wariana standen unter einem strengen Reglement. Erst in der Gestalt Oskars atmete sie zum ersten Mal Freiheit. Dieses Gefühl war bis jetzt nicht mehr aufgetaucht, lag begraben unter dem Verlust ihrer Magie. Aber das änderte sich in Kürze. Obwohl die Moorhexe keinen genauen Zeitpunkt der Wiederkehr ihrer Kräfte genannt hatte, sie selbst war zutiefst überzeugt, bei Sonnenuntergang wäre alles anders.

„Eines will ich dir noch sagen", die Stimme der Großmutter holte Mira zurück in die Gegenwart.

„Du und selbstredend Ewerthon, ihr seid jederzeit willkommen in *Saoradh*."

Mira lächelte. „Danke, Großmutter, das weiß ich doch!"

„Du verstehst nicht ganz, was ich dir sagen will." Bedeutungsvoll blickte sie ihrer Enkeltochter in die Augen.

„Du meinst ...?" Verwirrt schüttelte die junge Frau den Kopf, sodass das grüne Band in ihren Haaren Mühe hatte, all die stobenden Locken zu bändigen.

Oonagh nickte. „Ja! Das meine ich. Du weißt, dass bei uns die Zeit anders verläuft als hier draußen." Mit einer fließenden Bewegung umfasste sie Wiesen, Wälder, Himmel und Meer.

„Bis zu deinem dreißigsten Lebensjahr würdest du altern, wie in dieser Welt auch. Doch von da an kannst du so gut wie endlos leben. Ewerthon und du, ihr seid nur ein paar

Jahre auseinander. Sobald er *Saoradh* betritt, wird er alle hundert Jahre seinen Geburtstag feiern. Ihr wärt nicht unsterblich, doch ihr hättet eine lange Weile für euch und euer Glück."

Mira schluckte. Wieso hatte sie selbst daran noch nicht gedacht? Es stimmte. Lichtwesen und Elfen entwickelten sich bis zu ihrem dreißigsten Geburtstag. Ab diesem Zeitpunkt alterten sie so gut wie gar nicht mehr. Vergingen in der Menschenwelt hundert Jahre, zählte dieser Zeitraum in *Saoradh* nur ein Jahr. Sie musste unbedingt mit Ewerthon sprechen.

„Was deine Magie betrifft ..." Miras Gedankengang wurde unterbrochen. Sie horchte auf.

„Deine Kräfte haben dich niemals verlassen."

„Großmutter! Sie sind weg, verschwunden! Ich habe es oft genug versucht!"

Die ältere Frau betrachtete sie aufmerksam.

„Wie oft ist oft genug?"

Mira zögerte. „Nun ja, fünf, sechsmal."

„Jeden Tag oder insgesamt?"

„Ähh, insgesamt", leise antwortete Mira.

Oonagh schnalzte missbilligend mit der Zunge.

„Nur, weil es ein paar Male nicht funktioniert, kannst du doch nicht gleich aufgeben! Du hast deine Magie ja auch nicht von heute auf morgen zu nutzen gelernt. Wenn du selbst an dich nicht glaubst, wer sollte es dann?", ihre bisher sanfte Stimme erhielt einen energischen Unterton.

„Deine Kräfte sind noch immer in dir! Selbst Wariana konnte sie dir nicht nehmen. Ich sehe es jeden Tag an deiner Kerze. Dieser goldene Halsschmuck, er ist ihr Geschenk und hat eine Bedeutung, dessen bin ich mir gewiss. Was reinen Herzens entstanden ist und niemals missbraucht wurde ..."

Mira fasste sich an den Hals, sie krächzte.

„Woher weißt du von der Moorhexe und der Kette?" Gegen jeglichen Anstand unterbrach sie die Königin der Lichtwesen.

Bis zu diesem Zeitpunkt war Oonagh der Meinung gewesen, Mira hätte das goldene Kleinod bewusst abgelegt und sich heute alleine für den Hochzeitsschmuck entschieden.

„Was ist damit? Ich weiß rein gar nichts. Und was hat die Moorhexe mit all dem zu tun?" Oonagh ahnte jetzt schon, dass ihr die Antwort nicht gefallen würde.

„Aber du sagtest doch, meine Kräfte kehrten zurück?"

„Ja, weil du sie nie verloren hast. Sie sind noch immer da. Und ich denke, die Kette beschützt nicht nur dich, sondern auch deine Magie", sie dachte abermals an die Kammer der Kerzen. „Kind, was hast du getan?!"

Miras Hände begannen zu zittern. Schwindel erfasste sie. Wie zur Bestätigung röteten sich die Abdrücke der Symbole, die sich für ewig in ihre Haut eingebrannt hatten, wurden unerträglich heiß.

Gleichzeitig griffen eiskalte Klauen nach ihrem Innersten und umklammerten dieses. Doch bevor sie ihr Grauen in Worte fassen konnte, zog die Großmutter sie an sich. Stirn an Stirn flossen die Informationen zu Oonagh. Noch immer klafften riesige Lücken in Miras Erinnerungen. Indessen, was unumstößlich schien, ... die Kette war verschwunden und sie wussten nicht, in wessen Händen sie sich in diesem Augenblick befand!

Sich selbst für einen Weg entscheiden, eigene Fehler begehen, Konsequenzen übernehmen … die vorhin gehörten Worte hallten in Miras Gedanken wie ein grausiges Echo! Ein wunderbares Gefühl von Freiheit? Pah! Ein schreckliches Gefühl von Verantwortung! Sie hatte etwas undenkbar Entsetzliches getan, dessen war sie sich zwischenzeitlich gewiss. Um welchen Preis? Wie bereits des Öfteren in den letzten Tagen, zermarterte sie sich den Kopf. Trotz alledem lüftete sich der Schleier rund um die Vorkommnisse in der verfallenen Hütte keinen Fingerbreit. Mehr denn je wünschte sie sich Wariana herbei. Wariana, die oberste aller Hexen, ihre strenge und liebevolle Lehrerin. Sie wüsste, was zu tun wäre, kannte und hütete sie doch das Schicksal jedes einzelnen Lebewesens. Die Kette war gewiss von ihr! Das Glühen der eingebrannten Symbole war geschwunden, die Umklammerung des Herzens einem flauen Gefühl in der Magengegend gewichen. Hatte sie Warianas Gabe leichtfertig aufs Spiel gesetzt, einem Traum geopfert, der sich als trügerische Fantasie entpuppte? Oder war diese tatsächlich von Beginn an dazu bestimmt gewesen, als Tauschobjekt zur Rückerlangung ihrer Magie zu fungieren?

„Es bringt nichts, dem nachzuhängen, was nicht mehr zu ändern ist", die Königin der Lichtwesen seufzte.

Sie konnte nur hoffen, dass aus dem Verschwinden der Kette kein allzu großer Schaden entstand. Obwohl genau das zu befürchten war. Aufmunternd lächelte sie ihrer Enkeltochter zu, die wie ein Häufchen Elend vor ihr kauerte. War es wirklich nur der goldene Schmuck, der abhandengekommen war?

„Mira, dein Bräutigam wartet sicher schon sehnsüchtig", mit einem Blick auf die Sonne, die langsam gen Westen wanderte, „und nicht nur der. Bist du bereit?"

Mira nickte und erhob sich ebenfalls. Ihre Großmutter hatte recht. Es brachte nichts, sich den Kopf zu zerbrechen. Sie heiratete heute den Mann, den sie liebte, dessen war sie sich mit absoluter Gewissheit bewusst, und das war momentan das Wichtigste! Noch dazu musste sie ihm unbedingt von der Hoffnung, in der Lichterwelt tausende von Jahren Seite an Seite zu erleben, erzählen.

In stiller Eintracht stiegen die beiden die Treppe nach unten. Die alte Frau und die junge Frau – in Einigkeit. Mira zählte aus liebgewordener Gewohnheit die Stufen des höchsten Turms von *Cuor a-Chaoid*, ein letztes Mal wollte sie dies als Mädchen tun. Das nächste Mal, wenn sie diese Treppe wieder aufwärts ging, machte sie dies als Frau, als Ehefrau.

Unten angekommen öffnete sie die mächtige, hölzerne Tür mit dem riesigen Schloss und stieß sie auf. Die Sonne stand im Westen und färbte den Himmel blutrot, ein neuer Lebensabschnitt begann.

Das Wiedersehen

Ewerthon sah nach oben und beobachtete die beiden Raubvögel, die hoch über den Zinnen der Burg elegant ihre Kreise zogen. Er wusste, diese Zeit gehörte der Braut und ihrer Mutter. Mira hatte ihm von diesem Brauch berichtet. Ein wenig erinnerte dies an die Riten von Stâberognés. Wehmut überkam ihn. Ein Teil seines Wesens war für immer und ewig mit dem geheimen Ausbildungslager der Gestaltwandler verbunden, sehnte sich nach der Unbeschwertheit dieser Tage und den zurückgelassenen Freunden zurück.

Wie es wohl Tanki dort erging?

Heiseres Krächzen riss ihn aus seinen Tagträumen. Gerade noch sah er die beiden Greife im atemberaubenden Steilflug vom Himmel stürzen und hinter der mannshohen Hecke des Burggartens verschwinden. Vermutlich hofften sie beim heutigen Gelage auf leichte Beute, auf schmackhafte Fleischreste, achtlos verloren am Wegesrand. Soeben wollte er sich abwenden, als in das dichtbelaubte Gehölz Leben kam, Zweige raschelten, Äste bogen sich, schufen einen schmalen Durchlass und heraus schlüpfte ... Tanki! Der Kleine grinste übers ganze Gesicht, rannte auf ihn zu und warf sich in seine Arme. Ewerthon drückte seinen Sohn an sich, verspürte pure Liebe, die ihm entgegenströmte, atmete den lange vermissten Duft von glücklicher Kindheit ein. Stirn an Stirn überfluteten ihn die Nachrichten des Jungen. Erzählten von weichen Tigerpfoten auf sonnenbeschienenen Lichtungen, moosbewachsenen Waldböden, berichteten von Jux und Tollerei, von eingeforderter Disziplin, von waghalsigen Sprüngen und verblüffenden Strategien in der *Thing-Thoca*; ... kurzum, schilderten ein Leben, das Ewerthon gerade in diesem Moment mit allen Fasern seines Herzens vermisste. Noch einmal arglos und unbeschwert durch die Wälder streifen! Doch diese Zeiten waren unwiederbringlich vorbei. Mit Tanki am Arm wandte er sich um, sah dem obersten Lehrmeister der Gestaltwandler entgegen. Gillian kam in seinem obligaten weißen Gewand, den roten wallenden Mantel darüber und den geschnitzten Stab in der Hand, gemessenen Schrittes auf ihn zu. Schon von weitem blitzten stahlblaue Augen im ernsten Gesicht des Älteren, fassten Ewerthon und Tanki ins Visier. Gillian nickte unmerklich. Damals auf *Cuor Bermon* musste er eine schwierige Entscheidung fällen. Doch, er hatte Recht getan, den Kleinen nach Stâberognés zu nehmen. Der aufgeweckte Bursche entwickelte sich im geheimen Wald der Gestaltwandler prächtig und trotz der langen Zeitspanne war das Band zwischen Vater und Sohn augenscheinlich beständig geblieben. Die Wangen des Knaben glühten vor Begeisterung und es war nicht zu übersehen, dass Ewerthon zutiefst berührt war, sich über das Wiedersehen mit Tanki über alle Maßen freute.

Vor ihnen angekommen, herrschte für den Bruchteil eines Augenblicks Stille. Die Luft knisterte von all den ungesagten Worten, die zwischen den beiden Männern standen. Doch Gillian gab sich einen Ruck. Mochte Ewerthon einen unverzeihlichen Frevel begangen haben, als er damals mit Yria an seiner Seite Stâberognés verließ; wäre es nicht geschehen, wie es geschehen war, Tanki hätte nie das Licht der Welt erblickt. Wusste nicht er, als Wanderer zwischen den Zeiten, besser als jeder andere, dass man seinem Schicksal nicht entkommen konnte. Egal, welche Winkelzüge man selbst einschlug, irgendwann holte es jeden ein, in der einen oder anderen Weise. Also straffte der oberste Lehrmeister seine Schultern, machte noch den letzten Schritt auf seinen ehemaligen Schüler zu und umarmte ihn fest. Etwas, was er nicht allzu oft machte und darum völlig auf Tanki vergaß, dem es auf dem Arm seines Vaters, eingekeilt zwischen den beiden Männern, ziemlich eng wurde.

Nach dieser selten gefühlvollen Begrüßung, wanderte die kleine Gruppe durch den Burggarten Richtung innerer Hof. Tanki sprang in der Zwischenzeit wie ein junges Kitz neben den beiden Erwachsenen her. War einmal vor und einmal hinter den beiden, jagte jauchzend bunten Schmetterlingen nach und steckte seine Nase in die dicht gedrängten, weitgeöffneten Blüten der üppig duftenden Blumenrabatte, bis sich seine Nasenspitze goldgelb färbte.

Derweil waren Ewerthon und Gillian vertieft ins Gespräch. Der Lehrmeister informierte Ewerthon von Tankis Fortschritten, der trotz seiner Jugend bereits über immense Kräfte verfügte, die unbeaufsichtigt und ohne kundige Führung ebenso Schaden heraufbeschwören konnten. Obwohl Hüter der Tiger-Magie, verfügte der Kleine zusätzlich über den Zauber eines Gestaltformers, konnte also, genauso wie Gillian, jede denkbare Gestalt annehmen, die vonnöten war.

Ewerthon seinerseits berichtete von all den Geschehnissen, die ihm seit dem Abschied von Stâberognés widerfahren waren. Das Schlendern durch den großzügig angelegten Park bot dafür den perfekten Rahmen. Gleichwohl all die bunten Blumen, lauschig angelegten Plätzchen im Schutze von Hecken, kunstvoll gestalteten Wasserspiele mit kühlem Sprühregen und halbnackten Schönheiten aus grauem Stein, gemeißelt von Meisterhand, nur von Tanki wirklich wahrgenommen wurden.

Die Zeit verging wie im Fluge, die Sonne wanderte nach Westen und just in diesem Moment eilte der Kleine in den nächsten Hof. Plötzlich kam Bewegung in die Baumriesinnen. Blätter säuselten und heimliches Flüstern trug die Botschaft von Baum zu Baum. Ein wahrhaftiger Hüter der Tiger-Magie tummelte sich zu ihren Füßen, preschte über den sorgsam geharkten Kies, dass die weißen kleinen Steinchen nur so auf die Seite stoben. Und wäre das nicht Aufregung genug, trat soeben der oberste Lehrmeister der Gestaltwandler durch das innere Burgtor.

Alle Bäume, die alte Linde, der stolze Ahorn, die mächtigen Eichen und natürlich die schlanken Birken neigten ihr Haupt vor dem Meister. Dieser unterbrach den Dialog mit Ewerthon und begrüßte seinerseits die Baumriesinnen. Außerhalb des geheimen Waldes hatte er selten diese Ansammlung von Alter und Weisheit verspürt. Die Burg der ewigen Herzen war ein Ort sondergleichen. Alleine deswegen außergewöhnlich, weil hier Menschen, Lichtwesen und Elfen in Harmonie Seite an Seite lebten, die Einzigartigkeit des jeweils anderen Volkes akzeptierten. Gillian freute sich, endlich Oonagh und Keylam wieder zu begegnen. Ihr letztes Treffen lag wahrscheinlich hunderte von Jahren zurück, er wusste es selbst nicht mehr genau. Und natürlich war er neugierig auf Sirona und vor allem auf die Braut, Mira. Selbstredend kannte der oberste Lehrmeister nicht nur die Vorkommnisse rund um die abenteuerliche Flucht seines ehemaligen Schülers, sondern wusste außerdem von Ewerthons Opfer am Herzstein. Obgleich Letzterer diesen Umstand in seinen Schilderungen nicht erwähnt hatte. Der ehemalige Hüter der Tiger-Magie musste Mira wahrlich lieben, nachdem, was er alles für sie aufgegeben hatte. Diese Liebe beruhte offenkundig auf Gegenseitigkeit, denn die Lichtprinzessin hatte für den Gestaltwandler auf ihre Unsterblichkeit verzichtet. Auch das hatte Ewerthon wohl vergessen zu erzählen.

Gillian seufzte. Die Wege des Schicksals waren das eine oder andere Mal sogar für ihn undurchschaubar. Er hoffte wahrhaftig, dass nun Ruhe in Ewerthons Leben einkehrte. In Kürze auf *Caer Tucaron* ein junger und gerechter König auf dem Thron Platz nahm, die gefallene Burg wieder zum Leben erweckte, das geschundene Land mitsamt seinen Leuten friedlichen Zeiten entgegensehen konnte.

Noch immer war sich Gillian nicht eins, ob er seine beunruhigenden Visionen Ewerthon mitteilen sollte oder nicht. Nacht für Nacht suchten ihn schreckliche Szenarien heim, in denen sich nicht nur Braut und Bräutigam, sondern auch Tanki und er selbst in Gefahr befanden. Egal, welche Geschehnisse in seinen Träumen auftauchten, sie endeten jeweils mit dem Erscheinen einer finsteren, bedrohlichen Gestalt, die bis zur Unkenntlichkeit verhüllt Tod und Verderben mit sich brachte. Einerlei welche Mittel Gillian zur Verfügung standen, es war ihm bis jetzt noch kein einziges Mal gelungen, einen Blick unter den schwarzen Umhang zu werfen, die weitgeschnittene Kapuze ein klein wenig zu lüften, um ein Gesicht erkennen zu können. Bei diesen Versuchen starrten ihn jeweils rotglühende Augen aus einer schaurigen Grimasse mitten ins Herz, begleitet von höhnischem Lachen und grausigem Verwesungsgeruch. Ein Grund mehr, warum Gillian heute hier war. Um mit all seiner Macht sorgsam über Brautleute und Hochzeitsgesellschaft zu wachen.

Ewerthon, der mit Tanki an der Hand ein paar Schritte hinter seinem Lehrmeister ging, hatte dessen sorgenschweres Seufzen wohl vernommen. Bevor er jedoch nach dessen Grund forschen konnte, blieb sein kleiner Sohn wie angewurzelt stehen, bremste ihn mit festem Ruck am Arm. Im selben Augenblick wandte sich Gillian um und lächelte. Obwohl letzterer um die Kräfte des kleinen Gestaltwandlers wusste, erstaunte ihn dieser oft aufs Neue. Bevor er, als Lehrmeister, die Anwesenheit der Lichtwesen realisierte, hatte sie sein jüngster Schüler bereits bemerkt und ihm eine stumme Warnung zukommen lassen.

Unter der Linde, dem Lieblingsbaum ihrer verstorbenen Tochter, materialisierten sich Oonagh und Keylam. Aus glänzenden, durchsichtigen Partikeln transzendierte das Paar im Bruchteil eines Wimpernschlags und die Königin aller Lichtwesen lächelte den Ankömmlingen freundlich entgegen.

Die beiden Hünen musterten sich ernst.

Gillian, Oberster Lehrmeister der Gestaltwandler, Wächter des heiligen Waldes und all seiner Lebewesen, Wanderer in den Zwischenwelten in seinem schlichten weißen Gewand, darüber der rote bodenlange Mantel, das wallende schulterlange Haar ergraut, in der Hand sein obligater, einfach gehaltener Stab, geschnitzt aus dem Holz einer edlen Birke, und Keylam, Herrscher über das

Reich der Lichtwesen und Elfen, oberster Heerführer, Hüter aller Seelen, der traurigen und fröhlichen, der verletzten und geheilten, der geraden und schrägen und deren noch unzähliger mehr, gleichfalls angetan mit weißem Gewand, das jedoch von edlerem Tuche schien und seidig glänzte, darüber ein samtig schimmernder Umhang in geheimnisvollem Blau des Meeres, in dem man die Schaumkronen nimmermüder Wellen zu sehen vermeinte. Auf dem Haupt brillierte die goldene Krone von *Saoradh*, nur bei besonderen Anlässen getragen, und auf seiner linken Schulter hatte sich eine Taube eingefunden. Ihr schneeweißes Federkleid schillerte dermaßen, dass sich dessen Funkeln in den polierten Marmorbänken rundum brach, ein wirrer Tanz von flackernden Lichtpünktchen auf deren dunkelroten Oberflächen anhob.

Nach einem Moment des Innehaltens begrüßten sich Gillian und Keylam auf Augenhöhe, freundschaftlich mit Handschlag.

„Du siehst keinen Tag älter aus als beim letzten Mal."

Keylam grinste bei Gillians Worten. Natürlich sah er nicht wesentlich älter aus! Sein Haupt war blond wie ehedem und nicht mit silbrigen Fäden durchzogen, wie das seines Gegenübers, Falten waren ihm ebenso fremd wie diverse Zipperlein des Älterwerdens. In *Saoradh* herrschte eine eigene Zeitrechnung. Demgemäß fiel es leicht, das jugendliche Aussehen zu bewahren. Gleichwohl Gillian, hoch an Jahren, respektive Jahrtausenden, sich bewundernswert gut gehalten hatte.

Oonagh ihrerseits umarmte den obersten Lehrmeister freudig, wobei sie sich im Vorhinein praktischerweise auf einen quadratisch behauenen Stein begab, um den Größenunterschied zumindest etwas auszugleichen. Heute trug sie ein Kleid, gewebt aus feinsten Fäden in seidigen Sommerfarben. Bei jeder Bewegung funkelte und glitzerte der Stoff, als wäre er mit kostbarsten Bijouterien besetzt. Auf ihren Schultern lag eine Stola, schimmernd in unendlichen Grüntönen, wie sie sich nur die Natur selbst ausmalen konnte. Einem goldenen Wasserfall gleich fiel ihr blondes Haar bis zum Boden, einzig geschmückt von der juwelenbesetzten Krone auf ihrem Kopf. Vorsichtig raffte sie ihr Gewand, um, wieder auf ebener Erde, Tanki in Augenschein zu nehmen. Beide versanken jeweils in den Blick des anderen. Die Luft begann zu flirren, grün-rosa verlaufende Lichtschlangen wirbelten hoch, nahmen alle Anwesenden in ihre Mitte. Für Ewerthon blieben diese unsichtbar, doch er spürte die sanfte Berührung von unermesslichen Energieströmen. Sogleich fühlte er sich an den Abschied seines Sohnes von *Cuor Bermon* erinnert. Trotz seiner abgrundtiefen Trauer hatte er auch damals Trost und Zuversicht verspürt, so wie eben jetzt. Eingehüllt in einen Kokon, der sicheren Schutz vor allen bösen Mächten versprach. Selbst die Baumriesinnen wurden mucksmäuschenstill bei dem Schauspiel, das sich ihnen bot. Hellgrüne und rosige Fäden verwoben sich, dehnten sich, wuchsen über den inneren Burghof hinaus, überwanden spielerisch die hohen steinernen Mauern und hüllten die gesamte Burg in einen Reigen bunter Kreise, bevor das für Normal-Sterbliche unsichtbare Farbenspiel verblasste und letztendlich nur mehr als Erinnerung in den Köpfen der Sehenden nachhallte.

Sodann warf sich Tanki in die weit geöffneten Arme der Königin aller Lichtwesen und bekam Küsschen auf beide weichen Wangen, was seinerseits mit einem feuchten Schmatz entgegnet wurde. Keylam begrüßte er auf den Armen der Königin, nach kritischer Musterung, mit seinem süßesten Kinderlächeln.

Keylam war vom ersten Augenblick an fasziniert von diesem kleinen Wesen, das zwei der mächtigsten Tiger-Magien hütete. Das Kind, das es laut den Gesetzen von Stâberognés gar nicht geben durfte und ihm nun leibhaftig vom Arm seiner Gemahlin verschmitzt entgegengrinste. Dieser Junge also sollte der Retter der Welten sein, die ewige Prophezeiung erfüllen! Bis jetzt mit Vorurteilen behaftet, änderte Keylam seine Meinung, schenkte exakt in diesem Moment Gillians Vorhaben, den Knaben auf dessen Nachfolge und seine schwierige Aufgabe vorzubereiten, vorbehaltlos Unterstützung. Die Kraft, die von diesem Kind ausging, spürte er bis tief in sein Innerstes. Doch Keylam verspürte noch etwas anderes. Nicht umsonst war er der Wächter aller Seelen. Aufmerksam wandte er sich Gillian zu. Dieser versank flüchtig in das Meergrün von Keylams Augen. Warme Wellen flossen durch seinen Körper, umspülten Sorgen, die er bis zu diesem Moment gründlich vor allen anderen verborgen hatte. Dieser Bruchteil reichte aus, um dem König der Lichtwesen Einblick in seine nächtlichen, düsteren Visionen zu gewähren.

„Wer weiß noch davon?" Keylam stellte diese Frage ohne die Lippen zu bewegen.

„Niemand." Gleichfalls stumm schüttelte Gillian den Kopf. „Ich will niemanden unnötig beunruhigen und ... ich bin wachsam!"

„Wir werden die Wachen verdoppeln. Nein, verdreifachen!" Kaum hatte Keylam seine Gedanken zu Ende gebracht, da wussten die Elfenkrieger bereits Bescheid und setzten den Befehl ihres Heerführers zügig um. Das Bewusstsein von Lichtwesen und Elfen war untrennbar miteinander verwoben. In der universellen Gedankenwelt eingebettet, gestattete es eine wortlose Kommunikation untereinander, in der Dauer eines Wimpernschlages.

Oonagh, noch immer mit Tanki am Arm, wandte sich den Männern zu.

„Es wird Zeit, die Braut zu holen!" Mit einem Blick auf den Jungen fuhr sie fort. „Möchtest du Mira kennenlernen?" Auf dessen eifriges Nicken lächelte sie Ewerthon fragend an. Dieser zögerte. Er hatte seinen Sohn so lange vermisst und jetzt sollte er schon wieder getrennt werden!

Keylam kam ihr zur Hilfe. „Geht nur. Wir werden noch eine Runde am Jahrmarkt drehen ...", zu Ewerthon „... und dein letztes Bier in Freiheit genießen."

Die beiden Älteren klopften dem Bräutigam aufmunternd den Rücken.

Oonagh rollte mit den Augen und schickte Keylam ihre lautlose Botschaft. „So klassisch ...??"

Jetzt grinste Tanki. Sie hatte völlig vergessen, dass vor diesem jungen Gestaltwandler nichts sicher war, nicht einmal ihre geheimsten Gedanken.

Darum wollte der Kleine dieses Mal dafür sorgen, dass sie in Windeseile bei Mira ankamen. Oonagh jedoch schüttelte verneinend den Kopf und stoppte sein Vorhaben.

„Wir gehen zu Fuß junger Mann! So, wie das hier alle tun. Zumindest wenn sich Zuschauer in der Nähe aufhalten", fügte sie mit einem Seitenblick auf all die Hochzeitsgäste, die durch die Gartenanlagen der Burg flanierten, hinzu.

Sie setzte Tanki am Boden ab. Gillian, Keylam und Ewerthon sahen den beiden nach; als der mächtigste Gestaltwandler aller Zeiten, Hoffnungsträger der Zukunft, und die Königin der Lichtwesen, Schützerin der täglichen Wunder, Hand in Hand auf das weit offenstehende Tor zuhielten. Der kleine Bursche fühlte die Blicke in seinem Rücken, unterdrückte spontan seine Vorliebe für Hopsen und Hüpfen und bemühte sich tatsächlich um majestätisches Schreiten neben der absolut wunderschönsten Frau, die er bis jetzt jemals getroffen, die sein junges Kinderherz im Sturm erobert hatte.

DER
GESCHICHTENERZÄHLER IV

Aus heiterem Himmel

Über den strahlenden Vormittag hatten sich dunkle Wolken gelegt, eine beklemmende Düsternis heraufbeschworen. Sogar die Vögelchen im Park, in dessen Mitte das fünfstöckige Gebäude aufragte, waren verstummt, wurden unsichtbar im dichten Geäst der Bäume.

Alexander und ein Teil seiner Truppe waren soeben bei der Klinik angekommen, als in der ganzen Stadt die Feuerwehrsirenen aufheulten.

Eine Flut, hauptsächlich panischer Menschen, strömte aus mehreren Türen der Anstalt ins rettende Freie. Der Haupteingang glich dem weit geöffneten Maul eines Riesen, der, anstatt Essensreste, menschliche Körper in Massen auf den Vorplatz spie. Zum Großteil Klinikinsassen, die entweder mit vor Entsetzen geweiteten Augen ziellos herumirrten, oder vor sich hin brabbelnd zur Bewegungslosigkeit erstarrt von anderen Flüchtenden geschubst wurden, in Gefahr liefen zu stürzen und niedergetrampelt zu werden. Der kleinere, verschwindende Teil dieser fast unüberschaubaren Menge bestand aus dem Klinikpersonal, das zwar tapfer alles unternahm, um Ordnung in das Durcheinander zu bringen, offenkundig gegen Windmühlen kämpfte.

Alexander erfasste die brenzlige Situation mit einem Blick. Auf seinen Wink hin kümmerten sich seine Leute um die ziellos herumirrenden Seelen, währenddessen er auf das Portal zueilte, sich entschlossen gegen das Gedränge und Gestoße in das Innere kämpfte.

Die Handvoll Frauen und Männer, die den Geschichtenerzähler heute begleitete, schwärmte aus. Jeder von
ihnen verfügte über seine eigene Art und Weise, mit
derart chaotischen Umständen fertig zu werden. Es
genügte eine flüchtige Berührung, ein kurzer Blick, ein
aufmunterndes Lächeln, je nachdem, und ein kollekti-
ves Aufatmen ging durch die konfuse Menschenmenge,
allmählich kehrte Ruhe ein. Nach und nach sammelten
sie alle verlorenen Schäfchen, geleiteten sie zu ihren Be-
treuern, die ihnen gar nicht genug danken konnten.

Zwischenzeitlich herrschte eine Finsternis, dass man
meinen könnte, schwärzeste Nacht wäre über den helllichten Tag hergefallen, hätte ihn restlos verschluckt.

Als im Sekundentakt reihenweise Feuerwehrfahrzeuge
mit heulenden Sirenen eintrafen, mit blinkenden Lich-
tern den Vorplatz füllten, nahmen das die in der Zwischenzeit beruhigten Insassen gelassen zur Kenntnis.

Weder das irritierende Schattenspiel rundum, hervor-
gerufen durch beharrliches, blaues Flackern auf den
Fahrzeugdächern, noch die Feuerwehrleute selbst, die
in Schwärmen anrückten, wurden als Bedrohung empfunden. Ein Großteil des Pflegepersonals nahm dieses
abnorm ausgeglichene Verhalten ihrer Schützlinge zwar
dankbar, jedoch mit ungläubigem Erstaunen wahr.

Indes war es Alexander gelungen, bis zum Foyer vorzudringen. Leises Wimmern wies ihm den Weg und gleichzeitig darauf hin, dass sich zumindest eine Person noch
im Gebäude befand.

Inmitten des herrschenden Tumultes strahlte der Gemeinschaftsraum linkerhand unvermittelt Ruhe aus.
Das grelle Pfeifen der Rauchmelder war zwischenzeit-

lich abgestellt worden und die grauen Schwaden, die aus einem der oberen Stockwerke quollen, waren an dieser Stelle nicht zu sehen. Bläuliche Gestalten tanzten auch hier über die Wände, allerdings losgelöst vom Lärm außerhalb, lautlos, in einem geradezu hypnotisch anmutenden Reigen. Einzig der leichte Brandgeruch störte diese Idylle.

Bedacht bewegte sich der Geschichtenerzähler vorwärts. Das Schluchzen wurde lauter und er wollte niemanden erschrecken. Gerade sah er noch, wie sich ein Mann über eine kauernde Gestalt beugte, diese hochzog und sie umfing, als sich plötzlich die Ereignisse überstürzten. Hinter dem umschlungenen Paar tauchte wie aus dem Nichts ein grauer Schatten auf. Schemenhaft, in Zeitlupe bewegte er sich auf die beiden zu, berührte den Kopf des Mannes nur für Sekunden, woraufhin dieser zu Boden ging. Die junge Frau stand jetzt alleine vor der finsteren, amorphen Gestalt, die soeben den Arm hob. Alexander wurde flüchtig von rotglühenden Augen taxiert und reagierte blitzschnell, hechtete auf das mysteriöse Wesen zu. Aber er kam zu spät. Seine Hände griffen ins Leere, nasskalter Nebel zerrann zwischen den Fingern. Das dunkle Wesen verging. Genauso wie das blonde Mädchen, dessen verzweifelter Blick ihn bis ins Mark erschütterte. Vor seinen Augen wurde die junge Frau durchsichtig, verschwand mit dem wabernden Phantom.

Bevor er nur einen klaren Gedanken fassen konnte, umklammerte ihn ein stahlharter Arm von hinten und nahm ihm kurzfristig die Luft zum Atmen. Doch hier hatte sich der Gegner mit dem Falschen angelegt. Blitzschnell wand sich Alexander aus dem Würgegriff und stand nun dem jungen Mann von vorhin gegenüber. Zumindest einen Kopf kleiner als er, hätte er diesem gar nicht so viel Kraft zugetraut.

„Wo ist Stella? Was hast du mit Stella gemacht?" Obwohl ersichtlich war, dass der Angreifer noch nicht auf sicheren Beinen stand, knirschte jener mit den Zähnen, fragte ihn noch einmal.

„Wo ist sie? Wo ist meine Patientin?" Alexander zählte eins und eins zusammen. „Sie sind Arzt?" Zum Duzen konnte er sich in der momentanen Situation beim besten Willen nicht durchringen.

„Äh, ja? Inwiefern ist das gerade von Belang?" Thomas taumelte. Der Schlag auf den Kopf musste ganz schön kräftig gewesen sein. Ihm war gehörig schwindelig.

„Ich bin Alexander und erfreut, Ihre Bekanntschaft zu machen!" Der Riese hob zuerst beide Hände und hielt ihm dann mit einem knappen Lächeln seine Rechte entgegen.

Thomas schwankte und fiel in Folge Alexander genau vor die Füße. Der konnte ihn gerade noch auffangen, bevor er auf dem kalten Fliesenboden aufschlug.

Das war wirklich eine überraschende Wendung, mit der er beim Besuch einer Vernissage nicht gerechnet hatte. Er schaffte den jungen Mann, der sich als Arzt der Verschwundenen titulierte, an die frische Luft.

Im Freien wurde er empfangen von flackernden Blaulichtern, emsigen Treiben mehrerer Feuerwehren und seinen Gefolgsleuten. Ein kurzer Blick reichte, um alle relevanten Neuigkeiten auszutauschen.

Nachdem er den Bewusstlosen in sicherer Obhut eines Sanitätsteams wusste, begaben sie sich auf den Rückweg zu ihrem Lager und besprachen das geheimnisvolle

Verschwinden des blonden Mädchens, das scheinbar aus einem Gemälde herausgestiegen war.

FANTASIEGESPINSTE

Entgegen seinen ursprünglichen Plänen blieb Alexander also noch einige Tage mehr und besuchte gleich am folgenden Morgen Doktor Thomas Stein, wie sich derjenige bei nächster Gelegenheit formell vorstellte. Obwohl er keine sichtbare Kopfverletzung davongetragen hatte, fühlte Thomas sich noch schwach auf den Beinen. Das mochte auch daran liegen, dass er flach in einem Krankenbett der Klinik lag, in der er üblicherweise als Arzt aufrecht durch die Gänge ging.

Ein Gespräch mit dem mysteriösen Fremden, der ihn scheinbar gestern den Sanitätern übergeben hatte, wollte er sich jedoch keinesfalls entgehen lassen. Noch immer zogen Nebelschwaden durch seine Erinnerung, wenn er an das Verschwinden Stellas dachte, und er hoffte, dass Alexander Licht ins Dunkel brächte.

Noch dazu, wo ihm die Leitung der Klinik im Nacken saß. Nicht nur seine Patientin hatte sich in Luft aufgelöst, auch Gutrun und ihre Betreuerin waren wie vom Erdboden verschluckt. Und ...! Der Brandherd war ermittelt worden! Eine angekohlte Pfanne im Abfalleimer seiner provisorischen Unterkunft schien die Ursache allen Übels zu sein. Er konnte sich beim besten Willen nicht erinnern, das Geschirr in den Mistkübel befördert zu haben, mit heißem Fett?! Verdammt! Sein Kopf drohte zu explodieren, so sehr hämmerte es gegen die Schädeldecke.

Das Pochen, das den Schmerz überlagerte, kam jedoch von der Tür, die sich kurz darauf öffnete.

Im Türrahmen stand Alexander. Durchtrainierter Körper, wacher Blick, mit einer Größe um die zwei Meter eine imposante Erscheinung, wie der Arzt in Thomas routiniert feststellte.

Ein auf den ersten Blick unauffälliger Mann mit sportlicher Statur, dessen Miene eine Mischung aus Misstrauen und Interesse widerspiegelte, und der augenscheinlich unter Kopfschmerzen litt, wie Alexander blitzschnell befand.

Die beiden Männer starrten sich an. Thomas ergriff als erster das Wort, stellte sich als Stellas behandelnder Arzt vor und steuerte unumwunden auf den Zweck ihres Treffens hin.

„Was ist passiert und wo ist Stella?"

Alexander nahm unaufgefordert auf einem der Stühle im Zimmer Platz und schilderte den gestrigen Vorfall. Er hatte kurz überlegt, dem Arzt den mysteriösen Schatten zu verschweigen, sich jedoch für die Wahrheit entschieden. Thomas Stein war immerhin Arzt in einer psychiatrischen Anstalt, da sollte er mit derartigen Eskalationen umgehen können.

Thomas Unbehagen wuchs von Sekunde zu Sekunde während der Geschichte, die ihm sein Gegenüber auftischte. Nicht so sehr, weil er befürchtete, dieser könnte dem Wahnsinn verfallen sein, auch wenn dessen Wortwahl, zumindest teilweise, aus einem früheren Jahrhundert zu kommen schien. Nein! Es waren die Parallelen zu Stellas Berichten. Und zu den Bildern der Malerin. Unten im Ausstellungsraum und im oberen Stock in ihren jetzt leerstehenden Zimmern.

Er schlug die Bettdecke zurück. Gut, dass er heute bereits den obligaten, am Rücken offenen Krankenhauskittel, gegen seinen Trainingsanzug getauscht hatte. Das wäre zu peinlich gewesen. Unangenehm genug, dass er sich nicht mehr erinnern konnte, ob er sein verrauchtes Gewand selbst ausgezogen hatte, oder während seiner Ohnmacht jemand anderes.

Ächzend kam er auf die Beine. Sein Kopf! Die Schmerzen passten so gar nicht zu den Erzählungen Alexanders, worin ihn das fremde Wesen nur kurz berührt hatte. Wieso um Himmels Willen nur Alexander, hatte dieser Fremde keinen Nachnamen? Mühsam grinste er. Seine Selbstgespräche funktionierten augenscheinlich noch ganz gut. Obwohl er ja damit aufhören wollte. Phhh, je mehr er in die Senkrechte kam, desto mehr pochte es in seinem Schädel. Nichtsdestotrotz plagte er sich aus dem Bett, wobei ihm Alexander interessiert zusah. Er wollte die Würde des Arztes nicht schmälern, indem er ihm seine Unterstützung anbot, blieb jedoch sprungbereit.

Doch Thomas schaffte es, unbeschadet auf die Beine zu kommen, und gab ihm einen Wink.

„Ich muss Ihnen etwas zeigen." Ihm kam das distanzierte Sie jetzt sehr gelegen.

Im Schneckentempo schlurfte er zur Tür, in Folge zum Lift und drückte auf den Knopf für das oberste Stockwerk. Dort angekommen öffnete sich surrend die Tür. Heute versperrten keine Metallstäbe den Gang. Da die Patienten alle auf umliegende Krankenhäuser mit entsprechenden Einrichtungen aufgeteilt worden waren, hatte es niemand für erforderlich erachtet, die massiven Türen wieder zu schließen.

Langsam gingen sie den leeren Flur entlang. Thomas in Filzpantoffeln, Alexander in gebundenen Lederstiefeln mit weicher Sohle. Fast geräuschlos kamen sie bei Gutruns Räumlichkeiten an.

Thomas zog einen Schlüssel aus seiner Hosentasche. Wie gut, dass er ihn noch hatte.

Sobald die Tür offen stand, wurde der bisherige Geruch kalten Rauchs überlagert von einem weiteren. Beißend kroch ihnen Terpentinausdünstung in die Nase.

Der Arzt steuerte durch den kleinen Vorraum auf das Zimmer der Malerin und beobachtete seinen Begleiter genau bei dessen Eintreten.

Alexanders Blick fiel sogleich auf das schwarzgraue Wesen, das ihn von der gegenüberliegenden Wand aus rotglühenden Augen fixierte. Überrascht stoppte er, seine rechte Hand zuckte kurz, fast wäre es um seine Beherrschung verloren gewesen. Gerade fiel ihm noch ein, er war ohne Waffen unterwegs. Es hätte auch einen äußerst seltsamen Eindruck gemacht, zu diesem Besuch in voller Montur zu erscheinen. Wieder gefasst blickte er nach rechts, sah sich weiter in diesem seltsamen Zimmer um. Betrachtete all die lebensgroßen Kunstwerke an der Wand mit dem Wissen, dass jede seiner Gefühlsregungen genauestens studiert wurden. Je länger er sich in die Bildnisse vertiefte, desto mehr vermeinte er, in deren jeweilige Szenerien eintauchen zu können. Thomas war die Reaktion des Besuchers keineswegs entgangen. Versunken stand jener gerade vor dem Bild mit der Burgruine. Die schwarzen Vögel kreisten hoch am Himmel, äugten auf das einstmals stolze Bauwerk, das nun in Schutt und Asche lag. Gleich ihm damals, blickte auch der Fremde nach unten auf die meterhohe Geröllhalde. Plötzlich zeigte sich absolute Verblüffung in seinem bisher beherrschten Mienenspiel.

Diese Überraschung musste es auch gewesen sein, die ihn seine Hand ausstrecken und das Gemälde berühren ließ. Doch anstatt auf die riefige Oberfläche getrockneter Öl-farben, trafen seine Fingerspitzen die schrundigen Kanten von losem Mauerwerk. Er fühlte den unwiderstehlichen Drang, über die steinige Halde zu klettern, in das Gemäl-de einzusteigen. Heftig zog jemand an seiner Schulter.

Doktor Thomas Stein, unter anderem eine Kapazität auf beachtenswerten Gebieten der Neurowissenschaf-ten, traute seinen Augen nicht. Gerade noch stand der Hüne von Mann in voller Größe ihm gegenüber, als mit einem Mal seine Hand bis zum Unterarm verschwand.

Verschwand in dem Bild, das dieser gerade betrachtete und dort quasi auf der anderen Seite wieder auftauchte, gleichfalls der Fuß, den sein Besuch eben auf das stau-bige Geröll setzte. Thomas zögerte nicht lange, packte Alexander und riss ihn weg von dem Mysterium.

„Was war das denn?" Beide hatten fast im gleichen Mo-ment erschrocken dieselbe Frage gestellt und sahen sich verdutzt an. Thomas offensichtlich um eine Portion miss-trauischer, Alexander eher verwundert.

Der Arzt tastete vorsichtig das Gemälde ab, doch nichts passierte. Er fühlte nur die kühle Mauer und die aufgetra-genen Ölfarben.

Alexander probierte es erneut. Wieder tauchten seine Finger in das Bild ein, griffen nach einem grobbehauenen Stein und umklammerten ihn fest. Doch beim Zurückzie-hen befand sich nur Leere auf seinen Handflächen.

„Nein, das wäre keine gute Idee. Es ist zu gefährlich", Thomas antwortete auf die unausgesprochene Frage sei-nes Begleiters.

„Wir verfügen über keinerlei Kenntnisse wie d-a-s überhaupt funktioniert." Er dehnte d-a-s extra lange. Wie sollte man so etwas auch benennen? Obwohl er sich noch sehr gut erinnern konnte, wie stark der Drang gewesen war, selbst dem schmalen Pfad durch das Schilf zu folgen.

Abrupt drehte er sich um und steuerte auf das kleine Dörfchen zu. Kaum war er in dessen Nähe, vernahm er das Rascheln des hohen Grases und hörte leises Flüstern. Ein Flüstern, das ihm so verlockend vorkam, dass auch er seine Finger streckte und nach dem grünbraunen Schilf griff. Jäher Schmerz durchzuckte ihn und er zog seine Hand ruckartig zurück. Ein paar Blutstropfen mischten sich mit dem Beige der Holzdielen und anderen Farbkleksen am Boden.

Alexander reichte ihm ein blütenweißes Taschentuch, das er von irgendwoher gezaubert haben musste.

Beide betrachteten den wippenden Halm im Bild, auf dem sich eine feine, rote Spur abzeichnete. Darunter, am sumpfigen Boden, wand sich eine glänzendschwarze Schlange, fixierte sie bösartig.

Ein leicht gequältes Lächeln umspielte die Lippen des Arztes, während er die brennende Wunde abtupfte.

„Genau das meinte ich. Wir wissen nicht, wie es funktioniert und welche Gefahren damit verbunden sind. Herausnehmen kann man vielleicht nichts, sich darin verletzen anscheinend schon. Ich könnte beschwören, dass bei meinem ersten Besuch keine Schlange zu sehen war. Habe ich schon erwähnt, dass ich Schlangen nicht mag?", schloss er mit einem argwöhnischen Blick auf das Bildnis.

Alexander nickte bedächtig.

„Ich denke auch, wir brauchen einen Plan" und nach einer kurzen Pause, „in meiner Gefolgschaft gibt es einige, denen diese Art von Magie nicht fremd sein sollte. Ich melde mich morgen wieder". Damit machte er kehrt und marschierte aus dem Zimmer.

Als Thomas auf den Gang hinaustrat, war von Alexander weit und breit nichts mehr zu sehen. Weder der Lift surrte nach unten, noch waren im Treppenhaus Schritte zu hören.

Er schüttelte den Kopf. Soweit war es mit ihm gekommen. Nach Selbstgesprächen verschwanden nun Personen spurlos in seiner Nähe, entweder in Bildern oder auf weiten Fluren.

Er dachte an Stella. Auch sie war verschwunden. Und Gutrun und Dolly.

Plötzlich befiel ihn ein absolut ungutes Gefühl.

Damals, vor Jahren, hatte es da nicht auch so begonnen? Mit dem Verschwinden von Personen?

Sein Puls raste und er rang mühsam nach Luft. Dazu dröhnte es in seinem Schädel, als wollte dieser zerspringen.

Als er die Augen wieder aufschlug, lag er in seinem Bett. Eine freundliche Krankenschwester stellte ihm das Tablett mit Abendessen auf das Tischchen im Zimmer.

Aufmunternd nickte sie ihm zu. „Nachdem Sie den ganzen Tag verschlafen haben, sollten sie zumindest jetzt ein paar Schritte machen", und deutete auf seine Mahlzeit. „Schaffen Sie es bis dorthin?"

Thomas war wie gelähmt. Den ganzen Tag verschlafen? Was sollte das denn bedeuten? Die Krankenschwester schloss fröhlich summend die Tür, darauf vertrauend, dass ein Arzt als Patient seinen Weg schon finden würde. Endlich beim Esstisch angekommen, sank Thomas auf den harten Holzstuhl. Dafür, dass er angeblich die letzten acht Stunden im Bett verbracht haben sollte, war er ganz schön außer Puste.

Er griff nach dem Löffel und rührte lustlos in der obligaten Suppe. Auch für ihn gab es anscheinend keine Ausnahmen vom Menüplan. Dann stoppte er mitten in der Bewegung.

Um seine rechte Hand war ein feines Seidentuch gewickelt, blutbefleckt.

STELLAS WELT VIII

Onboarding

„Warst du schon beim Onboarding?"

Stella blickte hoch. Bedrohlich blinkte in großen, roten Lettern ONBOARDING auf der von der Decke hängenden Anzeigetafel. Ein fetter Pfeil wies in die Richtung, die man einzuschlagen hatte.

In ihrem Kopf summte es wie in einem Bienenschwarm. Sie hatte keine Ahnung, wo sie sich befand, geschweige denn, wie sie hierhergekommen war, noch weniger, wer vor ihr stand.

Sie erinnerte sich bloß an ... die Erscheinung eines Engels und eine unübersichtliche Anzahl von Sanduhren? War sie tot? Befand sie sich im Himmel?

Ihrer ureigenen Zeitrechnung nach, war sie drei Minuten ohne Bewusstsein gewesen. Dieses Mal gab es kein Blackout von Wochen oder Monaten. Sie stutzte. Etwas fühlte sich an diesem Gedankengang falsch an. Zählte ihre innere Uhr weiter, auch wenn sie gestorben war? Doch je mehr sie grübelte, desto mehr drifteten etwaige Erinnerungen wie lose Gesteinsbrocken in einem schwerelosen Raum auseinander. Sie wusste, dass vollständige, exakte Schwerelosigkeit nur in einem räumlich konstanten Gravitationsfeld möglich wäre, das verursachte ihr Unbehagen. Ihr schwindelte. War es das Unwissen über die Vorkommnisse vor ihrem Aufwachen oder war es das Wissen über Mikrogravitation, jedenfalls kletterte saurer Geschmack die Speiseröhre hoch und ließ sie würgen. Energisch beendete sie die Flut von Empfindungen, die Kopfschmerzen und Übelkeit ins Bodenlose steigerten, und konzentrierte sich auf die Gestalt vor ihr.

„Wer bist du?"

Oder sollte sie lieber fragen – was bist du –?

Das Wesen vor ihr grinste von einem Ohr zum anderen.

„Ich habe mich noch nicht entschieden."

„Du hast dich noch nicht entschieden, wer du bist?"

„Nein, wer ich bin, weiß ich. Ich bin Buddy! Ich habe mich hingegen noch nicht entschieden, was ich bin."

Sie war irritiert. Konnte – das Ding – Gedanken lesen? Buddy reckte sich, streckte beide Hände nach oben, drehte sich um die eigene Achse und lächelte. „Ich kann noch alles werden."

Stella betrachtete das Geschöpf. Schmale Silhouette, feingliedrig, um die eins siebzig groß, blasses Gesicht, umrahmt von weißblonden Haaren, die wirr vom Kopf standen, übergroße Augen. Die schlaksigen Beine steckten in Leggins, in diversen Grautönen, q-u-e-r-g-e-s-t-r-e-i-f-t!! Den Oberkörper bedeckte eine übergroße Jacke im knalligen Tomatenrot, versehen mit einer Doppelleiste goldener Knöpfe. Das Rot fand sich wieder in den Stiefelchen mit geflochtenen Riemen und Schnallen, letztere ebenfalls goldschimmernd.

Ihr prüfender Blick wurde trotzig erwidert.

„Ich war der Meinung, das würde dir gefallen. Ich kann auch anders!"

Einmal kurz geblinzelt und vor ihr stand ein völlig anderer, eine völlig andere Buddy. Weiß in Weiß, nur die beiden Reihen goldener Knöpfe war geblieben.

Anscheinend zeigte sie nicht die erhoffte Reaktion, denn einen Augenblick später wurde nochmals das Outfit gewechselt. Dieses Mal stand er – sie – es in Grün und Pink vor ihr, eine gewagte Mischung.

Als könnte Buddy tatsächlich Gedanken lesen, veränderte sich im Sekundentakt das Aussehen dieser rätselhaften Person und schlussendlich schillerte er – sie – es in allen Regenbogenfarben.

„Buddy!" Stella schrie fast. „Stopp! Du machst mich wahnsinnig!"

Das Wesen erstarrte mitten in der Bewegung und sah bestürzt auf sie, die tellergroßen Augen weit aufgerissen.

„Ich wollte dich nicht erschrecken." Stellas Stimme passte sich blitzartig der Situation an. Darin war sie gut, fast so gut wie das Chamäleon, das vor ihr stand.

Sanft aber bestimmt fuhr sie fort.

„Wir wollen vorab klären, was du heute bist."

„Heute?" Verwirrt guckte Buddy sie an. „Was bedeutet heute? Und ... wieso siehst du Farben? Normalerweise kann ich anziehen was ich will, es ist doch alles grau in grau für ...'

Stella unterbrach ihn rüde. „Warum sollte ich keine Farben sehen? Ich bin doch nicht farbenblind!"

Nachdem Buddy nicht auf sie reagierte, nicht einmal mit der Wimper zuckte, sie nur tief-tief-tieftraurig ansah, sprach sie leiser weiter.

„Eventuell können wir uns darauf einigen, was du lieber sein möchtest ... zumindest momentan? Worauf du jetzt gerade mehr Lust hast?" Stella bemerkte, dass sie ins Stottern kam und wusste auch, warum.

Keinesfalls wollte sie in eine Situation schlittern, die sich nicht kontrollieren ließ. Sie war geschickt darin, sich ihrer Umgebung anzupassen, verschmolz darin, wurde unsichtbar. Eine Fähigkeit, die sie sich von klein auf antrainiert hatte. Doch, was sie dazu dringend benötigte waren Strukturen, Regeln, nach denen sie sich richten konnte. Dieses Ding vor ihr machte sie völlig konfus, und sie hasste Dinge, die sie konfus machten, sich nicht zuordnen ließen. Ganz abgesehen davon, dass es ihr selbst gerade entfallen war .... Wie war nochmal das Ende des Satzes? Buddy kaute an der Unterlippe und dachte angestrengt nach. Stella konzentrierte sich. „Was ist deine Aufgabe?", sie versuchte es auf diesem Weg.

„Ich soll dir das hier geben", Buddy hielt, wie durch Zauberei, plötzlich eine blaue Mappe in Händen und überreichte sie ihr.

„Außerdem soll ich dich herumführen." Mit einer ausladenden Geste unterstrich er salbungsvoll dieses Ansinnen. Nach einer weiteren kurzen Pause „... ich habe mich entschieden. Heute bin ich weise und erwachsen."

Der Satz war gerade erst fertiggesprochen, da wandelte sich das rätselhafte Wesen nochmals und stand in einem bodenlangen, weißen Nachthemd vor ihr.

„Das ist eine Toga!" Würdevoll berichtigte Buddy, jetzt ein junger Mann mit schulterlangem Haar und zart sprießendem Bartflaum, ihren Gedankengang. Stella verzichtete auf den Hinweis, dass Erwachsensein nicht automatisch mit Weisheit einherging und bewunderte geflissentlich den eleganten Faltenwurf des seidig schimmernden Gewandes.

Gut, das hermaphroditische Wesen rückte für heute seine männliche Seite in den Vordergrund. Diese Entscheidung sorgte für Klarheit, war etwas Beruhigendes in der ansonsten verwirrenden Situation.

„Dann sag mir als erstes, wo bin ich und wie komme ich von da wo ich bin wieder weg!" Stella blickte demonstrativ in die Runde.

Konträr zu seinem majestätischen Nicken antwortete Buddy: „Das sind zwei von wenigen Fragen, die ich dir nicht beantworten kann."

Obwohl sein Gesicht männliche Züge angenommen hatte, er das Haar länger trug und blonde Bartstoppeln seine Wangen bedeckten, die überdimensionierten Augen waren geblieben. Tellergroß, ernst, ehrlich ... und nachdenklich.

Sie nahm Platz auf einem der herumstehenden, äußerst bequem wirkenden Fauteuils, in denen sie fast versank und schlug die fingerdicke Mappe auf. Zuerst schillerte ihr ein „Herzlich Willkommen" im dezenten Blau, mit obligatem Herz voran in geschwungenen Großbuchstaben entgegen. Frustriert blätterte sie weiter. Eine leere Seite nach der anderen glotzte ihr entgegen, bis sie bei der letzten angekommen war.

„Hast du alles verstanden?", Buddys Blick wechselte von ernst und ehrlich auf eindringlich.

„Ähh, ja natürlich – alles klar!" Sie legte den schmalen Ordner auf die Seite.

„Nun, dann weißt du ja, was als Nächstes ansteht, oder?" Stella musterte ihre Umgebung. Bis jetzt war sie mit Buddy dermaßen beschäftigt gewesen, dass sie das Geschehen rund um sie beide nicht weiter beachtet hatte.

Wo ihr Blick auch hin fiel, überall hingen gigantische Bildschirme an den Wänden. Davor saßen Trauben von Menschen und starrten auf ... nichts.

In Stella kroch ein bekanntes und äußerst ungeliebtes Gefühl hoch. Sie fühlte sich isoliert, ausgestoßen ... aus einer Gemeinschaft, die sich hier traf und aufmerksam für sie Unsichtbares auf bläulich flimmernden Monitoren verfolgte. Voller Interesse Unterlagen durchblätterte, deren unbeschriebene Bögen bis zu ihr strahlten, sich über all das Nichts angeregt unterhielt.

Gemurmelte Wortfetzen wie „... ich wollte schon immer ... kennen lernen – mein größter Wunsch war nach ... zu kommen – wir sind überglücklich, hier zu sein ..." summten quer durch den Saal in ihre Ecke.

„Buddy, kannst du mir zumindest sagen, wie spät es ist?"

Sie drehte sich um, ignorierte geflissentlich die übereifrig Gesprächigen.

Ihr Begleiter warf einen kurzen Blick auf die Wand in ihrem Rücken.

„Zwanzig vor neun. Wieso fragst du? Hast du heute noch etwas vor?"

Stella löste den Blick von seinen offenen, ehrlichen, fragenden Augen und sah nach hinten. Genau vis-à-vis hing eine wirklich mächtige Uhr aus schwarzem Metall. Entfernt erinnerte diese an Bahnhofsuhren, bloß wesentlich größer. Kunstvoll geschmiedete Blumen und Blätter rankten sich um das ovale Ziffernblatt, dessen Weiß wie frischgefallener Schnee in der Mittagssonne leuchtete. Geblendet kniff Stella ihre Augen zu und öffnete sie wieder. Doch, es änderte sich nichts. Es gab weder Ziffern, noch Zeiger. Weder Sekunden-, noch Minuten- noch Stundenzeiger zogen ihre Runden, tickten konstant und beruhigend.

„In der Früh oder am Abend?"

„Morgens! Wir sollten frühstücken gehen!", Buddy strahlte sie begeistert an.

„Übrigens, du bist nicht tot und das ist ein Punkt auf meiner Liste, ... dir den Frühstücksraum zu zeigen. Komm, mein Magen knurrt!"

Ihr Begleiter fasste sie am Arm und schob sie in die Richtung, die ihnen der fette, rotblinkende Pfeil vorgab. So filigran das Geschöpf an ihrer Seite auch schien, sein Griff war fest und bestimmt.

Stellas inneres Zählwerk revoltierte. Es konnte keinesfalls am Morgen sein. Sie befand sich genau siebenunddreißig Minuten an diesem seltsamen Ort, plus die drei Minuten ohne Bewusstsein ergab vierzig.

Meergrüne Augen blitzten auf. Das Lächeln von Thomas hatte sie heute Früh aus dem Konzept gebracht. Wer war Thomas? Wann war heute Früh? Nicht eben jetzt gerade? Buddy zog sie hinter sich her, dem Frühstücksbuffet entgegen.

Ich verliere meine Erinnerungen, dachte sie und fühlte die aufsteigende Panikattacke, während Buddy ihr voller Elan gedünsteten Broccoli auf den Teller schaufelte. Wieso kannte er ihr Lieblingsessen? Wieso gab es Broccoli zum Frühstück?

Wer war überhaupt das Individuum an ihrer Seite? Schutzengel, Vertrauensperson, Gefängniswärter?

Das Gummiband schnalzte an ihr Handgelenk. Der Schmerz erinnerte sie daran, nicht ins Bodenlose abzudriften, im Hier und Jetzt zu bleiben ... und zu atmen.

Trotz des verzweifelten Bemühens, diese, ihre Realität nicht zu verlassen, erfasste sie Schwindel. Wo befand sich Hier und Jetzt!

Noch einmal, mechanisch, griff sie auf ihren jahrelang antrainierten und letzten Rettungsanker zurück. Packte entschlossen den blauummantelten Gummiring mit der rechten, zog ihn zur vollen Länge aus, öffnete die Finger und ließ abrupt los. Heftig schnellte das elastische Band auf die empfindliche Innenseite der linken Hand, knapp unterhalb des Mondbeins. Es brannte wie Feuer. Doch der erhoffte Effekt blieb aus!

Buddys Konturen verschwammen, der Raum rund um sie stob auseinander, begann zu wanken, löste sich auf.

Es gab nur mehr die riesengroßen Augen ihres rätselhaften Begleiters, der sie erschrocken anstarrte, und schwarzes Nichts, in das ihr Geist nun endgültig entglitt.

EWERTHON & MIRA XIII

FÜREINANDER

Mira blickte auf das liebevoll drapierte Brautkleid auf ihrem Bett. Die rotgoldene Abendsonne tauchte die Kammer in ein mysteriös funkelndes Lichtermeer und mitten darin saß sie, die einsame Braut. Jetzt musste sie selbst lächeln. Aber, es entbehrte keinesfalls der Wahrheit. Die Zeit des Treueschwurs rückte näher und sie befand sich alleine im Zimmer. Wo auch immer Oonagh und Sirona sich aufhielten. Hier, wo sie benötigt wurden, waren sie jedenfalls nicht.

Andererseits genoss sie diesen einmaligen Moment der Ruhe. In der Stille des Zimmers beobachtete sie das Flirren der vereinzelten Staubkörnchen, die im Gleißen der letzten Sonnenstrahlen zu Boden sanken. Bis zu diesem Zeitpunkt hatte ein Programmpunkt den nächsten gejagt, war ein Mord geschehen, der nicht auf der Tagesordnung gestanden hatte ... sie schüttelte den Kopf. Wann wäre es denn jemals vorgekommen, einen Mord ins Hochzeitsprogramm miteinzuplanen? Sie spürte, dass sich ihre Gedanken konfus verfranzten, ihre Nerven langsam vibrierten.

Es gab noch so viele Dinge, die bedacht gehörten. Worte, die sie nicht gesagt, Geheimnisse, die sie verschwiegen hatte, die jedoch Ewerthon und sie gleichermaßen betrafen. Während all der Feierlichkeiten des heutigen Tages war sie noch nicht dazugekommen, Ewerthon von ihrem Handel in der windschiefen Hütte zu erzählen, ihm vom Versprechen der Moorhexe zu berichten. Und immer noch lag ein Schleier des Vergessens über dem Tauschgeschäft, nur bruchstückhaft kehrten die Erinnerungen wieder.

Die Tür flog auf, durchbrach die Stille mit derbem Krach gegen die getünchte Mauer, so dass der Putz rieselte. Sirona eilte mit glühenden Wangen und scheffelweise rosa Blüten in ihrem geflochtenen Körbchen auf sie zu. Dies geschah mit einem derartigen Schwung, dass nicht wenige der bunten Rosenblüten auf den blankpolierten Dielen landeten. Erst jetzt fiel Mira auf, dass sich ebendort getrocknete Blumen ihres Vergissmeinnichtstraußes befanden. Sie kam jedoch gar nicht dazu, diesen vom dunkelgefärbten Boden zu heben, da stand ihre jüngere Schwester bereits neben ihr und sprach auf sie ein. Waren Mira ihre eigenen Gedanken noch vor kurzem verworren vorgekommen, die Tirade, die sich jetzt über sie ergoss, übertraf dieses Empfinden bei weitem.

„Sirona!", Mira fasste die derart Aufgewühlte an den Schultern. „Sirona, so beruhige dich! Ich verstehe kein einziges Wort von dem, was du mir mitteilen willst."

Kobaltblaue Augen blitzten sie an, doch Sirona verstummte augenblicklich, atmete durch und setzte erneut an, dieses Mal langsamer, währenddessen die ältere Schwester behutsam die malträtierte Türe schloss.

„Mira, ich muss dir unbedingt etwas erzählen. Die Moorhexe, sie war hier!"

„Ja, Sirona, ich habe sie ebenfalls getroffen. Fia hat mich auf die Idee gebracht." Sie verstand nicht ganz, wieso das Erscheinen derselben ihre kleine Schwester dermaßen aufwühlte.

„Es ist ein Mord geschehen und sie war …!", abrupt unterbrach Sirona ihren Satz und sah Mira forschend an.

„Was hat Fia mit der Moorhexe zu tun?"

„Nun, du hast sie doch selbst eingeweiht, ihr von der Moorhexe erzählt. Unsere Stiefmutter war es, die den Einfall hatte ..."

Die kleine Schwester sprang empört von ihrem Hocker.

„Niemals habe ich Fia von deinen Abenteuern im Moorland berichtet!"

Angriffslustig stemmte sie beide Hände in die Hüfte.

„Wenn sie das behauptet, lügt sie!"

Nun erhob sich auch Mira aus ihrem Lehnsessel. „Aber woher wusste sie dann davon? Irgendjemand muss es ihr ja ..."

Nochmals schwang die Türe ächzend auf. Jedoch etwas bedachtsamer als vorhin, darum blieb die Wand dahinter dieses Mal unbeschadet.

Auf der Schwelle stand Oonagh mit einem kleinen Jungen an der Hand und sah belustigt auf die beiden Streithähne.

„Habt ihr tatsächlich nichts Besseres zu tun, als euch heute in den Haaren zu liegen?"

Sie blickte auf Tanki und lächelte säuerlich. „Schwestern! Sei froh, dass du keine hast."

Tanki löste seine Hand aus der ihren, trat in das Zimmer.

„Ich würde mich über eine Schwester freuen. Manches Mal stelle ich mir vor, ich hätte tatsächlich eine und sie wäre das Ebenbild meiner Mutter. Das tröstet mein Herz, wenn ich traurig bin, weil sie nicht mehr geboren wurde, bevor meine Mutter starb."

Alle drei Frauen blickten auf den Jungen in ihrer Mitte.

Die untergehende Sonne verfing sich in seinen Haaren, die widerspenstig in alle Richtungen abstanden. Winzige orange Flammen züngelten um seinen Kopf.

„Tanki!" Mira kniete nieder, um ihn besser in Augenschein nehmen zu können.

„Du bist Tanki, der Feuerhund!" Sie drückte ihn an sich. „Endlich sehe ich dich wieder!"

Eine Flut von unbeschreiblicher Freude durchdrang sie beide, füllte nicht nur ihr Inneres, sondern strömte bis in die letzte Ritze des Zimmers.

„Wieso weißt du, wer ich bin?", fragend blickte Tanki der jungen Frau in ihre grünbraunen Augen. Nach der Königin der Lichtwesen war dies sicher das hübscheste Wesen, das er heute kennen lernte.

Mira schmunzelte. „Nun, das solltest du am besten deinen Vater fragen. Doch ich denke, ich darf dir so viel verraten. Tatsächlich bin ich ein klein wenig an deiner Namensgebung beteiligt, ... in der Art wie eine Taufpatin." Damit schob sie ihn etwas von sich und wandte sich ihrer Schwester zu.

„Darf ich dir meine Schwester Sirona vorstellen! Sie wird ja nun bald deine Tante."

Der junge Gestaltwandler verbeugte sich artig und hauchte der nächsten wunderschönen Frau in diesem Raum einen Kuss auf die Hand. Was für ein Tag! Sicherlich fielen sämtlichen Kameraden in Stâberognés die Augen aus den Köpfen, wenn er ihnen von der Ansammlung dieser Grazien erzählte.

Nicht alleine Anmut und Liebreiz waren es, die Tanki dermaßen beeindruckten. Jede der drei Frauen war beseelt von besonderer Herzensgüte und Edelmut, wiewohl er bei allen Kampfgeist und den Mut von Löwinnen feststellte ... und ... jede der Schönheiten hütete zumindest ein Geheimnis.

Da klatschte auch schon Oonagh in die Hände.

„Schiebt den Müßiggang beiseite! Wir haben eine Braut zu schmücken."

Dank der speziellen Gaben der Großmutter und jüngeren Schwester machte sich Mira keinerlei Gedanken, nicht rechtzeitig fertig zu werden.

Hier, im Schutze der Kammer, ganz unter sich, ging nicht nur das Ankleiden, sondern auch das Drapieren der duftenden Röschen in Miras auf Hochglanz gebürstetem Haar blitzschnell vonstatten.

Ein paar Handbewegungen hier, ein paar dort, und Mira war bereit für ihren großen Auftritt.

Das grünschillernde Kleid umschmeichelte ihren Körper wie eine zweite Haut, die bunten Schmetterlinge zeigten sich je nach Lichteinfall oder verschwanden in der Weite des ausgestellten Rockes, widerspenstige Locken ringelten sich um ein strahlendes Gesicht, rosa Blüten schmückten die kupferbraune Mähne und moosgrüne Augen funkelten mit kobaltblauen um die Wette.

Sirona war hingerissen. „Du bist die schönste Braut, die ich je zu Gesicht bekommen habe", neidlos lächelte sie Mira zu. Oonagh und Tanki nickten gleichermaßen begeistert.

„Abgesehen davon, dass du nicht ohne Schuhe zu deiner eigenen Hochzeit gehen kannst", merkte die Großmutter kritisch an.

Sirona lachte aus vollem Hals und lüftete den Rock ihrer Großmutter. Diese Handbreit genügte, um festzustellen, dass die Königin der Lichtwesen ebenfalls barfuß unterwegs war.

„Und du schon?"

„Nun, dieses Leiden zieht sich wohl durch unsere Familie." Oonagh lächelte und in diesem Augenblick gesellte sich eine Weitere in die Runde der Frauen, komplettierte das Quartett. Tanki nickte ihnen zu. Das war sein Hochzeitsgeschenk. Mit seinen speziellen Gaben war es ihm ein Leichtes, das Abbild Schuras für einige Momente im Kreise ihrer Liebsten aufrechtzuerhalten.

Miras Hals schnürte sich zu. So also fühlte es sich an, wenn Gefühle überquollen, die Lippen sich versiegelten und sich tief im Inneren eine Sturzflut von Tränen aufbaute. Darum lächelte sie ihrer Mutter zu, bevor deren Bild verblasste, umarmte wortlos Schwester, Großmutter und schlussendlich Tanki, den herangehenden Stiefsohn, der ihr die wunderbare Vision ihrer verstorbenen Mutter zum Geschenk gemacht hatte.

Der jedoch versteifte sich jedoch plötzlich in ihren Armen, wand sich und versuchte der liebevollen Umarmung zu entkommen.

„Tanki? Was ...", Mira verstummte jäh. Sie sah in das leichenblasse Gesicht des Kleinen. In seinen weitaufgerissenen Augen spiegelte sich die blanke Angst.

Oonagh trat näher. „Was erschreckt dich so, mein lieber Junge? Hier gibt es nichts, was du fürchten musst. Schura ist meine verstorbene Tochter, Miras Mutter. Sie will an diesem besonderen Tag mit uns feiern. Hast nicht du sie gerufen?", sanft strich sie ihm über den roten Haarschopf und zuckte jäh zurück.

In ihrem Gesicht breitete sich Entsetzen aus. Das Bild, das durch die Berührung Tankis übermittelt wurde, barg das reine Grauen. Rotglühende Augen aus einer grausigen Fratze starrten ihr mitten ins Gesicht, bargen Tod und

Verderben. Etwas abgrundtief Böses war auf dem Weg nach *Cuor a Chaoid*.

„Es ist nicht auf dem Weg. Es ist soeben eingetroffen!" Kaum waren Tankis heiser geflüsterte Worte ausgesprochen, erloschen mit einem Schlag die züngelnden Flammen des Abendrots an den Wänden; so als hätte ein monströses Maul die untergehende Sonne verschlungen. Pechschwarze Finsternis breitete sich nicht nur in der Kammer der Braut aus, sondern hüllte die gesamte Burganlage ein.

Ein Licht glomm auf. Sirona strahlte, als wäre sie selbst der hellste Stern am Abendhimmel und tauchte den Raum in silbernes Licht.

In diesem Augenblick hörten sie den ersten Schrei. Langgezogen, klagend, schaurig. Kaltes Grauen floss ihnen durch Mark und Bein, panischer Lärm hallte durch die leeren Gänge der Burg, durchdrang die dicken Mauern der Kammer. Mira griff sich entsetzt an den Hals. Dort, wo sich ehedem die goldene Halskette befunden hatte, begannen die in die Haut eingebrannten Symbole zu brennen. Sirona blies sanft auf Miras Wunden und kühlte diese, so gut sie konnte, bis sie das Aufheulen des zweiten Schreis innehalten ließ.

Die Großmutter blickte fragend auf ihre Enkeltöchter.

„Ihr kommt zurecht?" Beide nickten ohne Zögern. Sodann fassten sich alle an den Händen, vier Augenpaare versanken ineinander und nahmen stumm Abschied. Als der dritte Schrei durch die Burganlage gellte, sich an den grauen, hohen Mauern brach, machte sich Tanki auf den Weg zu seinem Meister, Sirona beförderte Mira in Windeseile an den Rand des Jahrmarktes, wo sich diese auf die

Suche nach Ewerthon begab, und teleportierte sich selbst in die Stallungen, um Alba zu finden. Oonagh stand einen Wimpernschlag später in voller Rüstung neben ihrem Gatten, der sie an der Spitze des Elfenheeres erwartete. Ilro, Kenneth und ihre Soldaten galoppierten in diesem Moment heran. Patzige Erdklumpen wirbelten durch die Luft, als die Pferde scharf angehalten wurden.

„Sie klettern über den äußeren Ring!", der Schrecken stand dem ansonsten besonnenen Hauptmann ins Gesicht geschrieben. Auch in des Königs Augen spiegelte sich Entsetzen. Beide konnten den grausigen Anblick der klapprigen Skelette, die damit begonnen hatten, zwar unbeholfen doch stetig die riesigen Mauern der Burg zu erklimmen, nicht so schnell aus ihrem Gedächtnis verbannen.

„Das Knochenvolk!", Oonagh presste diese zwei Worte über ihre Lippen. Im selben Augenblick stellte sie ihr gesamtes Wissen über das untote Volk und deren Herrscherin all ihren Untertanen zur Verfügung.

Keylam nickte. Wie zuvor in gemeinsamen Schlachten, die im Vergleich zur jetzigen Situation eher Scharmützel glichen, übernahm er das Kommando.

„Ilro, Euch bitte ich, die Mauern zu sichern", mit einem Wink deutete er neben sich. „Diese Elfenkrieger nehmt zu Eurer Unterstützung."

Er warf einen Blick in den verdüsterten Himmel über ihren Köpfen und fuhr fort.

„Wir werden unsere Bogenschützen einsetzen, um die Gefahr von oben zu bannen!"

Damit bot er Ilro und Kenneth im Elfengruß die Hand. Was nach außen hin wie die Besiegelung eines Bündnisses wirken mochte, war für den weiteren Verlauf der Schlacht von enormer Wichtigkeit. Nur so konnte er den König der Menschen und dessen Heerführer in die Gedankenwelt seiner Krieger aufnehmen, eine Kommunikation mit Elfen und Lichtwesen über weite Strecken hinweg in Windeseile ermöglichen.

Bevor Ilro sein Pferd wendete, gab er Kenneth noch einen Befehl.

„Sucht meinen Sohn! Bringt Ryan und seine Mutter in Sicherheit! Erst wenn dies gewährleistet ist, stoßt wieder zu uns!", damit hob er die rechte Hand, sprengte über saftiges Gras, um sein Land und die Menschen darauf zu verteidigen. Gegen eine Gefahr, so unheimlich, wie sie bislang noch niemals vor den Toren von *Cuor a-Chaoid* lauerte. Die Burg der ewigen Herzen war in ernster Bedrängnis. Mit ihm ritten seine Getreuen und ein Teil des Elfenheeres, um ihr Hab und Gut, ihre Liebsten, zu schützen. Wie viele hauchten heute wohl ihr Leben aus? Wie viele von ihnen tränkten des Abends mit ihrem Blut die grünen Wiesen? Doch mit solchen Überlegungen wollte er sich jetzt nicht beschäftigen. Noch dazu, wo seine Gedanken momentan, wie in einem offenen Buch, für Elfen und Lichtwesen lesbar waren.

Sein Kriegsschrei hallte über die ebene Fläche, während sie mit gezogenen Schwertern lospreschten. Dreck und Steine spritzten unter den Hufen der Pferde, was ihn an den Geruch von frisch ausgehobenen Gräbern mahnte.

Füreinander! Bis zum letzten Blutstropfen! So galt die Vereinbarung seit Schuras Hochzeit mit ihm, zwischen dem Menschenvolk und der Welt der Lichtwesen. Daran hatte auch ihr Tod nichts geändert. Galt es doch, Sirona und Mira zu schützen, die Prinzessinnen beider Welten.

FÜR IMMER UND EWIG

Sirona indes schwang sich auf Alba und tätschelte ihren Hals. Sie wollte gleichfalls zur Verteidigung ihrer Heimat beitragen. Und vertraute auf die silbergraue Stute und deren Magie. Alba rannte los, fegte gerade noch durch ein für menschliche Augen unsichtbares Tor, das sich knapp hinter ihnen mit Ächzen schloss. Vor der Burgmauer angekommen, sah sich Sirona einer unendlichen Menge von klappernden Skeletten gegenüber. In Wogen krochen die knochigen Gestalten aus dem nahe gelegenen Wald, stakten ungelenk über weiche Graspölster, brandeten wie die aufgepeitschte See gegen die dicken Mauern der Burg. Nicht wenige dieser grausigen Kreaturen krallten sich in Ritzen zwischen grobbehauenen Steinen, zogen sich hoch, rutschten ab, knallten auf ihre Gesellen unter ihnen, wobei jedes Mal ein knacksendes Geräusch zu hören war, wenn Gebeine zu hart aufeinandertrafen und brachen. Doch es gab auch genug, die sich verbissen nach oben kämpften, Handbreit um Handbreit den Zinnen der vermeintlich unüberwindbaren Mauern entgegenkletterten.

Alba schüttelte zornig ihren mächtigen Kopf. Funken stoben aus ihrer glitzernden Mähne, trafen einige der ihnen zu nahekommenden blanken Geripp, die daraufhin krachend barsten. Durch den Lärm abgelenkt, verrenkten nicht wenige ihre Hälse, oft weit über jegliches Maß hinaus und starrten mit verdrehten Totenschädeln auf Ross und Reiterin. Leere Augenhöhlen musterten sie begehrlich. Ein paar änderten jetzt ihr Ziel, tappten in ihre Richtung, während die anderen dem Auftrag, die steile Mauer zu überwinden, treu blieben.

Die Prinzessin langte nach ihrem Bogen, spannte ihn und zielte. Doch die sorgsam abgeschossenen Pfeile prallten an den blanken Knochen einfach ab oder surrten wirkungslos durch die Hohlräume der Gerippe, blieben, ohne Schaden anzurichten, in der blühenden Sommerwiese stecken.

Immer näher klapperte das bleiche Knochenvolk, umzingelte Alba und Sirona, grapschte bereits nach den Beinen der Prinzessin, um sie vom Pferd zu zerren. Gierige Kiefer schnappten nach der Stute, die zornig aufstampfte, hochstieg und ihre Hufe auf weiße Gebeine niedersausen ließ. In das Geräusch auseinanderbrechender Knochen mischte sich ein weiteres. Einigen der rappelnden Skelette war es tatsächlich gelungen, am oberen Ende der Mauer anzukommen. Unbeholfen richteten sie sich zwischen den Zinnen auf, und boten so Ilro und seinen Bogenschützen ein willkommenes Ziel. Die hatten in der Zwischenzeit im Inneren der Mauern Position bezogen und die Elfenarmee setzte mit ihren magischen Feuerpfeilen ein Knochengerüst nach dem anderen in Brand. Diese stürzten wie riesige Fackeln rückwärts hinab in die Tiefe und innerhalb kürzester Zeit entzündete sich ein Flammenmeer am Fuße der Mauer, genährt von morschen, trockenen Gebeinen, die allesamt wie Zunder brannten. Sirona wusste nicht, was schlimmer in ihren Ohren klang. Das Prasseln und Zischen des Feuers oder das Heulen und Wimmern der Knochenarmee, die darin ihr unwiderrufliches Ende fand. Was nun vorab nach einem leichten Sieg ausgesehen hatte, wandelte sich in dem Augenblick, als die Wehklagen des Knochenvolks an die Ohren ihrer Herrscherin drangen. Mit einem Male verfinsterte sich der ohnehin schon düstere Himmel oberhalb Ilros und seiner Mannen nochmals erheblich. Unmengen schwarzer Vögel flatterten heran und formatierten sich zu einer schwarzen, amorphen Masse. In das Heulen außerhalb der Burg mischten sich nun Schmerzensschreie von innerhalb. Zähes Pech tropfte nach unten, drang durch jede Rüstung, versengte den Soldaten Haut und Haar. Einzig die Elfenarmee fand Zuflucht unter ihren besonderen Schilden, die, zumindest für eine Weile, Schutz vor dem ätzenden Schleim boten, der auf sie herabfloss. Während sich innerhalb der Burg Chaos breitmachte, brandete die nächste Woge von knöchernen Kreaturen aus dem Wald gegen die Mauern von *Cuor a-Chaoid*.

Sirona sah den Zusammenschluss der Krähen zu einem wabernden Gebilde, hörte die verzweifelten Schreie der Krieger und blickte auf die bleichen Skelette, die abermals die Burgmauern hochkletterten. Sie musste etwas unternehmen! Schon wollte sie ihrem Pferd die Sporen geben, da griff eine feste Hand ihren Arm, bremste sie ein.

Kenneth war an ihrer Seite, ... und Ryan. Beide bewaffnet bis an die Zähne, beide auf ihren Schlachtrössern.

Ryan hob das Visier und grinste sie grimmig an.

„Du wirst es doch wohl nicht alleine mit diesem ... Abschaum aufnehmen wollen?" Er deutete kurz auf die knöchernen Gestalten.

„Ryan, du solltest nicht hier sein!"

Erbost wandte sie sich an Kenneth. „Was habt ihr euch dabei gedacht. Er ist der Thronfolger! Dafür gibt es ein Protokoll!"

„Schwesterchen!", bevor der Hauptmann der Wache zu ihren Vorwürfen Stellung beziehen konnte, riss der Bruder das Gespräch an sich.

„Schwesterchen!", rief er nochmals. „Du weißt, dass er sein Leben für mich gäbe. Er wollte mich soeben in Sicherheit bringen, als diese Bestien plötzlich auftauchten", er deutete seitwärts in den Wald hinein, „als es von diesen Kreaturen nur so wimmelte und sie uns den Weg zu meinem Versteck versperrten."

„In der Zwischenzeit ist es dort wohl auch nicht mehr sicher!", fügte er trotzig hinzu.

Kenneth nickte bedächtig. Sie waren verspätet aufgebrochen. Ryan ward schnell gefunden. Der Sohn des Königs wartete wie vorgeschrieben am vereinbarten Treffpunkt auf ihn. Doch sie verloren viel zu viel Zeit, um nach dessen Mutter zu suchen. Noch immer widerstrebte es dem getreuen Gefolgsmann, diese zweite Frau als Königin zu bezeichnen. Zumindest in seinen Gedanken konnte er sich solche Freiheiten erlauben. Egal, wie man sie titulierte und welche Kammer sie auch durchsuchten, Fia blieb unauffindbar. Nur mit Mühe konnte der Hauptmann den Jungen dazu bewegen, ohne seine Mutter aufzubrechen. Erst der Hinweis, dass Ryan mit seiner Weigerung nicht nur das eigene Leben aufs Spiel setzte, sondern die Erbfolge eines ganzen Königreiches in Gefahr brächte, barg dessen Einverständnis zur Flucht. Die, wie gesagt, viel zu spät vonstattenging, weshalb ihnen der Weg zum sicheren Versteck im königlichen Forst versperrt blieb. Wenn er jetzt das Gewimmel der morbiden Knochenarmee betrachtete, wahrscheinlich sogar zu ihrem Glück. Wer weiß, wie es tiefer im Wald aussah, aus dem noch immer ein blankes Skelett nach dem anderen kroch.

All dies war rasch und ohne Worte vermittelt, da er ja in die Gedankenwelt der Prinzessin miteingebunden war.

Alba tänzelte unruhig, drehte sich um die eigene Achse und spielte nervös mit den Ohren.

„Ho, meine Schöne! Sag mir, was du willst", Sirona beugte sich nach vorne, tätschelte ihren schweißnassen Hals. Die Stute stieg hoch und wieherte grell. Funken stoben unter ihren Hufen, als sie mit Nachdruck auf der feuchten Erde landete. Sie war nicht mehr zu halten. Sirona übergab ihre gesamte Magie dem Pferd unter ihr, vertraute ihm voll und ganz, so wie damals, als sie Alba aussandte, um Mira zu Hilfe zu eilen. Sie ließ die Zügel einfach locker, es machte so und so wenig Sinn, dieses Energiebündel aufhalten zu wollen.

Alba preschte los, genau auf das Knochenvolk zu, das unermüdlich unter den Bäumen hervorquoll und über die Wiese zur hohen Mauer stakte, um dort den Aufstieg zu beginnen. Die Prinzessin beugte sich nach vorne, presste ihren Körper an den mächtigen, warmen Pferdeleib und hätte am liebsten die Augen verschlossen, so grausig war der Anblick der leeren Augenhöhlen, die sie beäugten, der klaffenden Mäuler, die knirschend auf und zu klappten, gierig nach ihr und ihrem Ross schnappten. Doch die silberne Stute gewann an Tempo, pflügte eine breite Spur durch die bleichen Gerippe, die im hohen Bogen durch die Luft geschleudert wurden, mit grässlichem Knirschen am Boden oder in den Bäumen landeten, um da und dort hilflos zu zappeln.

Sie ließen die bleichen Todesgeister hinter sich, vor ihnen lagen sattgrüne Wiesen und deren farbige Blütenpracht. Wie vordem die scheppernden Gestalten, flogen jetzt die Köpfe der blauen Glockenblumen, weißgelben Margeriten, fliederfarbenen Malven und des rosenroten Seidenmohns durch die Luft, wirbelten im wilden Tanz durcheinander, bevor sie als bunter Teppich langsam zu Boden sanken.

Sirona blickte über die Schulter nach hinten. Unter den Hufen Albas entstand gleißender Schimmer, dehnte sich aus und als das Pferd das erste Mal im halsbrecherischen Tempo die Burganlage komplett umrundet hatte, umschloss ein schimmernder Reif aus ihrer beider Magie schützend die weißglänzende Mauer. Unmengen von glitzernden Sternen hatten sich zu einem Ring verbunden. Sobald sich eine knöcherne Gestalt diesem näherte, begann er zu glühen, versprühte silberne Funken, die sich beißend in blankes Gebein fraßen und die Armee des Knochenvolks zurückweichen ließ.

Albas Flanken bebten. Sirona spürte das Pferdeherz rasen, lehnte sich zurück, zog die Zügel straffer. Das Pferd wurde langsamer, bis es letztendlich stehen blieb. Die Prinzessin stieg ab und streichelte liebevoll über Albas weiche Nüstern, die gierig die Luft einsogen. Sorgenvoll beobachtete sie dabei die tiefhängende, schwarze Masse am Himmel, genau über der Burganlage. Von Kenneth und Ryan fehlte jegliche Spur und so führte die Prinzessin die erschöpfte Stute zu einem der geheimen Elfeneingänge.

Keylam und Oonagh indes hatten ihre Getreuen in den inneren Burgring geführt, wo sich ursprünglich die meisten der schwarzgeflügelten Vögel gruppiert hatten. Geschützt durch ein Dach aus magischen Schilden spannten die Bogenschützen speziell angefertigte Lichtpfeile in ihre Bögen und schossen in die dunkle Masse über ihnen. Eine getroffene Krähe nach der anderen löste sich aus dem Verbund, explodierte mit Getöse und fiel ihnen vor die Füße. Doch die Freude währte nicht lange. Sobald das schwarze Gefieder den Boden berührte, formten sich aus den zerschossenen Teilen jeweils neue furchteinflößende Vögel im rabenschwarzen Federkleid mit rotglühenden Augen. Nach kurzem Torkeln auf der Erde breiteten sie ihre Flügel aus, flatterten in die Höhe und verschmolzen erneut mit den ihren, vergrößerten den Baldachin aus pechschwarzem, giftigem Schleim am Himmel. Die wabernde Masse wuchs ins Unendliche, die Schilde der Elfenkrieger wurden durchlässiger.

„Wir brauchen Cathcorina!", Oonagh schickte diese Botschaft nur an ihren Gatten, ohne den Rest der Lichterwelt in ihre Kommunikation miteinzubeziehen. Auch das war möglich.

Fragend blickte er auf.

„Sie ist die allerhöchste Kriegerin, die Kriegsgöttin. Solange sie in unserem Kerker eingesperrt ist, ist ihre Macht gebunden und sie uns wohl auch nicht besonders gewogen. Doch sie ist das Zünglein an der Waage. Sie sorgt für Balance, schon seit Anbeginn!"

„Es sind Nebelkrähen, die uns hier so verbissen angreifen!" Keylam musste sie wohl oder übel darauf hinweisen.

Seine Frau sah ihn an und lächelte. Trotz des Chaos rundum war sie noch immer die schönste Frau, die er jemals gesehen hatte. Völlig hingerissen von ihrem Anblick, überhörte er fast ihre Antwort.

„Sie ist die Königin der Nebelkrähen, und ich glaube nicht, nein, ich bin überzeugt davon, dass sie mit dem Lumpenpack nichts gemein hat!", Oonagh deutete nach oben. „Doch, sie müssen ihr gehorchen! Es sind ihre Krieger, welcher dunklen Macht auch immer sie jetzt gerade blind folgen."

„Gut, dann bringe sie her. Ich halte hier einstweilen die Stellung", Keylam nickte. „Sei vorsichtig, liebste Süße!"

„Du auch, Wächter meines Herzens und meiner Seele!" Sie hauchte einen Kuss auf seine Wange und zurück blieb feines Glitzern, das sich rasch in der Nachtschwärze auflöste.

Exakt vor Cathcorinas Gefängnis materialisierte Oonagh sich. Rasch legte sie ihre Hand auf den Türknauf und schob die mächtige Tür auf. Als sich diese mit missmutigem Knarren weit öffnete, wartete eine Überraschung auf sie.

Der Raum war leer! Oonagh hob ihr Schwert und trat vorsichtig in den großen kühlen Saal mit der spärlichen Möblierung. Lautlos glitt sie über die kalten Steinfliesen, doch es änderte nichts an der Tatsache. Die Nebelkrähenkönigin blieb verschwunden! Cathcorina, der allerhöchsten Kriegsgöttin war gelungen, was noch niemandem vor ihr gelungen war. Sie war aus dem Gefängnis der Elfenwache geflohen! Trotz ihres Versprechens hatte sie sich in Luft aufgelöst. Konnte ihnen demnach nicht zu Hilfe eilen. Sofern sie das überhaupt jemals gewollt hätte.

Ein knarzendes Geräusch durchbrach die Stille, ließ Oonagh herumfahren. Um gerade noch zu sehen, wie die riesige Tür ächzend ins Schloss fiel. Nun, das war zwar ein momentaner Schrecken, doch es würde sie nicht hindern, zu Keylam zurückzukehren. Eine Königin der Lichtwesen benötigte keine offenen Türen, um irgendwohin zu gelangen.

Es gab ja noch das *Teleportatum*. Ihre Gestalt wurde durchscheinend, gleich danach erfasste sie Schwindel, sie verlor das Bewusstsein. Rasender Schmerz weckte sie. Sie fand sich auf dem eiskalten Steinboden liegend. Ihr Kopf pochte wie verrückt und die Beule an der Stirn wuchs. Die vorerst vage Vermutung wurde zur Gewissheit, sie kam aus diesem Raum nicht hinaus! Das *Teleportatum* funktionierte nicht. Sooft sie es auch probierte, jedes Mal erfasste sie eine Welle der Übelkeit und sie fiel in Ohnmacht.

Die Tür blieb verschlossen, so fest sie auch daran rüttelte, ihre Magie einsetzte oder einfach erbost dagegentrat.

Es gab nicht viele, eigentlich nur ausgesprochen wenige, die über einen derart mächtigen Zauber verfügten, um sie im eigenen Gefängnis gefangen zu halten und somit die Kommunikation mit ihrer Armee, respektive Keylam zu unterbinden.

Etwa zur selben Zeit machte sich Mira am Rande des Jahrmarkts auf die Suche nach Ewerthon.

Rundum herrschte heilloses Chaos. Frauen, Männer und Kinder rannten verzweifelt durcheinander, rempelten sich gegenseitig, wurden zu Boden geworfen, wobei die Schwächeren rücksichtslos niedergetrampelt wurden.

Am Himmel war kein einziger Stern zu sehen und soeben tropfte knapp neben ihr zäher, schwarzer Schleim von oben, verätzte mit dem wütenden Zischen einer

Giftschlange den Sand unter ihren Füßen. Rüde wurde Mira gestoßen, fiel der Länge nach auf die staubige Erde. Hastig rappelte sie sich wieder hoch und begann, den Schmutz vom Kleid zu klopfen. So sinnlos diese Tätigkeit im Moment auch schien, sie verschaffte ihr Zeit, den Kopf etwas frei zu bekommen, einen klaren Gedanken fassen zu können, während der Weltenuntergang nahte. Plötzlich surrte ein riesengroßer Schmetterling in unmittelbarer Nähe hoch, flatterte in den tintenschwarzen Himmel. Und noch einer, und noch einer. Mira unterbrach die Säuberung ihres Gewandes und starrte auf die glitzernden Flügler, die nun direkt über ihr kreisten. Sie blickte nach unten, betrachtete aufmerksam den grünschimmernden Stoff und da sah sie es. Ein Schmetterling nach dem anderen gewann an Kontur, schob sich aus dem changierenden Gewebe, breitete die glänzenden Flügel aus und schwebte in die dunkle Nachtluft. Je mehr sie das Tuch schüttelte, desto mehr dieser bunten Sommervögel schlüpften ins Freie. Aus einem Impuls heraus streckte Mira ihre Arme und begann, sich um die eigene Achse zu drehen. Schneller, immer schneller, bis das weitausgestellte Unterteil sich hob und einer Scheibe ähnlich mit ihren Hüften kreiste. Erst als sie Gefahr lief zu stürzen, hielt sie inne. Derweil der Rock um die Fesseln nachwippte, die Welt noch schwankte und sie Mühe hatte, ihr Gleichgewicht wieder zu finden, nahm sie eines mit absoluter Gewissheit wahr. Myriaden von Schmetterlingen fächerten ihre bunten Flügel, glitzerten, surrten und spannten einen sichernden Schirm über sie und ihre unmittelbare Umgebung; wobei sie eben in diesem Augenblick hochsah, in ein Paar dunkelroter, bösartig glühender Augen, die sie durch das hauchfeine Dach ihres lebenden Schutzschildes fixierten.

Die Kreatur blickte nach unten. Sardonisches Grinsen glitt über die ohnehin schon hässliche Fratze. Es lief alles wie am Schnürchen.

Sie zog an den Fäden und die Marionetten tanzten, setzten sich in Bewegung, führten ihre Befehle aus. Auch wenn nicht jede Puppe freiwillig ihren Wünschen folgte, mit dem richtigen Druckmittel in der Hand unterwarfen sich letztendlich alle. Nun ja, fast alle! So war es schon immer gewesen. Auch der mächtigste Baum beugte sich, wenn man die Axt an der richtigen Stelle ansetzte. Und sie kannte die Schwachpunkte, ... der meisten zumindest.

Es roch nach verbranntem Fleisch. Dieses Mal war es jedoch nicht das Aroma von köstlich duftendem, mit Kräutern gespicktem Braten vom Grill, das hungrige Mägen erfreute. Immer wieder traf ätzende Masse von oben auf empfindliches Menschenfleisch. Schmerzensschreie gellten panisch durch die Nacht.

Mira keuchte, sog trotz des widerlichen Geruches gierig nach Luft! Die Symbole, deren Abdrücke wahrscheinlich auf ewig in ihre Haut eingebrannt waren, glühten vor Hitze. Sengender Schmerz half ihr, sich vom Bann des furchteinflößenden Bildes am pechschwarzen Firmament zu lösen, brachte sie zurück in die Wirklichkeit. Blut rauschte ihr in den Ohren, zwischenzeitlich so laut, dass es fast den Lärm um sie übertönte. Fast! Gewarnt durch ein undefinierbares Geräusch wirbelte sie herum und ... sah direkt in Ewerthons blaugraue Augen. Die Freude währte nur kurz. Das Lächeln auf ihren Lippen wurde mit einem Pinselstrich weggewischt. Es war eindeutig Ewerthon, der da so plötzlich aus dem Nichts aufgetaucht war, doch es konnte genauso gut ein Fremder sein. Sein Blick war starr, ausdruckslos, in die Ferne gerichtet. Obwohl sie direkt vor ihm stand, blickte er durch sie hindurch, als bestände sie aus reinstem, transparenten Material.

„Ewerthon!" Sie fasste seinen Arm, berührte ihn vorsichtig. Wer wusste, was passierte, wenn sie ihn aus seiner offensichtlichen Trance zu grob weckte. Keine Reaktion.

„Ewerthon, Liebster!" Sanft strich sie ihm über die Wange.

Ruckartig kam Leben in seinen Körper. Rotblondes Haar streifte ihre Hand, Irrsinn flackerte in seinen Augen. War er zum willenlosen Geschöpf in den Händen eines Monsters geworden?

„Tanki! Sie haben meinen Sohn!"

Die grauenvolle Botschaft hatte noch nicht einmal in der vollen Tragweite ihr Bewusstsein erreicht, da explodierte etwas mit so ungeheurem Knall, dass die Welt unter ihren Füßen bebte.

Gerade blieb ihnen der Wimpernschlag, um ihre Hände auszustrecken, da wankten sie bereits zu Boden. Hand in Hand schwanden ihnen die Sinne, währenddessen die Schöpfung im Chaos versank. All die bunten Schmetterlinge flatterten herbei, hüllten die beiden in ihren schillernden Mantel, wandelten sich, verbanden sich zu einem schützenden Kokon.

Dunstiger Nebel kroch aus jeder Spalte der zerklüfteten Erde, wallte hoch, wurde eins mit der undurchdringlichen Finsternis, die von oben träufelte, sickerte auf die buntschimmernde Hülle, nagte gierig am seidigen Gespinst.

UNTER UNS VIII

Vernichtung & Freiheit

Es war vollbracht!

Perfekt geplant war alles noch besser gelaufen, als in den kühnsten Träumen jemals erhofft.

Das Monstrum setzte zu einem Veitstanz an, bremste sich zögernd ein. Nicht gleich übertreiben!

In Bälde konnte es jegliche Gestalt annehmen! War nicht mehr an nur eine gefesselt, musste nicht länger als verlorene Seele zwischen den Welten herumirren. Sich mit dem zufriedengeben, was sich anbot. Geist und Körper waren in Kürze wieder vereint!

Triumphierend rieb es sich die kühlen, rauen Hände. Trocken wie Pergament raspelten sie aneinander, verursachten ein knisterndes Geräusch, leise, doch in seinen Ohren dröhnend. Nicht mehr lange, dann gehörte auch diese Qual der Vergangenheit an.

Die Gestalt im schwarzen Umhang glitt leise durch den leergefegten Saal, schwebte fast über die eiskalten Fliesen, hin zum wuchtigen Sessel und dem glänzenden Spiegel davor.

Lange genug war sie Ewerthons Gestaltwandlerfähigkeit nachgejagt, hatte Fallen aufgestellt, aus denen er immer wieder entkommen war. Lange genug war sie Miras einzigartiger Fertigkeit auf der Spur gewesen. Selbst sie hatte sich von einem vorwitzigen Jungen namens Oskar täuschen lassen. Hatte das ungleiche Paar aus den Augen verloren und trotz aller Widrigkeiten den roten Faden wiederaufgenommen, sie in Warianas Allerheiligstem erneut aufgespürt. Auch als die Magie der beiden für immer verloren schien, bedeutete dies keinen Grund aufzugeben. Weder hatte Wariana die Kräfte der beiden genommen, noch ihre Wandlung zu Menschen vollzogen. Auch wenn die Hüterin aller Schicksale davon überzeugt war. Offensichtlich sollte sie besser auf ihr eigenes achten. Hehre Zauberkunst, tiefverwurzelte Fähigkeiten verschwanden nicht einfach wie billiger Hokuspokus. Jetzt drängte sich heiseres Kichern in ihre Kehle. Sie wusste um die Zusammenhänge. Ja, das wusste sie tatsächlich! Verwunderlich, dass augenscheinlich niemand anderes sonst so viel Weitsicht besaß. Nun ja, die Königin der Lichtwesen war der Wahrheit noch am nächsten gekommen. Doch viel zu spät und außerdem ... das alles war nicht mehr wichtig. Ungehalten wedelten ihre langen Finger durch die Luft, jagten unsichtbare Insekten zur Seite. Das waren sie! Nichts als lästige Fliegen, dem Ende nahe.

Ihr Herz, sofern sie überhaupt eines im jetzigen Zustand besaß, jubelte. Ein Juwel, nicht mit Gold aufwiegbar, war ihr unverhofft in den Schoß gefallen. Sie wischte über die seidig schimmernde Fläche.

Dieser Spiegel zeigte Vergangenheit, Gegenwart und Zukunft. Ungeübte verfielen daher begreiflich dem Irrtum, bei ihren herbei beschworenen Wünschen handle es sich tatsächlich um die Wahrheit, um unumstößliche Ereignisse der eintreffenden Zukunft. Oft genug erschienen jedoch Trugbilder, die diese Narren blendeten.

Das Monster holte tief Luft. ES war nicht ungeübt, ES war versiert. ES ließ sich nicht täuschen!

Noch einmal sollten die Geschehnisse der letzten Stunden Revue passieren, seinen wahrhaftigen Triumph noch einmal untermauern.

Achtsam glitt es auf den gepolsterten Stuhl.

Voller Vorfreude beugte sich der schwarzverhüllte Körper nach vorne, verfolgte gespannt die Bilder, die nun im Spiegel lebendig wurden.

Beobachtete das Knochenvolk beim Erklimmen der steinernen Mauern, den verzweifelten Kampf von Ilro und seinen Mannen gegen die nimmer endenden Wogen der klappernden Skelette am Boden und die tropfende, ätzende Gefahr, die sich über ihren Köpfen zusammenbraute. Runzelte missbilligend die Stirn, als Sirona auf Alba heranpreschte und den schützenden, glänzenden Ring um die Burg zog. Welches Geheimnis auch immer dieses Mädchen mit der langen, goldblonden Mähne auf dem sternenstaubschimmernden Ross hütete, das würde auch noch ans Tageslicht kommen.

Die Magie der Schmetterlinge war ihm nicht neu. Hingegen deren Anwesenheit schon. Es war ihm ein Rätsel, wer sie gerufen hatte, doch sie machten Mira unangreifbar, für den Augenblick. Ein momentaner Rückschlag, der nicht lange währen sollte.

Zur gleichen Zeit kämpften Keylam und Oonagh Seite an Seite, bis die Königin der Lichtwesen so dumm war, sich im eigenen Gefängnis einsperren zu lassen. Jetzt verlor sich das Stirnrunzeln und machte einem breiten Grinsen Platz. Ein kluger Schachzug, hier die Axt an der richtigen Stelle anzusetzen. Ehrlich gesagt, die Reaktion des mächtigsten Gestaltwandlers aller Zeiten, rief selbst jetzt noch Erstaunen hervor. Die Kreatur hatte sie erhofft, beabsichtigt, damit gerechnet hatte sie beileibe nicht. Tja, Emotionen im rechten Moment ließen sogar, ansonsten unbeirrbare Wesen, straucheln.

Eine Überraschung sondergleichen barg die Abwesenheit ihres wahrscheinlich stärksten Feindes. Alasdair, der Krähenprinz, stellte vermutlich die einzige Person dar, die ihre wohldurchdachten Pläne noch durchkreuzen hätte können. Der Prinz gewann im selben Maße an Macht, in dem das verfluchte Geschöpf die seinen verlor. Dem wollte es ab sofort ein Ende setzen. Es glaubte nicht an Glück. Doch, wo immer sich der Prinz der Nebelkrähen aufhielt, hier in *Cuor a-Chaoid* kam er ihm jedenfalls nicht in die Quere.

Wie gesagt, an Glücksfeen glaubte diese ränkeschmiedende, komplett in Schwarz gehüllte Gestalt nicht, zu Recht, und doch ... wer oder was wäre ansonsten dafür verantwortlich, dass ihr bei all dem Getümmel und Getöse der eine rosagrüne Streif auffiel, der über den pechgetränkten Himmel schoss.

Tanki bewegte sich zwischen den Sphären. Er befand sich auf der Suche nach seinem Lehrmeister. Soeben hatte er dessen Energiefeld noch wahrgenommen und plötzlich war es verschwunden. Wie vom Erdboden verschluckt. Während er noch darüber grübelte, wie so etwas geschehen konnte, verfing sich vorab sein rosagrünes Leuchten, in Folge der materialisierte, kleine Körper in einem Netz aus kleistrigen Fäden. So sehr er sich mühte, es gab kein Entkommen aus diesem klebrigen Gefängnis, das ihn so plötzlich umgab.

Er ahnte von den aufgegebenen Kräften seines Vaters und dennoch, wie früher in alten Zeiten, mag sein aus einer tiefen Verzweiflung heraus, sandte er seinen stummen Hilferuf an Ewerthon. Gillian war nach wie vor unerreichbar für ihn.

Ewerthon kämpfte sich soeben gegen die hysterischen Massen schrittweise in Richtung Mira vor, zumindest dorthin, wo er seine Herzensprinzessin vermutete. Er hatte sie aus den Augen verloren, so düster war es in der Zwischenzeit und scharenweise Menschen, die panisch in alle Richtungen stoben, versperrten ihm zusätzlich die Sicht. Doch das Dach aus schillernden Schmetterlingen leuchtete weithin über den Park, war ihm ein Wegweiser und nährte die Hoffnung, dass sie zumindest wohlbehalten wäre.

Auch ihn hatte der plötzliche Angriff überrascht. Waren die beiden Könige zu ihren Mannen geeilt, wollte er Mira und seinen Sohn in Sicherheit wissen.

Ein Hilferuf, kaum vernehmbar, schwirrte durch das Chaos rundum! Grausiges, vertrautes Gefühl beschlich Ewerthon. Das Bild Yrias, als goldgestreifte Tigerin, blutüberströmt auf einem Karren, tauchte auf. Wie vom Blitz getroffen blieb er stehen und blickte nach oben. Was er sah, ließ ihn an seinem Verstand zweifeln. Tanki hing in einem Geflecht aus schwarzen Fäden, versuchte mit aller Kraft sich zu befreien, doch er verstrickte sich immer mehr in diesem Gewirr, das ihn gefangen hielt. Die Lippen des Kleinen bewegten sich, lautlos murmelte er Zaubersprüche, einen nach dem anderen, einer nutzloser als der andere. Offensichtlich klebte das Netzwerk nicht nur wie das einer Spinne, sondern verfügte über ausreichend Magie, um ihn trotz aller Bemühungen festzuhalten.

Mit einem Mal teilte sich das engmaschige Gefängnis, machte Platz für eine riesige schwarzgeflügelte Krähe. Ewerthons Haare standen zu Berge. Er war machtlos an die zertrampelte Erde gefesselt, musste tatenlos miterleben, wie sein Sohn von der finsteren Kreatur gepackt wurde.

Mit einem heiseren Schrei breitete diese ihre gigantischen Flügel aus, schwang sich höher und höher und entschwand seinen Blicken. Nie würde er das entsetzte Antlitz Tankis vergessen, der hilflos in der Luft hing, einzig gehalten von den messerscharfen Krallen des schwarzen Vogels.

Die schwarze Gestalt vor dem Spiegel richtete sich auf, lehnte sich zurück. Das war eindeutig eine ihrer Lieblingsstellen. Mit einem Wisch begab sie sich nochmals an den Anfang dieser bedeutsamen Wendung der Schlacht. Beäugte aufmerksam den rosagrünen Streif, der den Aufenthaltsort von Tanki verriet, dankte still ihrer Geistesgegenwart, das magische Netz in Gedankenschnelle auszuwerfen, um diesen besonderen Jungen zu fangen. Gemäß den Legenden hatte sie mit ihm den Schlüssel für die Zukunft in der Hand. Nicht nur für ihre eigene, sondern die Zukunft aller Welten.

Fahrig wischte sie über den Spiegel. Dieser zeigte eine kahle Zelle mit Bettstatt und Kübel. Mehr brauchte es momentan nicht. Wenn sie das Vertrauen des Jungen gewonnen hatte, konnte er alles von ihr haben. Wirklich alles ... außer seinem freien Willen. Und sie wusste bereits, wie sie ihn nach Belieben formte. Wie sie es bewerkstelligte, die Sache mit dem Vertrauen. Konnte sie sich jetzt nicht in jede beliebige Gestalt verwandeln?

Doch davor musste noch etwas absolut Wichtiges erledigt werden. Der allerletzte Schritt, der unabdingbar war. Der Ende und Anfang beinhaltete.

Sie erhob sich ächzend, schritt durch den kalten Saal, ließ die grauen, feuchten Mauern hinter sich, die so lange ihr Gefängnis gewesen waren, wandte sich hin zum Treppenaufgang. Stieg verbissen Stufe um Stufe höher, bis ganz oben angekommen nur mehr eine hölzerne Tür den Weg nach draußen versperrte. Ihr Atem tobte und ihre Lungen rasselten. Es war lange her, seitdem sie das letzte Mal diesen Aufstieg gewagt hatte. In diesem Körper. Dessen Hülle sowohl Kerker als auch Ungebundenheit bedeutete. Fest umklammerte sie die schwarze Feder, von Anfang an ihre treue Begleiterin und die kunstvoll gearbeitete Kette, erst seit kurzem in ihrem Besitz. Achtsam berührte sie mit der freien Hand die Klinke. Nichts passierte, kein Schmerz, der sie zurückzucken ließ, kein Lärm, der ihre Ohren malträtierte, nichts. Jetzt also konnte auch dieses Tor geöffnet werden! Knarrend schwang es auf und sie schritt hindurch. Hinaus ins Licht, in die Freiheit.

Stand auf der Spitze des Berges und hätte vor Glück schreien mögen. Doch, wie gesagt, sie glaubte nicht an das Glück, sondern nur an sich selbst und sie schrie natürlich auch nicht.

Langsam drehte sie sich um die eigene Achse. Sah in alle Himmelsrichtungen, sog gierig die eiskalte Luft ein. So schmeckte Erlösung und Vergeltung!

Die Abendsonne stand tief am Horizont, tauchte die Landschaft in warmes, goldgelbes Licht. Schimmernd lagen alle Welten zu ihren Füßen. Ein friedvolles Bild. Eines, das zum Verweilen einlud, der Seele Trost und Zuversicht versprach, um Vergebung flehte.

Sie war zuversichtlich und sie vergab nie!

Eine ungestüme Böe zerrte am dunklen Cape, zog der Kreatur die Kapuze vom Kopf. Alabasterweiße Hände streckten sich der jetzt blutroten Sonne entgegen, kohlrabenschwarzes Haar mit einer einzigen grauen Strähne flatterte im Wind, schwarzglänzende Flügel schossen in die Höhe, wogten auf und sandten einen gewaltigen Windstoß über alle Länder.

Der Spiegel im kühlen Saal knisterte. Feine Risse überzogen die schimmernde Fläche, auf der ohne fremdes Zutun ein weiteres Bild auftauchte.

Der Herzstein. Gewaltig, mächtig, geschaffen für die Ewigkeit, inmitten von Holunderstauden, kleinwüchsigem Wacholder und Weiden, eine geheiligte Stätte von Beginn an, und doch vergessen von den Menschen.

Nur geringfügig, sein schmales Ende nach unten zeigend, fast unsichtbar mit dem felsigen Untergrund verhaftet, schwebte der Stein scheinbar über der rauen Felsplatte.

Nach oben hin ging er herzförmig in die Breite und thronte, allen Regeln des Gleichgewichtes trotzend, leicht schwankend auf der massiven Felsplatte.

Man meinte, ein Windstoß könnte ihn zu Sturz bringen.

Nichtsdestotrotz hatte kein menschliches oder anderes Wesen es jemals geschafft, diesen Stein nur eine Handbreit zu bewegen.

Denn so stand es geschrieben in den Heiligen Schriften:

„... *sollte dieser Fels jemals stürzen, so wäre dies der Niedergang jeglichen Seins. Weil von diesem Augenblick an bliebe auch kein weiterer Stein mehr auf dem anderen. Alle Welten, gegenwärtig und jenseits, ihre Bewohner mitsamt ihren Ahnenvölkern, ja sogar die Sterne, der Mond und die Sonne, wären ausweglos dem Untergang geweiht ...*"

Der Spiegel gab nun Einblick auf zwei Geschehnisse in zeitgleicher Abfolge.

Unterdessen auf der Spitze des Berges ein Sturm entfesselt wurde, Blitz und Donner die Welten erzittern ließen, seufzte die Erde.

Mit einem boshaften Krächzen hob das Monster seine Arme, zerfetzte die glänzende Kette mit seinen bleichen, spindeldürren Fingern in tausend Stücke. Schleuderte die sorgsam gefertigten Symbole aus purem Gold in alle Himmelsrichtungen, sprach den Fluch aus, der niemals ausgesprochen werden durfte.

Irres Gelächter drang vom Gipfel, während die Gestalt hoch oben ganze Steinbrüche durch die Luft schleuderte und genau auf *Cuor a-Chaoid* niederschmetterte. Niemals wieder sollte irgendjemand von der Burg der ewigen Herzen oder dem Reich der Lichtwesen die Helle des Tages erblicken.

Auf dem zweiten Bild neigte sich der Herzstein. Er verharrte eine kleine Weile, vielleicht, um den ungeheuren Mächten, die soeben geweckt worden waren, mit letzter Kraft zu trotzen, wissend, was sein Sturz auslöste. Er schwankte. Nun ähnelte er einem Seiltänzer auf einem Bein, der angestrengt versuchte, seine Balance wieder zu finden, dem graute vor dem Fall in die Tiefe, wo kein Sicherheitsnetz gespannt war.

Letztendlich kippte das steinerne Herz, machte eine halbe Drehung vorwärts und kam mit tosendem Krachen auf seiner breiten Seite zur Ruhe. Das spitze Ende ragte nach oben in die fahle Unendlichkeit; wo graue Wolkenbänke sich zusammenballten, Blitze gebündelt nach unten schossen, grollender Donner hallte.

Die Erde seufzte nicht mehr, sie bebte und der Himmel floss über. Seine Tränen netzten den gestürzten, riesigen Felsen, überzogen ihn mit silbrigen Fäden.

Der Spiegel im kalten, grauen Saal knisterte abermals. Ein drittes Bild wurde auf seiner schimmernden Oberfläche sichtbar, gewann an Größe, drängte die beiden anderen in entgegengesetzte Ecken.

Es zeigte Wariana, Königin aller Königinnen, Hexe aller Hexen, Hüterin der Zeit und aller Schicksale. Durch ihr langes, bronzefarbenes Haar fegte der Wind, auf das goldene Kleid mit den sorgsam aufgestickten Sonnen peitschte der Regen, und ihr Gürtel, geflochten aus bunten Blüten und grünen Halmen, lag zerrissen am schlammigen Boden.

Sie strich die tropfnassen Strähnen aus dem Gesicht.

Was hatten sie getan?

Sie wollten das Böse vom Guten fernhalten und nun hatten sie genau das Gegenteil erreicht! Hatten das abgrundtief Böse noch mächtiger gemacht und Kräfte entfesselt, die selbst sie nicht mehr kontrollieren konnte!

Wariana fühlte Anwidars Nähe, der hinter sie getreten war.

„Hast du die letzte Karte aufgeschlagen?"

Sie brauchte die Antwort nicht abzuwarten. Sein Blick sagte alles.

„Sterne und Karten lassen sich nicht austricksen, meine Liebe. Das hast du selbst mich wiederholt gemahnt!"

Er dachte an die Karte, die Signifikatorkarte, die er nach Warianas Abschied doch noch aufgedeckt hatte. Natürlich hatte er sie umgedreht, sie war die wichtigste Karte in diesem denkwürdigen Spiel. Und er hatte weder das Spiel noch die Karte vergessen. Wobei er soundso niemals je etwas vergaß.

Ein Bild des Chaos hatte sich seinen Augen geboten.

Noch heute sah er den mächtigen Turm, der unter dem Einschlag eines gewaltigen Blitzes wankte. Unwetter tobten über den schwarzen Nachthimmel, hungriges Feuer leckte an grauen Mauersteinen und zwei Gestalten stürzten aus Fensterluken von schwindelnder Höhe auf die Erde hinab, wo wildwucherndes Dornengestrüpp sie erwartete.

Das Sinnbild für Zerstörung und Aufweichen von festgefahrenen Dogmen, der Auflösung von Strukturen.

Damals schon war ihm klar gewesen, dass es um Vernichtung und Wandel ging. Konnte sein, um Platz für Neues zu schaffen, vielleicht jedoch bedeutete es nur Zerstörung um der Zerstörung willen, jedenfalls Veränderung. Was auch immer diese Veränderung für die Welten hieße.

Gleichfalls ahnte er von jeher, dass seine über alles geliebte Gattin Geheimnisse hütete. Worüber er grundsätzlich hinwegsehen konnte, denn in welcher guten Ehe gab es keine Geheimnisse?

Und doch! Er wurde das Gefühl nicht los, dass Ewerthon und Mira wichtiger waren, als Wariana an diesem Abend zugeben wollte. Dass es nicht alleine um deren Leben und Liebe ging.

Oder ging es um etwas ganz anderes? Etwas Größeres, Allumfassenderes, von dem nur Wariana in ihrer Weitsicht wusste? Dessen Kenntnis ihr die Luft zum Atmen nahm, sie erdrückte?

Wariana seufzte gequält, ihre Schultern zuckten. So hatte Anwidar sie noch nie erlebt. Er umfing sie, barg sie in seinen Armen. Neben all dem Tumult hörte Wariana sein Herz pochen. Ruhig, beständig, über Äonen hinweg bot er ihr Schutz und Sicherheit. Wieso hatte sie ihm einst nicht vertraut? Ein einziges Mal, vor ewig langer Zeit hatte sie in die Speichen des Silberrades gegriffen, die Zukunft anders als vorgesehen, nach ihren Vorstellungen gesponnen. Sie war die Hüterin der meisten Geschicke, nicht aber über alle. Hatte sie in jenen fernen Tagen mit ihrem Frevel das heutige Desaster heraufbeschworen, den Weltenuntergang eingeläutet?

Mit Mira und Ewerthon wollte sie noch einmal das Steuer herumreißen, der Zukunft den richtigen Weg weisen, das unumstößliche Schicksal doch noch verändern.

So lange die beiden glaubten, ihre Magie für immer verloren zu haben, wären sie sicher gewesen. Doch augenscheinlich war es dem Bösen gelungen, an ihre Kräfte zu gelangen und aus seinem Gefängnis zu entfliehen.

Sie musste Cathcorina finden, mit ihr sprechen, sie zur Vernunft bringen! Das barg die einzige Hoffnung, um die Vernichtung allen Lebens noch abzuwenden. Doch so sehr sie sich auch bemühte, der Aufenthaltsort der Kriegsgöttin entzog sich ihren Blicken, die Königin der Nebelkrähen blieb verschwunden, war wie vom Erdboden verschluckt.

Ihr Fels in der Brandung blieb Anwidar. Dies war nicht der erste Weltuntergang, den er erlebte. Er wusste, oftmals lag im Vergehen des Alten der Keim des Neuen.

Ein viertes Bild tauchte soeben auf der schimmernden Oberfläche des zurückgelassenen Spiegels empor.

Es zeigte eine winzige Zelle. Leuchtende Metallstäbe begrenzten den winzigen, kahlen Raum auf dessen steinigem Boden ein goldener Tiger lag. Tanki hatte sich in die letzte Ecke seines feuchten Gefängnisses zurückgezogen, rollte sich ein und schloss die blaugrauen Augen. Sein Vater oder Gillian, einer von ihnen oder beide miteinander, sie würden ihn befreien! Und wenn das nicht klappte, würde er es selbst tun. Immerhin, er konnte sich noch wandeln. Zumindest mittels Tiger-Magie. Andere Gestaltformen blieben ihm verwehrt. So praktisch es gewesen wäre, als kleines Getier durch die Gitterstäbe zu entfliehen, es war noch nicht alles verloren. Mit diesem trostreichen Gedanken versuchte das Kind, das es trotz seiner ungewollten Bestimmung noch immer war, etwas Schlaf zu finden.

Der Herzstein lag einsam unter dem Laubdach der dreistämmigen, mächtigen Eiche. Regentropfen prasselten nach wie vor vom grauverhangenen Himmel, bildeten kleine Sturzbäche, die vom riefigen Gestein herunterflossen, sich durch den weichen Waldboden gruben.

Im Schutze des dunstigen Nebels sammelte sich das Knochenvolk um ihre Königin. Die Zeit war gekommen, um die Herrschaft über alle Welten anzutreten. Hinter jedem Baum, aus jedem struppigen Gebüsch, selbst unter dem samtigen Sternenmoos grinsten Totenschädel hervor, klapperten Skelette schaurig mit morschen Knochen.

STELLAS WELT IX

BLACKOUT

Stella atmete ein und aus. Langsam verflüchtigte sich der Schwindel, der Raum rundum wankte nicht mehr, gewann an Konturen, die Stimme Buddys holte sie in die Gegenwart.

Noch mit geschlossenen Augen wusste sie, dass etwas nicht stimmte. Ihr Körper wurde durchgerüttelt, als säße sie auf einem wildgewordenen Pferd. Und es war keinesfalls die Stimme Buddys, die sie aus ihrer Ohnmacht zurückgeholt hatte, sondern das Quengeln eines Säuglings. Langsam öffnete sie ihre Augen, knöpfte die Bluse auf und legte das Baby an, das da so plötzlich in ihren Armen lag. Dies alles geschah so selbstverständlich, fühlte sich dermaßen vertraut an, dass ihr erst bewusst wurde, was sie tat, als das Kleine heftig an ihrer Brust sog. Dieser kurze Schmerz reichte jedoch aus, um sie zu erinnern, dass sie zum wiederholten Male keine Ahnung hatte, wie sie hierhergekommen, wer die Frau vor ihr und das Baby auf ihrem Schoß war.

„Ist es schon wieder passiert?" Fragend blickte die Fahrerin in den Rückspiegel. Ihr graublauer Blick streifte Stella prüfend.

Aha, sie befand sich also in einem Auto! Das ergab Sinn, denn sie schossen mit einem Höllentempo durch eine Landschaft, so bizarr, so unwirklich, wie sie eine solche noch nie gesehen hatte.

Gleich einem Panther auf der Jagd, preschte der dunkle Wagen über die holprige Piste. Die Fahrerin vor ihr nahm keine Rücksicht auf die reichlich vorhandenen Schlaglöcher und ignorierte auch die eisige Fahrbahn, soweit man hier in diesem Ödland von einer Fahrbahn sprechen konnte. Beidseits hingen gelbliche Schwaden über fast exakt runden Tümpeln, schwängerten die Luft mit bestialischem Gestank. Immer wieder platzten in unmittelbarer Nähe dicke, fette Blasen an deren zähflüssiger Oberfläche. So musste der Vorgarten zur Hölle aussehen. Falls sie sich nicht ohnehin bereits exakt dort befanden.

Erneut wurde Stella hin und her geschüttelt, einzig zurückgehalten vom Gurt, der sich tief in ihre Schulter grub. Im selben Augenblick traf sie ein Schwall ätzenden Schwefeldunstes, der durch das geöffnete Fenster am Beifahrersitz ins Innere des Wagens kroch. Kratzte in Kehle und Nase. Brachte ihre Augen zum Tränen und die Erinnerung zurück.

Die Höhle! Zwei Frauen, wilde Amazonen, die sich glichen, wie ein Ei dem anderen. Eine davon war soeben auf das Autodach geklettert, das Fenster schloss sich langsam wieder.

Doch ... es gab noch etwas ... vor ihrer Rettung aus der Höhle!

Was war vorher geschehen?

Tellergroße Augen glotzten ihr aus giftgrünen Tümpeln von draußen ins Gesicht.

Buddy!

Wer war Buddy?

Das gespenstisch bleiche Gesicht schwebte näher. Eine weiße Hand erschien und malte mit dem Zeigefinger einen Buchstaben nach dem anderen auf das beschlagene Fenster. Stella benötigte keine Sekunde, um die spiegelverkehrte Schrift zu entziffern.

„Baby!" von ungelenker Hand geschrieben löste sich diese Nachricht, gerade noch gelesen, im Nichts auf. Doch noch etwas war auf der Fensterscheibe zu sehen. Das mysteriöse Wesen hatte ein Herz und ein Symbol gezeichnet, das aussah wie ein altertümliches Stundenglas. Deren Konturen gleichfalls verschwammen. Verschwunden waren auch die riesengroßen Augen, die sie ein letztes Mal traurig musterten.

„Deine Blackouts! Sie werden schlimmer, oder?"

Die Fahrerin warf einen besorgten Blick über die Schulter. Abermals rumpelte es und sofort galt die volle Aufmerksamkeit der jungen Frau vor ihr wieder der holprigen Fahrbahn.

Zärtlich blickte Stella auf das kleine Wesen in ihren Armen, strich über den feinen Haarflaum des Köpfchens und die weichen Pausbäckchen, verlor sich im mystischen Blau seiner Augen.

„Wir werden es überleben", die Fahrerin, konzentriert auf die rasante Fahrt, knirschte mit den Zähnen, sprach ihr Mut zu.

„Wir schon ..." Stella seufzte tief. Ihre rechte Hand, die nach der Halskette griff, die sie niemals ablegte, fasste ins Leere, glitt abwärts, suchte und fand das stete Pochen ihres Herzens. Behutsam legte sie die Handfläche auf den kleinen Brustkorb des Säuglings. Hier fühlte sie ... nichts. Keinen Herzschlag, kein Heben und Senken des kleinen Körpers beim Ein- und Ausatmen, einfach nichts.

„... aber er nicht", vollendete sie den Satz.

Noch immer fixierte sie der Kleine mit seinem leuchtenden Blick, so als ahnte er, was sie vorhatte. Einen Moment lang wähnte sie sich in Sicherheit, ließ ihr Vorhaben als unnötig erscheinen.

Eine ganze Heerschar von Sanduhren kamen ihr plötzlich in den Sinn. In dieser Erinnerung, sie nahm an, es war eine, rieselte stetig funkelnder Sand von den oberen Behältnissen in die unteren. Ließ sich durch nichts beirren. Ein beruhigender Gedanke.

Auch Stellas innere Uhr tickte beständig, riss sie rüde aus der Geborgenheit, aus dem vermeintlichen Paradies, zurück in die Wirklichkeit. Das Baby in ihren Armen hatte die Augen zu. Schlief tief und fest. Allem Anschein nach? Dem Schein nach? Sie grübelte.

Die Zeitrechnung, etwas stimmte nicht mir ihr, nicht an diesem Ort. All die Erlebnisse der letzten Monate zogen im Zeitraffer an ihr vorbei. Niemals konnte so viel Zeit vergangen sein.

Sie wusste, was zu tun war. Und es gab nur diesen einzigen Ausweg.

UNTER UNS IX

Das Ende

Die schwarzgekleidete Gestalt atmete scharf ein, beugte sich vor, krallte sich am mannshohen goldenen Spiegel fest.

Was ging dieser jungen Frau durch den Kopf? Wieso zögerte sie?

Ihre Gedanken eilten zurück. Zu der Zeit ihrer Gefangenschaft, in den leeren, großen Saal. Als sie der glockenreinen Stimme gelauscht hatte, die ein uraltes Kinderlied sang.

Sah sich selbst, als einsames, tiefschwarzes Wesen, kauernd auf dem mächtigen Stuhl, eiskalte Fliesen unter den Füßen und den goldenen Spiegel vor sich. Wie es über dessen schimmernde Oberfläche gewischt und auf den blonden Engel in der Höhle geglotzt hatte. Der Bauch des Mädchens wölbte sich unter der Last eines werdenden Kindes. Exakt in jenem Moment war es ihm klargeworden. Es musste sich irgendwo außerhalb seines Verlieses noch jemand in dieser Felsengruft aufhalten.

Und diese Schwangere war definitiv nicht von ... dieser Welt!

Sie kam ... aus der Zukunft.

Diese Erkenntnis änderte alles. Darum war es ihm bisher so schwergefallen, von hier zu fliehen.

Das Monster benetzte seine ausgetrockneten Lippen, schluckte schwer.

Marsin Idir! An diesem Ort begegneten sich Vergangenheit, Gegenwart und Zukunft!

Wie ein Blitz traf es diese Einsicht. Plötzlich wusste es um den Ort seines Gefängnisses und hatte einen unbestechlichen Trumpf in der Hand. Der Schleier, der gewöhnlich über Ereignisse der Zukunft lag, hatte sich soeben etwas gelüftet, ihm einen Blick gewährt, einen Schlüssel sehen lassen. Bald schon erfüllte sich der sehnsuchtsvolle Traum und es kehrte zurück in sein gestohlenes Leben. Wieder eingebettet in der Gemeinschaft, zu jemandem gehörend, der Kreislauf schlösse sich erneut. Ganz oben an der Spitze, da stünde es! Mit unglaublichem Wissen was das Schicksal jener jungen Frau betraf.

Diese Gedanken waren ihm damals durch den Kopf geschossen.

Ewigkeiten zogen ins Land. Unermüdlich arbeitete es an seinem Konstrukt, in seiner Komplexität genial, einzigartig. Bedachte mit unendlicher Geduld jede noch so winzige Kleinigkeit. Heute, jetzt war es soweit!

Voller Anspannung beobachtete die finstere Kreatur, das von ihr perfekt inszenierte Schauspiel im Spiegel der Wahrheit. In Kürze würde sich alles fügen! Sie konnte sich beruhigt zurücklehnen und dem Schicksal seinen Lauf lassen. Heiseres Kichern durchbrach die Stille. Schicksal! Niemand außer ihr höchstpersönlich gebot über das Schicksal!

Doch! Was war das?!

Die Gestalt straffte sich. Grenzenloses Entsetzen krallte sich in marodes Gebein, als sie erkannte, was die junge Mutter vorhatte.

STELLAS WELT X

DER TIEFE FALL

In Stellas Kopf überschlugen sich die Gedanken.

Doch nicht Panik, sondern Kalkül führten Regie.

Sorgsam ordnete sie die Ereignisse der vergangenen Monate, sogar Jahre und das Puzzle fügte sich nahtlos zusammen. Tief im Inneren wusste sie, niemals wäre sie so mutig, kreativ, draufgängerisch, wie sie die Abenteuer der letzten Zeit glauben ließen. Zumindest die, an die sie sich erinnern konnte.

Sie war dem ältesten Trick der Welt auf den Leim gegangen. Ihre Augen hatten sich auf die Geschehnisse im Licht geheftet, vom Glanz geblendet, war ihrer Aufmerksamkeit entgangen, was im Dunkeln passierte. Bis vor kurzem!

Und nun? Nun ordnete sie gewissenhaft alle Teile, so sonderbar sie auch geformt sein mochten, sie passten zueinander, und es entstand ein großes Ganzes.

Wie hatte Doktor Thomas Stein es so treffend formuliert? Falls dieser verwirrend gutaussehende Arzt überhaupt existierte?

... die Seele ist ein fantastisches Instrument. Sie schirmt uns ab vor allzu viel Leid. Belasten uns Geschehnisse derart, dass wir bei deren Konfrontation zusammenbrächen, kommt sie ins Spiel. Entweder lässt sie uns vergessen oder malt über all das Schreckliche, das wir erlebt haben, ein Fantasiegebilde.

Erst wenn wir bereit sind, uns mit den tatsächlichen Begebenheiten auseinanderzusetzen, lüftet sie den Schleier des Vergessens oder lässt uns die Wahrheit hinter der schützenden Illusion erkennen ....

Unmerklich nickte sie. Auf den Punkt gebracht, in ihren eigenen Worten.

Eine Wahrheit kann erst wirken, wenn der Empfänger für sie reif ist. Sie war bereit!

Sie war bereit, den Wagen abstürzen zu lassen! Das wusste sie in diesem folgenschweren Augenblick mit Gewissheit.

Mit zusammengepressten Lippen und einem letzten verzweifelten Blick auf das Baby in ihren Armen gab sie den Befehl.

„Jetzt!"

Einem Schattenkrieger gleich schnellte der riesige Wagen nach vorne, der Motor heulte auf und mit ohrenbetäubendem Kreischen knallten sie an eine unsichtbare Mauer und stürzten in bodenlose Tiefe.

UNTER UNS X

Der Anfang

Fassungslos beobachtete das Monster vor dem Spiegel die gewaltige Explosion, die den Landrover samt Insassen in tausend Stücke riss. Glühende Funken erhellten den nachtschwarzen Himmel, stoben als gewaltiges Feuerwerk in alle Richtungen, um letztendlich mit einem wehmütigen Seufzen zu verglimmen. Tiefe Dunkelheit legte sich wie schwarzes Sargtuch über die letzten aufflackernden Reste, hüllte sie ein, machte sie unsichtbar. Es schien, als wäre das soeben Geschehene niemals passiert, die vergangenen Sekunden eine Ausgeburt zu reichhaltiger Fantasie gewesen.

War es seinen eigenen Wunschvorstellungen zum Opfer gefallen? Hatte sich der Spiegel der Wahrheit in dieser endlos langen Zeit zum Spiegel der Illusionen gewandelt? Hatte sie die junge Frau derart unterschätzt? Setzte diese willentlich das Leben ihres Neugeborenen, das ihrer Retterinnen und ihr eigenes aufs Spiel?

Und wozu?

Nur um eines der größten Geheimnisse des Universums zu schützen! Ein Geheimnis, von dem dieses nichtsnutzige Menschenkind wahrscheinlich nicht einmal wusste, dass es ihm innewohnte.

Grenzenlose Wut wallte in dem Wesen hoch. Floss wie ätzendes Gift durch seine Adern, kroch die Wirbelsäule entlang nach oben, drängte sich in seine Kehle, lechzte nach Freiheit.

Die hagere Gestalt straffte sich, schrilles Kreischen gellte durch den Saal, ließ die grauen, steinernen Wände knistern. Voller Wucht hieb sie auf den goldenen Spiegel ein, bevor sie abrupt innehielt.

Ihr Blick fiel auf die leergefegten Drehstühle. Die rotierten ein letztes Mal, kamen zur Ruhe. Häufchen von Asche befanden sich auf deren Sitzflächen, respektive der Rest, der nicht vom Wind davongetragen war.

Bedienstete! Pah! Heute nannte man sie Angestellte, einerlei. Die ließen sich am leichtesten von allem ersetzen.

War sie in die eigene Falle getappt?

Sorgsam hatte sie das Netz gesponnen. Hatte beobachtet, verfolgt, an Fäden gezogen, ja sogar das gemeinhin als unbeeinflussbar geltende Schicksal, war vor ihren Winkelzügen nicht sicher gewesen.

Sie wähnte sich allmächtig. Was sie genaugenommen ja war. Allmächtig! Nicht nur die Zeit beugte sich ihrem Willen. Nach ihrem Dafürhalten stand sie still, flossen quälend langsam die Sekunden oder vergingen wie im Flug.

Auch, dass sie jedwede Gestalt annehmen konnte, die ihr gerade gelegen kam, war ein Attribut ihrer grenzenlosen Macht. Sie erschien als Mensch, Tier oder Fabelwesen, Mann, Frau oder Kind, konnte sich mit einnehmendem Äußeren und lieblicher Stimme schmücken; oder als furchterregendes Monstrum, zu dem sie geworden war, ganz, wie es ihr beliebte.

Fasziniert betrachtete sie ihr Spiegelbild. Am allerliebsten war ihr dieser Körper. Das abschreckende Äußere gemahnte sie stets an ihre Pläne, die heiß ersehnte Rache und die Vernichtung von allem.

Die abscheuliche Fratze verzog sich zu einem höllischen Grinsen, nun hallte irres Gelächter durch die uralten Stollen. Brach sich am jahrtausendealten Felsgestein, kehrte einem Sturm gleich zurück in den eiskalten Saal, zerrte an ihrem Umhang und gellte in den Ohren.

Nach wie vor bereitete ihr Lärm unerträgliche Schmerzen. Eine Last aus alten Tagen, die sie anscheinend nicht mehr loswurde. Dieses Mal war es ihr jedoch egal. Denn, was sie seit ewigen Zeiten vermutet hatte, war soeben zur unumstößlichen Gewissheit geworden.

Stella war der Stern der Brücken! Der Hauptstern, der alles zusammenfügte. Nur mit ihr konnten Verbindungen hergestellt werden, um Vergangenheit, Gegenwart und Zukunft zu verknüpfen. Nur mit ihr war es möglich, in verschiedene Dimensionen und Epochen zu gelangen. Ihr gestohlenes Leben zurückzuerobern, die Erfüllung der allgewaltigen Herrschaft.

Über die milchige Oberfläche des goldenen Spiegels leckten blauschwarze Lichter. Das Flackern der Monitore, an der gegenüberliegenden dunklen Felswand aufgebaut, mit den verwaisten Bürosesseln davor, wurde vom mattschimmernden Glas zurückgeworfen.

DER
GESCHICHTENERZÄHLER V

ALLIANZEN

Am nächsten Morgen verabschiedete sich Alexander mit einem sanften Kuss auf die Stirn von seiner Liebsten. Er wusste um ihre Sorgen, die mit dieser Stadt verbunden waren.

„Hier bist du sicher! Jeder einzelne dieser Gruppe würde dich bis zu seinem letzten Blutstropfen verteidigen, falls dies notwendig sein sollte."

„Ich weiß", Olivia nickte. Sie befand sich in der Zwickmühle. Einerseits wollte sie unbedingt an Alexanders Seite sein, wenn er mit Stellas Arzt sprach, andererseits fühlte sie großes Unbehagen, ihre Leute alleine zurückzulassen. Diese beschützten nicht nur sie, es war auch umgekehrt. Gerade, wenn wieder von Amtswegen übereifrige Beamte mit irgendwelchen Papieren vor ihrer Nase wedelten und Zutritt zum Lager verlangten, das Unterste zuoberst kehrten, war ihre Anwesenheit vonnöten. Nicht selten schlug ihnen Misstrauen entgegen, sobald sie ihr Zelt aufgestellt hatten, wurden Anschuldigen erhoben, die jeglicher Grundlage entbehrten. Dann war es an ihr, ihre gesamte Autorität in die Waagschale zu werfen, ihr diplomatisches Geschick einzusetzen, je nachdem. Immer jedoch einen Schutzmantel auszubreiten, undurchdringlich für allzu neugierige Blicke.

Vor allem aber hatte sie eine unüberwindbare Abneigung gegen Krankenhäuser im Allgemeinen und Irrenanstalten im Besonderen.

„Du solltest sie nicht so nennen", Alexander streichelte ihr zärtlich über die Wange und wickelte dabei gedankenverloren eine ihrer kupferfarbenen Locken um den Finger. Interessant, sie waren heller geworden.

Olivia wunderte sich nicht mehr, dass er anscheinend ihre Gedanken lesen konnte. Ganz am Anfang, als dieser große, ansehnliche Mann in ihr Leben getreten war, jagte ihr seine Gabe eine Heidenangst ein. Doch daran, ganz an den Anfang, wollte sie nicht denken. Rasch schob sie die auftauchenden Erinnerungen auf die Seite, schloss sie in eine Kiste und schob diese in die letzte Ecke ihres Bewusstseins. Das war nicht der rechte Augenblick, sich mit deren Inhalt zu beschäftigen.

Er fasste Olivia um die Taille und hob sie mühelos hoch. Stellte sie auf die Stufen des Wohnwagens. So war es ihr möglich, sich in seine Arme zu flüchten, seinem Herzschlag zu lauschen. Das versprach Sicherheit. Ein liebgewordenes Ritual. Er wusste, wie er sie beruhigen konnte. Alexander löste sich behutsam von ihr. Obwohl er heute keine länger währende oder gefährliche Reise antrat, sondern nur Thomas treffen wollte, löste jeder Abschied gleichzeitig Trauer in ihm aus. So, als sähe er dieses besondere Wesen ein letztes Mal, wäre es bei seiner Rückkehr wieder verschwunden.

Der Geschichtenerzähler schwang sich auf sein Motorrad. Neben Laptop und Handy ein willkommenes Zugeständnis an veränderte Lebensumstände. Und wenn er, so wie jetzt, alleine unterwegs war, ein perfektes Transportmittel.

Es war ihm bis gerade eben nicht bewusst gewesen, doch er freute sich auf das Gespräch mit Doktor Thomas Stein. Er schmunzelte. Ja, dieser Arzt hatte eine besondere Art, sich seinen Respekt zu verschaffen. Das konnte man nur von wenigen behaupten.

Während er über die schnurgerade Landstraße fegte, dachte er zurück an ihr erstes Zusammentreffen, den gemeinsamen Wunsch, Stella und auch die verschwundene Künstlerin zu finden, und den Moment, an dem sie beide verblüfft auf die frisch ausgemalten, weißen Wände eines leergeräumten Zimmers blickten. Über Nacht waren alle Bilder der ehemaligen Insassin verschwunden. Nun ja, verschwunden war eventuell nicht der richtige Ausdruck, sie waren überpinselt worden. Nicht in Weiß, wie ihnen der Anstaltsleiter näselnd mitteilte, sondern in Eierschalenfarben, da diese Farbe nach neuesten Erkenntnissen auf dem Gebiet der .... Den Rest des Monologs hatte Alexander aus seiner Erinnerung gelöscht, vielmehr erst gar nicht aufgenommen. Fakt war, dass Thomas und er keine Chance mehr hatten zu ergründen, welches Geheimnis hinter den geheimnisvollen Gemälden steckte. Der Geschichtenerzähler hatte bereits eine Theorie entwickelt. Die musste jedoch in Thomas Ohren so absurd klingen, dass er sie ihm gar nicht erst unterbreiten wollte und später nicht mehr konnte, da sie wie gesagt auf weiße Wände starrten. Pardon, eierschalenfarbene. Das war der Zeitpunkt, an dem er endgültig beschloss, sich auf die Suche nach der Malerin dieser wundersamen Bilder zu begeben und Thomas mit ihm ins Erdgeschoss fuhr. Sie betraten den Gemeinschaftsraum und sahen sich um. Noch niemand hatte es der Mühe wert gefunden, all die liebevoll gefertigten Kleinode zu entfernen. Wohin auch? Sie sollten ja verkauft werden.

Der Geruch nach kaltem Rauch begleitete sie, während der Arzt dem rückwärtigen Teil des Ausstellungssaales zustrebte. Dort angekommen deutete er stumm auf mehrere Gemälde.

Es war offensichtlich. Diese Kunstwerke waren von derselben Hand erschaffen worden, wie die Panoramawandmalereien im oberen Stockwerk. Während Letztere durch ihre Lebensgröße beeindruckten, war es der Künstlerin hier gleichfalls gelungen, wenn auch in kleinerem Rahmen, ihrer Detailgenauigkeit treu zu bleiben. Genauso gekonnt wurde der Anschein erweckt, nur in die Bildnisse einsteigen zu müssen und man wäre in einer anderen Welt. Prüfend fuhr Alexander zuerst über den Rahmen und dann über die riefige Oberfläche. Es geschah ... nichts.

„Sie könnte ihre Doppelgängerin sein. Nur die Augenfarbe stimmt nicht überein", Thomas deutete auf das größte Bild im Hintergrund.

Alexander trat näher und zog fragend seine Augenbraue hoch.

„Stella, meine verschwundene Patientin."

Es fiel dem Arzt unsagbar schwer, das Wort verschwunden in den Mund zu nehmen. Es waren noch nicht einmal achtundvierzig Stunden vergangen, sie konnte überall auftauchen. Verwirrt, ängstlich, jedoch ansonsten unbeschadet. Mit aller Macht drängte er aufkommende, unschöne Erinnerungen an den Rand seines Bewusstseins. Was war an einem Todesfall unschön? Er begann schon wieder. Seine Selbstgespräche mussten aufhören!

Der Hüne vor ihm musterte ihn aufmerksam. Fast schien es Thomas, als könne dieser Gedanken lesen. Also, Riegel vor die Vergangenheit, leben in der Gegenwart! Die war herausfordernd genug.

Alexander, der die Gefühlsaufwallung des jungen Arztes wohl bemerkte, jedoch nicht kommentierte, war nach eingehender Betrachtung des engelhaften, blonden Wesens weitergeschlendert. Es war seltsam. Übertrug sich Thomas Nervosität auf ihn? Er fühlte sich eigenartig angespannt. Auf einmal schoss ein Blitz vom Himmel und lähmte ihn. Zumindest im übertragenen Sinne. Mühsam rang er um Beherrschung, was tatsächlich äußerst selten bei ihm vorkam.

Hinter all den Staffeleien, mehr oder minder mit kunstfertigen Malereien bestückt, stand im Halbfinster verborgen ganz an der Wand, noch ein allerletztes Gemälde. Ein Bewegungsmelder musste wohl den Spot aktiviert haben, denn just in diesem Augenblick flammte der Scheinwerfer auf und erfasste die Lichtung inmitten des farbenfrohen Herbstwaldes. Ein riesiger Tiger, schwarzgolden gestreift, sprungbereit oben auf dem grauen Felsplateau, wachte über seine Familie, derweil sich unterhalb kleine Fellknäuel um die Zitzen der Mutter drängten, die langgestreckt auf weichem, grünen Moos ihre Jungen säugte. Eine derartige Ausdruckskraft ging von dieser Idylle aus, dass es Alexander mitten ins Herz traf. Bevor er jedoch die verblichenen Buchstaben unterhalb des Bildes entziffern konnte, wurde es dunkel. Erst als er sich aus seiner Starre löste und einen Schritt vorwärtsging, leuchtete das Licht wieder auf, gab den Blick frei auf folgenden Schriftzug.

Denn vom Frühling bis zum Winter
ist es nur ein Katzensprung.
Alexander verschlug es die Sprache. Er kannte dieses Bild.

QUANTENSPRUNG

All dies ging dem dahinbrausenden Motorradfahrer durch den Kopf, während die Landschaft an ihm vorbeifegte. Die Objekte standen zum Verkauf und gegen eine großzügige Spende erwarb er die Werke der geheimnisvollen Malerin und den Herbstwald mit Tiger, wie er dieses Bildnis im Stillen getauft hatte.

Obwohl Thomas Stein Alexander erst kurz kannte, teilte er, soweit es seine ärztliche Schweigepflicht zuließ, sein Wissen mit ihm, welches die Suche nach Stella und Gutrun in irgendeiner Weise günstig beeinflussen konnte. Er spürte das brennende Interesse seines Besuchers, die Schöpferin der Gemälde zu finden, auch wenn das letzte Bildnis aller Wahrscheinlichkeit nach nicht von ihr stammte. Je mehr er darüber nachdachte, desto mehr schien es ihm, als hingen Stellas und Gutruns Verschwinden zusammen. Und natürlich auch das Dollys. Seine Assistentin war nach wie vor unauffindbar. Trotz intensivster Nachforschungen war es ihm nicht gelungen, das Vorleben der mysteriösen malenden Patientin und deren Pflegerin, als diese war Dolly nämlich offiziell eingestellt, zu durchleuchten. Die einzige Adresse, die auf Gutruns Anmeldebogen aufschien, lautete auf ihren Ehemann und führte ins Nichts. Sie existierte schlichtweg nicht. So wusste er auch nicht, ob es jemals einen Ehemann gegeben hatte und falls ja, warum denjenigen das Schicksal seiner Frau nicht im mindesten interessierte. Seit Gutrun in den Unterlagen der Klinik aufschien, hatte sie kein einziges Mal Besuch empfangen. Auch jetzt, nach ihrem

Verschwinden, gab es niemanden, der sich nach ihr erkundigte.

Dollys richtiger Name lautete Dolores Santos und als Kontaktperson war gleichfalls Gutruns Ehemann hinterlegt. Das war es auch schon. Es gab keine Personalakte über sie, da ihre Dienste direkt über Gutruns Konto, ein dementsprechendes Bankkonto gab es tatsächlich, abgerechnet wurden. Das war nicht unbedingt an der Tagesordnung, so unüblich jedoch auch wieder nicht. Es kam immer wieder vor, dass Patienten samt ihrem Betreuungspersonal aufgenommen wurden. Genau für solche Fälle stand das oberste Stockwerk zur Verfügung.

Warum Dolly ihm als persönliche Assistentin zugeteilt worden war, konnte auch der Direktor der Klinik nur unzureichend erklären. Letztendlich meinte jener, es sei auf ausdrücklichen Wunsch der Betreuerin und deren Patientin so entschieden worden und, nach einem scheelen Blick aus dem Fenster, es hätte keine weiteren Kosten verursacht. Thomas Stein kochte vor Wut. Er kannte dieses Szenario, die Vermeidung jeglichen Blickkontakts. Der Anstaltsleiter wurde von jemandem unter Druck gesetzt und log, dass sich die Balken bogen. Bloß seine Patienten waren besser darin, da sie meist tatsächlich glaubten, was sie erzählten.

Das Bankkonto war eine Sackgasse. Das betreffende Institut weigerte sich schlichtweg, Informationen über den Kontoinhaber preiszugeben.

Ausgestattet mit diesen spärlichen Informationen, machte sich Alexander auf die Suche nach den verschwundenen Frauen, während Thomas die Stellung in der Klinik behielt. Im wahrsten Sinne des Wortes. Obwohl sein Auftrag beendet war, seine Patientin war ihm ja abhandengekommen, blieb er. Dies wurde arrangiert durch Thomas Auftraggeber. Nach einem relativ einseitig geführten Telefonat, der Anstaltsleiter hörte ausnahmslos zu und bekräftigte am Schluss des Gesprächs seinen Willen, Doktor Thomas Stein in seinem Hause durchaus noch länger willkommen zu heißen. Unter der Prämisse, dass keine zusätzlichen Kosten entstünden, wagte er zuletzt doch noch einzuwerfen! Pah!!

Thomas wurde natürlich von der Polizei befragt. Wobei ihn das leise Gefühl beschlich, dass deren Prioritäten woanders lagen, als in der Suche nach drei vermissten Frauen aus einer Anstalt für psychisch Kranke. Aber war das wirklich so neu für ihn? Weitestgehend vom täglichen Klinikbetrieb entbunden, hatte er ausreichend Zeit, sich intensiv den Akten von Gutrun und Dolly zu widmen. Womit er ziemlich rasch durch war, denn sowohl bei der einen als auch der anderen lagen nach wie vor ausgesprochen spärliche Daten auf. Beide Ordner zusammengefasst waren ungefähr so schmal wie der Stellas, und dieser war schon mehr als karg. Hier wartete Thomas nur mehr auf die letzten medizinischen Befunde, dann wäre er am Ende seiner Weisheit angelangt.

Hoffentlich hatte Alexander mehr Erfolg bei seiner Suche gehabt.

Gespannt wartete er deshalb auf dessen Eintreffen. Anscheinend gab es Neuigkeiten.

Thomas schlug gerade die erste Seite des lokalen Tagblattes auf, als es an der Tür klopfte und der Geschichtenerzähler mit seiner Anwesenheit das kleine Büro füllte, sich auf einen der Stühle niederließ, sodass dieser gefährlich knackste. Zudem grinste sein Gegenüber von einem Ohr zum anderen. Was bei dem ansonsten stets beherrschten Hünen eher ungewöhnlich war.

Das konnte nur bedeuten ... „Du hast sie gefunden!" Der Arzt sprang hoch. Sie waren in der Zwischenzeit beim Du angelangt.

Alexander schüttelte bedauernd den Kopf.

„Nein, aber jemand anderes." Ein seltsames Gefühl überkam ihn. Wollte er tatsächlich diesem jungen Mann all die Erlebnisse erzählen, die im letzten Jahr auf ihn eingestürmt waren? Unmerklich musterte er ihn aufs Genaueste. Wirres dunkles Haar, wie immer, ein wacher Blick, ein offenes Lächeln, nichts hatte sich verändert. Ja, tatsächlich. Er vertraute diesem Menschen.

„Also ..." Obwohl versiert als Redner vor großem Publikum, fehlten ihm mit einem Male die Worte. Er räusperte sich.

„Ja ...", waren das jetzt wirklich Kunstpausen, um die Spannung zu steigern, oder wusste er tatsächlich nicht, wie er jemandem mitteilen sollte, dass er die Liebe seines Lebens gefunden hatte.

Thomas rollte mit den Augen. Als Therapeut wusste er um die Schwierigkeiten seiner Patienten, über ihre persönlichsten Angelegenheiten zu sprechen, und verfügte über eine Engelsgeduld. Doch jetzt gerade wurde diese auf eine harte Probe gestellt.

„In den letzten Monaten hat sich so viel getan, dass ich gar nicht weiß, womit ich beginnen ..."

Nun, nachdem Alexander endlich seinen Faden gefunden hatte, wurde er prompt unterbrochen.

„In den letzten Monaten? Wie darf ich das verstehen?" Pure Überraschung lag in Thomas Stimme.

„Ähhh, nun ja, wir sahen uns fast ein Jahr nicht mehr."
Manches Mal klang die gestelzte Ausdrucksweise seines
Gesprächspartners noch immer fremd in Thomas Ohren.
Ungeachtet dessen, ... litt dieser jetzt an Demenz, Wahn-
vorstellungen oder Ähnlichem?

Thomas blickte auf seinen Laptop und öffnete den Kalen-
der.

„Du weißt schon welcher Tag heute ist?"

Nun war es an Alexander zu stutzen.

„Tatsächlich weiß ich es nicht exakt." Er dachte daran,
dass er in den vergangenen Wochen immer mehr das Gefühl für die Zeit verloren hatte. Zumindest war dies sein
Eindruck. Sein Blick fiel aus dem Fenster. Ziemlich genau
vor einem Jahr musste er Thomas kennengelernt haben.
Die Bäume draußen vor dem Fenster erweckten zumindest den Anschein. Sie glichen denen vor einem Jahr.
Oder waren bereits zwei Jahre ins Land gezogen? Verwirrung machte sich breit. Wie konnte so etwas passieren?
Ihm passieren?

Es war doch eine Menge geschehen. Olivia! Die Suche
nach ihr, ihre Rettung, ihre Genesung. Drei Jahre, es
mussten mindestens drei Jahre vergangen sein!

Thomas bemerkte den Kampf, der im Inneren seines Gesprächspartners wogte.

Langsam griff er deshalb nach der Tageszeitung, drehte
sie, sodass Alexander freien Blick auf das Datum hatte.

Der fixierte das Blatt und wurde blass.

„Sie ist von heute." Thomas beantwortete die Frage, die
unausgesprochen in der Luft hing.

„Aber ... das würde bedeuten, dass wir uns nur einige
Tage nicht gesehen haben."

Alexander, der ansonsten ruhig und besonnen durchs Leben ging, sprang hoch. Der Sessel stürzte um, polterte auf sandfarbene Holzdielen. Fassungslosigkeit stand ihm ins Gesicht geschrieben. Wie im Schnelldurchlauf zogen die Erlebnisse der vergangenen Jahre, Monate, Wochen – Alexander wusste es nicht mehr – vorüber.

War das alles nur Lug und Trug? Das kleine Städtchen am Fluss, der unterirdische Gang, die Flucht in den hohen Norden, der Kauf der bunten Zirkuswägen, unzählige Momente gefüllt mit Hoffnung, Lachen, Weinen, Rückschlägen und Vorwärtsstreben. Und über alldem Olivias feines Antlitz, kupferrote Locken, rauchblaue Augen mit einem Leuchten, das ihm jetzt aus der Ferne noch Wärme ins Herz zauberte. Um das sich jetzt gerade ein eiskalter Ring legte.

Niemals hatte er gedacht, dass von ihr die Gefahr ausging!

Er hatte sie willkommen geheißen, in sein Leben gelassen, das Wohl seiner Gefolgsleute in ihre Hände gelegt, hätte alles für sie gegeben.

Wie konnte er sich derart täuschen? Täuschen lassen!

Seine Gedanken rasten. Er musste zum Lager! Sofort! Vor seinem inneren Auge spielten sich Horrorszenarien ab. Frauen, Kinder, Männer, Babys lagen bis zur Unkenntlichkeit zerfetzt zwischen bunten Wägen und tiefrotes Blut malte grausige Gebilde in den lilienweißen Schnee. Über alldem Olivias Gesicht, sardonisch grinsend, mit glühenden Augen, rotverschmierten Händen, nein Klauen! Doch bevor er noch aus dem Zimmer stürzen konnte, wurde die Tür nach kurzem Klopfen von außen geöffnet.

„Verzeihung, Herr Doktor. Das wurde für Sie abgegeben. Und da ich weiß, dass Sie schon dringend darauf warten ...“

Die junge Frau trat ein und legte einen schmalen Umschlag auf den Schreibtisch. Nach einem Blick auf Alexanders stieren Gesichtsausdruck zog sie sich hastig zurück.

Automatisch griff Thomas nach dem Brieföffner, schlitzte das Kuvert auf und zog eine dichtbeschriebene Seite hervor.

Während er sie überflog eilte Alexander zur Tür. Er musste seine Leute retten!

Ein überraschtes Ächzen ließ ihn innehalten. Er warf einen Blick zurück. Sah Thomas perplex am Tisch sitzen, das dürftig beschriebene Blatt Papier zitterte leicht in dessen Hand.

„Das ist ein Duplikat der medizinischen Unterlagen meiner Patientin, deren Original aus irgendeinem Grund verschwunden war.“

Alexander hatte bereits seine Hand auf dem Türgriff und dachte an die werdende Mutter, die irgendwo im Niemandsland ihr Baby auf die Welt gebracht hatte.

„Ja?“

Doktor Thomas Steins Antwort ließ nicht lange auf sich warten und sie stellte alles bisher Dagewesene auf den Kopf.

„Stella di Ponti hat noch nie in ihrem Leben ein Kind geboren, geschweige denn war sie jemals schwanger!“

Der Geschichtenerzähler zog langsam die Hand vom Knauf. Er wankte. Kurzfristig schien es, als ob dieser Hüne von Mann in sich zusammensackte. Rasch richtete er sich auf.

„Sie ist mächtiger, als wir beide uns vorstellen können!"

„Stella?!" Thomas dachte an das zarte Geschöpf und schüttelte ungläubig den Kopf.

„Nein, die meinte ich nicht". Alexander befielen verhängnisvollste Ahnungen.

„Olivia! Sie hat die Macht, die Zeitachse zu kontrollieren! Entweder es gibt irgendwo einen Zeitriss, den sie nutzt, oder die Welten kommen sich näher, und sie weiß darum. Es ist einerlei, denn deren Bedeutung ist dieselbe. Wie ich schon sagte, sie ist mächtiger, als wir beide uns das je vorstellen können". Eindringlich blickte er auf den jungen Arzt.

„Ich muss weg!" Mit diesen Worten war Alexander nun endgültig draußen vor der Tür und ließ sein Gegenüber grübelnd zurück.

Doktor Thomas Stein war Mediziner, er hatte sich der Wissenschaft verschrieben. Tagtäglich mit den Fantasiewelten seiner Patienten konfrontiert, konnte er trotz alledem, in seiner Wirklichkeit, mit Zeitachsen und mystischen Kapuzenwesen wenig anfangen. Für ihn existierten sie schlichtweg nicht.

Und wer zum Teufel war Olivia?

Alexander befand sich auf dem Heimweg. Das tiefe Brummen der Maschine unter ihm beruhigte seinen rasenden Herzschlag, mahnte, die nächsten Schritte besonnen zu setzen.

Er war überhastet aus der Praxis gestürzt, hatte sich aufs Motorrad geworfen und war aus der Stadt geflüchtet. Jetzt, die schnurgerade Landstraße vor ihm, kam er zur Ruhe.

Er war der Geschichtenerzähler. Der Mann, der Sagen und Legenden vor dem Vergessen bewahrte, Mythen wieder zum Leben erweckte. Der einen Auftrag hatte, in dieser Welt und in allen anderen.

Der sich nun in seiner eigenen, verworrenen Geschichte wiederfand, haltlos verstrickt und ohne jeglichen klaren Gedanken.

Einer Geschichte, die so niemals hätte passieren dürfen, die alles, wirklich alles, gefährdete.

Mit einer Frau an seiner Seite, die mit eiskaltem Kalkül seinen Verstand umnebelt und sein Herz gestohlen hatte.

Auf vielfachen Wunsch

... und weil es tatsächlich schon von interessanten, liebenswerten und geheimnisvollen Geschöpfen nur so wimmelt, gibt es ab diesem Buch ein Verzeichnis aller Personen, Wesen, Ländereien, Burgen und wesentlichen Attributen.

Verzeichnis

von Personen und Wesen

ALBA: Stute mit ganz besonderen Fähigkeiten

ALASDAIR: Krähenprinz, Herr über Cuor Bermon, Cathcorinas Sohn, Ounas zweiter Ehemann

ALEXANDER: Landschaftsarchitekt und Geschichtenerzähler

ANMORRUK: Bewahrerin der Geschichten aller Welten

ANWIDAR: allerhöchster Magier und Erster seit Äonen, Warianas Gatte

ATTIE: struppiger, riesiger, grauer Hofhund, Wächter über Cuor Bermon

BUDDY: sehr, sehr, sehr geheimnisvolles Individuum

CATHCORINA: Königin der Nebelkrähen, Nacht- und Spukgeister, allerhöchste Kriegsgöttin, Alasdairs Mutter

DOLLY: Gutruns persönliche Betreuerin in der Klinik

EWERTHON: Gestaltwandler, Hüter der Tiger-Magie und Caer Tucarons Thronerbe, Tankis Vater

FIA: Königin von Cuor a-Chaoid, Ilros zweite Ehefrau, Miras und Sironas Stiefmutter, Ryans Mutter

GILLIAN: Oberster Gestaltwandler, Hüter des heiligen Waldes und Lehrmeister von Stâberognés

GUTRUN: Insassin der Klinik für psychisch Kranke, begnadete Malerin

ILRO: König von Cuor a-Chaoid, Miras, Sironas und Ryans Vater, Witwer bzw. in zweiter Ehe verheiratet mit Fia

KELAK: König von Caer Tucaron, Vater Ewerthons und seiner vier Schwestern, Ounas erster Ehemann; s. Herzstein I

KENNETH: Hauptmann der Wache auf Cuor a-Chaoid

KEYLAM: Herrscher über das Reich der Lichtwesen und Elfen, Oonaghs Gatte, Miras und Sironas Großvater

MIRA: Prinzessin aller Lichtwesen, zur Hälfte Mensch, zur Hälfte Lichtwesen, Ilros und Schuras Tochter, Sironas ältere Schwester, Warianas beste Schülerin

MOORKÖNIGIN: auch Moorhexe, Herrscherin über das Moorland, Herrin über das Freie Volk und das Knochenvolk

OLIVIA: die Gefährtin des Geschichtenerzählers

OONAGH: Herrscherin über das Reich der Lichtwesen und Elfen, Keylams Gattin, Miras und Sironas Großmutter

OSKAR: vorwitziger Junge mit Geheimnissen; s. Herzstein I

OUNA: Mutter Ewerthons und seiner vier Schwestern aus der Linie Cuor an Cogaidh, Alasdairs Gattin, Kelaks verstoßene Königin; s. Herzstein I

RYAN: Cuor a-Chaoids Thronerbe, Ilros und Fias Sohn, Miras und Sironas Halbbruder

SCHURA: Ilros erste Frau, Miras und Sironas Mutter, verstorbene Prinzessin der Lichtwesen; s. Herzstein I

SIRONA: Prinzessin aller Lichtwesen, zur Hälfte Mensch, zur Hälfte Lichtwesen, Ilros und Schuras Tochter, Miras jüngere Schwester

STELLA: junge Frau mit verkannten, besonderen Fähigkeiten

TANKI: Ewerthons und Yrias Sohn, Träger der zwei mächtigsten Tiger-Magien; s. Herzstein I

THOMAS STEIN: Psychiater, Neuropsychologe, Neurophysiologe

WARIANA: Königin aller Königinnen, Hexe aller Hexen, Hüterin der Zeit und aller Schicksale, Anwidars Gattin

YRIA: Hüterin der Tiger-Magie der Cuor Sineals, Tankis Mutter und verstorbene Ehefrau Ewerthons; s. Herzstein I

CLANS, BURGEN
UND ANDERE WELTEN

CAER TUCARON: Kelaks Burg und Reich
COUR BERMON: Alasdairs Landgut und Reich
CUOR AN COGAIDH: Linie der todesmutigen Kriegerherzen und Hüter der Tiger-Dynastie von Cuor an Cogaidh, Ounas Heimat
CUOR SINEALS: Hüter der Tiger-Dynastie von Cuor Sineals, Yrias Linie und Heimat
CUOR A-CHAOID: Ilros Reich, direkt an der Grenze zur Welt der Lichtwesen und Elfen, auch - die Burg der ewigen Herzen
CARRAIG FEANNAG: der Krähenfelsen - die schimmernde, schwarze Felsenfestung der königlichen Nebelkrähen
MONADH GRUAMACH: sumpfiges Reich der Moorhexe, am Ende der Welten
SAORADH: mystische Welt der Lichtwesen und Elfen

Stâberognés: geheimer Ausbildungsort der Gestaltwandler am Ende des Randsaums zur großen Leere

Anderweite/Anderswelt: ...Paradies, Nirwana, Walhalla ...

Marsin Idir/Zwischenwelten: Aufenthaltsort für verfluchte Seelen und andere Gefangene; Lichtwesen, Elfen und Eingeweihte können hier reisen
An diesem Ort begegneten sich Vergangenheit, Gegenwart und Zukunft

DIE DREI WICHTIGSTEN MYSTERIEN DER LICHTWESEN

TELEPORTATUM: auf diese Weise bewegen sich Lichtwesen, blitzschnell und unsichtbar für Menschen und die meisten Wesen, von einem Ort zum anderen, alleine durch Gedankenkraft. Gelingt auch über extrem weite Strecken.

MATERIALIM: Schutzzauber für Lichtwesen; gaukelt dem Gegenüber vor, etwas Bestimmtes (von ihm Gewünschtes) zu sehen, zu schmecken, zu riechen ... wird auch gerne für Lichtwesen-Schabernack verwendet.

WIRKLICHE KÖRPERWANDLUNG: ermöglicht Lichtwesen in tatsächlicher Menschengestalt zu wandeln; in dieser Körperlichkeit sind Lichtwesen verwundbar und vor allem sterblich. Wird demnach äußerst selten eingesetzt.

Nachwort

zum grandiosen, modifizierten Cover dieses Buches.

Aquilama, unter deinen Schwingen entstand dieser kreative und speziell machtvolle Schutzumschlag, den wir nun adaptiert haben. Danke!
Das Cover von Herzstein I ist einmalig, es wird uns weiter begleiten. Dass es sich verändert? Natürlich!

Wer grundsätzlich ein Buch von hinten aufrollt, sollte spätestens jetzt stoppen. Achtung! Spoiler-Gefahr!

Wenn ihr von vorne begonnen habt, ahnt ihr, die Zukunft der Welten sieht düster aus – grau in grau – sozusagen.

Der ©Herzstein-Klang (Gratis QR Code unten) hat sich nicht verändert. Warum auch? Gerade in dunklen Zeiten versorgt er uns mit Energie. Mit Kopfhörer kann man sich am besten darauf einlassen.

Viel Spaß und „good vibes"!

Elsa Weld

Herzstein-Saga auch auf Facebook und Instagram!

www.herzstein-saga.at

DANKSAGUNG

Wie bisher, neben all den Menschen, die mich auf meinem bisherigen Lebensweg begleiteten, die mir lieb und teuer sind, von denen ich keinen einzelnen missen möchte, bedanke ich mich ganz besonders bei:

Peter Jäger und Sammler, nicht nur zuständig für zeitweilige Nahrungsbeschaffung in meiner Schreibhöhle, auch für Kurzweil in den Pausen war gesorgt.

Erika, Julia, Manu, Miriam, Peter, Sonja
herzlichen Dank an meine hochmotivierten Test- und Korrekturleser*innen. Euer ehrliches Feedback hat mich bereichert, gestärkt und ermutigt. Und natürlich habt ihr mit Argusaugen darüber gewacht, dass keine Hoppalas passieren. Eure Vielfalt als Team begeistert mich immer wieder aufs Neue – ihr seid mein Lottosechser!

Ursula und Manuela tatsächlich ist es ein großes Geschenk, Organisation, Layout und Grafik in die Hände leidenschaftlicher Fans zu legen. An dieser Stelle danke ich auch der gesamten Belegschaft der Druckerei Aumayer, die mich wiederum versiert durch den stürmischen Prozess der „Buchveröffentlichung" geführt hat. Beim zweiten Mal war ich schon viel relaxter.

... und zu guter Letzt ... Danke an Euch!

OHNE EUCH LESEHERZEN IST ALLES NICHTS!

An dieser Stelle ein paar Informationen zur Entstehungsgeschichte der Print-Version.

E-book oder gedruckt? Diesmal wahrlich keine leichte Entscheidung für mich. Die Produktionskosten haben sich mehr als verdoppelt, der Verkaufspreis, wie ihr hoffentlich bemerkt habt, nicht. Ich persönlich liebe Bücher, die ich in Händen halten kann, wo es nicht nur vor Spannung knistert, sondern auch beim Umblättern der Seiten; Bücher, deren spezieller Duft mich an abendliche Vorlesestunden der Eltern erinnert, und in die ich schon mal Eselsohren knicke – Verzeihung für Letzteres. All diese wunderbaren Emotionen haben mich dazu bewogen, den Sprung zu wagen. Das Ergebnis haltet ihr in Händen – Herzstein II - auch in gedruckter Form. Ich hoffe, ihr wart beim Lesen mindestens genauso gefesselt, wie ich während des Schreibens.

Nach wie vor als Selfpublisherin tätig, bin ich auf Öffentlichkeitsarbeit angewiesen. Wollt ihr ein unterstützender Teil davon sein? Dann verleiht eurer Begeisterung Ausdruck. Bei der Buchhandlung ums Eck, über Social-Media, auf Plattformen wie lovelybooks.de oä., individuellen Einkaufskanälen, in der Nachbarschaft ... jede abgegebene Stimme zählt.

Vielleicht habt ihr Lust, meine Bücher nochmals zu kaufen und an Lieblingsmenschen zu verschenken (natürlich auch erhältlich als E-Books).

Oder ihr wollt mich persönlich kennenlernen. Gerne besuche ich meine Fan-Clubs, ja, die gibt es tatsächlich schon, halte Lesungen und Signierstunden ab; bin offen für Interviews, Ritterfeste, Mittelaltermärkte und noch vieles mehr.
Anfragen bitte über meine Website www.herzstein-saga.at oder direkt per Mail an elsa.wild@herzstein-saga.at.

Ich wünsche euch eine wunderschöne Zeit.
Bis zum nächsten Band!

Elsa Wild

Elsa Wild

HERZSTEIN III

STRICH UND FADEN

Fantasy Roman

3. Band

In Wahrheit

Schweigend blickten die sechs Gestalten in knisternde Flammen. Drei Frauen hatten auf der einen Seite des lodernden Feuers Platz genommen, drei Männer auf der anderen.

„Er wird nicht kommen." Die Älteste von ihnen, die Reh-Frau ergriff das Wort.

Orangerotes Flackern huschte über gebeugte Rücken, runzelige Hände und faltige Gesichter, spiegelte sich in trüben Augen wider. Augen, die in ihrem Leben viel Gutes und mindestens genauso viel Böses gesehen hatten. Doch, all die Geschehnisse jetzt, waren selbst für die Hochbetagten noch nie dagewesen.

Als Rat von Stâberognés lag es in ihrer Verantwortung, den geheimen Wald und das Ausbildungslager der Gestaltwandler zu schützen. Aber, gerade heute fehlte einer in ihrer Mitte. Und nicht nur irgendeiner, sondern Gillian; der oberste Lehrmeister, Wächter des heiligen Waldes am Randsaum zur großen Leere und Hüter der Dachs-Magie. Selbst für den besten Traumwanderer unter ihnen blieb er verborgen.

„Es ist nicht nur Gillian, der wie vom Erdboden verschluckt ist. Tanki ist ebenfalls unauffindbar." Der Pferd-Mann blickte besorgt in die Runde.

„Wir können nicht mehr länger warten. Dafür steht zu viel auf dem Spiel." Die Hirsch-Frau hatte gesprochen. Aufgrund ihrer Magie wusste sie um die Notwendigkeit anzuhalten, wenn erforderlich, allerdings auch um den richtigen Zeitpunkt, loszupreschen.

Die Coyoten-Frau nickte. Sie gab sich ohnehin niemals geschlagen, sah es noch so hoffnungslos aus. Sie war allzeit bereit, in die Schlacht zu ziehen.

„Vielleicht will Gillian nicht gefunden werden und wartet auf den rechten Augenblick zuzuschlagen?", dem Opossum-Mann kam die eigene Strategie in den Sinn. Schlau, sich totzustellen, den Feind in Sicherheit zu wiegen, um dann, unvermutet, den Sieg an sich zu reißen.

„Nun, egal was hinter seinem Verschwinden steckt. Wir müssen ohne Gillian auskommen." Der Schmetterling-Mann hielt nichts davon, an alten Gewohnheiten festzuhalten. Er sah hoch, in die ernsten Gesichter der Runde. „Zumindest momentan", schränkte er ein.

„Was ist mit Ewerthon? Er ist immerhin Tankis Vater." Die Coyoten-Frau wagte, diese Frage zu stellen. Eisiges Schweigen war Antwort genug. Ewerthon existierte nicht mehr für den Rat der Gestaltwandler. Jedenfalls nicht für die um das heilige Feuer Versammelten.

Und so geschah es, dass im geheimen Wald von Stâberognés bis zur Mitternachtsstunde Pläne geschmiedet und wieder verworfen wurden. Bis endlich der eine gefunden war, dem jeder der Ältesten zustimmte, der die besten Erfolgsaussichten versprach.

Die Reh-Frau, mit ihrer Magie der bedingungslosen Liebe, vereinte die Ausdauer der Hirsch-Frau mit den Tricks der Coyoten-Frau, der Strategie der Unsichtbarkeit des Opossum-Mannes, den Traumwander-Fähigkeiten des Pferd-Mannes und dem Transformations-Zauber des Schmetterling-Mannes, zu einem Ganzen.

Mit den ersten Sonnenstrahlen wurden Boten in alle Himmelsrichtungen ausgesandt. Kuriere, die auf vier Pfoten über taufrische Wiesen huschten, sich mit winzigen Flügelchen oder mächtigen Schwingen in den lila-orangen Himmel schraubten, und ihre Flossen fächerten, um durch Bäche, Seen und Meere zu gleiten. Die Nachricht, die sie überbrachten, war stets die Gleiche - gerichtet an alle Märchenerzähler diesseits und jenseits. Weil, wirkliche Märchenerzähler verstehen bekanntermaßen die Sprache der Tiere. Vor allem, sie behüten Wahrheiten für ewige Zeiten.

Auch wenn wir glauben wollen, dass Märchen einzig der Unterhaltung dienen. Wer zwischen den Zeilen liest, hinter die Kulissen blickt, nicht dem Schwarz-Weiß-Denken anheimfällt, sondern Grauschattierungen in all ihren Facetten wahrnimmt, der weiß, dass Märchen, Geschichten, Legenden, wie immer wir sie nennen, im Allgemeinen ein Körnchen Wahrheit beinhalten.

Oftmals eine Warnung aus längst vergangenen Zeiten, die wir beherzigen sollten.

Warum sonst beginnen zahlreiche Geschichten mit ...

Es war einmal ...